रुहानी

ऋषभ वर्मा

BlueRose
Publishers
NewDelhi • London

First Published in October 2021

ISBN: 978-93-5472-020-8

BLUEROSE PUBLISHERS

www.bluerosepublishers.com

info@bluerosepublishers.com

+91 8882 898 898

Cover Design:

Nirmal

Typographic Design:

Tanya Raj Upadhyay

Distributed by: BlueRose, Amazon, Flipkart

प्रीफेस

पुस्तक रूहानी अपने आप में अद्वितीय कल्पनाओ से परिपूर्ण एक महागाथा है। इसमे अच्छाई है बुराई या कहे तो दोनो है ठीक किसी और कहानी की तरह......... पर ऐसा क्या है जो इसे किसी और महागाथा से अलग बनाता है? यह एक अच्छा सवाल है, इस कथा मे कोई किसी पर विजय प्राप्त नही करता क्योंकि अच्छाईयों में भी कुछ बुराईयाँ होती है और बुराईयों मे भी कुछ अच्छाई इसलिए यदि कोई भी जीतता है तो जीत दोनो की होती है देखना यह रह जाता है कि जीतने वाला कितना लायक था।

यह कहानी भी कुछ ऐसा ही वाक्या बयाँ करती है...................

कहानी की शुरूआत एक ऐसे ग्रह से होती है जहाँ जीवन अपने प्रारम्भिक चरण मे था हजारों–लाखों प्रजातियो वजूद मे आ रही थीं परन्तु अब भी ग्रह का कोई राजा नही था, बिना लगाम की इस नगरी का फायदा दो दमदार प्रजातियों ने उठाया और पूरी धरती पर युद्ध का ताण्डव मचा दिया।

युद्ध मे कई प्रजातियों ने अपना वजूद तक खो दिया और जो बची रही उन्हे गुलाम बना लिया गया। उथल–पुथल के विपरीत दौर मे भी मानवों ने अपना अस्तित्व बनाए रखा और गुलामी से भी बचे रहे परन्तु उन्होने अपना मान और आजादी गँवा दी जो वे वापस पाना चाहते थे। शताब्दियो बाद मानवो के भेजे हुए एक सुपुत्र ने राक्षस योनि धारण कर ली, भले ही वह उसे संयोगवश मिली थी परन्तु काफी कारगर थी। उन्हे आशा की एक किरण दिखाई दी अपना सम्मान वापस पाने की।

जिन राक्षसो की शक्तियाँ मानवो के उस सुपुत्र गोजार को मिली थी वे भी कहाँ शांत बैठने वाले थे गोजार को यदि राज्य चाहिए था तो राक्षसो को पूरी दुनिया, अंततः उन्होने उसे अपना लिया और राजा बनाने की घोषणा कर दी, गोजार को लगा कि अब तो

जिंदगी आराम से कटेगी पर वह गलत था, राक्षसो ने उसके लिए कोई और ही योजना बना रखी थी। उन्होने उसका विवाह राजकुमारी के साथ तय करके उसे सफर पर भेज दिया जहाँ उसे राजा बनने का प्रशिक्षण लेना था।

सफर के दौरान उसकी भेंट दूसरे साम्राज्य से हुई फिर उसके कदम एक ऐसी दुनिया मे पड़े जो उसने न कभी देखी थी और न ही उसके बारे में कभी सोचा था। वहाँ वह कई नये लोगो से मिला और कई भयावाह प्राणियो से लड़कर उन्हे हराया। हर नया दिन उसके लिए नये अचरज लेकर आता था और हर बीती शाम एक नया अनुभव देकर जाती थी।

अपने इस सफर मे उसने बहुत कुछ सीखा, नये दोस्त बनाए, वियोग की भावनाएँ झेली और अंततः अपने लक्ष्य को प्राप्त किया, उसे महसूस हुआ कि यह विजय उसकी कठिनाईयों का अंत थी पर वह यहाँ भी गलत साबित हुआ................यह तो बस शुरूआत थी।

पुनर्जन्म गीत

खाली रास्ते, है इंतजार तेरा,
उठ ओ मुसाफिर, है कुछ काम पड़ा
कुछ अच्छा था जो बीत गया, क्यों यादों की धार पे रहना
काले साये की धरती है प्रकाश बिंदु तू चुनना,
जीवन की हर राह पर तू खुद को अकेला पाता है
भूल गया संघर्ष में कि घर तुझे बुलाता है।
एक दिन ऐसा आयेगा जब कोई तुझे बुलायेगा
चल पड़ना हर पासाण पकड़कर जो मंजिल तक पहुँचायेगा,
स्नेह मिला जो झूठा था इस बात को लेकर बैठा है
सह भी मिला था अपनों का उसको क्यों अनदेखा करता है
बीते हर क्षण को तू अब लेकर पछताता है
भूल गया संघर्ष में कि घर तुझे बुलाता है।

अनुक्रमणिका

अध्याय १

''मानव का अंत हो'' मार दो इसे, अखाड़े में मच रहे शोर में ये वाक्य साफ सुनाई दे रहे थे। पूरा अखाड़ा नील और दैत्य नागरिकों से खचा खच भरा हुआ था। देखकर ऐसा लग रहा था मानो सारे के सारे यहां किसी ऐतिहासिक दिन को देखने के लिए एकत्रित हुए हों।

अखाड़े के बीचो–बीच तख्त पर एक युवक बेड़ियो में जकड़ा बैठा हुआ था जो नस्ल से एक मानव था। युवक का सिर नीचे की ओर झुका हुआ था। चेहरे पर चुप्पीदार उदासी तथा आंखो में नमी थी। उसके मुंह से एक भी शब्द नहीं निकल रहा था। तख्त के दूसरे छोर पर एक विशालकाय दैत्य अपने हाथों में चमचमाती तलवार लेकर उस युवक का सर धड़ से अलग करने को तैयार खड़ा था। दोनों समूदायों के राजा अखाड़े के दोनों तरफ अपने–अपने सिहांसनों पर विराजमान थे, दोनों के पास बैठी युवतियों के चेहरे पर भी उदासी के भाव थें। वे लगातार उस युवक की तरफ निहार रही थी।

डंके पर एक जोर की थाप पड़ी सब शांत हो गये। एक धारीदार शरीर वाला थुलथुला दैत्य उठकर सामने आया। सबसे पहले उसने दोनों समुदायों के राजाओं का अभिवादन किया। फिर आमजन को संबोधित करते हुये बोला "आज हम सबके लिए एक बड़ा दिन है, पिछले छः सौ वर्षों से चल रही बेवजह लड़ाई का आज अन्त होगा। यह दिन राक्षसों और नील साम्राज्यों की संधि के नाम से जाना जाएगा, मन मुटाव के उस दौर को इस अंजाम तक पहुँचाने में बहुत बड़ा हाथ रहा है इस युवक का, जिसके लिए हम इसके शुक्रगुज़ार हैं परन्तु इसने कुछ ऐसी गलतियाँ भी कर डाली जो माफ नहीं की जा सकती इसलिए इसका अन्त हमारी संधि का प्रतीक होगा।

वह शांत हो गया और दोनों समुदायों के राजाओं की तरफ आशा भरी नजरों से देखने लगा।

उसने फिर से अपने नागरिकों की तरफ रुख किया और बोला "एक बड़े दिन की शुरुआत होती है एक बड़े काम से, इसलिए हम सबसे पहले इस अंतिम बचे मानव की आहूती से अपने दिन की शुरुआत करेगें" चारों ओर लोग जोश में चिल्लाने लगे और जल्दी से जल्दी आहूती देने की माँग करने लगे। दैत्यराज आदेश देने के लिए आगे बड़ा ही था कि एक काला साया सनसनाते हुए अखाड़े के ऊपर से गुजरा, चारों ओर चुप्पी छा गयी, हर कोई आसमान की तरफ देखन लगा। थोड़ी देर बाद सब फिर से पहले जैसा हो गया, मंत्री ने सबका ध्यान अपनी तरफ खींचने की कोशिश की परन्तु आकृति ने फिर से सबका ध्यान अपनी तरफ कर लिया। गति इतनी ज्यादा थी कि कोई उसे ठीक सें देख नहीं पा रहा था, सबका ध्यान आसमान की तरफ ही था कि तभी एक मधुर गीत वातावरण में गूँजने लगा। गीत ने सबको चौंका दिया। राजा से लेकर नौकर तक हर कोई एक–दूसरे का चेहरा देख रहा था। गीत की बढ़ती ध्वनि और पंक्तियों के साथ वह आकृति अखाड़े के ऊपर मंडराने लगी, आसमान काला पड़ने लगा, धीरे–धीरे अंधेरा छाने लगा। अंधेरे की वजह से लोगों में अफरा–तफरी का माहौल बन गया। अचानक उन बादलों को चीर कर एक प्रकाश किरण उस युवक पर आ पड़ी। किरण के साथ ही आयी एक प्रकाश से प्रज्वलित युवती, जिसके कण्ठ से मधुर गीत फूट–फूट कर वातावरण को मधुर मय बना रहा था। ये गीत बयाँ कर रहे थे उस युवक की बहादुरी–त्याग, प्रेम तथा उसके साथ हुए विश्वासघातों को, उसने लड़ाई लड़ी अपनों के साथ उनका हक दिलाने के लिए तथा गैरों को मुसीबतों से बचाने के लिए, अंत में उसे मिला तो सिर्फ अकेलापन और ये जंजीरे, यह सब कुछ ऐसे शुरु हुआ था।

बात उस समय की है जब पृथ्वी पर नई सभ्यता का दौर चल रहा था और इस नई सभ्यता को पृथ्वी के दो दमदार तबकों

ने अपनी जागीर समझ लिया, सत्ता की चाहत में एक–दूसरे से बार–बार टकराने लगे, उनमें से एक तबका था काली शक्तियों के जानकार महाबलशाली राक्षसों का जिनकी ताकत अजेय थी, दूसरा तबका था नील समुदाय कें नीले इंसान जैसे दिखने वाले जीवों का जो पाँचो तत्वों के मंझे हुए जानकार थे और इसी के साथ ही उनकी बहादुरी के चर्चे पूरे विश्व में मशहूर थे। उन्होंने कभी किसी से हार नहीं मानी थी। और शायद मानेंगे भी नहीं। दोनों कें बार–बार टकराने पर भी कोंई हल नहीं निकला, न ही उनपर कोई फर्क पड़ा, परन्तु पृथ्वी इससे बच ना सकी, दोनों तबकों के बार–बार टकाराने से उस पर बहुत बड़ा प्रभाव पड़ा, पूरी पृथ्वी दो हिस्सों में बँट गयी। दोनों बड़े साम्राज्यों ने यह नियम लगा दिया कि दुश्मन को अपनी ज़मीन पर पाते ही उसे मृत्यदण्ड दिया जाय, इन दोनों तबकों के अलावा पृथ्वी पर और भी समुदाय मौजूद थे जो हमेशा मजबूत तबकों द्वारा नकारे गये और जिन्दा रहने के लिए दोनों में से किसी एक के गुलाम बन कर रहने लगे। इन्हीं आम छोटे समुदायों में एक समुदाय और भी था जो नकारा तो गया परन्तु गुलाम बनाया ना जा सका, वह था इंसानो का। इंसान स्वाभिमानी था और खुलकर जीना ही उनका सबसे बड़ा शौक था। खुली जिंदगी खो जाने के डर से वे कभी किसी के गुलाम बनने को राज़ी नहीं हुए।

पहले तो इंसान इस साम्राज्य से उस साम्राज्य ड्रम की तरह ढनगता रहा परन्तु जब राक्षस और नील समुदाय के लोगों ने उन्हें गुलाम बनने के लिए मजबूर किया तथा दबावपूर्ण स्थिति में डाल दिया तो वे वहाँ से भाग निकले और जंगलो तथा गुफाओं में छुपछुप कर जीवन व्यतीत करने लगे। उनके भागने का असर यूँ हुआ कि दोनों समुदायों ने उन्हें देखते ही मार देने का आदेश दे डाला। अपनी जान खतरे में पाकर इंसानों की तो घिघ्घी बंध गयी। वे दोनों साम्राज्य के सैनिकों से बचते फिरने लगे, सैनिकों के हर जगह खोजने पर भी जब वे साम्राज्यो के हाथ ना लगे तो उन्हें किसी हालत में पकड़ने के लिए सेना की चौकिसी बढ़ा दी गयी और कुछ खोजी दस्तों का संगठन किया गया जो खास

इंसानों के ठिकाने का पता लगाने के लिए बनाए गए थे। इस पृथ्वी पर इंसान ही एक मात्र जीव थे जिन्होंने गुलामी के खिलाफ बगावत का खतरा मोल लिया था। दोनों साम्राज्यों को यह डर लगा रहता था कि कहीं इंसानों की देखा–देखी अन्य छोटे समुदाय भी संगठन बनाकर बगावत न करने लग जायें। अगर कहीं ऐसा हो गया तो उनकी सत्ता का तो पत्ता पलट जाएगा। इसीलिए वे जल्दी से जल्दी इंसानों को पृथ्वी से मिटा देना चाहते थे ताकी कोई और समुदाय उनके खिलाफ जाने की सोच तक ना सकें और अनंत काल तक उनका प्रभुत्व इस पृथ्वी पर बना रहे। सब कुछ भूलकर दोनों समुदाय बस इंसानों को पहले खोज लेने की होड़ में लग गये।

बाहर सैनिकों का खतरा ज्यादा बढ़ते देख इंसानो ने अपना ठिकाना बदल लेना ही उचित समझा। वे अपना पूरा कबीला लेकर जंगल के बीचों–बीच स्थित झाड़ियों और बाँस के पेड़ों से ढकी एक गुप्त गुफा में चले गये। बीच में जंगल काफी घना था, बाकी बची कसर झाड़ियों और बाँस कें पेड़ों द्वारा पूरी हो गयी थी। जंगल के उस अंधेरे हिस्से में झाड़ियों के बीच छुपी गुफा का पता लगाना तो दूर उन झाड़ियों के आर–पार देख पाना भी असम्भव था, उन्होंने गुफा के अंदर ही अपना संसार बसा डाला और उसी में अपने सारे कार्यों को अंजाम देने लगे, बाहरी दुनियाँ में सेना की चौकसी को देखते हुए दिन में गुफा से बाहर निकलना बंद कर दिया और रात्रि के समय अपने बाहरी दुनिया से जुड़े कार्यों को करने लगे, यदि वे कभी किसी काम से बाहर जाते तो कुछ लोगों का एक झुण्ड बनाकर ही जाते थे।

कभी कोई उनमें से बिछड़ता तो वह कभी वापस नहीं आता था। वह सेना के हाथों घोर निद्रा में भेज दिया जाता। अन्यत्र ही अगर कहीं उनकी सेना के जवानों से भेट हो जाती, तो वे भगाते और उन सैनिकों को उनके विरोधी सैनिकों के सामने ला खड़ा करते जिसका परिणाम यह निकला कि दोनों तरफ के सैनिक एक–दूसरे से ही लड़–मरते और इंसान चुपचाप बचकर निकल

जाते, दोनो समुदायों की दुश्मनी ही इंसानों का सबसे बड़ा हथियार बन गया था। वे उसी के सहारे अपना जीवन जीते थे, परन्तु पकड़े जाने का खतरा तो फिर भी उनके सर पर बना रहता था। उनकी इस दयनीय स्थिति को देखते हुए प्रकृति को उनपर बहुत दया आ रही थी। उसने उनकी मदद करने के लिए अपनी सारी शक्तियाँ बटोरी और इंसान समुदाय के एक गरीब और दीन–हीन परिवार की एक औरत के पेट में समाहित कर दी, प्रकृति को ऐसा करते देख सारे ग्रहों ने भी अपनी दिशा बदल डाली और अपने आपको एक एसे समूह में खड़ा किया जो ग्रहों की दिशाओं का सबसे ताकतवर समूह कहा जाता है। कुछ समय बाद ग्रहों के समूह की उसी छाया में सारी शक्तियों ने एक बच्चे के रूप में जन्म लिया। अपने काम में सफलता पाकर प्रकृति ने जश्न मनाकर अपनी खुशी जाहिर की, हवाओं ने तेज गति पकड़ ली और बिजली रात्रि के उस घने अंधेरे में प्रकाश फेंकने लगी, जिसके प्रकाश की वजह से सारा अंधेरा छट गया। बिजली जोर–जोर से वातावरण में चिल्ला–चिल्ला कर राक्षसों और नीलों को सावधान करते हुए कह रही थी कि वे सुधर जायें और अत्याचार करना बंद कर दें नहीं तो उनका अंत करने उनका काल पृथ्वी पर जन्म ले चुका है। बच्चे के जन्म पर प्रकृति में इतना उल्लास देखकर इंसानों को लगा कि यह उनके दुखों के दूर होने का संकेत है, जो वह बच्चा लेकर आया है। उन्होंने अपने कुल देवता को याद करके उस बच्चे का नाम गोजार रख दिया, क्योंकि उनका मानना था कि गोजार एक महाबलशाली योद्धा था। इंसानो के इतिहास के मुताबिक गोजार एक राजा का पुत्र थो जिसने दुनिया में बढ़ते राक्षसों के जुर्म और अत्याचारों से पृथ्वी वासियों को मुक्ति दिलायी थी। पृथ्वी से सारे पाप खत्म करके शांति कायम की और अपना राज्य लोगों की भालाई के लिए दान में दे दिया उनके कार्यो और त्यागों के चलते इंसान उनका सम्मान करते थे और किसी देवता के असतित्व में न होने कारण उन्हें ही अपना देवता मानकर पूजते थे। बालक गोजार बचपन से ही अन्य बच्चों से भिन्न था। वह अद्‌भुद मानसिक व

शारीरिक क्षमताओं का धनी था, जहाँ अन्य बच्चे बचपन में अपना समय गुड्डों–गुड़ियों के साथ खेलने में व्यतीत करना पसंद करते थे, वही गोजार अपना ज्यादातर समय तलवारों और ढालों के बीच में व्यतीत करना पंसद करता था। वह बचपन से ही तलवार बाजी और तीरंदांजी सीखने का शौकीन था। कहा जाता है कि पूत के पाँव पालने में ही नजर आ जाते हैं। इसलिए इंसानों ने उसके भविष्य का अंदाजा पहले से ही लगा लिया था, उनका मानना था, कि गोजार बड़ा होकर कोई बड़ा काम करेगा और इंसान को फिर से दुनिया में इज्जत और सम्मान दिलायेगा। वह समय जब भी आयेगा वह इंसानों के लिए बड़ी खुशी की बात होगी क्योंकि उन्हें इस दुनिया में फिर से उभर कर ऊपर आने की आज़ादी मिलेगी और इस गुमनामता की जिंदगी सें छुटकारा मिलेगा, इसी आशा के साथ इंसान अपना जीवन जीने लगें समय का पहिया घूमता रहा पुराने पेड़ राख में तब्दील हो गये, और उनकी जगह नये, मजबूत पेड़ों ने ले ली, समय के पहिये के साथ चलकर गोजार अब बहुत ताकतवर, चालाक और एक ज्ञानवान प्रौढ़ के रुप में उभरा, उसकी युद्ध कलाएँ और शारीरिक व मानसिक क्षमताएँ अब अपने चरम पर थीं। इतने वर्ष बीत जाने के बाद भी इंसानों ने अपना ठिखाना नहीं बदला। वे वहीं के वहीं जमे रहे गोजार को यही चीज़ खटकती थी, क्योंकि जब से आँखे खोली थीं उसने सिर्फ गुफा को ही देखा था। उसे कभी बाहर नहीं जाने दिया गया, उसने अपनी शिक्षा भी गुफा के अंदर ही पूरी की, कभी बाहर की दुनिया का एक नज़ारा तक नहीं देखा और वह जब भी बाहर जाने की कोशिश करता तो उसे वहीं रोक लिया जाता। जिस तरह तिजोरी में खजाने को छुपा कर रखा जाता है उसी भाँति उसे भी गुफा में कैद रखा जाता था। ऐसा इसलिए था, क्योंकि अब उसके पिता इंसानी समूह के मुखिया थे और वे उसे प्रेम के चलते अपने से दूर नहीं होने देना चाहते थे, वे चाहते थे कि उनका बेटा हमेशा उनके पास रहे, इसलिए वे हमेशा उसे समझाते रहते थे, कि बेटा बाहरी दुनिया भी ऐसी ही है, जैसी गुफा के अंदर की दुनिया, वहाँ भी ऐसे ही खेत

–खलियान है, अपनी दुनिया बाहर की दुनिया से लाख गुना बेहतर है, इतने साल गुफा में बीताने पर इंसानों ने गुफा के भीतर ही अपना सारा संसार बसा लिया था। खेत–खलियांन अब सब गुफा के भीतर ही थे अनाज आदि के लिए अब उन्हें बाहर जाकर खतरा उठाने की जरुरत नहीं थी। काफी दूरी बना कर उन्होंने गुफा की छत हटा दी थी ताकि उन्हें अपने खेतों के लिए धूप और बरसात का पानी मिल सके, गोजार अपना ज्यादातर समय गुफा के उसी भाग में बिताना पंसद करता था, क्योंकि वहाँ से उसे आसमान दिखता था और जब कभी भी प्रकृति में परिवर्तन दिखता, आसमान सुन्दर दिखाई देने लगता, तब उसका मन कारण का पता लगाने के लिए मचल उठता और वह बाहरी दुनिया में प्रवेश करने कें लिए आतुर हो उठता था उचित–अनुचित प्रयास करने लगता था, परन्तु उसपर लगी पाबन्दियों के कारण वह खुद को असहाय पाता और मुहँ लटकाकर वापस लौट आता।

एक दिन उसे सुनहरा मौका मिला बाहर की दुनिया में कदम रखने का, उसे पता चला कि एक खोजी दल को बाहर की दुनिया में भेजा जा रहा है, जो बाहर जाकर नीलों और राक्षसों की प्रगति स्थितियों का पता लगाएगा तथा उनकी कुछ जरुरी वस्तुएँ जैसे हथियार, नक्शे व कपड़े अपने साथ लायेगा। गोजार को यह काम बड़ा ही रोमांचक लगा उसकी भी इच्छा इस दल में शामिल होकर बाहर जाने को हुई, फिर जब उसने सुना कि वे सिर्फ बहादुर व ताकतवर लोगों को ही दल में शामिल कर रहे है तो उसकी इच्छा में चार चाँद लग गये क्योंकि उसमें न तो ताकत की कमी थी और ना ही बहादुरी की। अब बस उसे सिर्फ इतना करना था कि कहीं उसके पिता की नज़र उस पर न पड़ जाए वरना उसकी पूरी योजना चौपट हो जाएगी और वह कभी भी बाहर नहीं जा पयेगा, उसके इस काम के लिए सजा भी मिल सकती हैं। वह पूरी रात्रि इसी योजना पर विचार करता रहा, उसे अपनी योजना को अंजाम देने की तरकीब सूझ ही गयी। सुबह उठते ही

उसने पिता को खेल–खलियान के काम से भेज दिया और खुद एक नकाबपोश बनकर दल में शामिल होने के लिए चल दिया। वहाँ पहुँचकर उसनें सारी परीक्षाओं को असानी से पास करके दल में शामिल होने की सफलता तो पा ली परन्तु अंत समय में एक सैनिक की नज़र उसकी बाँह पर पड़ गई जिसपर शाही निशान बना हुआ था, उसने गोजार का भेद खोल दिया। उसे अपना भेद खुलने पर बहुत दुःख हुआ उसने सोचा कि वह इतना मूर्ख कैसे हो सकता है कि सारी तैयारियाँ करने के बाद अपनी बाँह को ही सही तरीके से ढकना भूल गया। उसकी इस हरकत की खबर उसके पिता को दे दी गयी। इस बात को सुनकर मुखिया थोड़ा नाराज हुआ और थोड़ा दुःखी भी हुआ नाराजगी का कारण था उसकें बेटे की यह हरकत और दुःखी इसलिए था कि इतनी बार समझाने के बाद उसका बेटा उसकी बात सुनने को तैयार नहीं था और बाहर जाने की अपनी जिद पर ही अड़ा बैठा था। वह दोनों भावनाओं में खोया हुआ प्रंशिक्षण स्थान पर पहुँचा जहाँ वे सैनिक भर्ती कर रहे थे, पिता को अपनी ओर आता देखकर गोजार पहले तो थोड़ा सहम गया परन्तु जल्दी ही डर से बाहर भी आ गया और अपने पिता के गुस्से का सामना करने को तैयार हो गया, उसने सोंच लिया कि कुछ भी हो जाए आज वह अपने पिता से अपनी बाहर जाने की इच्छा पर सहमति लेकर ही मानेगा, उसके दिमाग में एक विचार आया कि उसके पिता उससे बहुत प्यार करते हैं क्यों ना उनके उसी प्यार का फायदा उठाकर उन्हें मनाया जाय हालाँकि यह गलत होगा क्योंकि किसी की भावनाओं के साथ खेलना उसे अंदरुनी चोट पहुँचाने के बराबर है पर गोजार के पास और कोई चारा भी तो नहीं बचा था, इसीलिए उसे मजबुरी में यह कदम उठाना ही पड़ा। जबतक वह अपने विचारों से बाहर आया, तब तक उसके पिता उसके सामने आकर खड़े हो चुके थे। और लगातार उसे ही देखे जा रहे थे। उन्हें यूँ अपने पास खड़ा देखकर वह थोड़ा हिचकिचा गया, सोच में डूबा रहने के कारण उसे पता ही नहीं चला कि वे कब उसके पिता पास आ पहुचे। गोजार ने कुछ कहना चाहा तो उसकी जुबान

लड़खड़ा गई और शब्द बाहर निकलने से पहले ही अटकर लुप्त हो गये। पिता ने जब अपने पुत्र की ऐसी स्थिति देखी तो उसका पुत्र प्रेम जागृत हो गया गुस्सा प्रेम के आगे छोटा पड़कर शर्मा गया और अपना रास्ता पकड़कर चलता बना। मुखिया ने गोजार की पीठ पर प्रेम में डूबा हुआ एक हल्का हाथ रखा और प्रेम की मिठास उसकी पीठ पर पोतने लगे, फिर समझाना शुरू किया ष्देखो गोजार अपने चारों ओर एक बार नज़रें घुमाओं क्या नहीं है हमारे पास, सब कुछ तो है, हमने गुफा मे हर वे सामान रखा है जिसकी हमे जरूरत है, हमारे पास वो सारी सुविधाएँ है जो बाहर की दुनिया से मेल खाती है और यह सब किसका है बेटा तुम्हारा ही तो है, तुम्हारे पास इतना सब कुछ होने के बावजूद उस बाहरी दुनिया मे ऐसा क्या है जो तुम बार–बार मना करने के बाद भी वहाँ जाने के लिए व्याकुल रहते हो, जिसके चलते तुम हर बार उट पटांग कोशिशें करते रहते हो, देखो बाहर की दुनिया में कुछ नहीं रखा है वह सिर्फ हमारे लिए तकलीफ पैदा करती है, वहाँ जान के खतरे के सिवा और कुछ नहीं है और रही काम की बात है, तो तुम्हारा वहाँ जाना कोई माईने नहीं रखता है वह हमारे जांबाज सैनिक कर लेंगे, तुम बुद्धिमान हो तुम्हें तो इंसानों के विकास के बारे में सोचना चाहिए, हमें तुम्हारी जरूरत है, मुझे तुम्हारी जरूरत है और मै तुम्हें किसी भी कीमत पर खो नहीं सकता पुत्र, मैं चाहता हुँ की तुम हमेशा मेरे साथ रहो, यहाँ गुफा की अपनी एक इंसानी दुनिया में।"

गोजार सब चुपचाप सुन रहा था, उसे अपने पिता की बातों से स्वार्थ की महक आयी, वह यह जानता था कि जब बात उसकी आती है तो उसके पिता दिमाग की बजाय दिल से सोचना शुरू कर देते हैं। जिस कारण वे आज तक उसके बारे में एक भी सही फैसला नहीं ले पाये हैं। वे कभी गोजार को समझ ही नहीं पाये थे, और न ही उन्हें इससे मतलब था कि गोजार असलियत में क्या चाहता है वे तो सिर्फ अपने लाडले को दुनिया कि नजरों से बचाकर अपनी पलकों की छाँव में रखना चाहते थे, उनका मानना था कि कहीं अगर गोजार गुफा से बाहर चला गया

तो शायद फिर कभी लौट कर न आये और उन्हें अपना बेटा खोना पड़े, जो वे बिल्कुल भी नहीं चाहते थे। एक पिता के हिसाब से उनकी अपने पुत्र के प्रति चिंताएँ उचित थी। परन्तु उनकी यही चिंताएँ गोजार को दिन–प्रतिदिन कमजोर करती जा रही थी, वह अपनी असली ताकत को भूलता जा रहा था। गोजार जो अबतक चुपचाप खड़ा होकर अपने पिता कि जायज–नाजायज चिंताएँ सुनता जा रहा था, उससे अब ना रहा गया। उसने उनकी इन सारी बातों का उत्तर उसी समय दे देना ही ठीक समझा, अपने पिता को बीच में ही रोककर बोलना शुरू किया पिता जी मैनें बचपन से आज तक अपना पूरा समय इसी गुफा में आपके साथ ही बिताया है, परन्तु देखिए हमें क्या मिला इन काली अंधेरी गुफाओं की दीवारों के सिवा, हम क्यों छुप–छुप कर इस गुफा में चोरों की तरह अपनी जिंदगी जी रहे है, और कब तक हमें यहाँ छुपकर रहना होगा, क्या इस गुफा के सिवा हम इंसानो का कोई और भविष्य नहीं है, क्या हम हमेशा यूँ चूहों की तरह बिल में ही छुपे रहेगें, नहीं! इस गुफा से आगे भी एक दुनिया है जो इस गुफा से कई गुना खूबसूरत और प्रकाशवान है। तथा जहाँ भविष्य का उजाला चारों तरफ फैला हुआ है और उस बाहरी दुनिया में हमारा भी भविष्य हो सकता है, हम छोटे इंसान भी अपना सर उठाकर जी सकतें है बाहर की दुनिया की वो चमकती किरणें हमेशा मुझे अपने पास बुलाती रहती हैं आम लोग भले ही अपना सारा जीवन इन काली अंधेरी गुफाओं में बिताना चाहते हो परन्तु मैं हमेशा यहाँ नहीं रह सकता बाहर जाकर सारा संसार अपनी आँखो से देखना चाहता हूँ।" बोलते–बोलते उसके स्वरो ने उग्र रुप ले लिया और अंदर भरा सारा क्रोध स्वरों के जरिये ही बाहर निकलने लगा, मुखिया को अपने पुत्र के द्वारा कही गई इन बातों से दुःख हुआ उसने पहले कभी अपने पुत्र की उसके प्रति ऐसी उदण्डता नहीं देखी थी, तभी गोजार का ध्यान अपने पिता के चेहरे पर उभर रहे असंतुष्टि के भावों की ओर गया उसे मामला थोड़ा बिगड़ता दिखा, उसने अपने आपको शांत किया एक ठण्ठी सांस ली और फिर प्रेम से समझाने की कोशिश करने लगा।

"देखिए पिता जी ये सारी राजा–प्रजा की धारणायें हम जीवों ने बनाई है और जिन राक्षसों और नीलों से आजतक हम भागते फिर रहें है। वे राज करने का अधिकार लेकर पैदा नहीं हुए थे बल्कि उन्होने प्रकृति द्वारा प्राप्त अपनी शक्तियों का गलत फायदा उठाया है"। इतना कहकर वह एक क्षण के लिए शांत हुआ और कुछ सोचने के बाद कहना शुरु किया "हम सब प्रकृति की संताने हैं और उसने अपनी संतानों के लिए यह वातावरण निर्मित किया है इस पृथ्वी पर रहने वाले सारे समुदायों का इसपर बराबर का अधिकार है। चाहे वह दानव हो या एक मामूली सा कीड़ा क्योंकि वे सारी प्रकृति की ही देन हैं, आप ही बताइए कि हम और कितनी सदियों तक इस गुफा में छुपकर रहेगें एक न एक दिन उन्हें हमारे ठिकाने का पता चल ही जाएगा तब न हमारे पास उनसे लड़ने के लिए ताकत होगी और न ही कोई हथियार, कैसे करेगें हम उनका सामना, हमें भी बाहर रहकर अपना विकास करना चाहिए और उन सब को मुँह तोड़ जवाब देना चाहिए"।

इतना सब सुनने के बाद मुखिया को समझ में आ गया कि उनका बेटा उनसे क्या कहना चाहता है फिर भी उनका मन उसे बाहर जाने की अनुमति देने से इनकार कर रहा था। परन्तु बेटे की ज़िद के कारण उनके मन को हार माननी पड़ी, मुखिया को उसे जाने की अनुमति देनी ही पड़ी बाकी सारे सैनिक उसे अपने दल में शामिल होता देख खुश हो गये, होते भी क्यों न भई गोजाार उन सब में सबसे ताकत वर तथा बुद्धिमान योद्धा था। दल बाहर जाने की सारी तैयारियाँ करने लगा अगले दिन उन्हें रवाना होना था। गोजार ने अपने साथ खाने का कुछ सामान तथा हथियार ले लिए, उसने अपने थैले में और कई सारी जरुरी चीजें रख ली जैसे दिशा सूचक, दुरबीन, नक्शे तथा अन्य चीजें जिनकी उसे सफर के दौरान जरुरत पड़ सकती थी। अगले दिन जब चलने का समय आया तो जाने से पहले उसने अपने पिता से गले लगकर, उनका आर्शीवाद लिया और माता के सामने नत्मस्तक होकर गुफा से विदा ली। बाहर सैनिकों का खतरा होने के कारण बेड़ा संध्या के समय गुफा से निकला ताकि वे पूरी रात

अपना सफर आसानी से तय कर सके और सैनिक नाम की कोई अड़चन उनके रास्ते में न आये, उनका पहला काम था कि वें राक्षस राज्य में घुसकर गुप्त रुप से सारी जानकारियाँ तथा हथियार व कपड़े लाकर एक सुरक्षित स्थान पर पहुँचाए फिर सारी जनता यानि अन्य समुदायों की स्थिति का जायजा लेते समय दूसरी बार नील–राज्य में घुसपैठ करें।

बेड़ा रात भर सफर करता और सूर्योदय होने से पहले किसी गुप्त स्थान पर छुपकर विश्राम करने लगता, शाम ढलते ही वे पुनः अपना सफर जारी करते इस तरह दिन के बाद रात और रात के बाद दिन, एक लम्बे और थकाऊ सफर के बाद उनको उनकी मंजिल मिल ही गई हालांकि यह सफर जल्दी ही पूरा हो सकता था परन्तु सैनिकों के ज्यादा चहल–पहल के कारण उन्हे छुपकर चलना पड़ता था।

राक्षस राज्य में प्रवेंश करने से पहले उन्होनें अपने आपको एक गुलाम प्रजाति याला की तरह कपड़े से पूरी तरह ढक लिया। जिससें उनकी इंसानी पहचान छुप गई। उन्होनें "याला" का ही रुप इसलिए लिया क्योंकि कहा जाता हैं। कि वे एक पौराणिक प्रजाति हैं, जो आम जीवों के मुकाबले कई गुना ज्यादा जीते है, और ऐसा इसलिए क्योंकि यदि कोई उनका नकाब हटा दे और याला की नजर उनपर पड़ जाये तो उनकी जीवन शक्ति का कुछ हिस्सा याला से जुड़ जाता है, वह व्यक्ति समय से पहले ही मृत्यू को प्राप्त हो जाता है। यह बात कितनी सत्य है इसका तो पता नहीं परन्तु लोगों की इस धारणा से किसी भी प्रकार के जीव याला के आस–पास जाने से कतरातें थे। यहाँ तक कि राक्षस भी उनके आस–पास नहीं फटकते थे। बेड़े ने इसी बात का पुरा फायदा उठाया और उसी वेश में राक्षस नगरी में प्रवेश किया, अन्य जीवों के बीच वे घुलमिलकर चलते रहे। गोजार को यह सब बिल्कुल नया लग रहा था कुछ चीजें तो उसकी समझ के बिल्कुल बाहर थी। गुफा में रहकर आज तक उसने सिर्फ इंसानों को ही देंखा था परन्तु बाहर इतने प्रकार के

जीव देखकर उसका तो माथा चकराने लगा, अपने जीवन में उसने इंसानों से ज्यादा तो कोई कल्पना ही नहीं की थी। और न ही सोचा था कि इतने प्रकार के जीव भी इस पृथ्वी पर हो सकते हैं, यूँ अचानक नाना प्रकार के जीवों को अपने मन में वास्तविक्ता का प्रमाण देना थोड़ा कठिन था। बाहरी दुनिया के बारे में कोई जानकारी न होने के कारण वह चुपचाप अपने दल के मुखिया के द्वारा दिये गये निर्दोर्शो का पालन करता रहा, यदि उसे बाहरी दुनिया के बारे में जरा सी भी जानकारी होती तो वह अपनी आदत कें चलते बिना हस्ताक्षेप किये न रहता। परन्तु जब उसने देखा कि इतना भेष बदलने के बाद भी दल के सभी सदस्य अपनी कद काठी और चाल–ढाल के कारण इंसान ही प्रतीत होते है दूर से कोई भी उन्हे देखकर पहचान सकता हैं कि वे याला नहीं बल्कि इंसान हैं। इतनी भीड़–भाड़ में तो वे लोगों अपने याला होने का एहसास दिलाकर भ्रमित कर सकते हैं, परन्तु जब वे विरल क्षेत्रों में पहुँचेगें जहाँ लोगों की सख्यां कम होंगी परन्तु सैनिक बहुतायत मात्रा में होगें तब वे अपने आपको उन सैनिक की तेज दृष्टि से बचा नहीं पायेगें और उनका खेल वही खत्म हो जायेगा, उसने आने वाले संकट के बारे में मुखिया को अगाह किया, सबने स्थिति को देखते हुए एक योजना बनाई कि राजधानी के बाहर वे इसी तरह लोगों की भीड़ में मिलकर अपना सफर आगे बढ़ाएँगे परन्तु राजधानी के अंदर पहुँचने के बाद वे दिन में न चलकर अपना सफर रात के समय करेगें क्योंकि रात्रि के समय गलियाँ खाली होगी और सारे सैनिक भी अर्धनिद्रा में ही पहरा दे रहे होंगे यदि रात्रि के घने साये में उनपर रोशनी भी पड़ जाती है तो उनपर कोई फर्क नहीं पड़ेगा, उनकी याला वाली पहचान भी छुपी रहेगी और कोई राक्षस सैनिक आस–पास इंसान होने का अंदेंशा भी नहीं कर पायेगा। दल ने सारी योजनाएँ तो एकदम सटीक बनाई थी परन्तुं एक चीज़ करना भूल गये। वे थी इंसान की खुशबू जो राक्षस को अपनी तरफ खींचती थी पूरें दल में से किसी का ध्यान इस चीज़ की ओर गया ही नहीं, एक गुप्त स्थान में छुपकर वे सभी सूरज ढलने का इंतजार करने लगे। जब

सूरज ढल गया और काले अंधेरे ने समूची पृथ्वी को अपने अगोश में घेर लिया, तब दल चूहों की तरह पंक्ति बनाकर दबे पाँव आगें बढ़ने लगा, जैसे–जैसे वे राजधनी में अंदर घुसते जा रहे थे वैसे–वैसे उनकी दिल की धड़कने भी बढ़ती जा रही थी। डर का साया उनके दिल–दिमाग पर हावी होने लगा। वे अपना हर कदम फूंक–फूक कर रख थे गलियाँ पूरी तरह से खाली थी और पहरेदार अपनी–अपनी जगह पर जमे हुये थे कुछ तो पूरी तरह जगे थे परन्तु कुछ वही खड़े–खड़े लड़खड़ा रहे थे। उनका अपने आपने–आप पर कोई काबू नहीं था, कुछ तो खडे–खड़े ही सो रहे थे। वे उन्हे जाते हुए देख तो रहे थे परन्तु उनमें से किसी की उनसे बोलने की हिम्मत नहीं हो रही थी क्योंकि वे समझ रहे थे कि वह यालाओं का एक दल है और उससे बिना मतलब उलझना अपनी जिंदगी खतरे में डालना है, उनके गुजर जाने के बाद हर सैनिक एक दूसरे से पूछता कि आस–पास कोई इंसान है क्या? तो दूसरा उत्तर में कहता "नहीं मैने तो नहीं देखा शायद तुम्हे वहम हो गया ह। तो दूसरा कहता कि हो सकता है क्योंकि मुझे उनकी खुशबू आई थी, परन्तु ऐसा संभव ही नहीं हो सकता, इंसान तो इस दुनिया में है ही नहीं, उनका तो अस्तित्व ही खत्म हो चुका हैं वे यहाँ कैसे आ सकते हैं। इतना कहकर दोनों जोर–जोर से ठहाके लगाकर हँसने लगे। दल वाले भौचक्के रह गये उन्हें अपने कानो पर विश्वास नहीं हो रहा था कि ऐसा कैसे हो सकता है भला दुनियाँ ने उन्हें इतनी जल्दी कैसे भुला दिया? क्या इस दुनिया के लिए वे कुछ भी नहीं, अरे वे भी तो इसी पृथ्वी के ही जीव थे। दल ने यह ठान लिया कि अब वे इस दुनिया को दिखाकर ही दम लेगे कि इंसान क्या कर सकते है वे फिर से इस दुनिया में अपनी पहचान बनायेगें।

इसी सोंच के साथ वे धीरे–धीरे रात के घने अंधेरे में राजधानी की ओर बढ़ने लगे, रास्ते पर लगे खम्भे पर जल रोशनियाँ रात की उस कालिख में मन्द–मन्द प्रकाश बिखेर रही थी ऐसा लग रहा था मानो काले अखबार पर लाल सिंदूर बिखरा दिया गया हो। प्रकाश की उस लालिमा में सारी गलियाँ चमक

रही थी। दल धीरे–धीरे, छुप–छुपकर आगें बढ़ रहा था तकरीबन चार राते चलने के बाद राजधानी के द्वार तक पहुँच गये परन्तु अंदर प्रवेश करने से पहले ही सूरज ने आकाश में अपने पाँव पसार लिए दल का आगे बढ़ते रहना कठिन हो गया सबने एक खण्डहर पड़े घर में शरण ली और पूरा दिन वही बिताया। रात में जब उन्होनें निकलने की कोशिश की तो देखा कि बाहर सैनिक का पहरा उनकी सोंच से भी कहीं ज्यादा है इस समय बाहर निकलना मौत को दावत देने के बराबर होगा। उन्होनें वही थोड़ी देर इंतजार करना ही ठीक समझा, थोड़ी देर के बाद उन्हानें देखा कि सारे आम राक्षस जन, राजधानी के अंदर राजमहल की तरफ बढ़ रहें थे, दल अचानक हुए परिवर्तन का कारण नहीं समझ पा रहा था। हर राक्षस के हाथो पूजा से जुड़ी हुई कोई न कोई सामाग्री थी, मुखिया ने आस–पास का वातावरण देखा और फिर अपनी नजरे आसमान की तरफ दौड़ाई, चाँद को आकाश में न पाकर उसका शक सही साबित हुआ। वह समझ गया कि आज आमावस्या है जो काली शक्तियों के जागने का दिन होता है। हो न हो ये राक्षस प्राजाति आज उन्हीं काली शक्तियों को जगानेके लिए जा रहा हैं। इसी कारण सबके हाथो में पूजा की सामाग्रीयाँ हैं। उसे अंदर घुसने का यह सबसे अच्छा मौका लगा उसने अपने साथियों को इस स्वर्णिम अवसर के बारे में बताया, उन सबने मिलकर अंदर जाने की योजना बनाई। योजना यह थी कि जब सारे राक्षस अर्ध रात्रि में काली शक्तियों से एकत्रित होकर प्रार्थना करेगें तब हमारे लिए अंदर घुसकर अपना काम करेने का सबसे अच्छा मौका होगा, समय रहते वहाँ से बाहर भी निकलना होगा। आखिर वह समय भी आया जब राक्षसों की पूजा शुरू हो गई, पूरी राक्षस नगरी राक्षसों से खाली हो गई और दल के अंदर घुसने का रास्ता साफ हो गया। दल धीरे–धीरे अंदर बढ़ने लगा। उसका निशाना सीधा हथियार ग्रह था। हांलाकि पूरा नगर खाली था और कोई पहरा देने वाला मौजूद नहीं था परन्तु फिर भी सारे इंसान छुप–छुप नगर की अंधेरी गलियों में चल रहे थे क्योंकि वे ऐसी कोई गलती नहीं करना चाहते थे। जिसका

भुगतान उन्हें अपनी जिंदगी खोकर करना पड़े, वे गलियों में अंदर की तरफ चलते तो जा रहे थे लेकिन उन्हे अपने लक्ष्य का सही ठिकाना पता नहीं था। सही ठिकाना जानने के लिए उन्होनें नक्शे का सहारा लिया जिसने उन्हे सही सलामत, बिना किसी को दिखाई दिऐ हथियार ग्रह तक पहुँचा दिया, वहाँ पहुँचनें के बाद वे ताला तोड़कर अंदर पहुँचे और उम्दा हथियारों को खोजने लगे समय भी बीतता जा रहा था, परिस्थियों को देखते हुए अपना काम जल्दी करने लगे, संयोगवश वे कीमती हथियार खोजते–खोजते एक काले जादुई दिखने वाले कक्ष में पहुँच गये। अंदर पहुँकर उन्होने अपनी नजरे चारो ओर दौड़ाई तो आवाक रह गयें, पूरा कक्ष चमचमाते जादुई से लैश हथियारों से भरा पड़ा था। हर हथियार अपनी अलग विशेषता का प्रकाश छोड़ रहा था। उन हथियारों को देखकर दल ने और वस्तुओं की ओर देखना निरर्थक समझा सबने एक–एक हथियार उठा लिया। सबने मिलकर उस कमरें में रखें सारे हथियारों को समेट लिया परन्तु गोजार एक भी उठाने से वचिंत रह गया और निराश हो गया, कि तभी उसने देखा सामने कक्ष के आखरी छोर पर एक कोने में कुछ हरा–हरा चमक रहा था। वह धीरे–धीरे चमक की ओर बढ़ने लगा। वहाँ पहुँकर उसने देखा कि कक्ष के उस कोने में एक कड़ा बड़े सलीके से रखा गया था जिसमें से हरे रंग की रोशनी निकल रही थी।

कोई हथियार न पाने की वजह से वह वैसे भी निराश था और जहाँ उस कोने में कुछ बड़ा मिलने की आशा थी वहाँ भी एक छोटा–सा कड़ा देखकर वह आशा निराशा में बदल गई। वहाँ खड़े होकर उसने एक ठण्डी साँस ली और सोचकर कि मूली न तो मूली का पत्ता ही सही वह कड़ा पहन लिया, उसने जैसे ही वह कड़ा पहना उसे ऐसा लगा कि जैसे वह उसका रक्त खींच रहा हो, वह काली शाक्तियों के जागने का समय था। गोजार को लगा कि जैसे उसका अंत समय आ गया हो। राक्षसों की पूजा और यज्ञों से काली शक्तियाँ जाग्रत हुई और राक्षस में समाहित होने की बजाए कड़े की ओर अग्रसर हूई, जाकर गोजार

में समा गई, गोजार का शरीर हरे रंग से प्रकाशित हो गया, कड़ा उसकी पूरी बाँह पर फैल गया, डर कर गोजार ने उसे निकलने के कई प्रयास किये पर सफल न हो पाया। जैसे–जैसे काली शक्तियाँ गोजार में समा रही थी उसके शरीर में दर्द बढ़ता जा रहा था। कुछ समय पश्चात वह ज़मीन पर गिर पड़ा और दर्द के मारे अपने हाथ पैर पटकने लगा उसकी ऐसी दशा देखकर उसके साथी मदद को दौड़ पड़े और उसे शांत करने का प्रयास करने लगे। उसे लग रहा था कि मानो बस अब उसका सर फटने वाला है, थोड़ी देर बाद वह बेहोश हो गया।

आँख खुली तो उसने अपने–अपको बिस्तर पर पाया। एक विचित्र लड़की उसे टकटकी लगाकर देखे जा रही थी, उसकी आँखो का रंग लाल था, बाल चाँदी के समान चमकदार तथा शरीर समुद्री हरे रंग का था, एक पल के लिए गोजार डर के मारे कांप उठा, किसी तरह उसने अपने डर पर काबू पाने की कोशिश की उस लड़की ने कहा "अब कैसा लग रहा है।" गोजार ने सोंचा कि वह इस विचित्र महिला से बात कैसे करे परन्तु जवाब न देगा तो जाने वह उसके साथ क्या करेगी। वह डरते–डरते बोला

"अच्छा" वे कुछ बोलता इससे पहले उसका ध्यान अपने हाथो पर पड़ा, कड़ें का कही नामो निशान नहीं था परन्तु हाथ पर विचित्र आकृतियाँ थी और हाथ का रंग भी गहरा हरा हो गया था। उसने अपना दूसरा हाथ भी देखा उसका रंग भी गहरा था, यह देखकर वह घबरा गया और अपने शरीर को मुड़–मुड़ कर देखने लगा उसे कुछ शंका हुई, उसने आस–पास देखा कमरे के आखरी छोर पर उसे एक दर्पण दिखाई दिया, वह झट से उठ खड़ा हुआ और दर्पण की तरफ दौड़ा और उसके सामने खड़े होकर वह खुद को देखने लगा, उसने अपने शरीर की कभी ऐसी कल्पना भी नहीं की थी, उसका पूरा शरीर गहरे हरे रंग का हो चुका था और उसके पूरे शरीर पर विचित्र आकृतियाँ बन गई थी, सर पर दो सींग उग गये थे और उनकें बीच आग जलती प्रतीत हो रही थी। गोजार डर के मारे कमरे में इधर–उधर भागने लगा कि अब उसका क्या होगा वह अपने घर कैसे जायेगा, लोग उसे पहचानेगे

कैसे? इस सोच ने तो उसे और भी ज्यादा परेशान कर दिया कि उसके साथी उसे अकेला छोड़ कर भाग गये, वे ऐसा कैसे कर सकते हैं उसकी इन गतिविधियों ने कमरे में काफी शोर मचा दिया। वह लड़की जो अब तक खड़ी उसकी सारी नौटंकियाँ देख रही थी उससे रहा न गया इतना सारा शोर उसकी बर्दाश्त के बाहर हो रहा था, वह ज़ोर से चिल्लाई "बहुत हो गया अब शांत हो जाओ नहीं तो मै तुम्हारा कीमा बना दूँगी, भलाई इसी में है कि चुपचाप आकर बिस्तर पर लेट जाओ" लड़की का मिजाज़ बिगड़ते देख एक अच्छे बच्चे की तरह वह चुपचाप आकर बिस्तर पर बैठ गया। थोड़ी देर तक यूँ ही चुप्पी साधे बैठा रहा, परन्तु जब रहा ना गया तो उसने बड़े ही शांत और शालीन स्वर में उस लड़की से पूछा की तुम कौन हो और मै कहाँ हूँ तथा यहाँ कैसे आया। लड़की उसके प्रश्नों के उत्तर देने की बजाय हँसने लगी उसे यूँ हँसते देख गोजार थोड़ा सकपका गया और उसके साथ मजबूरन फीकी हँसी हँसने का ढोंग करने लगा। लड़की एक दम से शांत पड़ गई और कहना शुरू किया "जरुरी ये नहीं कि तुम कहाँ हो या यहाँ कैसे आये बल्कि जरूरी ये है कि तुम कौन हो, कहाँ से आये हो, किस तरह के जीव हो तुम, तुम्हारे जैसा जीव पहले तो नहीं देखा, न ही तुम राक्षस हो और न ही नील या कोई अन्य, सबसे मजेदार बात तो यह है कि तुम यज्ञ के समय अचानक से बीच में आ टपके और ब्रम्हाण्ड की सबसे ताकतवर शक्तियों के मालिक बन बैठे, यह ऐसा समय है जब हमारा देश युद्ध की कगार पर खड़ा है और हमे इनकी सबसे ज्यादा जरूरत थी पर तुम अब इनके मालिक हो और हमारे देश का सबसे बड़ा बोझ, खैर कोई बात नहीं महागुरु विभीषका इसका कोई न कोई हल निकाल ही लेगें" इतना बोलने के बाद वह थोड़ी देर तक खड़ी रही फिर बोली "मुझे समझ में ये नहीं आ रहा है। कि शक्तियाँ हम लोगों में समाहित होने की बजाय तुम्हारी ओर कैसे आकर्षित हुई होगी।" उसने मुड़कर गोजार की तरफ देखा वह डरा सहमा और खिसियाता प्रतीत हो रहा था। उसे शांत कराने के लिए वह मुस्कुराई और प्रेम में डूबे हुए शब्दों में बोली "वैसे

मेरा नाम है शेर्काषि और मैं इस राज्य की राजकुमारी हूँ तुम इस समय राक्षसों के इस महान् सम्राज्य नेवाडला में हो, हमारा राज परिवार चतुर्मुखी नामक राक्षस प्रजाति से है और हम सदियों से इस राज्य पर शासन कर रहे है।" उसने इतना बताया ही था कि गोजार ने उसे टोका और पूछा "मै यहाँ कैसे आया।" उसने अपने इंसान होने तथा अपने साथियों के बारे में छुपाना ही उचित समझा। शेर्काषि खिड़की की तरफ मुड़ी और बताने लगी की तुम हमे प्रवेश द्वारा के समीप एक अंधेरी गली में मिले, हम महापद्म उत्सोर्जक यज्ञ कर रहें थे। जो डेढ़ सौ सालो में सिर्फ एक बार होता है उससे उत्पन्न हुई शक्तियों से हम अपने साम्राज्य को इतना सक्षम बनाते कि कोई भी अगले 100 सालों तक हमारे बारे में सोचकर भी डरता, परन्तु जब शक्तियाँ उत्पन्न हुई तब उनमें कुछ अजीब प्रक्रियाँऐ हुई और वे फैलने के बजाय सीधा आसमान की तरफ उठी और एक दिशा की ओर मुड़ गई, महागुरु ने बताया कि यह हमारे लिए अशुभ घड़ी है कोई उन्हें अपनी तरफ खींच रहा है। हमने शक्तियों की दिशा का पीछा किया परन्तु उनकी गति बहुत ही तेज़ थी इसलिए वे जल्दी ही आँखों से ओझल हो गई, महागुरु ने कहा कि उन्हें शक्तियाँ आसपास ही महसूस हो रही है और बताया कि तुम जो भी हो परन्तु शक्तियाँ ने तुम्हें अपनाया है।

हमारे पिता ने तुम्हे वहाँ ऐसे ही छोड़ देना उचित नहीं समझा इसलिए उनके कहे अनुसार हम तुम्हे यहाँ अपने साथ ले आये और कई वैद्यों से तुम्हारा उपचार करवाया। "वैद्यो से उपचार करवाया मतलब, मै कितने समय से यहाँ हूँ" उसने अचंभित होकर पूछा। उसे लगा जैसे वह काफी समय उस बिस्तर पर पड़ा था शेर्काषि ने उसकी तरफ देखकर कहा "तुमने सही अनुमान लगाया तुम पिछले दो सप्ताह से गहरी नींद में हो।" उसके इतना कहते ही गोजार की आँखे बड़ी हो गई और वह बाहर खिड़की की तरफ देखने लगा, उसे डर सताने लगा कि जब उसकें साथी बिना उसके वापस गये होगें तो उन्होनें उसके पिता को क्या जवाब दिया होगा, उसके पिता पर क्या गुजर रही

होगी, कहीं वे उसे ढूढ़ने के चक्कर में कोई बेवकूफी न कर बैठे और खोजतें–खोजतें राक्षस साम्राज्य न आ पहुँचें। यदि ऐसा हुआ तो अनर्थ हो जायेगा, कहीं उनकी जान खतरे में न पड़ जाये। ये बाते रह–रहकर उसे परेशान करने लगी तभी शेर्काषि के शब्दों ने उसका ध्यान अपनी तरफ खींच लिया वह कह रही थी खैर अब जब तुम्हारे पास ये शक्तियाँ तो तुम हमारे लिए अत्यंत महत्वपूर्ण हो, इन शक्तियों की ताकत और काबिलियत को देखते हुए। इस साम्राज्य के सम्राट यानि हमारे पिता श्री ने एक बहुत ही बड़ा फैसला लिया है। वे चाहते हैं कि तुम इन शक्तियों पर काबू पाकर इनका इस्तेमाल करना सीखों और हमारे देश के रखवाले बन कर रक्षा करो उन्होनें यह भी कहा है कि यदि तुम उन्हे प्रसन्न करते हो तो मेरी शादी तुम्हारे साथ कर दी जायेगी और तुम इस सम्राज्य के सम्राट बना दिये जाओगे''। सम्राट बनने की बात से गोजार के मन एक विचार कौंधा उसने सोचा यदि वह राक्षसों का सम्राट बना दिया जायेगा तो पूरे साम्राज्य कि सत्ता उसके हाथो में होगी, वह अपने मन मुताबिक कोई भी काम कर सकेगा। जब ऐसा होगा तो वह अपने परिवार, समुदाय को राक्षस राज्य में रहने के लिए बुला लेगा और राज्य में इंसानों को उच्च दर्जे की नागरिकता प्रदान करेगा ताकि कोई राक्षस उनकी तरफ आँख उठाकर भी न देख सके। यह सब सोचते–सोचते वह काफी गहरी सोच में डूब गया, उसे इतनी गहरी सोच में डूबा देख शेर्काषि ने उसे टोका और बोली क्या सोच रहे हो, मैंने तो पिता जी का फैसला तुम्हे सुना दिया और मेरा भी मन है कि तुम मेरे पति बनो क्योंकि तुम मुझे पसंद हो, वह शरमा गई, गोजार के चेहरे पर यह सुनकर लालिमा आ गई, परन्तु वह इसके वश में न था उसने अपन समुदाय के बारे में सोचत हुए हाँ भर दी। अगले दिन उसे दरबार में बुलाया गया और वहाँ बड़े ही आदर और सम्मान के साथ उसका स्वागत किया गया। शेर्काषि भी उसके साथ ही आयी थी। सम्राट ऩे उन्हें अपने सबसे नज़दीकी तख्तों पर बिठाया। थोड़ी देर बाद सभा प्रारंभ हुई, सम्राट अपने तख्त से उठकर खड़ा हुआ और सभा को संबोधित करते हुए बोला मननीय

सभागणों, प्रिय मित्रों और इस युग के अत्याधुनिक और महाबल शाली योद्धओं, आज मुझे यह बताते हुए बहुत ही गौरवान्वित महसूस हो रहा है। कि द्विव्य पाताली शक्तियों को गृहण करने वाला यह युवक आज धरती का सबसे ताकतवर योद्धा है और सबसे खास बात यह है कि यह युवक जिसका नाम है... जो है...। वह थोड़ा रूकता है और सामने बैठे गोजार से उसका नाम पूछता है सुनो युवक तुम्हारा नाम क्या है। तब गोजार हँसकर जवाब देता है। जी गोजार सम्राट फिर सभाजनों से मुखातिब होता है हाँ तो मैं कह रहा था कि जिसका नाम है गोजार जी हाँ गोजार वह अब हमारे देश का प्रमुख निरिक्षक मेरा मतलब रक्षक बनेगा और यही युवक जो है गो......गोजार हमारा आने वाले सम्राट भी है और हमारी पुत्री से विवाह भी इसी का होगा। इतना कहकर वह वापस आकर तख्त पर बैठ गया। गोजार को राजा थोड़ा हिला हुआ सा महसूस हुआ जो बाते राजा दरबार में बोल रहा था वह ऐसे लग रही थी जैसे किसी अनाड़ी को लोगों के सामने भाषण बोलने के लिए खड़ा कर दिया गया हो और वह एक–एक शब्द पूछ कर भाषण दे रहा हो। वह मन ही मन हँसने लगा, उसने अपनी नजरे शेर्काषि की तरफ दौड़ाई तो पाया कि वह उसी की तरफ घुरे जा रही थी, यह देखकर उसकी सारी हँसी फुर्र हो गई और वह शांत बैठ गया। जब सभा समाप्त हुई तब दोनों एक साथ बाहर आये।

गोजार बाहर आते समय यह सोचकर सदमें में था कि अभी वह कुछ दिन पहले ही तो इन लोगों से मिला है, ये लोग उसे ठीक से जानते भी नहीं फिर अचानक शेर्काषि को उससे प्रेम कैसे हो गया, वो भी इतना ज्यादा की वो उससे शादी करने को तैयार है, और ये सम्राट ने एक अजनबी के लिए इतना बड़ा फैसला कैसे ले लिया। उसे लगने लगा कि दाल में कुछ काला है वह सतर्क हो गया। दोनों ने एक साथ खड़े होकर राजा के बाहर आने का इंतजार किया और फिर तीनों एक ही राज सवारी में महल के लिए रवाना हो गये, रास्ते में राजा ने गोजार से कहा हमें प्रसन्नता होगी जब तुम हमारा भार संभालोगें और हमारे

दामाद बनोगे। गोजार कुछ नहीं बोला बस थोड़ा सा मुस्कुराया और हाँ में सर हिला दिया। फिर थोड़ी देर बाद राजा ने फिर कहा, परंतु पहले तुम्हे अपनी शक्तियों को काबू और इस्तेमाल करना सीखना होगा और शिक्षा गृहण करनी होगी, जिसके लिए हमने एक जगह चुनी है, वह उत्तरी छोर में है तुम्हे वहाँ जाना पड़ेगा, तुम्हारे साथ हमारी पुत्री भी जायेगी "गोजार ने जाने के लिए हाँ भर दी।

वह अपने इस रूप से खुश नहीं था इससे छुटकारा पाना चाहता था क्योंकि लोग उसे देखकर अक्सर डर जाते और उससे दूर भागने का प्रयास करते थे, वह अन्दर से कुछ भी हो परंतु बाहर से एक भयावाह दैत्य की तरह था। एक ऐसा दैत्य जो लोगों ने पहले कभी नहीं देखा था। वह भी चाहता था कि लोग उसे पंसद करे और उसके साथ रहे, आखिर वह भी एक इंसान था और हर इंसान कि तरह ही प्रेम का भूखा था, वह सोचता था कि यदि उसने अपनी शक्तियों पर काबू पाना सीख लिया और इस्तेमाल करने लगा तो शायद ऐसा भी हो सकता है, कि वह अपना रुप बदलने में भी कामयाब हो जाये। अपनी इस सोंच की वजह से वह शक्तियों पर काबू पाने के लिए और भी उत्सुक था, शेर्काषि भी अपने पिता के इस फैसले से खुश थी और उसके साथ जाने को लालायित, परन्तु गोजार, कौन जाने अंदर से ऐसा क्यों लग रहा था कि उसका मन कुछ और ही है। महल पहुँच कर सम्राट ने आदेश दिया कि उन दोनों के जाने की तैयारियाँ की जाएँ राजा के आदेश का पालन हुआ और दोनों के जाने कि तैयारियाँ की जाने लगी। आखिर वह दिन भी आया जब उन दोनों को जाना था। दोनों अपने–अपने सामान के साथ खड़े थे, सम्राट को प्रणाम करके दोनों ने विदा ली और उत्तरी छोर के लिए रवाना हो गये।

अध्याय २

सम्राट ने सुरक्षा के लिए सैनिक और जरुरत का सारा सामान साथ भेजा सफर काफी लंबा था। रास्ते में न जाने कितनी नदियाँ जंगल, और पहाड़ थे, दोनों आराम से घोड़ा गाड़ी पर जम गये और सफर का मजा लेते हुए चलने लगे, वे दिन में चलते और रात में सही जगह देखकर डेरा डालतें, कई दिनों के सफर के बाद दोनों एक भयावाह जंगल में पहुँचे, जंगल काफी घना और बड़ा प्रतीत हो रहा था। ये आसानी से पार होने वाला नहीं लग रहा था। जंगल का घनत्व देखते हुए सारे सैनिक सतर्क हो गये, कारवाँ आगे बढ़ता रहा। सुबह से शाम हो गई परन्तु जंगल का अंत नहीं दिखाई दिया, चलते–चलते जब काफी रात हो गई तो उन्हानें रुककर थोड़ा विश्राम कर लेना ही उचित समझा। एक बड़े बरगद के नीचे सबने अपने तंबू लगाये और भोजन पकाकर पेट भरा, देर रात तक वे अग्नि के सामने बैठे बाते करते रहे, और उसी तरह सो गये।

एक जोर दार आवाज़ ने उनकी नींद भंग कर डाली, वे उठ बैठे उनकी आँखे कारण का पता लगाने लगी जब उन्होनें आवाज़ की दिशा में देखा तो दंग रह गये, उनकी आँखे फटी की फटी रह गई उन्होनें देखा कि उनके आदमी एक–एक करकें मारे जा रहे थे। हमला तीरों से हो रहा था, कौन मार रहा था इसका कुछ पता नहीं था। दोनों एका एक उठ खड़े हुए और हथियार उठा लिए उस अनजान दुश्मन से लड़ने के लिए परन्तु लड़ते किसके जब सामने कोई था ही नहीं, बस सारे सैनिक एक–एक करके गिरते दिखाई पड़ रहे थे और धीरे–धीरे मौत की नींद सो रहे थे। कोई भी नहीं बचा, बचे तो सिर्फ वे दोनों जंगली अंधकार से घिरे और अपने काँपते हाथो में हथियार पकड़े, पहले वे एक दूसरे से सटे फिर दोनों ने एक साथ आँखे बंद की, एक लंबी साँस ली और आँखे खोली तो अपने आपको नील हत्यारों से घिरा पाया।

नीलों से खुद को घिरा देखकर दोनों समझ गये की ये हमला उन्हीं का था जो जंगलो में गश्त लगाते फिरते है और यहाँ से निकलने वाले को लूटते है। गोजार का दिल जोर से धड़का वह डर के कारण सहम गया, उसने आज तक इतने सारे असली योद्धाओं का एक साथ सामना कभी नहीं किया था। अपने डर के कारण वह अपनी शक्तियों के बारे में भी भूल गया, उसने शेर्काषि का हाथ और कसकर पकड़ लिया तभी नीलों ने उनपर हमला बोल दिया, शेर्काषि ने डटकर उनका सामना किया और एक–एक करके उनको मौत के घाट उतारना शुरु कर दिया, कुछ ने पीछे से गोजार पर भी हमला बोल दिया अपने ऊपर हमला होते देख गोजार डर गया और आँखे बंद करके तलवार घुमा दी, आँखे खोलने पर उसने देखा कि उसपर हमला करने वाले नील ज़मीन पर दो टुकड़े होकर पड़े थे और आस–पास के पेड़ भी ज़मीन पर धाराशयी पड़े थे। अंजाने में ही डर के कारण उसने अपनी शक्तियों का प्रयोग किया था, उसकी तलवार से एक किरण निकली जिसने अपने रास्ते में आने वाली हर चीज़ को दो भागों में बाँट दिया। बचे हुए नील इस दृश्य को देखकर डर गये और उन्होनें अपने तीरों में आग लगाकर आसमान में छोड़ दिया, जिससे पूरे जंगल में हाहाकार मच गया शायद ये उनके लिए मदद का संकेत था, आसमान में आग देखकर जंगल में उपस्थित नील अपने–अपने हथियार लेकर उसी तरफ भाग आये, देखते–देखते दोनों नील की एक बहुत बड़ी सेना से घिर गये जिसे मार पाना उनके लिए मुश्किल था, गोजार ने शेर्काषि का हाथ पकड़ कर हवा में छलांग लगाई, भागने के मकसद से परंतु भागने के बजाय दोनों वहाँ से गायब ही हो गये, नील बस खड़े देखते ही रह गये। दोनों एक खण्डहर जैसे महल में प्रकट हुए वे दोनों कहाँ है ये जानकर दोनों को झटका सा लगा, वे नील साम्राज्य के बीचो–बीच खड़े थे सुबह लगभग हो गई थी और बाहर चारों तरफ नीलों का ही जमावड़ा था इसलिए उन्होनें अन्दर रहना ही ठीक समझा। अभी तक जो भी हो रहा था गोजार की समझ से परे था। वह हक्का–बक्का खड़ा था, तभी

शेर्काषि ने कहा तुम ने ये सब कैसे किया, चलो अब उसे दुबारा करो और हमें यहाँ से बाहर निकालो गोजार ने कहा "कैसे निकालूँ मुझे तो खुद ही नहीं पता कि मेरे साथ क्या हो रहा है कुछ भी करो, दुबारा कोशिश करो पर हमें यहाँ से निकालो।

नहीं कर सकता, मुझे नहीं पता तो मैं कैसे करूँ तभी उनके शरीर में परिवर्तन होने लगे जिसके कारण वे असहनीय दर्द से तड़पने लगे। देखते ही देखते दोनों नीलों में बदल गये। अपने आपको ऐसे रूप में देख कर शेर्काषि ने अपना सिर पीट लिया परंतु गोजार खुश था यह रूप उसके पहले वाले भयावाह रूप से तो अच्छा ही था। शेर्काषि को नीलों को देखकर भी घृणा होती थी और उससे भी ज्यादा खुद का नील हो जाना, क्योंकि वे उसके सबसे बड़े दुश्मन थे, वह नील के रूप अपने आपको पाकर घृणित महसूस कर रही थी, इस सब का दोषी उसने गोजार को ठहराया। उसने गोजार को चेतावनी दी कि वह उसे फिर से पहले जैसा बना दे, गोजार ने उसे समझाया कि यह सब जो भी हो रहा है जैसे भी हो रहा है, उनके लिए फायदे मंद है, यहाँ से बाहर निकलने तक वे दोनो इस रुप का पूरा फायदा उठा सकते है और कोई उनपर अंगुली भी नहीं उठायेगा।

उसकी इस बात पर शेर्काषि ने सहमति जताई और कुछ देर के लिए उस घृणित रुप को स्वीकार कर लिया। थोड़ी देर बाद दोनों बाहर निकले और नगरी में घूम–घूम कर बाहर निकलने का रास्ता खोजने लगे। शेर्काषि ने पहले पेट पूजा करना उचित समझा, भोजन की तलाश में वे एक भोजनालय के अंदर घूसे तो देखा की लोग बैठकर पिछली रात जंगल में हुई वारदात की चर्चाएँ कर रहे थे। जंगल में क्या हुआ था इसकी खबर पूरी नगरी में फैल गई थी, यह लोक चर्चा देखकर दोनों कुछ समय के लिए सहम गये फिर अपने आप पर काबू पाकर एक कोने की मेंज पर जा बैठे और एक कर्मचारी को बुलाकर खाने का आदेश लिखवाया। खाने के बदले जब धन देने की बारी आयी तो शेर्काषि ने सोने की एक मुहर निकली परन्तु उसपर राक्षस राज्य

का निशान बना हुआ था, शेर्काषि ने वह मुहर तुरन्त गोजार को पकड़ा दी उसने खुरच कर निशान मिटा दिया और उसे कर्मचारी को पकड़ा दिया। जब कर्मचारी खाना लेकर आया तब गोजार ने उसे रोका और पूछा "ये लोग किसकी बाते कर रहे है, क्या हुआ है जंगल में" हालाँकि गोजार को सारी बात पता थी क्योंकि यह घटना उनके साथ ही घटित हुई थी परन्तु वह इस बारे में नीलों की सोच का पता लगाना चाहता था। कर्मचारी ने अचंभित होते हुए उसके प्रश्न का उत्तर दिया "अरे भई क्या तुम्हे नहीं पता है कि कल रात जंगल में क्या हुआ,".गोंजार ने मुहँ बनाते हुए कहा "नहीं"। कर्मचारी फुसफुसाते हुए बोला "अरे भईया कल जंगल में तो गजब हो गया, दैत्य समुदाय के लोग हमारे जंगल में डेरा डाल रखे थे भला हो हमारे सैनिको का जिन्होनें समय रहते उन्हे पकड़ लिया और सारे दैत्यों को मौत की नींद सुला दिया, एक भी दैत्य अपने सैनिकों के सामने नहीं टिक पाया।" इतना कह कर वह थोड़ा रुका फिर खिसियाते हुए बोला "वो है हि इतने ताकतवर कि कोई भी दैत्य उनका मुकाबला नहीं कर पाऐगा लिख के दे देता हूँ हाँ" इतना सुनकर शेर्काषि की भवें तन गई गुस्से से वह अपनी मुठ्ठियाँ भींचने लगी। गोजार ने जब यह देखा तो उसका हाथ पकड लिया और शांत रहने का इशारा किया। गोजार ने उस कर्मचारी से पुछा "भाई तो क्या सारे राक्षस मारे गये कोई भी जिंदा नहीं बचा?" यह सुनते ही कर्मचारी का मुहँ लटक गया और वह बोला "ऐसा नहीं हुआ, उनमें से दो ऐसे थे जो काफी ताकतवर निकले और उन्होनें हमारे सैकड़ो सैनिकों को काल के पास भेज दिया, उनमें से एक के पास आलौकिक शक्तियाँ थी। उसने अपनी भयावाह शक्तियों से जंगल का एक बड़ा हिस्सा तबाह कर दिया फिर वे दोनों वहाँ से गायब हो गये, हमारे रक्षकों ने पूरा जंगल तलाश डाला परन्तु वे दोनों कहीं नहीं मिले, महाराज ने उन दोनों पर आज सुबह ही इनाम रख दिया है"। "ऐसा क्या" गोजार ने अचरज से पूछा। "हाँ, वों भी छोटा नहीं बल्कि, बहुत बड़ा इनाम, हमारे सामंतो का मानना है कि यह सब राक्षसों की चाल है और हो ना हो ये सारे राक्षस जासूसी

करने के लिए यहाँ आये थे परन्तु उनकी ये योजना धरी की धरी रह गई" इतना कहकर वह जोर–जोर से हँसने लगा।

उसकी हँसी से वहाँ बैठे लोगों का ध्यान उनकी तरफ हो गया जिस कारण उन्हें थोड़ा अजीब लगने लगा। उन्होनें जल्दी–जल्दी भोजन खत्म किया और वहाँ से बाहर निकल आये। गोजार ने कहा कि उन्हें तुरन्त यहाँ से निकल जाना चाहिए, यदि वे गलती से अपने असली रुप में आ गये तो उन्हें लेने के देने पड़ जायेगें और पूरा साम्राज्य शस्त्र लेकर उनके पीछे पड़ जायेगा। परन्तु शेर्काषि ने उसके इस प्रस्ताव को खारीज कर दिया और कहा कि रुप बदलना तो उसके हाथ में है। वो इतना तो कर ही सकता है कम से कम, इसलिए वे कुछ दिन यही रुकेगें और यहाँ के महौल का पता लगाएँगे, गोजार ने उससे याचना की उसे नहीं पता कि उनका रुप कैसे बदल गया। दुबारा गड़बड़ी होने पर कैसे ठीक करेगा यह भी उसे नहीं पता हैं। तब शेर्काषि ने कहा "कोई बात नहीं जो भी होगा दोनों मिलकर देख लेगें, अब चलो भी'' वह मुस्कुराने लगी। गोजार भी उसके पीछे हो लिया, दोनों एक सराँय में गये और वहाँ दो कमरे लिए, और जाकर अपने–अपने कमरो में जम गये। शेर्काषि तो सो गई परन्तु गोजार को रात्रि में नींद न आयी वह खिड़की के सामने बैठकर आसमान में चमकते चाँद को निहार रहा था तभी उसे अपने शरीर में कुछ अजीब सी हल–चल होती महसूस हूई उसे लग रहा था जैसे की चाँद की राशनी उसे अपनी तरफ खींच रही हो, उससे रहा न गया। खिड़की खोलकर वह दीवार के रास्ते सराँय की छत पर जा पहुँचा, चन्द्रमा की रोशनी में उसे अच्छा महसूस हो रहा था सराँय की छत से चाँद के तले चमकते हुए उस नगर का नजारा तो देखने लायक था। राशनी में गोजार को ऐसा लग रहा था जैसे की उसकी शक्तियाँ जाग्रत हो रही हो और अब वह उन्हें काबू कर सकता है, उसने सोचा क्या रुप बदलने की कोशिश की जाय, रुप बदलने के लिए शक्तियों का प्रयोग करने ही वाला था कि तभी थोड़ी दूर पर स्थित एक ऊँची इमारत से निकलने वाली तेज रोशनी ने उसका ध्यान अपनी ओर आकर्षित

कर लिया। ध्यान से देखने पर भी उसे कुछ स्पष्ट नज़र न आया तो वह छत पर लगी एक चिमनी पर चढ़कर प्रकाश के कारण का पता लगाने की कोशिश करने लगा परंतु उसे वहाँ से भी कुछ फायदा नहीं हुआ, तब उसने एक लंबी छलांग मारी और जाकर उस इमारत के पीछे की इमारत की सबसे ऊपरी छत पर गिरा और छुप कर प्रकाश वाली जगह को देखने लगा।

उस छत पर उसने जो देखा उसे वह कुछ क्षणों के लिए देखता ही रहा, छत पर एक नील लड़की थी जो कुछ जादूई प्रयोग कर रही थी उसी प्रयोग के कारण रोशनी निकल कर चारों तरफ प्रकाश फेला रही थी, प्रयोग के चमचमाते प्रकाश में चमकती वह नील यूवती किसी अपसरा से कम न थी। गोजार ने पहले कभी ऐसा सुन्दर दृश्य न देखा था, काफी समय तक वह उसे ताकता रहा उसकी पलके झपकने तक का नाम नहीं ले रही थी। अभी उसकी आँखे दृश्य का लुत्फ उठा ही रही थी, की एक ईट जो उसके कूदने से टूट गयी थी फिसल कर नीचे गिरी जिससे एक टक की आवाज़ हुई। गोजार का ध्यान ईट की तरफ चला गया जब उसने वापस छत पर देखा तो वह नील यूवती अपनी जगह से गायब थी, गोजार को आशंका हुई उसने झट से पीछे मुड़कर देखा, एक तलवार उसके ऊपर तनी जान लेने को आतुर थी, वह घबरा गया और अपने कदम पीछे की तरफ खींच लिए, डर साफ उसके चेहरे पर झलक रहा था। उस लड़की ने भँवे तान कर कहा कौन हो तुम और इस तरह से छुपकर देखने के पीछे तुम्हारा क्या मकसद है राजमहल पर इस तरह से जसूसी करने की सज़ा मौत है। राजमहल का नाम सुनकर ही उसके रोंगटे खड़े हो गये, वह हड़बड़ाकर बोला– मैं कोई जासूसी नहीं कर रहा था और न ही मेरा कोई मकसद है, मुझे नहीं पता था कि ये राजमहल है नहीं तो मैं भूलकर भी इसके आसपास नहीं फटकता, मैं तो बस ....। वह एक क्षण के लिए रूका लंबी सांस ली और बोला– मैंने तो बस इस जगह से प्रकाश उठते हुए देखा था इसलिए स्रोत का पता लगाने के लिए चला आया" नील यूवती ने उसकी सारी बात ध्यान सुनी और

बोली "अच्छा तो तुम्हारे कहने का मतलब है कि तुम यहाँ किसी मकसद से नहीं आये हो बल्कि तुम आधी रात को नगर की गलियों में भटक रहे थे अचानक से तुमने इस इमारत पर प्रकाश देखा और तुम सीधा ऊपर पता लगाने के लिए चले आये, क्यों। गोजार ने कहा–हां। नील यूवती गुस्से में गरजी–"झूठे ! सच बता नहीं तो यह तलवार तेरे सीने के इस पार से उस पार कर दूँगी", लड़की की बात सुनकर गोजार घबरा गया और बोला मैं सच ही बोल रहा हुँ, मेरे यहाँ आने का सिर्फ यही कारण है यूवती बोली चलो मान लिया, परंतु इतनी रात को तुम गली से छत पर कैसे आ गये क्या चौकीदारों ने तुम्हे अंदर प्रवेश करने और ऊपर चढ़ने से रोका नहीं यह प्रश्न सुनकर गोजार की तो हवा निकल गई उसे समझ में नहीं आ रहा था कि बोले तो क्या बोले, वह बता भी नहीं सकता था कि उड़कर आ गया, अतः वह खिसियाते हुए बोला आप भी क्या बात करती है, इतनी रात हो गई है और चौकीदार भी तो जीव ही है उन्हें भी तो नींद आती है, और जब मै ऊपर आया तो सारे चौकीदार चैन की बंसी बजा रहे थे मैं चुपके से निकल आया।" नील यूवती ने उसके ऊपर से तलवार हटा ली और नज़रे तिरछी करते हुए बोली–" काफी चालाक हो गोजार को कुछ बोलते न बना उसने अपनी बत्तीसी दिखा दी। उसका इस तरह से हँसना यूवती को अच्छा नहीं लगा वह बोली कुछ भी हो परंतु तुमने राजमहल में घुसपैठ की है और इस देश की राजकुमारी पर नज़रे डालने की जो गुस्ताखी की है उसकी सजा तो तुम्हे मिलेगी। इतना कहकर उसने ताली बजाई, छः सैनिक छत पर आ पहुँचे उसने सैनिकों से गोजार को पकड़ कर बंदी बना लेने को कहा और अगले दिन की सभा में पेश करने का हुक्म दिया। सैनिकों ने उसे पकड़ लिया, उसने कोई विरोध नहीं किया, चुपचाप उनके साथ चला गया। रात भर के लिए उसे कारागार में रखा गया। उसने सोचा चलो इसी बहाने शेर्काषि की थोड़ी और मदद हो जायेगी, अंदर के महौल के बारे में उसे और ज्यादा पता चल जायेगा, राजा ज्यादा से ज्यादा उसे क्या सजा देगा। अगली सुबह उसे राज दरबार में ले जाया गया,

दरबार पहुँचने से पहले उसने रास्ते में पड़ने वाली हर एक चीज़ को गौर से देखा और जाँचा, लोग, सैनिक, सुरक्षा, हथियार खाना, अभ्यास गृह, रसोई इत्यादि। राजदरबार में पिछली रात उसके द्वारा किये गये गुनाहो के बारे में बताया गया। सारी सभा शांत हो गयी अब बारी थी, राजा के फैसला सुनाने की। राजा उठे और कहा–श्इसने जो गुनाह किये है वे ज्यादा संगीन नहीं है परंतु फिर भी हम इसे ऐसे ही नहीं छोड़ सकते इसलिए इसे हम दंगल की सजा सुनाते हैं।श गोजार को बात जरा समझ में नहीं आयी भला दंगल की सजा किस चिड़िया का नाम है, सभा में सजा सुनाने के बाद उसे फिर से कारागार में डाल दिया गया। अगले दिन उसे दंगल की सजा मिलनी थी।

शेर्काषि जब सुबह उठी तो गोजार को उसके कमरे में न पाकर परेशान हो गई, उसे आसपास के पूरे इलाके में खोज डाला, परंतु वह कहीं नहीं मिला। फिर उसने वहाँ लोगों से होने वाले दंगल के बारे में सुना और एक नये अंजाने नील के बारे में जो अचानक कहीं से राजकुमारी के कमरे में आ टपका। शेर्काषि को कुछ बुरा होने की आशंका होने लगी, उसे लगने लगा कि हो न हो यह नया नील गोजार ही है, और जहाँ तक उसे नीलों के दंगल के बारे में पता था वह सजा मनोरंजन के नाम पर एक मौत का खेल है, यदि गोजार दंगल में उतरता है तो उसकी शक्तियों का बेकाबू होना पक्का हैं, ऐसा हुआ तो उनकी पोल खुल जायेगी और तो और उनकी जाने भी खतरे में पड़ सकती है। ऐसा होने से पहले उसे गोजार को खोजकर वहाँ से निकलना होगा। वह एक–एक करके राज्य के सारे कारागारों में उसे खोजने लगी। अन्दर घुस पाना काफी मुश्किल था और उसके पास सिर्फ अगले दिन की सुबह तक का ही समय था।

वह एक बार्वची टुकड़ी में शामिल हो गई जो कारागारों में खाना पहुँचाने का काम करती थी। जिससे उसके लिए कारागार की सुरक्षा को भेद पाना आसान हो गया। खाना पहुँचाने के बहाने वह गोजार को खोजने लगी। एक–एक करके वह सारे कारागारों

में गई परंतु उसे कही भी गोजार दिखाई नहीं दिया, आखिरकार वही हुआ जिसका उसे डर था। वह गोजार को खोजने में असफल रही। अगले दिन वह भी बार्वची बेडे के साथ राजा का दंगल देखने पहुँची। वहाँ उसने देखा कि पूरे मैदान में गोजार अकेला इधर–उधर घूम रहा था। मैदान एक गहरे कुँए जैसा था जिसके ऊपर बैठकर नील जनता काफी शोर मचा रही थी, वे सब बेचैन थे, दंगल शुरू होने के लिए। थोड़ी देर बाद राजा ने हाथ उठाया और पूरी जनता शांत हो गई, राजा की बेटी भी राजा के एक किनारे पर बैठ कर यह सब देख रही थी। फिर उन्होनें मंत्री की तरफ देखकर हाँ में सिर हिलाया, मंत्री अपनी जगह से उठा और भीड़ का अभिवादन करते हुए बोला श्नील साम्राज्य के साथियों, यह बतातें हुए खेद हो रहा है। कि हमारे किसी अपने ने ही राजमहल पर जासूसी करके बहुत बड़ी गुस्ताखी की है और राज्य के नियमों की अव्हेलना की है, जिसकी सजा मृत्यु या उससे भी भयंकर होनी चाहिए थी परंतु हमारे महाराज ने दया दिखाते हुए इस नामूराद को जीवन जीने का एक और अवसर प्रदान किया है, यदि यह हमारे पौराणिक देव से युद्ध जीत गया तो इसे इसका जीवन जीने दिया जायेगा और साथ ही साथ इसे ओहदा भी प्रदान किया जायेगा। देव का नाम सुनते ही शेर्काषि को अंदेशा हुआ, जहाँ तक उसे पता था ये पौराणिक देव एक अत्यंत खूखाँर जानवर था, जिसकी ये लोग पूजा करते थे, कहा जाता है कि वह मंत्रो की सवारी हुआ करता था। युद्ध में आज तक कोई भी उससे नहीं बच पाया था, इतने में ही मंत्री ने जोर से गुहार लगाई। युद्ध आरम्भ हो! उसके कहते ही दरवाजा खोल दिया गया दरवाजे से एक छः पैरो वाला जानवर दहाड़ते हुए बाहर निकला, वह आकार में काफी बड़ा था, छः पैर, कंटीली पूँछ और नूकीले दाँत देखकर एक बार तो गोजार का भी दिल दहल गया। इतने बड़े जानवर से लड़ने के लिए हाथ में सिर्फ एक भाला यह कहाँ का इंसाफ है। उस जानवर के बाहर निकलते ही भीड़ देव–देव चिल्लाने लगी। इससे पहले की गोजार को कुछ समझ में आता उस ने दहाड़ते हुए

हमला बोल दिया। देव ने उस पर अपनी कटींली पूँछ से वार किया, वह घायल होकर थोड़ी दूर जा गिरा। उसके शरीर पर कई जगह घाव आ गये परन्तु वे घाव अपने आप ही भरते जा रहें थे, यह देखकर जनता के साथ राजा भी आश्चर्यचकित हो गया, शेर्काषि को लगा यदि उसने जल्दी ही कुछ नहीं किया तो उनकी असलियत सबके सामने आ जाएगी। इधर देव गोजार पर हमले पर हमले कियें जा रहा था जिससे गोजार का गुस्सा बढ़ता ही जा रहा था।

थोड़ी देर तक तो वह वारो से बचता रहा फिर एक जगह खड़ा हो गया, देव ने कई वार किये पर उसे उसकी जगह से हिला न पाया, एका एक गोजार का शरीर विकराल रुप में परिवर्तित हो गया। भयावाह रुप में उसने देव को बीच से चीर कर दो टुकड़ो में बाँट दिया, राजा की आँखे खुली–की खुली रह गई और जनता आवाक देखती रही, गोजार ने गुस्से में जोर दार दहाड़ लगाई डर के मारे लोंगों में अफरा–तफरी मच गई वे इधर–उधर भागने लगे, परन्तु राजा आँखे बड़ी किये उसे देखता रहा। वह अपनी जगह से नहीं हिला। मौके का फायदा उठातें हुए शेर्काषि मैदान में कूद पड़ी और गोजार को शांत करने की कोशिश करने लगी। जैसे–तैसे करके उसने उसे शांत किया, उसके शांत होते ही वह भी अपनें असली रुप में आ गई। यह देख सैनिको ने उन्हें चारों तरफ से घेर लिया और राजकुमारी ने अपने जादू से एक बाँध बना दिया ताकि वे किसी भी तरफ भाग न पाये। शेर्काषि ने कहा "हमें यहाँ से बाहर निकालो" तो गोजार ने असहमति जताते हुए कहा "मै ऐसा नहीं कर सकता, मुझे नहीं पता की मैं अपनी शक्तियों का प्रयोग कैसे करुँ"। वह बोली "अच्छा तुम अपने दिमाग में यहाँ से बाहर निकलने के बारे में सोचो" उसने वैसा ही किया, सोंचते ही एक तेज रोशनी हुई और दानों वहाँ से गायब हो गये, राजकुमारी ने उन्हें रोकने की पूरी कोशिश की परन्तु असफल रही, गोजार की ताकत के आगे उसके जादू की एक न चली। राजकुमारी ने इतना ताकतवर जादू पहले कभी नहीं देखा था।

उस घटना को कई दिन बीत चुके थे, परंतु कुदरत की करिश्माई और असीमित ताकत वाला वह दृश्य बार–बार उसके जहन में आकर उसे परेशान कर रहा था, उसके कहने पर राजा ने सैनिकों को राज्य और दूर दराज जंगलों तक उन्हें खोजने का आदेश दे डाला परंतु गोजार और शेर्काषि को खोज पाने में असफल रहा। नीलकुमारी याटाला की गोजार के प्रति उत्सुक्ता दिन–प्रतिदिन बढ़ती ही जा रही थी। वह उसकी उस असीम शक्ति के स्रोत के बारे जानने को लालायित थी, उसकी शक्ति को देखकर उसके हृदय में प्रेम के अंकुर भी फूटना प्रारंभ हो गये हर बीतते पल के साथ उसका मन एक बार फिर से उसे देखने के लिए मचल उठता। नील साम्राज्य से छुटकारा पाने के बाद शेर्काषि काफी खुश लग रही थी जैसे एक बड़ा सा बोझ उसके सर से उतर गया हो, काफी लंबा सफर तय करने के बाद आखिर कार वे दोनों उत्तरी छोर तक पहुँच ही गये। उत्तरी छोर पहाड़ो से घिरा एक बंजर इलाका था। जहाँ दूर–दूर तक किसी जीव के होने के कोई आसार नजर नहीं आ रहे थे। दोनों को यह समझ में नहीं आ रहा था, कि अखिर राक्षस राज ने उन्हे यहाँ किसके पास भेजा है। दोनों वहाँ भी पहुँचे जहाँ का पता उन्हें दिया गया था परंतु वहाँ किसी सराँय या प्रशिक्षण संसथान की बजाय एक बड़ा सा पहाड सामने खड़ा था। वे दोनों आसपास टहल रही रहे थे, कि गोजार को आसपास किसी जीवन आभा के होने का अहसास हुआ, उसने आसपास देखा परंतु उसे कुछ भी न दिखाई दिया, फिर उसने पहाड़ की उभरी चट्टानों के पीछे से एक हट्टे कट्टे राक्षस को अपनी ओर आते देखा। पास आकर उस दैत्य ने दोनों का अभिवादन किया और अपना परिचय देते हुए कहा मेरा नाम रेजाला है और मैं उत्तरी छोर का द्वार प्रमुख हुँ, गुरू देव सिंधु उत्तरी छोर के कर्ता–धर्ता है और उन्होनें मुझे आप दोनों के स्वागत के लिए भेजा है। वह उन दोनों को अपने साथ लेकर चल दिया, चट्टानों के पीछे एक छोटी सी सुरंग का मुहाना था, तीनों एक–एक करके उसमें प्रवेश कर गये, काफी दूर चलने के बाद सुरंग चौड़ी होने लगी सुरंग के अंत में

एक बड़ी खाई थी और उसके एक किनारे पर लकड़ी का एक चौड़ा तख्ता हवा में झूल रहा था। जो चारों तरफ से मोटी–मोटी रस्सियों से बंधा हुआ था, तीनों उस तख्ते पर सवार हो गये, और वह अपने आप ही नीचे खाई में उतरने लगा। खाई में काफी नीचे जाने के बाद तीनों एक पुल जैसे दिखने वाले चबूतरे पर उतरे। खाई की गहराई का कोई माप नहीं मिल पा रहा था, ऐसा लग रहा था जैसे इस खाई का कोई अंत ही न हो, चबूतरा खाई की दीवार को काट करके बनाया गया था, चबूतरे के दूसरे छोर पर एक बड़ा सा गेट था जिसके दोनों किनारों पर धातु की दो बड़ी मूर्तियाँ लगी थी, और कई सैनिक पहरा दे रहे थे, उनके पहुँचने पर फाटक खोला गया, तीनों उसमें प्रवेश कर गये, अंदर बड़े–बड़े और ऊँचे पत्थरों का जंगल था। चारों ओर सन्नाटा फैला हुआ था। गोजार को सामने का दृश्य देखकर यह समझ में नहीं आ रहा था, कि वे लोग यहाँ क्या करनें आये है, यहाँ तों सन्नाटे के सिवा और कुछ भी नहीं है, परन्तु जब उसने कुछ ऊँचे टीले पार कर लिए फिर जो देखा उसपर उसे विश्वास नहीं हुआ वह आवाक खड़ा देखता रह गया, अंदर एक अलग ही दुनियाँ बसी थी, जो देखने में पृथ्वी के सतह जैसी थी। परन्तु उससें भी कही ज्यादा विचित्र, अंदर बड़े–बड़े जंगल पहाड़ व नदियाँ सब मौजूद थे।

रास्ते में उसने ऐसे जानवारों का सामना किया जिनको उसने अपनी पूरी जिदंगी में कभी न देखा था ऐसा लग रहा था कि कई जानवरों ने मिलकर एक नये जीव का रुप ले लिया हो। थोड़ा और आगे चलने पर सामने एक बहुत बड़ा और भयावाह जंगल था। रेजाला ने कहा "लो बस पहुँच ही गये हमारा किला बस इस जंगल के उस पार ही है" गोजार ने पूछा क्या उन्हें जंगल कें बीचों बीच से चलकर जाना होगा अंदर किसी प्रकार का खतरा तो नहीं होगा। रेजाला ने कहा "नहीं हम जंगल के अंदर से होकर नहीं जायेगें।" शेर्काषि ने प्रश्न किया "तो फिर जंगल कैसे पार करेगें।" उसके उत्तर में रेजाला बोला "थोड़ा सब्र करो और बस देखते जाओ"। उसने अपनी कमर में बंधी एक

बांसुरी जैसी चीज़ निकाली और उसे जोर से बजाया, आवाज सुनकर एक हाथी जंगल से बाहर आया, परन्तु वह पूरी तरह सें हाथी नहीं था। उसका सिर्फ शरीर हाथी जैसा था, उसके पास सीगें, पंख और पंजें भी थे जो किसी आम हाथी में नहीं पाये जाते। गोजार ने अचरज से पूछा "यह किस प्रकार का जन्तु है।" रेजाला ने उत्तर देते हुए कहा– "मिलों मोला से ये इस जंगल में रहने वाला हमारा वफादार जानवर है, इसकी शकल हाथियों से जरूर मिलती–जुलती है परन्तु यह कोई आम हाथी नहीं है, यह काफी समझदार और चालाक जानवर है, इसकी उड़ने और शिकार करने की काबिलियत कामाल की है।" शिकार का नाम सुनकर गोजार को बहुत अचरज हुआ उसने पूछा "क्या! ये हाथी या जो भी चीज़ है ये शिकार भी करता है।"

"हाँ मोला आम हाथियों की तरह घास नहीं खाते वे दूसरे जंतुओं का शिकार करके जिंदा रहते है।" शेर्काषि ने पूछा "यह शिकार करके जिंदा रहता है पर हमें तो नहीं खायेगा" रेजाला ने हँसते हुए उत्तर दिया "नहीं तुम उसकी चिता मत करो"। तीनों हँसतें हुए उस मोला पर सवार हों गये, और मोला ने उड़ान भरी। रास्ते में गोजार ने पूछा "तों ये मोला अपनी तरह का अकेला प्राणी है क्या, इस उत्तरी छोर में।" रेजाला ने उसकी बात का उत्तरी देते हुए कहा "नहीं यह एक मात्र मोला नहीं है और भी है हजारों की तादाद में परन्तु वे ज्यादातर गहरे पहाड़ी जंगलों में रहते है, गहरे जगलों में अधिक तर हामाओं का वास होतो है हामा चूहे जैसे दिखने वाले जंतु होते है। परन्तु रहस्यमयी तथा खूँखार होते है इसलिए ऐसे जंगलों में जाने की कोई सोचता तक नहीं है।" शेर्काषि ने प्रश्न किया। "उत्तरी छोर इतना छुपा हुआ क्यों है। तथा बाहर के लोगों को इसके बारे में ज्यादा जानकारी क्यों नहीं है।" "उत्तरी छोर पृथ्वी पर कुदरत का बनाया हुआ सबसे विचित्र और अनूठा करिश्मा है, यहाँ मौजूद चीजें बहुमल्य है, तथा दुनिया में कही भी न पायी जाने वाली चीजें है, यदि बाकी दुनिया को इस चीज़ के बारे में पता चलेगा तो उनके लोभ का हरजाना उत्तरी छोर को भुगतना पड़ेगा।

राक्षस राज यहूबा यानी तुम्हारे दादा जी ने सबसे पहले इस जगह को खोजा था, उन्हे उसी समय इसकी मूल्यता और इसपर आने वाले संकट का अंदाजा हो गया था इसलिए उन्होनें अपने सबसे चहेते सेनापति देवसिंधू को इसकी देखरेख और रक्षा के लिए यहाँ तैनात कर दिया तब से हम लोग यही है, देवसिंधु ही इस उत्तरी छोर के पालक है।" रेजाला ने बताया, "तो राज्य में और कितने लोगों को इसके बारे में पता है।" गोजार ने प्रश्न किया रेजाला ने उत्तरदिया–" महाराज, महारानी को और अब तुम दोनों को भी।" दोनों आस–पास के नजारों को निहारने लगे, ऊँचे–ऊँचे पहाड़ जैसे पेड़ तथा उनपर बैठे रंगबिरंगे जीव उनकी आँखो की चमक बढ़ा रहे थें। रेजाला डोर अपने हाथों में थामें हुए मोला को हवा से बातें करवा रहा था। कुछ समय पश्चात वे अपनी मंजिल पर पहुँच गये। जंगल के बीचो–बीच एक बड़ा–सा किला था जब वे नीचे उतरे तो देखा कि दरवाजे पर डायनासोर जैसे दिखने वाले कुत्ते के आकार के जीव द्वारपालों के साथ खड़े थे। द्वारपालों ने झुककर उनका स्वागत किया और दरवाजा खोल दिया, दोनों ने जब अंदर का नजारा देखा तो सोंच में पड़ गये क्योंकि अंदर का नजारा बाहर से बिल्कुल भिन्न था, वहाँ असल में कोई किला था, ही नहीं और न ही कोई इमारते उसकी बजाय वहाँ पर एक पूरा का पूरा वातावरण था जो पेड़ों–पहाड़ों और नदियों से भरा हुआ था। हम ने कई हरे–भरे खेत खलिहान देखें थे, कई राक्षस उनमें विचित्र जीवों के साथ काम कर रहे थे। तीनों ने अंदर प्रवेश किया, उन्हे एक घोड़ा गाड़ी दिखी जो शायद उन्हीं का इंतजार कर रही थी तीनों उसपर सवार हो गये, उसमें लगे जीव घोड़े जैसे दिखते तो थे परन्तु उनका शरीर पथरीला गहरे भीले रंग का था, पूँछ मोटी तथा कटीली, सर पर एक सींग था। गोजार को ऐसा लग रहा था कि या तो सपने सच हो रहे हैं या वह खुद ही सपनों की दुनिया में आ गया है। हर क्षण कोई नया विचित्र दृश्य उसकी आँखों के सामने आ जाता था। जैसा उसने अपने जीवन में कभी न देखा था। उसने रेजाला से उस जीव का नाम पूछा तो उसने उस जीव का नाम स्मेज बताया।

गोजार ने फिर प्रश्न किया कि इस उत्तरीछोर में और कितनी जीव प्रजातियाँ रहती है। तो उत्तरी में रेजाला ने कहा कि अब तक जितनी खोजी गई है उनमें 733 प्रजातियाँ है जो उत्तरी छोर में वास करती है। कुछ अभी खोजनी बाकी है क्योंकि वे रहस्यमयी, खूँखार तथा छिपी हुई हैं, लोगों का यह भी मानना है कि उनमें से एक जीव ऐसा भी है। जो अपनी प्रजाति का अकेला है और लोगों ने उसे समय तथा वातावरण परिवर्तन करते हुए देखा है। सिर्फ कुछ लोगों ने ही देखा है। तो बाकी जन इस बात को मानने से इनकार करते हैं। उनका मानना यह कि समय और वातावरण को परिवर्तित करने की काबीलियत होना असंभव है। "तो आपका क्या मानना है?" शेर्कांषि ने प्रश्न किया। "मै भी इसे एक मिथक या मनगढ़न्त कहानी मात्र ही मानता हूँ। यह उनका कोई भ्रम भी तो हो सकता है ऐसी शक्तियों का होना कोई खेल नहीं वह भी एक जीव के पास।" रेजाला ने उत्तर दिया। गोजार बोला–" क्यों नहीं! मेरे पास भी तो ऐसी शक्तियाँ है जिन्हें मै काबू नहीं कर सकता, यह तक नहीं जानता कि मैं इन ताकतो के बल पर क्या–क्या कर सकता हूँ।" "हो भी सकती है और नहीं भी, खैर यह तो देखने के बाद ही पता चलेगा" शेर्कांषि ने दोनों को टोकते हुए कहा। "हाँ सही कहा" रेजाला ने उत्तर दिया। तीनों बाहर के नजारे का लुत्फ उठाने लगे, रास्ते में आते गाँव, नदियाँ तथा नक्कशी दार पुल बहुत ही लुभावने लग रहे थे। गोजार को ऐसा लग रहा था जैसे कि यह पृथ्वी के अंदर ही कोई दूसरी दुनिया थी। घोड़ागाड़ी ने तीनों को एक पर्वत के सामने उतारा जिसका ऊपरी हिस्सा शार्क के मुहँ जैसा दिख रहा था। रेजाला ने ऊपर चलने को कहा दोनों उसके पीछे–पीछे उस पर्वत पर चढ़ने लगे, चढ़ाई में कोई मुश्किल नहीं आयी क्योंकि रास्ता पहले से ही बना था, थोड़ा ऊपर चढ़ने के बाद वे तीनों एक बड़े से दरवाजे के पास पहुँच गये। दरवाज़ा खुला और तीनों ने अंदर प्रवेश किया। गोजार ने देखा कि पर्वत की तह में एक बहुत बंड़ा महल बनाया गया था, जिसमें काफी तादात में लोग रहते थे। बाहर से देखकर कोई यह अंदाजा नहीं लगा सकता

कि अंदर कोई महल भी हो सकता है। बाहर से देखने पर यह आम पर्वत जैसे ही लगता था। बस उस शार्क के मुहँ को छोड़कर, वह थोड़ा अजीब जरुर था। लेकिन बस थोड़ा–सा ही ज्यादा नहीं।

गोजार का अश्चर्य हर नये खुलते पत्ते के साथ बढ़ता जा रहा था। उसको एक बात तो साफ नजर आ रही थी, कि उत्तरी छोर में उपस्थित हर चीज़ न जाने किसी कारण से या तो छुपाई गई थी या फिर छुपाकर बनाई गई थी इस जगह में ऐसा कुछ तो था जो राक्षस जाति अन्य लोगों से छुपाना चाहती, कुछ अलौकिक सा और वो क्या है इसका तो खैर अभी नहीं पर पता चलेगा जरूर। वह सोच ही रहा था कि एक मोटी सी आवाज उसके कानों में गूँजी और उसका ध्यान भंग कर दिया उसने सामने देखा तो एक बुजुर्ग दैत्य सामने खड़ा था वह दिखने में तो बुजुर्ग था परन्तु शारीरिक तौर पर किसी तगड़े पहलवान से कम नहीं था, वह गोजार को दो तीन आवाजे दे चुका था परन्तु गोजार ध्यान में इतना खो गया कि सामने क्या चल रहा है उसे कोई अंदाजा ही नहीं रहा गया, उसने आसपास देखा तो पाया कि शेर्काषि और रेजाला उसकी उसी को घूरे जा रहे थे, उसे लगा कि शायद यही यहाँ के कर्ता–धर्ता गुरू देव सिंधु होगें। वह हड़बड़ा कर जल्दी–जल्दी में बोला प्रणाम गुरू देव सिंधु जी उसके इस तरह से हकलाने पर सामने खड़ा वह व्यक्ति हँसने लगा, बोला इतना सोंच में क्यों डूब जाते हो कि अपनी वास्तविक स्थिति ही भूल जाओं, मैं गुरू देव सिंधु नहीं हुँ और हो भी नहीं सकता, उनके जैसा इस विश्व में कोई दूसरा नहीं, मै हुँ उनका सेवक वीनी, तो तुम्ही हो वो जिसकी चर्चाएँ पूरे राक्षस और नील साम्राज्यों में हो रही हैं, विश्वास नहीं होता कि अदम्य शक्तियाँ राक्षसों में जाने की बजाये तुम्हारी ओर आकर्षित हुई, मैंने सोचा था कि तुम और ताकवर, देखने में भयावाह होगे परंतु तुम उतने भी भयावाह नहीं हो गोजार को उसकी यह बात बुरी लगी परंतु वह बाहरी हँसी दिखाते हुए बोला अदम्य शक्तियाँ मेरी तरफ कैसे आकर्षित हुई यह तो मुझे खुद भी नहीं मालूम इसलिए मैं आपके

इस प्रश्न का उत्तर देने में असक्षम हूँ और रही बात मेरे भयावाह होने कि यह तो आपको समय के साथ खुद ही पता चल जायेगा। उसका यह उत्तर सुनकर वह थोड़ा मुस्कुराया फिर बोला शक्तियाँ गृहण होने के बाद मैंने ऐसा रूप बदलाव किसी और का नहीं देखा, आज तक किसी दैत्य के साथ ऐसा नहीं हुआ फिर तुम्हारे साथ ऐसा क्यों हुआ, एक बात बताओं तुम सच में दैत्य ही हो ना! जी हाँ, ऐसा अब तक किसी दैत्य के साथ इसलिए नहीं हुआ क्योंकि शायद किसी ने आज तक एक साथ इतनी शक्ति गृहण न की हो। इससे पहले कि वीनी कुछ और बोलता उसने एक नजर शेर्काषि की तरफ देखा और फिर हँसकर बोला हाँ ऐसा हो सकता है, अच्छा चलिए अंदर गुरू जी इंतजार कर रहे हैं। वह मुड़ा और अंदर की ओर जाने लगा। उसको अंदर जाते देख रेजाला ने हँसकर गोजारा और शेर्काषि से कहा आईये चलते हैं। तीनों वीनी के पीछे–पीछे अंदर चल दिये। अंदर पुहँच कर गोजार ने देखा एक बहुत ही वृद्ध दैत्य एक बड़ी सिंघासन जैसी कुर्सी पर बैठा था, पूरे कमरे में अंधेरा छाया हुआ था रोशनी के छोटे–छोटे गोले पूरे बड़े हाल जैसे कमरे में इधर–उधर उड़कर हल्का–हल्का प्रकाश बनाये रखने की कोशिश में लगे हुए थे। सिंघासन के सामने चार–पाँच बड़े चमकीले गोले हवा में तैर रहे थे, वह बुजुर्ग उनपर हाथ फेर कर उनकी स्थितियाँ बदल रहा था।

वीनी जाकर उसी के किनारे खड़ा हो गया। पास पहुँचकर रेजाला ने कहा प्रणाम गुरू देव सिंधु मैं साम्राज्य से आये मेहमानों को ले आया हुँ उसकी बात सुनकर गुरू ने रोशनी के उन चमकते हुए गोलो को समेटा और ऊपर हवा में उछाल दिया वे जाकर छत से चिपक गये और किसी रोशनदान के समान चमकने लगे पूरा कक्ष उजाले से भर गया, अब कमरे में सब कुछ साफ–साफ दिखाई दे रहा था गुरू देव सिंधु भी, वे उम्र में काफी बुजुर्ग हो चुके थे, शरीर का रंग आम दैत्य से काफी अलग था आमतौर पर उसने दैत्यों के बैंगनी, गुलाबी और हरे रंग में देखा था परंतु वे एक मात्र ऐसे व्यक्ति थे जिनके शरीर का रंग गहरा

नीला था जिस पर काले व सफेद रंग की आकृतियाँ बनी हुई थी, गोजार यह देखकर काफी अचरज में था, क्योंकि उसका शारीरिक रंग और आकृतियाँ लगभग वैसी ही थी बस सिर्फ आकृतियों का रंग हरा था और वे चमक रही थी। गुरू देव सिंधु के सिर पर भी उसके जैसे ही सींग थे बस उनके बीच में नीले रंग की शीतल आग नहीं जल रही थी। उसे अपनी तरफ घूरते देख गुरू देव सिंधु ने पूछा रास्ते में कोई दिक्कत तो नहीं हुई गोजार, जी नहीं गुरू देव गोजार ने आदर सहित उत्तर दिया। देव सिंधु ने प्रेम पूर्वक कहा–सफर काफी लंबा था, थक गये होगे आओ चलो बैठकर बाते करते है, जी बिल्कुल चलिएश गोजार ने कहा। वहाँ से जाने से पहले गोजार ने एक बार पूरे कक्ष में नजर दौड़ाई, वह किसी छोटे संग्राहलय की तरह दिख रहा था। जहाँ बहुत सारी अजीबो–गरीब चीजें बहुत सलीके से सजाकर रखी गई थी, जिसमें कुछ विचित्र हथियार तथा जानवरों के सर की हड्डियाँ भी शामिल थी पूरे कक्ष को उम्दा नक्काशी से गढ़ा गया था।

वे सभी उस कक्ष से निकलकर बगल के एक कक्ष में आ गये, और एक साथ बैठ गये, उस कमरे में बैठनें के लिए पत्थर की कुर्सियाँ थी तथा बीच में एक बड़ी सी मेज भी थी, गुरू देव सिंधु ने जमीन पर छड़ी से ठोकर की तो एक दैत्य जो हूलिये से रसोइया लग रहा था एक बड़ा सा थाल लिए बाहर आया, उसने थाल लाकर मेज पर रख दिया और वापस चला गया, थाल में कुछ पेय पदार्थ थे, वीनी ने उठकर उसे छोटे–छोटे लकड़ी से बने गिलासों में भरा और सबकी तरफ एक–एक गिलास बढ़ा दिया, गुरू देव सिंधु ने हाथ से इशारा करके सबको पेय गृहण करने के लिए कहा, सबने अपना–अपना पेय उठा लिया फिर उन्होंन शेर्काषि से प्रश्न किया–साम्राज्य में सब कुशल मंगल तो है ना जी हाँ। शेर्काषि ने उत्तर दिया। उन्होंने फिर से प्रश्न किया रास्तें में आते समय कोई तकलीफ तो नहीं हुई पहले तो उसने सोंचा कि जो कुछ भी उनके साथ घटित हुआ उस सब के बारे में बता दें, फिर उसने कुछ सोचकर ना में सिर हिला दिया। गोजार ने जब वह पेय पिया तो उसे बहुत ही पसन्द आया, उसने

आज तक ऐसा पेय कभी नहीं पिया था, उसने उत्सुकता वश पूछा यह क्या है, मैंने आज तक कभी इतनी स्वादिष्ट चीज़ नहीं पी। रेजाला ने हँसकर उत्तर दिया यह हमारे जंगलों में पाये जाने वाले वृक्ष कोम्पाका के फलो का रस है। सुनकर गोजार मुस्कुरा दिया। देव सिंधु ने गोजार से कहा तुम बहुत ही खुश नसीब हो गोजार क्योंकि ऐसा पहली बार हुआ है कि सारी शक्तियाँ एक शरीर में समायी हैं और वो शरीर तुम्हारा है, सबसे बड़ी बात तो यह है कि इन सारी शक्तियों को गृहण करने के बाद भी तुम जिंदा हो। जी, अगर अपकी इजाज़त हो तो क्या मैं एक प्रश्न पूछ सकता हुँ गोजार ने कहा। हाँ पूछों क्या पूछना चाहते हो गुरू देव ने आगे कहा। क्या आप ये बताने की कृपा करेंगे कि आपका शरीर मेरे जैसा क्यों है, मेरा मतलब आपने भी कभी अदम्य शक्तियों को गृहण किया था क्या? उसके इस प्रश्न पर गुरूजी थोड़ा शांत हो गये, फिर कुछ सोंचकर बोले–हाँ जब मैं सेनापति हुआ करता था तब पूजा में गड़बड़ी होने के कारण शक्तियों ने अपना रास्ता बदल दिया और आकर मुझमें समाहित हो गई, मैं उनको काबू न कर पाया और एक भयावाह दरिंदे में बदल गया, मैंने लगभग आधा साम्राज्य तबाह कर दिया था, तांत्रिको ने मुझसे शक्तियों को अलग करने का तरीका निकाल लिया परंतु पूरी तरह से अलग न कर पाये, उन बची हुई शक्तियों ने मुझे इस रूप में बदल दिया, शक्तियाँ जाने के बाद भी मैं वो कर सकता था जो आम दैत्य नहीं कर सकते थे, इसलिए मुझे खतरा मान कर कैद कर लिया गया, मैं सदियों तक कैद रहा, मैनें अपने सामने कई पीढ़ियों को मरते और जन्म लेते देखा हैं, यह भी उन्ही शक्तियों की ही देन थी कि मैं जल्दी बूढ़ा या मर नहीं सकता, इस अवस्था में सबसे दर्दनाक था अपने परिवार और बीवी को बूढ़ा होकर मरते देखना। जब शेर्काषि के दादा ने इस जगह को खोजा, तो उन्होंने मुझपर और मेरी शक्तियों पर विश्वास करके इस जगह की देखरेख कें लिए आजाद कर दिया, मुझसे वादा लिया कि मैं मरते दम तक इस जगह को सुरक्षित रखूँ और कभी भी लौट कर न आऊँ, मैंने वही

किया कुछ दिन पहले मुझे संदेश मिला कि इतिहास ने एक बार फिर अपने आप को दोहाराया है, मैं यह जान कर आश्चर्य चकित रह गया कि इस बार शक्तियाँ ग्रहण करने वाले ने अपना काबू नहीं खोया है बल्कि वह काफी अच्छा महसूस कर रहा है मैने उन्हें सुझाव दिया कि तुम्हे भी यहाँ मेरे पास भेज देना ही ठीक होगा। गोजार को सब बाते धीरे–धीरे समझ में आ रही थी, कि क्यों उसे यहाँ भेजा गया है। उसने फिर उत्सुक्ता वश प्रश्न किया। अच्छा गुरुजी, जब वे शक्तियाँ आपके अंदर समायी हुई थी तब क्या आपको ऐसा लगा कि इनकी सीमा भी हो सकती है? उत्तर देते हुए गुरुदेव सिंधु बोले इन शक्तियों का संबध सीधे धरागर्भ से है इसलिए इनकी मदद से क्या–क्या किया जा सकता है इसका अंदाजा नहीं लगाया जा सकता यें विनाशकारी और कल्याणकारी दोनों हो सकती है। निर्भय करता है इनके इस्तेमाल करने वाले पर। बहुत देर से चुपचाप बैठकर यें सब सुन रही शेर्काषि ने पूछा अच्छा गुरुदेव हमारा प्रशिक्षण कब शुरु होगा। अरे हाँ मै इसके बारे में तो बताना ही भूल गया तुम्हारा प्रशिक्षण कल से शुरू होगा, रेजाला तथा बाहूभुज तुम्हारे गुरु होंगे, कल रेजाला बाहूभुज से तुम्हारी मुलाकात करवा देगा, उम्मीद है साम्राज्य ने तुमसे जो आशाएँ लगाई हैं तुम उन्हें पूरा करोगे। जी बिलकुल! दोनों ने उत्साह में कहा।

रेजाला उठकर बोला आईये आप लोगों को ठहरने की जगह दिखा देता हूँ। दोनों उठकर उसके पीछे–पीछे चल दिये। महल अंदर से बहुत ही सुन्दर व आलीशान दिख रहा था, तीनों ने एक लंबी सी गली में प्रवेश किया, यह एक बड़े बरामदे जैसा था, दोनों किनारों पर बड़े–बड़े खंभे लगे हुए थे, हर खंभे के पास सैनिकों, जानवरों तथा विचित्र जीवों की मूर्तियाँ लगी हुई थी, पर्वत की दीवारों में छोटे–छोटे रोशनदान थे। जिनसे निकलकर अंदर आने वाली सुनहरी रोशनी बरामदे की सुदंरता में चार चाँद लगा रही थी। गली के सबसे अंत में पहुँच कर आखिरी के दो कमरे उसने उन दोनों को दिखा दिये और विश्राम करने को कहा, बोला कि कल सुबह वह उन्हें लेने आयेगा। रेजाला के चले जाने

के बाद शेर्काषि धड़ल्ले से बिस्तर पर गिर पड़ी और चैन की बंसी बजाने लगी परन्तु गोजार को उस जगह को देखने की उत्सुकता ने सोने नहीं दिया वह थोड़ी देर तक कमरे में इधर–उधर भटकता रहा, उसने देखा कि एक दिवार के ऊपरी किनारें पर एक खिड़की थी जो रोशनी अंदर आने के लिए बनाई गई थी, उसने सोचा क्यों न इस खिड़की से बाहर निकल कर इस अनूठी दुनिया का एक नजारा देखा जाये। ऊपर तक पहुँचने के लिए उसने बिस्तर को उस दिवार से सटाया और उसपर चढ़कर खिड़की तक पहुँचने की कोशिश करने लगा परन्तु असफल रहा तो उसने बिस्तर के ऊपर मेज और उसके ऊपर दो कुर्सियाँ रख दी और दुबारा चढ़ा, उसने देखा कि अब वह आसानी से खिड़की तक पहुँच पा रहा था। खिड़की के सहारे वह बाहर निकल गया और पर्वत के ऊपरी हिस्सें की ओर चढ़ने लगा, पर्वत बहुत पथरीला था, सतह एकदम साफ सुथरी थी। घास का एक तिनका भी नजर नहीं आ रहा था, और ऊपर चढ़ने पर उसने कई गुफाएँ देखी जहाँ जीव वास करते थे उनसे छुपते–छुपाते वह एक ऊँचे टीले पर चढ़ गया। पर्वत चोटी अभी भी बहुत ऊँचाई पर थी, टीले से काफी दूर तक का इलाका साफ नजर आ रहा था। काफी दूर–दूर तक फैले जंगल और छोटी–छोटी बस्तियाँ बहुत ही लुभावनी लग रही थी। बाहर निकलकर उसे ऐसा महसूस हो रहा था, कि उसकी ताकत बढ़ती जा रही थी। उसकी नजर ऊपर आसमान की तरफ गई, यहाँ अकाश में आम पृथ्वी के मुकाबले काफी भिन्नता थी। आसमान में एक की बजाय 6 चाँद थे। वो भी एक घेरे में और उनका रंग नीला या सफेंद होने की बजाय बैंगनी था और उनकी बैंगनी रोशनी में गोजार काफी अच्छा महसूस कर रहा था, तभी उसने पास के जंगल में कुछ हरकत होती महसूस की।

वह हरकत धीरे–धीरे बढ़ने लगी फिर एक धमाका हुआ और आग की लपटो ने आसमान को छूना शुरु कर दिया। जंगल का वह स्थान ऊपर से दिखने में काफी पास था परन्तु सच में बहुत ही दूर था, गोजार ने मन ही मन सोचा कि काश वह भी उड़

सकता तो तुरन्त वहाँ पहुँच जाता, उसके सोंचने भर की देरी थी कि उसके पीठ पर पंखो का जमना शुरु हो गया। पंखों के जन्म लेते समय उसे थोड़ी पीड़ा हुई, उसके पास पंख होने के बाद उसने सोचा क्यों न छलांग लगा कर एक उड़ान भरी जाये यह सोचकर उसने छलांग लगाई और पंख फड़फड़ानें की कोशिश कि परन्तु उड़ने की बजाय वह ज़मीन की ओर गिरनें लगा और जाकर पहाड़ की ढलान से जा टकराया, अपने आप को संभालने के लिए उसने हाथ और पैर ज़मीन पर जमाए, पंखों को ऊपर की तरफ उठाकर जोर से झटका दिया उसके ऐसा करते ही वह हवा से बाते करने लगा और हवा को चीरते हुए ऊपर की ओर आगें बढ़ता गया परन्तु उसे जिस दिशा में जाना था वह उससें बिल्कुल उल्टी दिशा में जा रहा था। उसने अपने पंखों को मोड़कर दिशा बदलने की कोशिश की लेकिन अपने आप को संभाल न पाया और हवा दो तीन ऐढ़े–टेढ़ चक्कर खाकर नीचे गिरने लगा, उसने अपने आप को फिर से सभांला और सीधा उड़ने की कोशिश की इस बार वह सही दिशा में था। जब वह जंगल के उस हिस्सें में पहुँचा जहाँ आग लगी हुई थी। तो अपने आप को रोकने की कोशिश कि परन्तु रोक न पाया और जाकर सीधे पेड़ों से भिड़ गया, उसके टकराने से पेड़ तहस–नहस हो गये गिरने के बाद थोड़ी देर तक वह वैसे ही ज़मीन पर पड़ा रहा फिर उठकर लड़खड़ातें हुए आग की दिशा में बढ़नें लगा। वहाँ पहुँचकर उसने देखा कि दो विचित्र जीव आपस में भिड़ पड़े थे। उनमें से एक भेड़िए जैसा दिखता था, जो अपने मुँह से आग निकाल कर दूसरे वाले को मारने की कोशिश कर रहा था, दूसरा जो शेर के जैसा था वह लगातार वार से बचनें की कोशिश में लगा हुआ था। तथा अपने मुँह से ठण्डी हवाएँ छोड़कर आग को शांत करने की कोशिश कर रहा था, गोजार देखते ही समझ गया कि यह भेड़िया या जो भी है दूसरे वाले का शिकार करने की कोशिश कर रहा था, उसने समय व्यर्थ न करते हुए बीच में छलांग लगा दी और ज़ोर से दहाड़ा। उसका भयावाह रूप और खुले हुए पंख देखकर भेड़िया दुम दबा कर वहाँ से भाग निकला,

उसके चले जाने के बाद गोजार पीछे मुड़ा और शेर की तरफ बढ़ने लगा। उसे अपनी तरफ बढ़ता देख वह शेर दुबक गया परंतु जब गोजार ने उसके सर को अपने हाथ से सहलाया तब उसे विश्वास हो गया कि वह उसे चोट नहीं पहुँचायेगा। उसने आसपास की जगह को बर्फीला बना दिया और आग को शांत कर दिया। गोजार के पास आकर उसने अपने सर से गोजार के शरीर को सहलाया और गहरे जंगल में विलीन हो गया। गोजार को एक जिंदगी बचाकर काफी अच्छा महसूस हो रहा था, इसी खुशी के साथ उसने अपने पंख फड़फड़ाए और बादलों को चूमने की कोशिश करने लगा। वह रात भर हवा में गोते लगाता रहा और सही से उड़ने की कोशिश करता रहा। पौ फटते ही उसके पंख सिकुड़ने लगे इसलिए वह जल्दी से पर्वत की तरफ मुड़ा, इससे पहले कि वह पर्वत पर उतरता थोड़ी दूर पहले ही उसके पंख विलीन हो गये और वह धड़ाक से पर्वत की सतह पर जा गिरा। गिरने और बार–बार अपना मुहँ तुड़वाने की तो अब उसे आदत सी हो गई थी। वह जब भी गिरता था तो आसपास सब मैदान हो जाता था उसने अपने आप को संभाला और उठकर अपने आस–पास देखा तो सब कुछ सपाट हो चुका था। टीलों का कोई नामों–निशान नहीं था, उसने एक ठण्डी साँस ली, अपने आप को देखा उसके पंख पूरी तरह खत्म हो चुके थे, जैसे वे कभी थे ही नहीं वह नीचे उतरने लगा, नीचे उतर कर उसने देखा कि रेजाला और शेर्काषि उसी का इंतजार कर रहे थे। "वहाँ ऊपर क्या कर रहे थे।" शेर्काषि ने पूछा, गोजार ने उत्तर देते हुए कहा "आस–पास के जंगल को निहार रहा था बड़े ही अद्‌भुद दिखते है।" रेजाला ने कहा "अच्छा चलों हमें आज पहले दिन ही विलम्ब हो गया है।" "हाँ चलो "गोजार ने कहा। नीचे उतर कर उसने देखा कि तीन स्मेज उनके लिए पहले से ही तैयार खड़े थे, इससे पहले गोजार ने कभी भी स्मेज की सवारी नहीं की थी इसलिए उसे ऐसा करने में। थोड़ी घबराहट हो रही थी, जब वह स्मेज पर सवार हुआ तो उसने पहले अपना संतुलन खोया परन्तु

रेजाला की मदद से वह सही तरीके से सवारी करने में सफल रहा।

उनकी मंजिल जंगल के उस पार थी। जंगल पार करते समय गोजार का संतुलन एक बार के लिए फिर से लड़खड़ाया, उसे लगा कि आज यही उसका अंत होने वाला है। गिरने से बचने के लिए उसने एक हाथ से लगाम खींची और दूसरा हाथ स्मेज की सींग पर टिकाया, उसके सींग पकड़ने के कारण स्मेज भड़क गया और इधर भागनें लगा, इससे पहले की गोजार उसे संभाल पाता, स्मेज का पैर एक छोटे टीले से टकराया, वह गोजार समेत एक पेड़ से जा भिड़ा, उनके पेड़ से भिड़ने से जो आवाज हुई उससे आस–पास के सारे पक्षी उड़ गये। रेजाला और शेर्काषि दौड़कर उनके पास आये और उन्हें उठाया, शेर्काषि ने पूछा "ठीक तो हो न ज्यादा चोट तो नहीं आयी। उसने हँसते हुए उत्तर दिया "नहीं मैं ठीक हूँ मुझे तो कुछ नहीं हुआ, स्मेंज को देख लो क्या वह ठीक है"। रेजाला ने चकित होते हुए उत्तर दिया "हाँ वह भी सलामत है, कैसे दैत्य हो तुम! मरते–मरते बचे हो और तुम्हें हँसी आ रही है, अच्छा बताओं तुमनें ऐसा क्या किया कि वह इतना भड़क गया"। "मैने बचने के लिए उसकी सींग पकड़ी थी परन्तु पता नहीं ऐसा क्या हुआ जिससे वह इधर उधर कूदने लगा, हमारा संतुलन बिगड़ा और हम जाकर पेंड़ से भिड़ गये।" गोजार ने कहा "तुमने गलती कर दी, वैसे चाहे तुम उसे संभाल भी ले जाते परन्तु सींग पकड़नें के बाद सवाल ही नहीं उठता, सींग हर एक स्मेज का गौरव होता है, और यदि कोई उसे बिना उसकी मर्जी के छुए तो वे उसे अपनी तौहीन मानते है", रेजाला ने उसे सचेत करते हुए कहा। "तो यह कारण था जिससे मैं पत्थर जैसे कठोर पेड़ से जा टकराया"। शेर्काषि ने कहा "क्या आप लोगों को नहीं लगता कि हम कुछ भूल रहे हैं हमें कही जाना भी है। "गोजार ने कहा "हाँ हमें जल्दी चलना चाहिए, हमनें पहले से ही बहुत विलम्भ कर दिया है"। "एक काम करो तुम आकर मेरे स्मेज पर बैठ जाओं" रेजाला ने सुझाव दिया। "जी नहीं मै अपने घोड़े यानी स्मेज पर ही सवारी करके

वहाँ तक पहुँचुंगा" वह अपने स्मेज के पास गया प्यार से उसकी पीठ पर हाथ फेरा और उसपर सवार हो गया, अपनी आँखें बंद करके हाथ धीरे–धीरे उसके सर की तरफ बढ़ाया पहले तो स्मेज थोडा हिला–डुला परन्तु जब उसने झटके से उसकी सींग पकड़ ली तो वह स्थिर खड़ा हो गया। गोजार ने उसकी लगाम तक नहीं थामी, वह अपने आप ही मजिंल की तरफ दौड़ने लगा यह देख वे दोनों अचरज में पड़ गये, उन्हें लग रहा था, कि मानों वह स्मेज नहीं गोजार ही दौड़ रहा हो, स्मेज की दशा देखनें में कुछ ऐसी लग रही थी कि जैसे सिर्फ शरीर उसका हो इसलिए वह लगाम कसे बिना सीधा मंजिल की ओर भागे जा रहा था। गोजार ने जब उन दोनों को धीरे–धीरे चलते हुए देखा तो बोला "क्या हुआ समय पर नहीं पहुँचना है क्या जो इतने धीरे चल रहे हो।" उन्होनें भी लगाम कस दी और हवा की तेजी से आगे बढ़ने लगे। जंगल के उस पार पहुँचने के बाद उन्होनें देखा कि ऊँचे–ऊँचे पहाड़ी टीलो के बीच एक बड़ा सा घर था जो पूरी तरह से लकड़ियों से बना हुआ था। बाहरी हिस्सें को पत्थरों से ढका गया था, टीलों के बीच के रास्तें चट्टान और कटीली झाड़ियों से भरे पड़े थे, जिनके बीच से पैदल गुजरना बहुत ही मुश्किल था।

जब वे तीनों घर के पास पहुँचे तो एक शख्स पहले से ही बाहर खड़ा उनका इंतजार कर रहा था, वह शायद बहुभुज था। उनके पहुँचते ही वह बोला "तुम लोगों ने पहले दिन ही पहुँचने में देर कर दी, अब आगे का पता नहीं कि क्या होने वाला है।" रेजाला ने उतरते हुए कहा "माफ कीजिएगा श्रीमान बहुभुज, जंगल में थोड़ी अड़चन आ गई थी। फिलहाल, इनसें मिलिए ये हैं अदम्य शक्तियों के धारक गोजार।" उसने शेर्काषि की तरफ इशारा करते हुए कहा "और ये हैं साम्राट की पुत्री तथा साम्राज्य की राजकुमारी"। दोनों से मुखातिब होते हुए वह बोला "आप दोनों से मिलकर बहुत खुशी हुई, महाराज कैसे है राजकुमार जी, आपके बारे में भी बहुत सी बाते सुनी है श्रीमान गोजार।" दोनों ने एक साथ कहा "हमें भी आपसे मिलकर बहुत खुशी हुई श्रीमान। शेर्काषि बोली "महाराज बिल्कुल सही सलामत है"।

गोजार मुस्कुरते हुए बोला "हाँ हो सकता है क्योंकि मेरी शक्तियों की अफवाह चारों ओर फैली हुई है" बहुभुज हँसते हुए बोला "अरे! मैं अपना परिचय देना तो भूल ही गया, मै हूँ बहुभुज और मैं उत्तरी छोर के जंगलों की देखरेख करता हूँ।" गोजार ने अपनी बात आगे बढ़ाई "हाँ तो मैं पूछ रहा था कि इस सूनसान इलाकें में टीलें के बीच इतना बड़ा घर और कोई पहरेदार भी नहीं यहाँ आप अकेले कैसे रहते है? क्या आपको किसी खतरे की आशंका नहीं होती " "नहीं तो" बहुभुज ने संतुष्ट करते हुए उत्तर दिया। "और रही बात सूनसान इलाके की तो यह इलाका बिल्कुल भी सूनसान नहीं है पहाड़ के दूसरी तरफ एक कस्बा है, कभी–कभी वहाँ जाता हूँ"।

"चलिए अच्छा है कि कम से कम आस–पास लोग तो है।" शेर्काषि ने चहकते हुए कहा। रेजाला ने कहा "चलिए अंदर चलते है।" सभी अंदर प्रवेश करते है। रेजाला ने उन दोनों को घर दिखाकर कहा "आज से प्रशिक्षण खत्म होने तक हम लोगों को यही रहना होगा, अपनी–अपनी जगह चुन लो कल से प्रशिक्षण शुरु करेगे।" शाम तक सब लोगों ने आराम किया, शाम को बहुभुज ने सबके हाथों में हथियार थमाये और उन्हें टीलों के दूसरी तरफ ले गया, टीलों के दूसरी तरफ एक बड़ा और सपाट मैदान था तथा मैदान के दूसरी तरफ बड़ा सा जंगल। मैदान चारों तरफ घिरा हुआ था, एक तरफ पहाड़ी तो दूसरी तरफ जंगल और बचा भाग ऊँचे–ऊँचे टीलों से घिरा हुआ था। बहुभुज बोला "पहले तुम लोगों के स्तर को मापना होगा।" इतना कहकर उसने धनुष उठाया और दो तीर एक साथ पहाड़ी पर चला दिये और फिर दो तीर जंगल में, उन दोनों से उन तीरों को जितनी जल्दी हो सके लाने को कहा, पहाड़ की चढ़ाई कठिन थी इसलिए पहाड़ वाले तीर गोजार के हवाले कर दिए गये और जंगल से तीर वापस लाने का कार्य शेर्काषि को सौपा गया, हाँलाकि जानवरों का खतरा दोनों जगहों पर बराबर था। उनके जाने से पहले उसने उन दोनों को हथियार अपने से अलग न करने की हिदायत दी क्योंकि ढलती शाम के साथ जंगल और भी

खतरनाक हो जाते हैं, यदि ऐसे समय में उन्होनें अपने हथियार गँवा दिए तो उनका जिंदा बचकर वापस आना मुश्किल हो जायेगा, दोनों ने बात को ध्यान से सुना और दौड़ते हुए अपनी–अपनी मंजिलों की तरफ चल पड़े। बहुभुज ने अंदाजा लगया कि वे रात होने से पहले अपने काम को पूरा करके वापस आ जायेंगे। उनके जाने के बाद वह और रेजाला मिलकर मैदान के किनारे पर तंबू लगाने का इंतजाम करने लगे। शेर्काषि बड़े आराम से जंगल के अंदर दौड़ी चली जा रही थी। जल्दी ही उसने अपनी मंजिल हासिल कर ली और लौटने की तैयारियाँ करने लगी। लौटते समय भी उसका सामना किसी जंगली जानवर से न हुआ।

गोजार पहाड़ चढ़ता जा रहा था परन्तु उसे तीर कहीं नजर नहीं आ रहे थे, उसने पेड़ों पर चढ़कर तीरों के गिरने की जगह का अंदाजा लगाया पर उसे कोई सफलता नहीं मिली, पहाड़ पर कई दरारे और ऊँची चट्टानें थी तीर किस चट्टान से टकराया होगा या किस दरार में घुसा होगा इसका अंदाजा लगाना मुश्किल था। वह थक हारकर बैठ गया, शाम भी होने लगी थी। शेर्काषि समय रहते तीर लेकर वापस पहुँच चुकी थी, वे सभी लोग गोजार के वापस आने की राह देख रहे थे। रात होने पर गोजार को उस पहाड़ी जंगल में घूमना अजीब लगने लगा, तीरों को कैसे ढूँढा जाये यह वह अभी सोंच ही रहा था, कि थोड़ी दूरी पर उसे एक सफेंद रोशनी दिखी, थोड़ा पास जाकर देखा तो उसे एक युवती आसमानी रंग के चमकते कपड़ो में घूमती नजर आयी, गोजार ने उसे आवज दी "इतनी रात गये तुम इन पहाड़ी जंगलों में क्या कर रही हो, क्या तुम्हें डर नही लगता?" उस युवती ने घूरकर गोजार को देखा फिर ऊँचाई की तरफ भागने लगी, गोजार से भी रहा न गया, उसे पास से देखने की उसकी चाह बढ़ने लगी और वह भी उसके पीछे भागने लगा।

थोड़ी दूर जाने के बाद वह यूवती एक दरार में घुस गई। गोजार ने जब उसे दरार में घुसते देखा तो दौड़कर वहाँ पहुँचा

और दरार में घुसने की कोशिश की परन्तु दरार काफी सँकरी होने के कारण वह अंदर घुसने में असफल रहा, उसने अंदर झाँक कर देखा परन्तु वह युवती उसे कहीं दिखाई न दी, दरार पूरी तरह से खाली थी। उसने दो तीन बार आवाज लगाई "क्या कोई अंदर है" परन्तु अंदर कोई हलचल न हुई, उसने अपने आप को पीछे खींचा और वापस जाने के लिए मुड़ा तभी उसने देखा कि दरार के मुहाने से थोड़ी दूरी पर दोनो तीर एक पेड़ की डाल में धँसे हुए थे। वह उन्हे निकालने के लिए पेड़ के नजदीक गया परन्तु किसी अंजान गरजना को सुनकर एक पल के लिए उसके पैर ठिठक गये, उसे किसी खतरे के आने की आशंका होने लगी। इस आशंका मात्र से ही उसके हृदय और पगो ने तीव्रता पकड़ ली। जल्दी से जाकर उसने वृक्ष की डाल से तीर निकाले और सरपट भागने के लिए पीछे मुड़ा, उसने देखा कि एक बड़ा हाथ पैर वाला सर्प उसके ठीक सामने खड़ा था निगलने को तैयार, उसके विकराल और भयावाह रुप को देखकर एक पल के लिए उसकी धड़कने थम गई, उसने सोंचा कि अगर लड़ूँगा तो यही मेरा अंत होगा और यदि भागूँगा तो शायद कुछ दिन और जी पाऊँ, प्रशिक्षण के नाम पर ऐसे ही रोमांच करता रहा तो आज नहीं तो कल मृत्यु निश्चित है। उसने यह सब सोचना छोड़कर अभी क्या करना है उसपर ध्यान लगाया, रात भी हो चुकी थी, रात से उसे कुछ ध्यान हो आया, उसने अपनी नजरे आसमान की तरफ घुमायी देखा कि चंद्रमा अपने चरम पर थे। इससे पहले कि वह कुछ और सोंचता सर्प ने उसपर धावा बोल दिया। वह उसके वारो से बचने की कोशिश करने लगा और समय अंतराल में अपने मन में उड़ने की कामना की, उसकी पीठ पर पंखों ने जन्म लेना शुरु किया, इस प्रक्रिया में उसे दर्द होने लगा और वह सर्प के हमले से ध्यान खो बैठा, उसकी पूँछ की चपेंट में आकर एक चट्टान से जा टकराया और वही ढेर हो गया। सर्प ने आगे बढ़कर उसे दबोच लिया और निगलने के लिये अपना मुँह खोला तब तक पंखो की रचना पूरी हो चुकी थी। उसने हाथ में पकड़े हुए उन तीरो से उसके शरीर पर आघात किया जिससे सर्प की

पकड़ ढीली हो गई, एक भी पल न गँवाते हुए उसने अपने आप को उसके चंगुल से आज़ाद किया और आकाश की तरफ बढ़ने लगा, सर्प ने उछल कर दुबारा दबोचने की कोशिश की तो गोजार ने कूदकर अपने दोनो पैरो से उसके मुँह पर वार किया और हवा में छलांग लगा दी, उसके वार से सर्प भूमि से जा टकराया, आसमान के रास्ते से उसे वापस मैदान पहुँचने में ज्यादा समय नहीं लगा। जब वह मैदान में पहुँचा तो ज़मीन पर कदम रखने से पहले ही उसके साथियो ने उसे एक बड़ा और भयावाह चमगादड़ समझकर उसपर हमला कर दिया, बचते–बचाते उसने उन लोगो को आवाज लगाई तब जाकर उन्होने हमला रोका लेकिन तब तक बहुत देर हो चुकी थी, दो–तीन तीरो ने उसके शरीर को भेद भी दिया था। वह किसी तरह लड़खड़ाते हुए ज़मीन पर उतरा और पैर फैलाकर वहीं लेट गया, शेर्काषि ने उसके तीर निकाले।

तीर निकालते ही उसके घाव तेजी से भरने लगें बहुभुज और रेजाला ने उनसे हुई भूल के लिए माफी माँगी, गोजार ने मुस्कराते हुए कहा कि कोई बात नही गलती सबसे होती है, फिर उसने वो दो तीर उन्हे पकड़ा दिए जिन्हे लेने के लिए वह पहाड़ पर गया था। शेर्काषि ने कहा कि आज के लिए बहुत हो गया अब उन्हे आराम करना चाहिए, सभी ने सहमति में सर हिलाया और अपने–अपने तंबुओं में आराम करने के लिए चले गये, शेर्काषि ने गोजार की उठने में मदद की और उसे उसके तंबू में लें गई उसका बिस्तर लगाया, लिटाकर उसके बचे कुचे घावो को साफ किया, उसने देखा कि गोजार के घाव काफी तेजी से भर रहे थे। उसने कहा "जिस तेजी से तुम्हारे घाव भर रहे हैं वह काबिले तारीफ है, इस तरह से तो तुम्हे ठीक होने में ज्यादा समय नही लगेगा। गोजार ने उसकी आँखो में देखकर कहा "शुक्रिया" शेर्काषि ने हँसते हुए जवाब दिया "इसमें शुक्रिया कहने की क्या जरुरत है"

"नही सच में मुझे तुम्हारा शुक्रिया तो अदा करना ही चाहिए, मै हर बार किसी न किसी मुसीबत में पड़ जाता हुँ, पर तुम हर बार मेरी मदद करने से पीछे नहीं हटती।" गोजार ने थोड़ा करीब आते हुए कहा, शेर्काषि की आवाज थोड़ी मंद पड़ गई। वह मंद आवाज में बोली "यह तो मेरा फर्ज है कि एक मंगेतर के नाते अपने जीवन साथी की हिफाज़त करुँ"।

"हाँ वो तो है परन्तु फिर भी तुम्हारा शुक्रिया उस सब के लिए जो तुमने मेरे लिए किया "गोजार ने और करीब आते हुए धीमी आवाज में कहा। शेर्काषि की आवाज और धीमी हो गई, उसकी साँसे तेज होने लगी, हाथो ने काँपना शुरु कर दिया, उसने पूछा "तुम्हारे पंख कैसे निकल आये?" गोजार ने अपना माथा उसके माथे से सटाते हुए कहा–"बस मैने उड़ने के बारे में सोचा और मेरी पीठ पर पंख अपने आप आ गये, नही जानता कैसे?" माथे से माथा सटते ही शेर्काषि के अंदर भूकम्प आने शुरु हो गये, उसकी सांसे गरम भाप के जैसी हो गई। गोजार ने प्यार से उसके सर पर हाथ फेरा और कहा "मुझे तुमसे कुछ कहना है"। शेर्काषि ने काँपती हुई आवाज में कहा" तो कह दो"

"आज जब मै पर्वत पर तीर खोजने गया था तब मेरी मुठभेड़ एक बड़े सर्प से हो गई, उसने मुझे कई बार पटका परन्तु मै वहाँ से बच निकलने में कामयाब रहा पर मैने वहाँ कुछ और भी देखा था, कुछ ऐसा जिसपर मुझे अभी तक विश्वास नही हो रहा है।" गोजार ने उसके हाथ को सहलाते हुए कहा। ऐसा करने से मानो शेर्काषि के शरीर में बिजली का प्रवाह बढ़ गया हो उसने पूछा "क्या?"

"एक स्त्री, सफेद चमकते हुए लिबास में उसके लिबास को देखकर लग रहा था जैसे मानो चाँद पानी में उतर आया हो, परन्तु वह अचानक गायब हो गई उस समय ऐसा लगा जैसे वह कोई प्रेत आत्मा हो या कोई साया, उत्तरी छोर में भी प्रेत आत्माएँ होती हैं क्या?" "मुझे क्या पता, अच्छा अब मेरे खयाल से तुम्हे आराम करना चाहिए कल का दिन बहुत कठिन होने वाला है

और तुम्हे आराम की सख्त जरुरत है।" उसने गोजार का माथा चुमा और उठकर बाहर चली गई, गोजार को समझ में नहीं आ रहा था कि वह यूँ अचानक बाहर क्यों चली गई, उसने ऐसा क्या कह दिया?

उसने सोंचा खैर छोड़ो कल देखेगे फिलहाल अभी आराम करते हैं। उसने बिस्तर पर अपने पैर फैला दिए, पंख भी अपने आप सिकुड़ कर गायब हो गये, वह नींद की चपेट में कब आ गया इसका उसे पता भी नही चला। सुबह उठा तो देखा कि सूरज काफी चटक हो चुका था और तंबू के बाहर तलवारो का घमासान युद्ध छिड़ा हुआ था शेर्काषि और रेजाला मिलकर बहुभुज पर वार कर रहे थे और वह उनसे बचने की कोशिश कर रहा था, यह देख वह झटके से उठ खड़ा हुआ और चिल्लाकर बोला "यह क्या हो रहा है।" उसकी आवाज सुनकर तीनो रुक गये रेजाला ने उत्तर देते हुए कहा "प्रशिक्षण, और क्या? उसने चौकते हुए फिर से प्रंश्न किया"ये? ये एक दूसरे पर हमले करना, ऐसा होता है प्रशिक्षण"? "हाँ ऐसा ही तो होता है" शेर्काषि बोली। "तब तो मै प्रशिक्षण नहीं लूगाँ मुझे बिना मतलब अपनी जान गँवाने का कोई शौक नहीं है"। गोजार घबराते हुए बोला। बहुभुज ने हँसते हुए कहा "घबराओ मत हम तुम्हारा प्रशिक्षण सबसे नीचले स्तर से शुरु करेगे"। इतना कहकर वह हसने लगा, गोजार ने भी अपनी बत्तीसी दिखा दी। उस दिन से उसका प्रशिक्षण शुरू हुआ, जिसमें उसने तीरंदाजी, तलवार बाजी, विभिन्न युद्ध कलाएँ और उम्दा जासूसी के तौर–तरीके सीखे। वह एक परिपूर्ण योद्धा बन गया। अब बारी थी उसकी शक्तियों पर काबू पाने की परन्तु उससे पहले उसे अब तक हाासिल की गई अपनी काबिलयत का इम्तिहान देना था, उसका इम्तिहान पहले से ही सोंच लिया गया था और उस इम्तिहान में शेर्काषि भी शामिल थी। रात्रि के समय सबने मिलकर दावत उड़ाई और आग के चारो तरफ बैठकर एक–दूसरे से काफी देर तक गप्पे लड़ाई। अगली सुबह गोजार और शेर्काषि को सामानो से भरा एक–एक थैला पकड़ा दिया गया और उन्हे चक्षु पर्वत से दिव्य बेल लाने को कहा गया जो कि

दक्षिण दिशा में तकरीबन 30 दिनो की दूरी पर था। थैलो में उनकी जरुरत का हर समान था। उनके जाने से पहले रेजाला ने उनको हथियार देते हुए सलाह दी "संभल कर जाना रास्ता पेंचीदा और अंजान खतरे से भरा पड़ा है, रास्ते में भूलकर भी किसी पर विश्वास मत करना वरना जान से जाओगे और दूसरी सबसे महत्वपूर्ण बात चक्षु पर्वत अपने आप में एक जादू का भंडार है, समय तथा वातावरण के भ्रम पैदा करता है सूझ–बूझ से काम लोगे तो सफलता मिलेगी और यदि उलझ गये तो उलझे ही रह जाओगे।" गोजार ने सर हिलाते हुए उत्तर दिया "जी हम समझ गये आपकी कही हर बात का हम खयाल रखेगे, अब हमे इजाजत दी जाए"। रेजाला ने हाँ में सिर हिलाया और प्रस्थान करने को कहा, जाते–जाते यह भी बोला कि अगर वे रात्रि के समय जंगलो में घने वृक्षो की शाखाओ में अपना डेरा लगायेंगे तो यह उनके लिए और भी अच्छा रहेगा। सारी बातों को सुनते हुए वे दोनों आगे बढ़ गये।

अध्याय-3

पूरा दिन चलते रहे जंगलो को पार किया और पर्वतो को पार करते–करते रात्रि ने अपने पैर जमा लिए रात घनी होने से आस–पास खतरा भी बढ़ गया। शेर्काषि ने सलाह दी कि उन्हे सुरक्षित जगह को देखकर डेरा डाल देना चाहिए, गोजार ने भी उसकी बात पर सहमति जताई और कही रात गुजारने का ठिकाना खोजने लगा, थोड़ी दूर आगे जाने पर उन्हे एक गुफा जैसी चट्‌टान दिखाई दी जो पर्वत के किनारे पर थी और उसका एक छोर हवा में झूल रहा था तथा उसके ठीक ऊपर की चट्‌टान उसके लिये छत का काम कर रही थी तथा चारोतरफ से चट्‌टानो से घिरी होने की वजह से वह जगह रात गुजारने के लिए उपयुक्त भी लग रही थी। दोनों ने वही पर ठहरने का निर्णय किया, शेर्काषि ने ऊपर चढ़कर सामान रखा और बिस्तर तैयार किया, गोजार ने आसपास से लकड़ियाँ इकट्‌ठा करके आग जलाई गोजार ने शेर्काषि से कहा तुम सो जाओं मैं पहरा दूँगाश शेर्काषि ने उत्तर देते हुए कहा नहीं हम दोनों बारी–बारी से पहरा देंगे और पहली बारी मेरी होगी और फिर आधी रात के बाद तुम्हारी।ष् उसने बात मान ली और आधी रात तक आराम किया फिर उठकर अपनी जगह ले ली और शेर्काषि को सोने को कहा। शेर्काषि ने बिस्तर पर लेटते हुऐ गोजार को आवाज दी जब वह पास आया तो उसने गोजार से कहा–मैं सोने जाऊँ क्या? तुम मेरा हाथ पकड़ कर मेरे पास बैठ सकते हो उसने उत्तर देते हुए कहा–हाँ क्यों नहीं। वह उसका हाथ पकड़कर उसके पास बैठ गया और प्यार से उसका सर सहलाने लगा। शेर्काषि ने आसमान की तरफ इशारा करते हुए कहा–ये चाँद कितने खूबसूरत लग रहे है न?। हाँ सो तो है और न जाने क्यों इनकी रोशनी में मुझे बहुत ही अच्छा महसूस होता है उसने उत्तर देते हुए कहा। आने वाले समय में क्या होगा शेर्काषि ने प्रश्न किया तो उसके उत्तर में गोजार बोला–अब यह तो आने

वाला समय ही बतायेगा। थोड़ा रूकने के बाद गोजार ने फिर से कहा मेरे ख्याल से अब तुम्हे सो जाना चाहिए क्योंकि आने वाला समय न जाने हमारे लिए कौन सी विपत्ति लेकर आयेगा उसने भी सहमति जताते हुए कहा हाँ, तुमने सही कहा, अब मुझे सो जाना चाहिए। इतना कहकर उसने अपनी आँखे बंद कर ली और गहरे सपनों में खो गई। गोजार अपनी जगह से उठा और किनारे पर खड़ा होकर आसमान तथा आसपास के इलाके को निहारते हुए मन ही मन बोला—आगे जो भी होगा सब अच्छा ही होगा। आखिर रात का अधंकार खत्म हुआ और नयी सुबह के उजाले ने फिर से चारों तरफ उम्मीद की एक नई रोशनी फैला दी। गोजार ने शेर्काषि को जगाया और अपना बोरिया—बिस्तर समेट कर आगे की ओर प्रस्थान कर दिया, चलते—चलते दोपहर होने को आयी, उन्होने पर्वत भी पार कर लिए थे। दो दिनों से कुछ न खाने की वजह से अब उनके पैर जवाब दे रहे थे। शेर्काषि ने तो हाथ खड़े कर दिये और बोली कि जब तक उसके पेट में कुछ नही जायेगा वह एक भी कदम आगे नहीं बढाएगी। गोजार ने उसकी बात मान ली और वहीं डेरा डाल दिया। बोला—ठीक है पहले कुछ खायेंगे फिर आगे बढ़ेगें।

तीर—कमान लेकर वह जंगल में किसी खाने की तलाश में चल पड़ा, थोड़ी दूर पर उसे फलों से लदा एक वृक्ष दिखाई दिया, उसके नीचे ही एक जानवर भी था जो नीचे गिरे फलो को खा रहा था, गोजार ने सोंचा यदि वह इसे मारेगा तो पकाना पड़ेगा और उसके हाथों एक जान चली जायेगी इसलिए उसने उस जानवर को छोड़कर उस फल से लदे वृक्ष पर निशाना साधा, उसके वार करने के डर से वह जीव झाड़ियों में जा छिपा। उसके चलाये गये तीरों के द्वारा जो फल नीचे गिरे उसमें से अपनी जरूरत भर उठाकर बाकी बचे फलो को उसने झाड़ियों के पीछे उस जानवर की तरफ लुढ़का दिये और खुद जाकर पेड़ों की ओट हो गया। थोड़ी देर बाद उसने देखा कि वह जानवर झाड़ियों से बाहर निकला और उन फलो को बड़े चाव से खाने लगा उसके बाद उसी तरह के दो तीन जानवर और उसके पास

आकर आसपास के फलो को खाने लगे, शायद वह उसके परिवार के सदस्य थे। उन सबको एक साथ देखकर उसे अपने परिवार की याद आ गयी। वह सोंचने लगा न जाने वे लोग कैसे होगें और क्या कर रहे होंगे, उन लोगो ने उसे कहाँ–कहाँ खोजा होगा, कुछ भी हो, वह एक दिन वापस जरूर जाएगा। उसने अपने आपको देखा और सोंचने लगा कि क्या उसके माता पिता उसे इस रूप में अपनाएँगें? यह सोंचकर वह थोड़ा दुःखी हो गया, थोड़ी देर वैसे ही खड़ा रहा और फिर वापस शेर्काषि के पास चला गया। दोनों ने फलो को खाकर अपना पेट भरा फिर थोड़ा सुस्ताने के बाद आगे की यात्रा आरम्भ की। वे कई दिनों तक इसी तरह चलते रहे रात के समय या तो किसी वृक्ष की शाखा या फिर किसी ऊँची चट्टान पर अपना बसेरा करते और दिन के समय इसी तरह अपना पेट फलो से भरते रहे। एक लंबी यात्रा के बाद वे लोग अपनी मंजिल के लगभग करीब पहुँच चुके थे, अब उनके और उनकी मंजिल के बीच था, एक पहाड़ी जंगल जो दिखने में थोड़ा अजीब और खतरनाक दिख रहा था। उसके पहाड़ो की बनावट कुछ अलग थी कही पर ऊँची और नुकीली चट्टाने थी जो कही अनंत गहरी खाईयाँ जिनमें यदि कोई एक बार गिर जाये तो वापस निकलकर बाहर आना लगभग असंभव था।

गोजार ने एक खूब ऊँची चट्टान पर चढ़कर देखा, जहाँ तक उसकी नजर जा रही थी उस पहाड़ के सिवा और कुछ भी नहीं दिख रहा था। नीचे आकर उसने शेर्काषि से कहा "इन पहाड़ो का क्षेत्रफल कुछ ज्यादा ही बड़ा है। पार करने में शायद चार या उससे भी ज्यादा दिन लग सकते है, यह जगह सुरक्षित लग रही है इसलिए आज रात हम यही आराम करेगें और कल से आगे की यात्रा आरंभ करेगें, शेर्काषि ने सहमति में सिर हिला दिया। दोनो ने एक ऊँची चट्टान पर रात गुजारने की सोचीं, आस–पास देखने पर उन्हे एक लायक जगह दिख ही गई। दोनो ने ऊपर चढ़कर अपना समान किनारे रखा और बिस्तर लगाकर आग जलाने की तैयारी करने लगे, गोजार नीचे जाकर पेंड़ो से

सूखी लकड़ियाँ तोड़ लाया और आग जलाने बैठ गया। इसी बीच शेंर्काषि ने उससे कहा "गोजार मुझे बहुत भूख लग रही है, तुम्हारे पास कोई फल बचा है क्या?" "नहीं, मेरे पास नहीं है" उसने उत्तर दिया। फिर तसल्ली देते हुए बोला "पहले आग जला लूँ फिर नीचे जाकर देखता हूँ कि इन पहाड़ी जंगलो में कुछ खाने को मिलता है क्या?" आग जलाने के बाद वह खाने के लिए पेड़ो से फलों या किसी शिकार की खोज में निकल पड़ा। थोड़ा खोजने के बाद आखिर कार उसे रसीले फलो से लदा एक वृक्ष दिख गया। उसने मतलब भर के फल तोड़े और वापस चट्टान पर आ गया। फलों को देखकर शेर्काषि के मुँह में पानी आ गया। दोंनो ने मिलकर उन्हे खाया और सोने तथा पहरा देने का वही क्रम अपना लिया। फल खाने के थोड़ देर बाद उन्हें सिर में भारीपन महसूस होने लगा, शायद जो फल उन्होने खाये थे वे नशीले थे इसलिए मुर्छित होकर गिरने में उन्हे ज्यादा देर नहीं लगी। आग जलती रही और वे दोनो बेंहोश पड़े रहे। जब आँख खुली तो गोजार ने अपने आपको एक अंजान जानवर के पंजो में दबा पाया। नजरे ऊपर उठाकर देखा तो पता लगा कि वे एक ड्रैगन के पंजो मे थे। जो शायद आज उन्हें नाश्ते में खाने वाला था, समय रहते गोजार ने उसके पंजो पर वार किया और अपने आपको तथा शेर्काषि को उसके पंजो से आजाद कराया। वे दोनो छूटते ही नीचे गिरने लगे, शिकार चंगुल से छूटते देखा तो वह ड्रैगन तिलमिला उठा और उन्हें वापस पकड़ने की कोशिश करने लगा, गोजार ने उससे बचते हुए अपने पंखो को महसूस किया और उनके सहारे ड्रैगन से दूर रहने की कोशिश करने लगा। शेर्काषि अभी भी मुर्छित थी वह उसे अपनी बाहों में समेटे इधर–उधर भागता ड्रैगन की नीली आग से बचता फिर रहा था।

बचने का कोई रास्ता न सूझने पर वह तेजी से ज़मीन की ओर बढ़ने लगा और जाकर उन पहाड़ी खाइयों में घुस गया, ड्रैगन ने फिर भी उसका पीछा नहीं छोड़ा और खाई में ही उसे मारने की कोशिश करने लगा। उससे बचने के लिए गोजार खाई में और नीचे घुसता चला गया। खूब नीचे जाकर खाई की एक

दरार में छुप गया। ड्रैगन ने उसे खूब खोजा, कई पत्थर तोड़ डाले और कई जगह आग से वार किया परन्तु जब वह न मिला तो थक हार कर वापस चला गया। उराके चले जाने के बाद भी कई घंटो तक गोजार वहीं बैठा रहा और शेर्काषि को होश मे लाने की कोशिश करता रहा। आँख खुलने पर वह बड़बड़ाते हुए बोली "सुबह हो गई क्या"? जब उसने अपने आस–पास देखा तो अस्माकत ही उसके मुँह से ,निकल पड़ा "अरे बाप रे! ये क्या गोल–माल है, हम कहाँ हैं और यहाँ कैसे पहुँचें?" गोजार ने अंदाजा लगाते हुए कहा "ठीक से तो नही पता कि हम कहाँ है सिवाय इसके की हम पहाड़ी खाईयो की गहराई में फँसे पड़े हैं और यह सब एक ड्रैगन के कारण हुआ है, जो थोड़ी देर पहले हमे खाने वाला था।"

"तो हम बचे कैसे?"

"मैने तुम्हे बचाया"

"एक मिनट रुको इतना सब हो गया और मैं पड़ी, घोंड़े बेच कर सो रही थी।" "हाँ, और सिर्फ घोड़े ही नही हाथी और गधे भी।" "मै बात कर रही हूँ और तुम्हे मजाक सूझ रहा है।" "क्या करूँ तुमने सवाल ही ऐसा पूछा है।" "अच्छा बताओ अब हम लोग यहाँ से बाहर कैसे निकलेंगे तुम्हारे पास कोई उपाय है"। इस प्रश्न पर गोजार स्तब्ध पड़ गया फिर कुछ सोंच– समझ कर बोला "जैसे आये थे वैसे तो वापस जा नहीं सकते और पहाड़ियो की खड़ी चढ़ाई भी नही चढ़ सकते इसलिए ऊपर पहुँचने के लिए कोई दूसरा रास्ता ही खोजना पड़ेगा, शायद इस दरार के सहारे ही बाहर निकल सके"। "दरार के सहारे क्यों तुम्हारे पास तो पंख है न हम उनके सहारे भी तो उड़कर बाहर निकल सकते है, तुम उन्हे इस्तेमाल क्यों नही करते।" उसने विवश होकर उत्तर दिया "नही कर सकता क्योंकि वे तभी आते है जब चन्द्रमा की रोशनी उन पर पड़ती है और इस धुँध में तो वो होने से रहा उन्हे बुलाने का कोई दूसरा तरीका मुझे मालूम नहीं है तो बताओ अब क्या करें" गोजार ने कहा। "तो इसका मतलब हम यहाँ फँस

गये है" शेर्काषि ने पूँछा। "हाँ" गोजार ने उत्तर दिया "निकलने के लिए दरार के सिवा और कोई चारा नहीं है" शेर्काषि बोली।

"जी हाँ बिल्कुल सही पकड़े हैं कुछ और नहीं है कि जो हमारी नैया पार लगा दे"। शेर्काषि ने एक लम्बी सांस लेते हुए कहा–"चलो फिर अब जब यही चारा बचा है तो इसे ही आजमा कर देखते है।" दोनो दरार के अंदर ही आगे की ओर बढ़ने लगे, वे जितने अंदर घुसते जा रहे थे दरार उतनी ही संकरी होती जा रही थी, बहुत चलने के बाद भी उन्हे ऊपर चढ़ने का कोई रास्ता तो नहीं मिला परंतु दरार के आखरी छोर पर गुफा का एक मुहाना मिल गया, जो काफी बड़ा और डरावने अंधेरे से भरा हुआ था। शेर्काषि ने अंदर जाने से मना करते हुए कहा "हमने अपना पूरा समान गँवा दिया है अंदर यदि हम पर कोई मुसीबत आयी तो उससे अपनी रक्षा करने के लिए हमारे पास कुछ नहीं होगा और हम बेमौत ही मारे जायेगे"।

"जानता हूँ परन्तु आगे बढ़ने के अलावा हमारे पास और दूसरा कोई चारा भी तो नहीं है, यदि हम आगे बढ़े तो शायद ही जीवन की कोई किरण नजर आ जाए परन्तु यदि नही बढ़े तो यही फँसकर हमारा अंत होगा, मै हुँ न मै करुँगा तुम्हारी रक्षा।"

"परन्तु खतरे को बुलावा देना कहाँ की समझदारी है" शेर्काषि ने हिचकिचाते हुए कहा, गोजार ने उसकी बात का उत्तर दिया "परन्तु खतरे के डर से कुछ न करना भी कहाँ की समझदारी है तुम्हें मुझ पर विश्वास है न, क्यो बोलो?" शेर्काषि ने हाँ में जवाब दिया। "तो फिर चलो कदम आगे बढाओ, आगे जो होगा वो मै देख लूँगा लाओ अपना हाथ आगे की तरफ बढ़ाओ"। उसके कहने पर शेर्काषि ने अपना हाथ आगे बढ़ाया, उसने वह हाथ अपने हाथों में थाम लिया और आगे की तरफ बढ़ने लगा। उसके द्वारा हाथ थामे जाने पर शेर्काषि उसे एक टक देखनें लगी, एक–दूसरे का हाथ थामें हुए ही उन्होने गुफा के अंदर प्रवेश किया। गोजार ने ध्यान लगाकर अपने सर की आग बढ़ा दी जिस कारण गुफा के अंदर नीला प्रकाश चारो ओर फैल गया

और हर एक चीज स्पष्ट दिखाई देने लगी। गुफा बाहर से जितनी दिखती थी अंदर उससे भी ज्यादा बड़ी थी, दोनो आगे बढ़ते गये, गुफा अंदर से टीलो तथा नुकीली चट्टानों से भरी पड़ी थी। रोशनी दूर की चीजों को देखने के लिए काफी नहीं थी इसलिए सम्भल कर चलना बहुत जरुरी था नहीं तो कोई भी दुर्घटना घट सकती थी। थोड़ा और आगे बढ़ने पर गुफा की रोशनी अपने आप बढ़ने लगी और ऐसा गुफा में पड़े बड़े–बड़े जवाहरातों की वजह से हो रहा था। गुफा के अंदर वे दोनों जितना आगे बढ़ते जा रहे थे गुफा का आकार भी उतना ही बढ़ता जा रहा था साथ ही साथ उसके अंदर के अचरज भी, शेर्काषि की हिचकिचाहट अब मस्ती में बदल चुकी थी, वे दोनों नजारे का लुत्फ उठाते हुए आगे बढ़ते जा रहे थे, थोड़ा आगे बढ़ने पर गुफा का आकार इतना बड़ा हो गया कि उसमें कई गाँव एक साथ बस सकते थे। गुफा के एक छोर पर बड़ा–सा झरना था जिसकी वजह से एक नदी बन गई थी, गोजार ने कहा "इस नदी का पानी कहीं न कहीं इस गुफा से बाहर जरुर जाता होगा और यदि हम इसकी धारा के बहाव के साथ चलेगें तो हमे भी बाहर जाने का रास्ता मिल ही जायेगा।" शेर्काषि ने उत्तर दिया– "हाँ हो भी सकता है और नहीं भी परन्तु कोशिश करना ही हमारा एक मात्र सहारा है इसलिए चलो यह भी आजामा कर देखते है शायद हमारी किस्मत अच्छी होगी तो हम बाहर निकल ही जाये।" चलने से पहले दोनों ने विश्राम करने का फैसला किया। वे झरने का ठंडा पानी पीकर वहीं बैठ गये और सुस्ताने लगे। आराम करने के बाद दोनों ने नदी की धारा के साथ चलना शुरु किया कई घण्टे चलने के बाद भी उन्हें बाहर जानें का कोई रास्ता नजर नहीं आया। शेर्काषि ने हल्ल होकर कहा "मान भी लो कि हमने ये रास्ता चुनकर बहुत बड़ी बेवकूफी की है, यह हमें सिर्फ इधर–उधर ही घुमाएगा न की बाहर लेकर जायेगा इससे अच्छा तो हम नदी पार करके उसी रास्ते पर आगे बढ़ते शायद कोई छोर दिख ही जाता जो हमे बाहर निकाल सकता।" गोजार ने उसे धैर्य दिलाते हुए कहा "भरोसा रखो ये रास्ता हमें पक्का

बाहर निकालेगा, मुझे पूरा विश्वास है और अगर थक गई हो तो आराम कर लो हम उसके बाद यात्रा आगे बढ़ाएँगे। शेर्काषि बोली–"ठीक है चलो थोड़ा ठहर ही जाते है परन्तु मुझे नहीं लगता की हम दो–तीन दिन से पहले इस नदी का आखरी छोर खोज पायेंगे या हो सकता है उससे भी ज्यादा समय लगे"।

"तुम हमेशा उल्टा ही क्यो सोंचती हो कभी अच्छा भी सोंचने की कोशिश किया करो" गोजार नाराज हो गया। "ठीक है बाबा लो सोंच लिया कि हम बाहर निकलने में कामयाब हो ही जायेंगे अब खुश"। इतना कहकर शेर्काषि मुस्कुरा दी, दोनों ने वहाँ रुक कर आराम किया फिर अपनी यात्रा प्रारम्भ की। नदी के साथ चलते–चलते एक समय ऐसा आया जब नदी एक गहरी खाई में झरने के समान गिर रही थी और उस खाई को पार करने का एक मात्र रास्ता था एक पुल जो टूटी–फूटी चट्टानो से बना हुआ था देखकर लग रहा था कि वह अभी बस गिरने ही वाला है, पुल की हालत देखकर गोजार सोंच में पड़ गया कि अब वह आगे कैसे बढ़े और किस दिशा में जाये। शेर्काषि उसकी टाँग खींचते हुए बोली "लो नदी भी गई और रास्ता भी और इसी के साथ गई हमारी बाहर निकलने की आशा, अब क्या करोगे बोलो कोई सुझाव हो तो बताओ "गोजार ने उसकी बात का उत्तर देते हुए कहा–" मुझे फिलहाल अभी कुछ सूझ नहीं रहा है, सोंचने के लिए थोड़ा समय तो दो फिर देखते है कि क्या करना है"। "परन्तु मेरे पास एक सुझाव है, क्यो न हम पुल को पार करके आगे बढ़े हो सकता है कि उस तरफ बाहर निकलने का कोई रास्ता ही नजर आ जाये" गोजार को उसका यह सुझाव ठीक लगा, उसने उसके इस प्रस्ताव पर हामी भर दी। दोनों पुल पार करने लगे, पुल पार करते समय शेर्काषि की धड़कने प्रतिक्षण बढ़ती ही जा रही थी हर बढ़ते कदम के साथ उसे ऐसा प्रतीत हो रहा था कि अब गिरुँगी, यही सोंचकर उसने जल्दी–जल्दी चलना शुरु किया, उसके ऐसा करने से एक चट्टान थोड़ा सा खिसकी, उसकी खिसकने की आवाज से पूरी गुफा गूँज उठी, वे दोनों जल्दी से कूदकर उस पार पहुँचे तब जाकर राहत की सांस ली। अभी

उनके दिल को शांती मिले एक पल भी सही से नहीं बीता था कि सामने एक विशालकाय छछूंदर सा दिखने वाला जानवर आ खड़ा हुआ, जिसके सर पर एक बड़ा सा सींग था, कंटीली पूँछ तथा बड़े–बड़े पंजे थे गोजार ने उसे देखा और सीना तान कर शेर्काषि को पीछे करते हुए कहा घबराओं मत मैं हुँ न, अभी इसे ठिकाने लगा दूँगा। वह उसपर हमला करने आगे बढ़ा ही था कि उसने देखा छछूंदरो का एक बड़ा झुंड उसके सामने आ खड़ा हुआ, वह उल्टे पाँव वापस लौट पड़ा और बोला भूल जाओ मैने जो भी कहा था, समझ लो मैं यहाँ हूँ ही नही, अब अपनी जान बचाकर भागो। शेर्काषि उसे चिढ़ाते हुए बोली, क्यूँ अब उसे मारने का मन नहीं कर रहा है क्या, अरे जाओ लड़ो! ज्यादा से ज्यादा 70–80 ही होंगे। पागल थोड़ो न हुँ जो अपनी जान जोखिम में डालने जाऊँ, 70–80 ही होंगे! तुम तो ऐसे बोल रही हो जैसे ये सब निर्जीव पुतले हैं इतनी देर में छछूंदरों ने उन्हे चारों ओर से घेर लिया, अब उनके पास बचने का कोई मार्ग नहीं बचा सिवाय इसके कि वे पीछे गहरी खाई में बहती नदी में छलाँग लगा दे। गोजार बोला मेरे पास एक तरकीब है जिससे शायद हम थोड़ी देर और बचे रहे, अब ये तुमपर है कि तुम क्या चाहती हो तो बताओ अभी मरना चाहती हो या थोड़ी देर बाद? थोड़ा और पीछे होते हुए शेर्काषि ने कहा अरे पहले तरकीब तो बताओ। "ओह हाँ! तरकीब..........तरकीब यह है कि क्यों न हम पानी में छलाँग लगा दे तो शायद इन जीवों की खुराक बनने से बच जायेंगे और अगर नसीब अच्छा रहा तो जिंदा भी रहेगें।" शेर्काषि ने उत्तर दिया– अगर मरना ही है तो क्यों न इनका निवाला बनकर थोड़ा पुण्य कमा लिया जाये, बहुत दिनों से कोई अच्छा काम नहीं किया। गोजार बोला तो ठीक है फिर तुम पुण्य कमाओं और मैं अपनी जान बचाने की कोशिश करता हुँ इतना कहकर गोजार ने शेर्काषि को पकड़ा और खाई में छलाँग लगा दी बेचारे छछूँदर खाली हाथ ही वापस चले गये। पानी में गिरने के बाद दोनों ने किनारा पकड़ने की सोंची परन्तु धारा प्रवाह अत्यंत तीव्र होने के कारण वे ऐसा कर पाने में असफल रहे और प्रवाह के साथ ही

बहने लगे, दोनों बराबर पानी की सतह पर रहने का प्रयास कर रहे थे। शेर्काषि ने पानी में जल्दी–जल्दी हाथ चलाते हुए कहा "यह क्या किया तुमने?" गोजार बोलाए "कहाँ क्या किया?" "अरे तुम पानी में क्यों कूदे कोई दूसरा रास्ता भी तो हो सकता था बचने का, मै तो सिर्फ मजाक कर रही थी कि चलो पुण्य कमाते है इनका निवाला बनकर"।"मुझे पता है परन्तु जरा सोंचकर देखो और दूसरा कौन–सा रास्ता था हमारे पास बचने का बताना तो जरा"।"वो हम्...... वो,...... वो,...... वो हम खाई की चट्टानों के सहारे लटकर भी तो उनसे बच सकते थे"।"परन्तु खाई में तो चट्टाने थी ही नहीं लटकते कैसे"। "ओह हाँ सही है लटकते कैसे,"। "अच्छा अब बाहर निकलने की कोई तरकीब बताओगे कि जिंदगी भर पानी में ही रहने का सोंचा है"।

"बाहर हम तब तक निकल नहीं पायेगें जब तक पानी का प्रवाह थोड़ा कम नहीं हो जाता"। "तो तुम अपनी शक्तियो का इस्तेमाल क्यो नहीं करते शायद उनसे कुछ मदद मिल जाये"। "मै नहीं कर सकता" गोजार ने असहमति जताई। "परन्तु क्यो?" शेर्काषि ने पूछा। "क्योकि मेरी शक्तियाँ मेरे काबू में नहीं हैं और अगर कर सकता तो हम लोग यहाँ फंसे नहीं होते बल्कि दिव्य बेल लेकर वापस पहुँच चुके होते।" शेर्काषि ने दम लगाया और पानी में ही हाथ पैर चलाकर गोजार के पास पहुँची, उसका हाथ पकड़कर बोली "तो अब हमारा क्या होगा।" गोजार ने उसके दूसरे हाथ को भी पकड़ते हुए कहा "ये तो आने वाले समय में देख लेंगे" वह थोड़ा परेशान होते हुए बोली "मुझे काफी डर लग रहा है" गोजार ने उस पानी के तीव्र बहाव में अपने आपको थोड़ा स्थिर करने की कोशिश की और उसे अपनी ओर खींचा "डरो मत, तुम सिर्फ मेरी ओर देखो और मुझे पकड़े रहो, मैं बाहर निकलने का कोई रास्ता निकाल ही लूँगा।"

गोजार ने अपनी शक्तियों का इस्तेमाल करके बाहर निकलने की कोशिश की परंतु असफल रहा, उसने अपना पूरा बल बाहर निकलने कि कोशिश में लगा दिया परंतु नदी के तीव्र और

टेढ़े–मेढ़े बहाव ने उसे किनारे तक पहुँचने ही नहीं दिया, दोनों नदी के बहाव के साथ ही बहते रहे। वह पूरी कोशिश कर रहा था कि दोनों पानी की सतह पर बने रहे, अचानक उसने देखा कि शेर्काषि की आँखे धीरे–धीरे बंद हो रही हैं और वह पानी में अपना संतुलन खो रही है, ऐसा शायद कमजोरी की वजह से हो रहा होगा क्योंकि दोनों ने कई दिनों से कुछ नहीं खाया था। उसने शेर्काषि को जगाये रखने की पूरी कोशिश की परंतु वह बेहोश हो गयी जिससे पानी में संभल पाना उसके लिए मुश्किल हो गया। एका–एक उसे बाहर का उजाला दिखा, उसकी खुशी का तो ठिकाना ही नहीं रहा, शेर्काषि को पकड़ कर वह जल्दी–जल्दी बाहर की तरफ तैरने लगा, दूसरे ही पल उसकी खुशी गायब हो गयी सामने एक गहरा झरना था जो उसे अपनी ओर तेजी से खीच रहा था, उसने उल्टा तैरने की कोशिश की लेकिन बढ़ती धार की गति के आगे उसकी एक न चली।

कोई रास्ता न निकलते देख उसने शेर्काषि को अपने सीने से चिपका लिया और अपनी आँखे बंद कर ली, उसे पता चल चुका था कि अब उसे कोई नहीं बचा सकता। शक्तियों ने उसकी विडंबना समझी और दोनों के चारों ओर उर्जा का एक ठोस आवरण बना दिया, पानी में गिर कर वह चट्टानों से टकराया, चट्टाने तो टूट गई परन्तु आवरण की वजह से गोजार को खरोच तक न आई। धारा अब बहुत धीमी पड़ गई थी और नदी के चारो तरफ जंगल भी था यह देख गोजार को थोड़ी राहत सी महसूस हुई परंतु भूख और थकान के वजह से उसकी आँखे धीर–धीर बंद हो रही थी, वह किसी तरह से लडखड़ाते हुए नदी के किनारे पहुँचा और शेर्काषि को तट एक पेड़ के नीचे लिटाकर खुद उसका सर अपने हाथों में लेकर लेट गया, पूरी तरह से बेहोश होने से पहले उसने कुछ लोगो को अपनी तरफ आते देखा, उसने देखा कि वे लोग शेर्काषि को उठा रहे थे उसने उन्हे रोकने के संकेत में अपना हाथ उठाया और बेहोश हो गया।

जब आँख खुली तो उसने देखा कि कुछ लोग उसके चारो तरफ चिराग जलाकर रख रहे थे, वह पूरी तरह से रेत में धंसा हुआ था सिर्फ उसका सर बाहर था। वे लोग दिखने में राक्षस प्रजाति के ही थे बस थोड़े ज्यादा सुन्दर तथा उनका पहनावा किसी कबीले की तरह का था, पता लगाने के लिए उसने उनसे पूछा तुम लोग कौन हो और मैं कहाँ हुँ? परंतु किसी ने उसके सवाल का जवाब नहीं दिया तो उसने फिर से पूछा मैनें पूछा कि तुम लोग कौन हो फिर से किसी ने भी उसके प्रश्नों के उत्तर नहीं दिये तो उसने एक की तरफ इशारा करते हुए पूछा अरे मैं तुमसे पूछ रहा हुँ, क्या तुम्हे सुनाई नहीं देता, बहरे हो क्या उसके किसी भी सवाल पर किसी ने चूँ तक न की और उसी तरह अपना काम करते रहे। वह परेशान होकर चिल्लाया क्या कोई मुझे बतायेगा कि मै कहाँ हुँ? परंतु सब वैसे के वैसे ही बैठे रहे किसी ने भी कोई प्रतिक्रिया नहीं की, वह रेत से निकलने की कोशिश करने लगा परंतु निकल न पाया, उसके शरीर को पूरी तरह से रेत ने कस रखा था। बाहर निकलने के लिए वह और जोर लगाने लगा तभी उसे सुनाई दिया कि कोई उससे कह रहा था तुम्हारी ऊर्जा अभी पूरी तरह से वापस नहीं आई है, अगर मैं तुम्हारी जगह होता तो आराम करता गोजार ने देखा कि वह आवाज एक बूढ़े की थी जो उसकी तरफ बढ़ रहा था, गोजार ने पूछा आप कौन है, और मैं इस रेत में क्यों हुँ। मैं हुँ बिनज़ाक इस कबीले का मालिक और इस समय तुम जिसमें हो वह सिर्फ रेत नहीं है बल्कि दुर्लभ जड़ी बूटियों और जादूई मंत्रो का मिश्रण है जो शरीर में ऊर्जा वापस लाने और दबी हुई ऊर्जा को बाहर निकालने के लिए काम में लायी जाती है हम इसे कहते है त्रीपान जो कि पवित्र है, उस बूढ़े ने बताया। अच्छा तो मैं हुँ एक जादूई मिश्रण के अन्दर गोजार ने कहा। बिल्कुल और जब तक तुम्हारी ऊर्जा वापस नहीं आ जाती, मेरे हिसाब से तब तक तुम्हे अन्दर ही रहना चाहिए बूढ़े ने हिदायत देते हुए कहा। गोजार ने बात आगे बढ़ाई वैसे हमे नदी तट से बचाने और हमारी देखभाल करने के लिए आपका बहुत–बहुत शुक्रिया। बूढ़े ने मुस्कुरा कर

हाँ में सर हिलाया, उसे शेर्काषि की याद आयी तो उसने पूछा मेरे साथ एक यूवती भी थी, वो कहाँ हैं। बूढ़े ने उत्तर दिया तुम उसकी चिंता मत करो वो सुरक्षित है और उसका भी तुम्हारी तरह ही इलाज हो रहा है। तो क्या उसे भी रेत .... मतलब त्रीपान में रखा हुआ है? गोजार ने प्रश्न किया। बिनज़ाक ने उत्तर देते हुए कहा हाँ सही समझे। और क्या ये चिराग है? या कुछ और?श नहीं ये चिराग नहीं है,ये तंतु हैं। इनसे क्या होता है। मेरे हिसाब से सवाल–जवाब बहुत हो गये महाशय, अब तुम्हे आराम करना चाहिए, कुछ सवाल बाद के लिए बचा कर रखो इतना कहकर वह बूढ़ा कमरे से बाहर चला गया। उसके जाने के बाद गोजार आँखे बंद करके सोने की कोशिश करने लगा, तंतुओ की गरमी की वजह से उसे जल्दी ही नींद आ गयी। दुबारा आँख खुली तो देखा कि वही लोग रेत खोद कर उसे बाहर निकाल रहे थे, बाहर निकलने के बाद उसे अब कोई दर्द या कमजोरी महसूस नहीं हो रही थी अब वह पहले से कहीं बेहतर महसूस कर रहा था। बूढ़े ने उसे बदलने के लिए कपड़े दिये, उसने पानी से खुद को साफ किया और अपने कपड़े बदले। जब बाहर आया तो उसे सामने शेर्काषि खड़ी दिखी उसने आगे बढ़कर उसे गले से लगााकर कहा तुम्हे सही सलामत देखकर मेरे दिल को बड़ी तसल्ली मिली। दोनों ने झुककर उस बूढ़े का धन्यवाद किया और कहा हम राह भटकते अजनबियों पर आपने बहुत बड़ा अहसान किया है इसलिए आपका बहुत–बहुत धन्यवाद, इसके बदले यदि हम आपके लिए कुछ कर सके तो जरूर बताइएगा, फिलहाल अभी हमे बहुत लम्बे सफर पर जाना है, इसलिए अब आप लोग हमें आज्ञा दीजिये। बूढ़े ने कहा यदि आपका सफर इतना ही लंबा है तो क्यूँ न आज आप लोग हमारे यहाँ मेहमान बनकर ठहरिये, अभी तो शाम भी होने वाली है इसलिए सुबह अपने सफर पर निकलियेगा तब तक सफर के लिए कुछ तैयारियाँ भी कर लीजिएगा। दोनों ने उसके इस प्रस्ताव पर खुशी–खुशी हाँमी भर दी और रात वहीं गुजारने की सोंची, बिनज़ाक उन्हें अपने महल में ले गया, आस–पास की सैर करवायी और फिर शाम के वक्त

उन्हे भोजन के लिए आमंत्रित किया, उनके सामने उनके मन पंसद व्यंजनों को परोसा गया, भोजन करते ही दोनों की आँखे बंद होने लगी और दोनों वही पर मुर्छित होकर गिर पड़े। सुबह दोनों ने सारे कबीले वालो को अपने सामने खड़े पाया, खुद को देखा तो दोनों एक ऊँचे टीले पर लगे एक मोटे पेड़ से बंधे हुए थे। गोजार ने पूछा हमें बाँध कर क्यों रखा हुआ है, तुमने तो मेहमानो की तरह रूकने को कहा था न, क्या यही तुम्हारी मेहमान नवाज़ी है, इस तरह पेड़ से बाँधना? बूढ़ा बिनज़ाक भीड़ से निकलकर बाहर आया और बोला माफ करना परंतु यह हमारी मजबूरी है अगर हमने तुम्हे वहाँ नहीं बाँधा तो हममें से बहुत सारे लोगो की जाने जयेंगी। बहुत सारे लोग की जाने ! मतलब हमे यहाँ मारने के लिए बाँधा हुआ है। हाँ, मेरा मतलब ऐसा ही कुछ समझ लो बिनज़ाक के उत्तर पर शेर्काषि बोली बहुभुज ने सही ही कहा था कि रास्ते में किसी पर विश्वास मत करना वरना जान से जओगे, हमे कल शाम को ही निकल जाना चाहिए था। गोजार ने कहा बात में दम है उसने बिनज़ाक से कहा अच्छा अगर हम मरने ही वाले हैं तो क्या तुम हमसें हमारी आखरी इच्छा नहीं पूछोगे। हम यहाँ बंधकर मरने वाले हैं फिर भी न जाने कैसे और तुम्हे मजा़क सूझ रहा है शेर्काषि ने अचरज से पूछा। गोजार उसका उत्तर देते हुए बोला मैं जो कर रहा हुँ क्या तुम मुझे वो करने दोगी, हो सकता है शायद इससे हमारी जान बच जाये। बिनज़ाक थोड़ा और पास आकर बोला क्या मरने से पहले कुछ खाना चाहते हो। गोजार ने उत्तर दिया जी नहीं वो तो कल रात को ही खा लिया अब और नहीं, बस सिर्फ एक सवाल पूछना चाहता हुँ, उसके लिये आपको थोड़ा और पास आना होगा। उसके कहने पर बिनजा़क थोड़ा और पास आया, बोला अब और इससे आगे नहीं बढ़ सकता पूछो क्या पूछना चाहते हो। मुझे ये बताने की कृपा करो कि मेरे यहाँ न बंधे होने से कैसे तुम्हारे कबीले के कई लोग मारे जायेंगे। दरअसल बात यह है कि एक दरिंदा हर छः महीने में एक बार आता है वह आस–पास के सभी कबीलों से दो–दो लोग ले जाता है और हमें उन दो लोगो को

इसी पेड़ से बांधना पड़ता है यदि हम ऐसा न करे तो वह हमारे कबीलों पर कहर बरसाता है कई लोगो की जाने जाती है इसलिए हम यहाँ आये अजनबियों को इसी तरह उसके हवाले करते है ताकि हमारे लोगों की जाने बच सके, आज वही दिन है और वह आता ही होगा। मतलब तुम सफर पर निकले भोले–भाले लोगो को अपने चंगुल में फंसाकर उस हैवान के हवाले कर देते हो, बिल्कुल हमारी तरह? गोजार ने हैरानी से पूछा तो उसने उत्तर देते हुए कहा तो और क्या करें हमारे पास और कोई चारा भी तो नहीं है यह अपने लोगो की जान गाँवाने से तो बेहतर ही है। गोजार नाराज हो गया, थोड़ा रूक कर बोला हाँ क्यों नहीं बहुत अच्छा है, अच्छा फिलहाल आप मुझे ये बताने कि कृपा करे कि वो जानवर या दरिंदा या जो भी है दिखता कैसा है बिनज़ाक ने कहा तुम्हारे सवाल–जवाबो का समय अब खत्म हुआ। और वह मुड़कर पीछे जाने लगा तो गोजार ने चिल्लाकर कहा मैं गोजार इस साम्राज्य का होने वाला सम्राट हुँ और ये लड़की राक्षस राज की बेटी, अगर हम मरे तो अंजाम बहुत बुरा हो सकता है। बिनज़ाक ने पीछे मुड़कर पूछा क्या तुम सच कह रहे हो। हाँ मैं सच कह रहा हुँ और मैं एक योद्धा भी हुँ, शायद हम तुम्हे उस दरिंदे से छुटकारा दिला सकते है। पर मैं तुम्हारी बात कैसे मान लूँ कि तुम जो भी बोल रहे हो सच ही बोल रहे हो तो ऊपर आओ और हमारी बाँहों पर लगे शाही निशान खुद देख लो गोजार ने उसे ऊपर टीले पर बुलाते हुए कहा। उसकी बात सुनकर बिनज़ाक झट से टीले के ऊपर चढ़ गया और उनकी बाँहों पर लगे शाही निशानों को देखा, माफी माँगते हुए बोला हमें माफ करें हमसे गलती हो गई, परंतु अब हम क्या करे, हमें उस दरिंदे से कौन बचायेगा। गोजार ने उत्तर देते हुए कहा हम बचायेगे बस तुम हमें कुछ हथियार लाकर दे दो और ये बता दो कि वो दिखता कैसा है, जिससे हमे लड़ने में आसानी होगी। बिनज़ाक ने उन्हे पेड़ के तने से खुलवाया और फिर सबसे उत्तम हथियार लाकर दिये। उसने कहा यह मान लीजिए कि हमने अपने कबीले को बहुत बड़े खतरे में डाल दिया है, अब आप ही

अब हमारी उम्मीद है। गोजार ने उसे भरोसा दिलाते हुए कहा मैं आपसे वादा करता हुँ कि आपके कबीले को कुछ नहीं होने दूँगा। शेर्काषि ने चुपके से गोजार के कान में कहा तुमने पहले ही कुछ बड़ा वादा नहीं कर लिया, जीव के बारे में तो जान लो शेर्काषि के इतना कहते ही उसने अपना ध्यान बिनज़ाक की तरफ किया और पूछा तो बताइये वह जीव असल में क्या है? बिनज़ाक ने उत्तर दिया दरअसल वह जीव इंसानो की तरह दिखता तो है परंतु इंसान नहीं है, उसके पैर मजबूत पंजो की तरह है, हाथ दो की बजाय चार है सिर किसी जानवर की तरह दिखता है जिस पर तीन सींगे निकली हुई है और जो चीज़ उसे खास और खतरनाक बनाती है वह है उसके शरीर का पारदर्शी पदार्थ में परिवर्तित होना, इसलिए ध्यान रखियेगा कि वह उस रूप में न बदल पाये अन्यथा आपके लिए उसे मारना नामुमकिन हो जायेगा। गोजार ने उसकी बात ध्यान से सुनी और बोला जी समझ गया, मैं इस बात का पूरा ख्याल रखूँगा, अब आपको एक काम करना होगा, आप पूरा कबीला खाली करवाइए और सारे लोगो को लेकर एक जंगल में छुप जाइए, तब तक बाहर मत निकलिऐगा जब तक मैं न कहूँ। बिनज़ाक ने बिल्कुल वैसा ही किया जैसा उससे करने को कहा गया था, वह पूरे कबीले के लोगो के साथ घने जंगलो में जाकर छिप गया। शेर्काषि और गोजार ने अपने आपको पेड़ के तने से इस कदर लपेट लिया जिससे लगे कि उन्हे बाँध कर रखा गया हो, उन्होने तलवारो को अपनी पीठ के पीछे छुपा लिया तथा भालों को तने के पीछे और खड़े होकर उस जीव का इंताजार करने लगे। चुप्पी तोड़ते हुए शेर्काषि ने कहा तो, हम लोग यहाँ बिना किसी वजह या गम के आत्म हत्या करने के लिए खड़े है क्यों? गोजार ने उसकी बात का उत्तर देते हुए कहा हाँ ऐसा ही कुछ समझ लो इसे कहते है कि आसमान से गिरे और खजूर में अटके, इससे अच्छा तो यही था कि हम उसी गुफा में ही रह जाते कम से कम जीने की एक उम्मीद तो साथ थी, यहाँ तो वो भी नहीं है। शेर्काषि की इस बात पर गोजार हँसने लगा और हँसते हुए बोला हाँ क्यों नहीं और

उसी उम्मीद में पूरी जिंदगी खत्म हो जाती, खुला आसमान भी नसीब नहीं होता, यहाँ कम से कम वह तो मिला भले थोड़े देर के लिए ही सही और क्या पता आने वाला समय हमारे लिए अच्छा ही हो। शेर्काषि ने एक समय के लिए आकाश की ओर देखा और बोली ओह हाँ तुम्हारा आने वाला अच्छा समय, देखना एक दिन यही तुम्हारा आने वाला समय ही हमें मरवायेगा, एक दिन क्या आज ही देख लो हम लोग कहाँ खड़े हुए है, मौत हमारे सर पर मंडरा रही है। गोजार ने मुसकुराते हुए कहा हाँ वो तो है पर एक बात बताऊँ तुम्हारे साथ मरने का मज़ा ही कुछ और है। दोनों हँसने लगे। कुछ दूरी पर उन्होनें उस जीव को आते देखा, उसने अपने कंधे पर एक थैला टाँग रखा था जो लगातार हिल रहा था देखने से ऐसा लग रहा था कि उसमें कोई जिंदा चीज है जो लगातार बाहर निकलने का प्रयास कर रही है। उसको देखते हुए गोजार ने कहा तैयार हो शेर्काषि ने उत्तर दिया हाँ बिल्कुल तो ठीक है इंतजार करो और मेरे इशारे पर हमला करना। शेर्काषि मुस्कुराई और बोली बड़े शौक से। दोनों ने तलवारें थाम ली और पूरी तरह से सतर्क हो गये। वह खूँखार जीव उनके पास आया, पकड़ने के लिए आगे बढ़ा, इससे पहले की वह उन दोनों को पकड़ पाता वे अपनी रस्सी छोड़कर उसके पैरो के नीचे से उसके पीछे हो गये और पीछे से उसपर हमला कर दिया, चोट खाकर वह पेड़ से जा टकराया, पेड़ उसका भारी वनज संभाल न सका और उसके साथ टीले के नीचे जा गिरा, मौका पाकर शेर्काषि ने उसका थैला फाड़ दिया, उसने पाया कि उसमें मासूम राक्षसो को बंदी बनाकर रखा गया था जो कि तकरीबन आठ थे, उसने अपनी तलवार की तेज़ धार के सहारे उन सब को आजाद किया।

वह जीव गरजता हुआ वापस उन तक आ पहुँचा और अपने हाथ में ली हुई एक पत्थर की गदा से उनपर वार किया, गोजार ने उसका वार बीच में ही रोक लिया और शेर्काषि से उन लोगो को किसी सुरक्षित स्थान पर ले जाने को कहा। गोजार और उस जीव में भयंकर लड़ाई शुरू हो गई, गोजार कमजोर पड़ रहा था

परंतु परिस्थिति को संभालने की कोशिश में लगा हुआ था, शेर्काषि ने उन लोगो को चट्टान के पीछे छुपा दिया और लौटकर गोजार की मदद करने लगी, वे दोनों तरफ से लगातार हमले कर रहे थे और उसे संभलने का मौका तक नहीं दे रहे थे, वार करते वक्त गोजार की तलवार से टकराकर उसकी गदा बिखर गई, गुस्से में उसने जमीन पर जोर से अपना पैर पटका और धरती में कुछ क्षणों के लिए कंपन पैदा कर दिया, कंपन की वजह से दोनों का संतुलन बिगड़ गया और वे लड़खड़ा गये उस ने उन दोनों को अपने हाथों में दबोच कर एक बड़े से पत्थर पर पटक दिया, सतह पर गिरने से पहले गोजार ने शेर्काषि को अपनी बाहों में ले लिया जिससे वह बच गई परंतु गोजार जा टकराया, उसके टकराने से पत्थर दो टुकड़ो में बँट गया, शेर्काषि ने उससे पूछा क्या तुम अब भी लड़ सकते हो गोजार ने कराहते हुए उत्तर दिया हाँ लगता तो है। फिर अचानक से बोला रूको मुझे कुछ महसूस हो रहा है मतलब मुझे कुछ भी महसूस नहीं हो रहा है शेर्काषि ने उसके सर पर हाथ फेरते हुए कहा लगता है तुम्हारे सर पर ज्यादा चोट लगी है, इसलिए तुम समझ नहीं पा रहे हो कि तुम्हे कहना है। गोजार ने खड़े होकर कहा मेरे कहने का मतलब था कि मुझे दर्द महसूस नहीं हो रहा है लेकिन मुझे मेरी शक्तियाँ महसूस हो रही हैं। उसके यूँ अचानक उठने से अचंभित होकर वह बोली ओह! मुझे लगा कि तुम्हारे अंदर कोई प्रेत आत्मा घुस गई है। उन्होने देखा की वह जीव उनकी तरफ पैर पटकता हुआ चला आ रहा है, उसे अपनी ओर आते देख गोजार ने शेर्काषि से पूछा कि क्या वह दूसरी बार के लिए तैयार है तो उसने हाँ में सिर हिला दिया। दोनों ने फिर से उस जीव से लड़ना शुरू कर दिया। गदा न होने के कारण वह इस बार उनपर पत्थरों और पेड़ के तनों से हमले कर रहा था, गोजार ने शेर्काषि को कहीं छुप जाने की सलाह दी और खुद पूरी तरह से उससे भिड़ गया, लड़ते वक्त गोजार के पंख भी निकल आये उसने उस जीव के द्वारा फेंक जाने वाले पत्थरों को उसके ऊपर ही मोड़ दिया और फिर उसे उठाकर आसमान में उड़ा ले गया,

एक उचित ऊँचाई पर पहुँचने के बाद उसने उसे हवा में उछाल दिया और पूरी ताकत लगाकर उसपर वार किया जिससे उसकी गिरने की तेजी में दस गुना बढ़ोत्तरी हो गई, वह एक ज़ोर की आवाज के साथ ज़मीन से टकराया। गोजार ने जब नीचे उतर कर देखा तो पाया कि उस जीव ने अपने आप को पारभासी तत्व में बदल लिया था। अब वह गोजार पर तो हमले कर पा रहा था परंतु गोजार नहीं। वह उसे छु तक नहीं पा रहा था, उसके दिमाग में एक विचार कौंधा उसने देखा की वह जीव एक तरल रूप में था और अग्नि तरलता को खत्म कर देती हैं, उसने अपने सर की आग को शीतल से गर्म रूप में परिवर्तित कर लिया जिससे उसका पूरा शरीर गर्म नीली अग्नि से भर गया, उसने अपने शरीर की आग को इस हद तक बढ़ाया कि आसपास का पूरा क्षेत्र नीली रोशनी से भर गया, चीजे सूखने लगी, वह जीव भी उस गर्मी को झेल न सका और उसका तरल शरीर सूखकर गायब हो गया। उसके खत्म होने पर गोजार भी अपने समान्य रुप में वापस आ गया, उसे वापस पाकर शेर्काषि बहुत खुश हुई। वह उसके पास गई और उसे गले से लगाते हुए बोली "पहली बार किसी मर्द को आग लगाते हुए देखा है, वैसे तुम्हे जिंदा देखकर खुशी हुई, उम्मीद है आने वाला समय अच्छा होगा। उसकी बात पर वह भी मुस्कुरा दिया, उसने सब लोगो को बाहर निकल आने के लिए कहा, उसके कहते ही पूरा कबीला निकल कर बाहर आ गया। बिनज़ाक उसके पास आकर बोला कि आज जो उसने देखा है उसे अपनी आँखों पर विश्वास नही हो रहा था। वह उसके लिए किसी चमत्कार से कम नहीं था, उसने कहा कि राक्षस जाति के पास उसके जैसा राजा होना एक गौरव का विषय होगा। सारे कबीले ने उन दोनो का धन्यवाद किया, गोजार ने भी उन सब को ढेर सारी हँसी दी। जब वे सब वापस कबीले में पहुँचे तो देखा कि कबीले की कई इमारते पूरी तरह से नष्ट हो चुकी थी। ऐसा उन पत्थरो और पेड़ के तनो के कारण हुआ था जो उस जीव ने उन दोनो पर फेंके थे, परन्तु वे उन दोनो को लगने की बजाय कबीले के इन घरों पर आ गिरे और

इन्हे पूरी तरह से तबाह कर दिया, गोजार ने बिनज़ाक से इस लापरवाही के लिए माफी माँगी तो उसने कहा कि कोई बात नहीं घर तो दूबारा बनाये जा सकते है परंतु जान वापस नहीं लायी जा सकती है और उसने उन लोगों की जान बचाकर उनपर बहुत बड़ा अहसान किया है। दोनों ने बिनज़ाक और कबीले वालो से चलने की इज़ाजत माँगी, कहा कि आने वाला उनका सफर बहुत ही लंबा है इसलिए अब उन्हे चलना चाहिए, बिनज़ाक ने उन्हे एक दिन और रूकने को कहा, उसने कहा कि वे उसे एक और मौका दे पिछली बार हुई गलती को सुधारने के लिए परंतु दोनों ने मना कर दिया और कहा कि उसने पिछली रात उनकी जो भी सेवा की वह उनके लिए बहुत ही मायने रखती है, भले ही उसके पीछे उनका कोई मतलब क्यों न रहा हो, उस सब का धन्यवाद जो उसने और कबीले ने उनके लिए किया।

अध्याय-४

विदा लेकर दोनों ने अपना सफर आगे बढ़ाया, वे दोनों कबीले को काफी पीछे छोड़ चुके थे, चलते–चलते उन्हे काफी थकान महसूस हो रही थी और रात भी होने को आयी थी सामने एक बड़ा और घना जंगल था जो अनजान खतरों से भरा पड़ा था इसलिए दोनों ने फैसला किया कि आज वे जंगल से पहले पड़ने वाले चट्टानी मैदान की किसी बड़ी चट्टान के नीचे अपनी रात गुजारेगे। गोजार ने एक उचित और घुमावदार चट्टान खोजकर उसके नीचे आग जलाई और ठहरने का वातावरण तैयार किया, कबीले से वे अपने लिए कई दिनों का भोजन ले आये थे क्योंकि यदि उन्हे रास्ते में कही भोजन के आसार न दिखे तो वे उसका इस्तेमाल करके अपनी भूख मिटा सके और उस मैदान में हालात कुछ ऐसे ही दिख रहे थे, दूर–दूर तक भोजन का कोई स्रोत नजर नहीं आ रहा था, दोनों ने भोजन किया और फिर पहरे दारी के वही पूराने नियम के अनुसार अपना काम जारी रखा। गोजार ने पहले पहरे दारी करने का जिम्मा लिया और शेर्काषि को सोने के लिए कह दिया, शेर्काषि ने सोने की कोशिश की परंतु उसे नींद नही आयी, वह चट्टान से सटकर बैठ गयी और आग को निहारने लगी गोजार घूम–घूम कर आसपास की जगहो को जायज़ा ले रहा था, उसने देखा कि शेर्काषि सोने की बजाय आग को एक टक निहार रही थी तो उसने पूछ लिया क्या हुआ तुम अब तक सोई क्यों नहीं उसने उत्तर दिया नहीं, मुझे नींद नहीं आ रही है। क्यों, क्या हुआ गोजार ने अचरज से पूछा तो उसने उत्तर दिया नहीं बस ऐसे ही, पता नहीं क्यों? गोजार आहिस्ते से उसके पास आया और आग के किनारे बैठ गया, उसने अपने हाथ में ली हुई तलवार चट्टान से सटा कर रख दी और एक नजर शेर्काषि के चेहरे को ध्यान से देखा। शेर्काषि की नजरें भी उसकी नजरों से जा लड़ी और कुछ क्षणों तक दोनों एक दूसरे को निहारते रहे, उसने अपनी नजरें गोजार से हटाकर

आग की तरफ कर ली और बोली धन्यवाद गोजार कुछ समझ नहीं पाया और बोला इसमें धन्यवाद कहने की क्या बात है, हम दोनों ने उस जीव से लड़ने में बराबर की बहादुरी दिखाई। नहीं मैं उस जीव से लड़ने की बात नहीं कर रही हुँ, फिलहाल तुमने मुझे जो उस पत्थर पर गिरने से बचाया उसके लिए भी धन्यवाद परंतु मै बात कर रही हुँ उस नदी की जहाँ तुमने अपनी जान की परवाह किये बिना मेरी जान बचाई। यह सुनकर गोजार के अचरज का ठिकाना न रहा उसने पूछा पर तुम्हे कैसे मालूम, तुम तो बेहोश थी। हम शाही दानवो की यह खसियत होती है कि यदि हम सो रहे हो या बेहोश हो तब हमारी आत्मा अपने आस–पास हो रही सारी गति विधियों को देखती रहती है उसने उत्तर दिया। तो तुम्हारे कहने का मतलब है कि तुम्हारी आत्मा तुम्हारे शरीर से अलग होकर आसपास हो रही चीजों को देखती है, जोकि नामुमकिन है, क्योंकि यदि आत्मा शरीर छोड़ देती है तो मृत्यु हो जाती है और यदि एक बार ऐसा हो गया तो वापस से जिंदा हो पाना असंभव है उसने अचरज जताते हुए कहा। शेर्काषि ने उसे संतुष्ट करने के लिए कहा हाँ, मेरा मतलब नहीं, आत्मा पूरी तरह से शरीर को नहीं छोड़ती है बल्कि वह चक्रों के बंधन से बंधी होती है जिस कारण वह शरीर के आसपास सीमित दायरे में घूम सकती है बिना शरीर के भी। तो तुम जब चाहो तब अपना शरीर छोड़ सकती हो वो भी बिना मरे गोजार ने उससे प्रश्न किया तो उसने हँसते हुए उत्तर दिया हाँ परंतु इसके लिए मुझे सोना होगा या फिर किसी को मुझे मुर्छित करना होगा। यह तो कमाल की बात है। हाँ सो तो है, परंतु यह उतना भी कमाल नहीं है क्यों, ऐसी शक्ति होना किसी अजूबे से कम नहीं हैं। हाँ हो सकता है पर जब हमारी आत्मा शरीर से बाहर होती हैं तब ऐसी अवस्था में हमें बहुत सारी ऐसी चीज़े भी देखनी पड़ती है जिन्हे आप कभी भी अपनी असल जिंदगी में देखना नहीं चाहेंगे शेर्काषि ने निराश होकर कहा।

कैसी चीज़े। जैसे की ऊर्जा के कंण वो भी विकृत रूप मे, जो की उसल में काली ऊर्जा है तथा उन लोगो की घिनौनी और

छिन्न–भिन्न आत्माएँ जो युद्ध में काट डाले गये या फिर जिनको सजायें मौत दी गई, उस अवस्था में ये सारी चीज़े अपने आस–पास तैरती नजर आती हैं। वैसे मुझे कुछ खास अंदाजा नहीं है कि ये सारी चीज़े देखने में कैसी होंगी परन्तु अगर तुम कहती हो तो मै मान ही लेता हूँ कि ये सारी चीज़े बुरी होगीं। "हाँ सच में बहुत बुरी हैं परन्तु उस रुहानी दुनियाँ में ऐसी और भी बहुत सारी चीज़े मौजूद है जिन्हे देखकर ऐसा लगता है जैसे जीते जी स्वर्ग घूम लिया हो"। वह एक क्षण के लिए रुकी फिर बोली "मुझे ठण्ड लग रही है, क्या मै तुम्हारी गोद में लेट सकती हूँ?" गोजार ने झट से उत्तर दिया "हाँ क्यो नहीं, तुम कही भी लेट सकती हो, रुको जरा! क्या तुम्हे सच में बहुत ज्यादा ठण्ड लग रही हैं?

"क्या मै अब लेंट सकती हूँ"। "हाँ, नही मेरा मतलब तुम जरुर लेट सकती हो, अपना सर मेरी गोदी में रखकर परन्तु आग जल रही है, तो तुम्हे ठण्ड कैसे लग रही है?" यह सब बोलते हुए उसकी ज़बान एक दम से लड़खड़ा गई, वह क्या बोल रहा था उसे इसका पता तक नहीं था ऐसा बर्ताव करते देखकर शेर्काषि उसे एक टक देखने लगी। उसे अपनी तरफ ऐसे देखते पाकर गोजार एकदम शांत हो गया और उसे अपनी गोदी में लिटाकर आग के थोड़ा और पास चला गया ताकि अब उन्हे ठण्ड न लगे, अँधेरी रात और भी बढ़ती जा रही थी। ठण्ड से बचने के लिए गोजार ने एक मोटा कपड़ा लिया और दोनों को उसी कपड़े से ढक लिया जिससे दोनो ठण्ड से बचे रहे। शेर्काषि ने बड़े ही शांत भाव से पूछा "क्या इससे पहले तुम्हे कभी किसी से प्यार हुआ है जब तुम एक आम राक्षस थे।" उसने उत्तर दिया "जहाँ तक मेरा ख्याल है नहीं, इससे पहले मुझे कभी किसी से इस तरह का कोई लगाव नहीं हुआ, क्योकि जैसी जिंदगी मै जी रहा था उसमें इस सब के लिए कोई जगह ही नहीं थी"। "क्यों?" शेर्काषि ने पूछा "मेरा मतलब क्या पहले की जिंदगी में तुम कोई गरीब दानव थे, तुम्हे अपनी जीविका चलाने के लिए बहुत काम करना पड़ता था इसीलिए इसकी तरफ आकर्षित नहीं हुए।" "नहीं

ऐसा बिल्कुल नहीं था, दरासल मै हमेशा कुछ बड़ा कर दिखाना चाहता इसलिए इसी कोशिश में लगा रहता था कि मै अपने आपको लोगो के सामने साबित कर सकूँ, इन्हीं कोशिश में मै इतना अंधा हो गया कि आस–पास हो रही चीज़े और असली जिंदगी को जानने का कभी मौका ही नही मिला।" शेर्काषि ने उसकी बात को ध्यान से सुना फिर बोली "ओह! अच्छा तुम रहते कहाँ हो राक्षस राज्य में और तुम्हारे पिता कौन है?" उसके इस प्रश्न पर गोजार थोड़ा रुक गया और सोंचने लगा कि वह उसे अपनी असलियत तो बता नहीं सकता क्योंकि ऐसा करने पर अंजाम क्या होगा उसका उसे जरा भी अंदाजा नहीं है तो वह बोला "ओह हाँ मै रहता हूँ, वो...... व .... वो .... मेरा घर है.......... वो .... मुझे पता नहीं कि मेरा घर कहाँ है"। उसके इस उत्तर पर शेर्काषि बोली "चलो कोई बात नहीं हम वापस जाकर पता लगा लेगे कि तुम्हारा घर कहाँ है"। "हाँ जरुर, जाकर पता लगा लेगे मेरे ख्याल से अब तुम्हें सो जाना चाहिए क्योकि रात बहुत हो चुकी है, सुबह सफर भी आगे बढ़ाना है, मै जागकर आस–पास की जगह का ध्यान रखता हूँ"। "हाँ ठीक है" इतना कहकर उसने अपनी आँखे बंद कर ली और थोड़ी देर बाद ही गहरी नींद में चली गई, गोजार उसे ऐसे ही अपनी बाहो में लिए बैठा रहा और आस–पास की जगहो पर नज़र रखने की कोशिश करता रहा।

थोड़ी देर बाद उसे भी नींद आने लगी और उसकी आँखे अपने आप बंद होने लगी, जागने की लाख कोशिशों के बावजूद वह अपने ऊपर हावी होती नींद के सामने कुछ न कर सका, तभी उसे अपने ठीक सामने एक अप्सरा जैसी स्त्री सफेद लिबास में अहिस्ते से बलखाती चाल में उसकी तरफ बढ़ती हुई दिखी। वह बिल्कुल उस स्त्री जैसी दिख रही थी जो उसने पहाड़ पर देखी थी, जब वह तीर वापस लेने गया था। ज्यादा कोहरा होने के कारण वह अभी भी उसका चेहरा सही तरीके से नहीं देख पा रहा था। उसे समझ में नहीं आ रहा था कि यह सच है या सपना, उसने अपनी आँखे बंद की और दुबारा खोली अब उसे

अपने सामने की सारी जगह खाली दिख रही थी, वहाँ कोई स्त्री नहीं थी उसे लगा कि शायद वह ज्यादा थक गया है और उसे काफी नींद आ रही है जिस कारण उसे यह वहम हुआ है। उसने सोचा कि वह युवती उसकी एक कल्पना मात्र है, शायद अब उसे भी सो जाना चाहिए नहीं तो और न जाने कितनी तरह की कल्पनाएँ सच होंगी। वह उसी तरह बैठे–बैठे सो गया। अगली सुबह उसने देखा की शेर्काषि इधर–उधर आ जा रही थी, उसके चेहरे पर चिंता झलक रही थी उसे देखकर साफ पता चल रहा था कि कुछ तो गड़बड़ हुई है। गोजार अपनी आँखे मलते हुए उठा और पूछा "क्या हुआ तुम इतनी परेशान क्यो हो" उसने कहा कि पिछली रात उन दोनो को एक साथ सोने की गलती नही करनी चाहिए थी, उनमें से किसी एक को पक्का पहरा देते हुए जागना चाहिए था उनका बारी–बारी से सोना ही अच्छा रहता। उसके कहने पर गोजार बोला कि पहले वह थोड़ा शांत हो जाये और फिर बताए कि हुआ क्या है। शेर्काषि ने पत्थर से सटे सामान की तरफ इशारा करते हुए कहा कि उनकी भोजन सामग्री अब अपनी जगह पर नहीं है, कल रात उनके सोने के बाद कोई उनका पूरा भोजन उड़ा ले गया जिससे उनके कई दिनो का बसर हो जाता। गोजार ने उसे शांत कराते हुए "अच्छा अब एक ठण्डी सांस लो, कोई बात नहीं भोजन ही तो गया है उसमें इतना परेशान होने की क्या बात है हमने पहले भी तो ऐसी स्थिति का सामना किया है या शायद इससे भी बुरी, हम भोजन का इंतजाम फिर सें कर लेंगे"। इस पर शेर्काषि ने उत्तर दिया "मै इस बात पर परेशान नहीं हो रही कि किसी ने हमारा भोजन चुरा लिया बल्कि इस बात से हो रही हूँ कि मुझे अभी भूख लगी है और हमारे पास इन कपड़ो, तलवारों और ढालों के अलावा और कुछ नहीं है अब तुम्ही बताओं की मै इन्हे कैसे खा सकती हूँ"। "अच्छा ठीक है चलो हम जंगल में तलाश करते है कुछ न कुछ तो खाने को मिल ही जायेगा"। "हाँ ठीक है" दोनो ने जल्दी से बिस्तर समेटा, अपना–अपना सामान लादा और जंगल के अंदर घुस गये। जंगल के अंदर काफी देर तक चलने के बाद आखिर उन्हे

फलो का एक पेड़ दिखाई दिया जिसपर रसीले फल लटक रहे थे। फलो को देखकर शेर्काषि बेकाबू हो गई और जल्दी–जल्दी उन्हे तोड़ने लपकी, गोजार ने उसका हाथ पकड़ कर पीछे खीच लिया, उसने ध्यान से पेड़ की तरफ देखा तो पाया की उसकी टहनियो से सर्प लिपटे हुए थे जिनका रंग कुछ–कुछ सफेद था, दो हाथ, एक मुँह तथा गहरा नीला गला जिसे देखकर यह साफ पता चल रहा था कि वे बहुत ही जहरीले थे यदि शेर्काषि पेड़ से फल तोड़ती तो वे सारे के सारे सर्प जाग उठते और उनपर हमला बोल देते।

शेर्काषि ने उससे पूछा कि अब वह क्या करे क्योंकि यदि उन्होंने फल नहीं तोड़े, तो उन्हें भूखे ही रहना पड़ेगा और वह ऐसा कभी नहीं चाहेगी, इसलिए उन्हें उन सर्पों को जगाकर वहाँ से भागना ही होगा। गोजार ने उसे ऐसा करने से मना किया और कहा कि ऐसा करने से वे दोनों खतरे में पड़ सकते हैं, परन्तु उसने उसकी बात न सुनी और पेड़ से एक फल तोड़ ही लिया, पेड़ की टहनियाँ हिल गईं और सर्प जाग उठे। उनमें से एक फुफकारते हुए शेर्काषि की तरफ बढ़ा। शेर्काषि ने अपनी तलवार उठा ली। जब वह सर्प उसे काटने के लिए लपका तो उसने अपनी तलवार चला दी। सर्प का सिर, धड़ से अलग हो गया। दो टुकड़े होने के बाद जहाँ–जहाँ उस सर्प का रक्त गिरा उस जगह की जमीन पर लगे पेड़–पौधे जलकर खाक हो गये। ऐसा होते देख दोनों और सतर्क हो गये। गोजार ने अपनी शक्तियों से अपने चारों ओर सुरक्षा का घेरा बना लिया। उस सर्प की मौत देखकर बाकी सर्प भड़क उठे, वे सब एक साथ फुफकारते हुए उन दोनों पर हमला करने के लिए आगे बढ़े। इससे पहले कि वे इन दोनों को हानि पहुँचाते, उनपर तीरों की अंधाधुंध बारिश हुई, सारे के सारे सर्प मारे गये। दोनों एक पेड़ के पीछे छुप गये। जब तीर आना बंद हुए तब वे इधर–उधर अच्छी तरह से देखकर पूरी सावधानी के साथ फल के पेड़ की तरफ बढ़े। वहाँ पहुँचकर उन्होंने देखा कि सारे सर्प टुकड़ों में बँटे पड़े थे, आस–पास की सारी घास जली हुई थी। उन्होंने पेड़ के ऊपर

देखा कि एक भी सर्प जिंदा नहीं बचा था। उन्हें समझ में नहीं आ रहा था कि अचानक ये तीर आये कहाँ से और उन्होंने सिर्फ सर्पों को ही अपना शिकार क्यों बनाया, पे उन्हें भी तो मार सकते थे। उन्होंने आस–पास तलाशा, परन्तु उन्हें कोई दिखाई नहीं दिया जो तीर–कमान लिए बैठा हो। दोनों ने उस तीरकमान वाले को ढूंढना बन्द कर पेड़ में लगे फलों से अपना पेट भरा और आगे का सफर जारी कर दिया।

उन्होंने जंगल एक दिन में ही पार कर लिया था क्योंकि वह ज्यादा बड़ा नहीं था। अब आगे पार करने के लिए एक पठारी और चट्टानी इलाका था। जंगल पार करते समय पूरे वक्त गोजार को ऐसा लग रहा था कि कोई उसका पीछा कर रहा हो परंतु शेर्काषि इन सब बातों से अंजान बेधड़क अपने कदम आगे की ओर बढ़ाये जा रही थी। उसे देखकर लग रहा था कि भूख शांत होने के बाद से वह काफी मस्ती के मूड में है, परन्तु गोजार को अभी भी वे तीर बार–बार याद आ रहे थे। उससे रहा न गया और उसने शेर्काषि को रोक कर पूछा, "सुनो, क्या तुम्हें कुछ अजीब नहीं लग रहा है?" उसने सोचते हुए कहा, "हाँ, लग तो रहा है कि ये जंगल इतनी जल्दी कैसे पार हो गया"। उसके इस लापरवाही भरे जवाब पर उसने कहा, "देखो, मैं मजाक नहीं कर रहा हूँ। मेरा मतलब उन तीरों से है, जो उन सर्पों पर बरसे थे, वो भी इतने सारे एक साथ। वो कुछ अजीब नहीं था?" "हाँ, अजीब तो था, पर ऐसा भी हो सकता है कि वे गलती से उस समय चल गये हों। हमारी किस्मत अच्छी थी कि हम उनका निशाना बनने से बच गये या फिर ऐसा हो सकता है कि तीरों का जाल उन सर्पों के लिए ही बनाया गया हो जिसमें फसंकर वे सारे मारे गये"। उसे सुनकर गोजार थोड़ा शांत पड़ गया और बोला, "हाँ, हो सकता है कि तुम्हारी बात सही हो और मुझे वहम हो रहा हो क्योंकि मुझे आजकल वहम कुछ ज्यादा ही हो रहा है"। दोनों शांत हो गये और उस पठारी क्षेत्र में आगे बढ़ने लगे। दोनों चुपचाप चल रहे थे जो शेर्काषि को काटने दौड़ रहा था। उससे रहा न गया और उसने पीछे मुड़कर पूछ ही लिया, "क्या

हुआ? तुम इतना शांत होकर क्यों चल रहे हो?" उसने उत्तर दिया, "तो क्या करुँ? रास्ते भर सिर पीटते चलूँ या फिर नाँचू–गाऊँ ?" "गुस्से में क्यों बात कर रहे हो? क्या हो गया है तुम्हें?" "कुछ नहीं", गोजार ने कहा। "अच्छा छोड़ो। जानते हो मुझे क्या लगता है?"

"क्या?", गोजार ने अरूचि से पूछा। "मुझे लगता है कि हमें दो लोगों से संख्या में ज्यादा होना चाहिए था, तब सफर भी आसान हो जाता और साथ चलने में मजा भी आता।" "क्यों? अभी मजा नहीं आ रहा है क्या?" "हाँ, क्यों नहीं! बहुत मजा आ रहा है। तुम्हारे साथ इस थकाऊ–पकाऊ सफर का पूरा मजा आ रहा है।" "तो ठीक है! फिर यदि रास्ते में कोई गाँव या कबीला पड़ेगा तो वहाँ से तुम्हारे लिए दस–बीस लोग ले लूगाँ जो रास्ते भर तुम्हारा मनोरंजन कर सकें।" "हाँ, क्यों नहीं!" इतना कहकर वह हँस दी। गोजार भी उसे इतनी जोर से हँसता देखकर मुस्कुरा दिया। शेर्काषि की हँसी अपने आप ही बंद पड़ गयी। उसने कहा, "तुम्हें क्या लगता है कि हम किसी सैर–सपाटे पर जा रहे हैं, जहाँ मुझे बहुत मजा आ रहा है और मैं बहुत ही उत्साहित हूँ इसके लिए?"

"तो उसमें क्या हुआ?"

"हम बुराई से घिरे हुए हैं, शांत महौल कब निकल जायेगा पता नहीं चलेगा। इससे पहले न जाने हम कितनी बार मरने से बचे हैं।"

"तो क्या हमें रोना चाहिए?" "तुम्हें सुबह से हुआ क्या है? तुम इतना अजीब बर्ताव क्यों कर रहे हो? कहीं यह शक्तियों का असर तो नहीं?" गोजार थोड़ा शांत पड़ गया और बोला, "मुझे पतानहीं, माफ करना! कल रात मैंने उस सफेद वस्त्र वाली युवती को फिर से देखा जिसके बारे मैंने तुमसे बताया था जब मैं घायल था।" "हाँ, मुझे याद है", शेर्काषि बोली। "हाँ, वही! कल रात फिर से दिखी और अचानक से गायब हो गई। मुझे पता नहीं कि वो कौन थी या हो सकता है कि वो मेरा वहम हो। परन्तु वहम यूँ

बार–बार नहीं होता और तब से मुझे लग रहा है कि कोई हमारा पीछा कर रहा है, साथ ही साथ मेरा क्रोध भी बढ़ता जा रहा है, उसके बाद वे तीर! उनकी वजह से मैं और भी उलझ गया हूँ।" गोजार यह सब हड़बड़ा कर बोल रहा था और शेर्काषि खड़ी उसे एकटक देख रही थी। उसने आगे बढ़कर गोजार को अपने गले से लगा लिया और अपनी बाँहों में कसती हुई बोली, "कोई बात नहीं। जो हो गया, उसे भूल जाओ। अपने आप पर और जोर मत डालो। तुम्हें जो भी अजीब लग रहा है या जो चीजें तुम्हें दिखाई दे रही हैं वह सब तुम्हारी शक्तियों की वजह से हो रहा है"।

"हाँ, शायद! मुझे नहीं लगता कि मेरी शक्तियाँ मेरे काबू में हैं।" "अच्छा छोड़ो और आगे बढ़ो। हमें अभी और बहुत चलना है, यदि इसी तरह चले, तो न जाने हम अपनी मंजिल तक पहुँच पायेंगे भी या नहीं।"दोनों हँसतेमुस्कुराते आगे बढ़ने लगे। सूरज ढलने लगा था, दोनों ने एक बड़े पत्थर के नीचे रात गुजारी और अगली सुबह फिर से चल पड़े। चलते समय उन्होंने देखा कि उनके सामान से कुछ मोटी चादरें गायब थीं, पर उन्होंने इस बात को नजरअंदाज किया और चलते रहे। दिन पर दिन गुजरते जा रहे थे और वे अपनी मंजिल के करीब आते जा रहे थे, परन्तु एक दुविधा भी उनके साथ चल रही थी। वो दुविधा यह थी कि हर गुजरते दिन के साथ उनका कोई सामान गायब हो रहा था, इससे सफर में उनकी दिक्कतें बढ़ती जा रही थीं। उन्होंने सामान गायब होने का कारण पता लगाने की बहुत कोशिश की, परन्तु उससे उनका कोई फायदा न निकला। एक पहाड़ी जंगल में रात होने पर दोनों ने आश्रय लिया और वहीं पर वारदात को पकड़ने की योजना बनाई। लेटते समय दोनों ने सारा सामान अपने बीचो–बीच रख लिया और आँखें बंद करके मुंह को कपड़ों से ढंक लिया, ताकि लगे कि वे दोनों गहरी नींद में सो रहे हों। दोनों बिना हिलेडुले वैसे ही पड़े रहे। काफी रात होने पर गोजार को किसी के पैरों की आवाज सुनाई दी, जो धीरे–धीरे उसी की तरफ बढ़ रहे थे। उसने शेर्काषि को तैयार रहने के लिये इशारा किया। जब पैरों की आवाज एकदम स्पष्ट हो गई, तो गोजार ने

अपने आप को पूरी तरह से तैयार कर लिया। जैसे ही उस चोर ने सामान को इधर–उधर करना शुरु किया, गोजार ने उसे झट से धर दबोचा और शेर्काषि से मदद करने को कहा। परन्तु वह हिली तक नहीं, वैसी की वैसी ही पड़ी रही। गोजार ने उसकी तरफ ध्यान दिया तो पकड़ ढीली हो गई, मौका पाकर उस चोर ने एक झटके से अपने आप को छुड़ाया और दूर होकर उसपर तीर तान दिया। गोजार ने बचने के लिए अपनी तलवार और ढाल उठा ली और तलवार को ढाल पर पटककर आवाज की ताकि शेर्काषि उठ जाये। परन्तु उसका भी उसपर असर नहीं हुआ, वह खर्राटे मारकर सोती रही। गोजार उस चोर की तरफ दौड़ा। उसने गोजार की तरफ तीर चलाने की बजाय पहाड़ की ऊँचाई पर निशाना साध लिया और उसी के सहारे ऊपर की तरफ उड़ गया। थोड़ा ऊपर पहुँचकर पहाड़ की ऊँचाई में कहीं खो गया। गोजार ने पंखों के सहारे उसका पीछा करने की कोशिश की, परन्तु ऊपर उसे चोर कहीं नजर नही आया। उसने आस–पास की जगह उड़कर उसे खोजने की कोशिश की परन्तु उसके हाथ कुछ नहीं लगा। वापस आकर उसने शेर्काषि को जगाया, वह हड़बड़ा कर उठ बैठी और बोली कि क्या उसने चोर को पकड़ा या वह फिर से कोई सामान चुराकर भाग गया? गोजार ने कहा कि वे चोर को पकड़ने में कामयाब जरूर हो जाते, यदि वह घोड़े बेच कर सोई नहीं होती। उसके सोने की वजह से अच्छी–खासी योजना चौपट हो गई। इसपर शेर्काषि ने सफाई देते हुए कहा कि उसने योजना ही ऐसी बेकार बनाई थी, भला रात के समय कोई सोने का नाटक कैसे कर सकता है जब वह दिन भर पैदल चलने की वजह से बुरी तरह थक गया हो। उसके लिए आरामदायक बिस्तर मिलने पर नींद आना स्वाभाविक है और ऐसा ही उसके साथ भी हुआ। पहले तो वह उस चोर को पकड़ने के लिए पूरे जोश में थी, परन्तु चोर नहीं आया और जैसे–जैसे रात बढ़ती गई, नींद उसपर हावी होती गई। उसने अपने आपको सोने से बहुत रोका परन्तु कामयाब न हो पायी और जाने कब गहरी नींद में चली गई। उसकी बात सुनकर गोजार

बोला, "हमारे पास चोर को पकड़ने का यह इकलौता मौका था। अब तो वह पूरी तरह से सतर्क हो गया होगा और फिर कभी हमारे हाथ में नहीं आयेगा।"

उसकी बात सुनकर शेर्काषि बोली "अगली बार कोई ऐसी योजना बनाना जिसमें लेटकर सोने का नाटक न करना पड़े, नहीं तो यदि मैं फिर से सो गई तो मुझसे न कहना"। गोजार ने तलवार और ढाल एक तरफ रखी और उसके पास आकर बैठ गया, एक ठण्डी सांस ली और फिर बोला, "तो बताओ कि अब क्या करें क्योंकि हमारा सामान भी गया और चोर भी हमारे हाथों तले निकल भागा। कोई और उपाय हो, तो बताओ"। उसकी बात सुनकर उसने पहले तो आसमान की तरफ देखा, फिर उसकी तरफ देखकर बोली, "करना क्या है, कुछनहीं! बस चलते रहना है और अपना सफर पूरा करना है, जो कि हमारा मुख्य उद्‌देश्य है। जहाँ तक बात है सामान की, तो जो चला गया उसे भूल जाओ और जो बचा है उसी से काम चलाओ"। गोजार बुदबुदाया – "चलाना ही पड़ेगा, इसके अलावा और कोई चारा भी तो नहीं है"। उसे यूँ बुदबुदाते हुए देख शेर्काषि ने पूछ लिया, "क्या हुआ?" उसने उत्तर दिया – "कुछ भी तो नहीं! मैं यह कह रहा था कि अब हमें सो जाना चाहिए, कल बड़ा दिन है"। उसने हाँ में सिर हिला दिया और लेट गयी। उसके लेटने के बाद गोजार ने भी अपने आपको चादर पर पूरी तरह पसार दिया और एक जोर की अंगड़ाई लेकर अपनी आँखें बंद कर लीं, थोड़ी देर बाद उसी मुद्रा में लेटे रहने पर गोजार को फिर सेपैरों की आहट सुनाई पड़ी, उसने सिर उठाकर देखा तो पाया कि वह चोर फिर से उसके सामने खड़ा था। इस बार गोजार ने उसे ध्यान से देखा। उसका शरीर विचित्र लिबास में था, देखकर ऐसा लग रहा था कि मानो अभी कोई युद्ध लड़ने जा रहा हो। उसका पूरा कवच तीर–कमान और चाकुओं से लैस था। एक विचित्र बात यह थी कि उसने गोजार पर तीर नहीं तान रखा था। फिर भी गोजार खतरा मोल नहीं लेना चाहता था, इसलिए उसने झट से शेर्काषि को उठाया और खुद भी तलवार लेकर उसकी तरफ तान दी और बोला,

"अपने चेहरे से ये नकाब हटाकर शक्ल दिखाओ!" परन्तु उस चोर ने ऐसा नहीं किया और गोजार ने फिर से वही बात दोहरायी। वह चोर कुछ कहने वाला था कि शेर्काषि ने उसपर हमला बोल दिया, चोर ने तलवार निकालकर अपना बचाव किया और दोनों में घमासान शुरु हो गया। शेर्काषि बार–बार उसपर हमले कर रही थी, गोजार से खड़े होकर यह सब देखा न गया, उसने बीच में आकर शेर्काषि की तलवार रोक दी और चोर को एक जोर की लात मारी। लात खाकर वह चोर दूर जा गिरा, गोजार झट से उसके पास पहुँचा और बोला – "तुमने दुबारा हमारे सामने आकर बहुत बड़ी बेवकूफी की है। तुम्हें मौका मिला था, तो उसका फायदा उठाकर भाग जाना चाहिए था"। उसने तलवार हवा में लहराई और वार करने चला, तभी वह चोर चिल्लाया और उसे रुकने के लिये कहा। गोजार ने अपनी तलवार रोक ली, तो उस चोर ने कहा – "मैं आपको नुकसान पहुँचाने नहीं आया हूँ। यदि मेरा मकसद आप दोनों को मारना या नुकसान पहुँचाना होता, तो मेरे पास हजारों मौके थे। मै नींद में ही आपकी कहानी खत्म कर देता"। गोजार ने तलवार उसके सीने से टिकाते हुए कहा – "तो क्या तुम यहाँ हथियार से सजधज कर हमारी पूजा करने आये हो?" इसी बीच शेर्काषि बोल पड़ी, "और हमारा सामान क्यों चुरा रहे थे?" वह चोर बोला, "मैं आपके प्रश्नों का उत्तर एक–एक करके देता हूँ। हाँ, तो पहला जवाब – मैं यहाँ आप लोगों की रखवाली कर रहा हूँ"। "क्या!", शेर्काषि ने उसे बीच में टोककर कहा। वह अपनी बात आगे बढ़ाते हुए बोला, "और मैंने आप लोगों का समान इसलिए चुराया क्योंकि मुझे उनकी जरूरत महसूस हुई"। गोजार ने उससे पूछा, "तुमने कहा कि तुम हमारी रखवाली कर रहे थे, परन्तु किससे और क्यों?" "जंगली जानवरों से, जैसे कि आप लोगों को उन चेतन सर्पों के दंश से बचाया।" गोजार ने तलवार उसके सीने से अलग खिसकाते हुए कहा – "तो वो तुमने किया था?" उसने झट से 'हाँ' में जवाब दिया।

"परन्तु तुम यह सब क्यों कर रहे हो?" गोजार ने उसे हाथ से ऊपर खींचते हुए पूछा। उसने खड़े होकर नम्रता से उत्तर दिया, "आपको वह जीव याद है, जिसे आपने मारा था?" "हाँ, याद है! परन्तु उससे तुम्हारा क्या लेना–देना?" गोजार ने उसकी तरफ घूरकर देखते हुए कहा। शेर्काषि ने भी उससे प्रश्न किया, "तुम उस जीव के बारे में क्या जानते हो?" उस चोर ने कहना शुरु किया, "तो आपको उन झोले वाले लोगों के बारे में भी मालूम होगा जिन्हें आपने बचाया था? मैं भी उन्हीं में से एक था, जो अपनी अंतिम सांसें गिन रहा था, परन्तु आपने मुझे एक नयी जिंदगी दी है। इसलिए मैं आपके साथ सफर पर चलकर आपकी मदद करना चाहता हूँ"। उसने अपना नकाब हटाया, गोजार ने देखा कि उस नकाब के पीछे एक सुंदर नौजवान राक्षस था जो मुस्कारा रहा था। शेर्काषि ने उसे शक की नजरों से देखा और बोली, "क्या हम तुम पर भरोसा कर सकते हैं?" इस प्रश्न पर उसने मुस्कुराकर कहा, "जी! बिल्कुल आप कर सकती हैं। चाहे तो आजमाकर देख लीजिए"। "ठीक है!", शेर्काषि ने कहा। परन्तु गोजारा ने उसे वहीं पर रोक दिया और बोला, "उसकी कोई जरूरत नहीं है, मुझे तुमपर विश्वास है। तुम हमारे साथ चल सकते हो।"

"परन्तु.........", शेर्काषि ने उपेक्षा जताई। "अब कोई किन्तु–परन्तु नहीं, वह हमारे साथ चल रहा है। उसने हमे सर्पो से बचाया, इससे बड़ा प्रमाण और क्या हो सकता है", यह कहकर गोजार ने उसका मुंह बंद कर दिया। रात बहुत हो गई थी, इसलिये इस समय तीनों ने आराम करना ही ठीक समझा। वे जाकर आग के आस–पास बैठ गये और आराम करने लगे। वहाँ बैठे–बैठे गोजार ने उससे प्रश्न किया, "तुमने अपना परिचय तो दिया ही नहीं"। उसने हँसते हुए उत्तर दिया, "अरे हाँ! वो तो मैं भूल ही गया। चलो, अब बता देता हूँ। मैं हूँ थोरान चीरवर्ती, कबीले के सरदार का बेटा और कबीले का होने वाला सरदार"। "अच्छा! एक बात पूँछू थोरान, बुरा न मानो तो?"

"हाँ, पूँछिये!"

"तुमने यह रास्ता क्यों चुना? मेरा मतलब कि मेरे साथ सफर करने का? तुम्हारी जान बच चुकी थी, तुम एक कबीले के आने वाले सरदार हो, देखा जाये तो तुम्हारे पास वो सारे ऐशो–आराम की जिंदगी थी जिसके सपने एक आम राक्षस देखता है, फिर तुमने वो सबकुछ छोड़ क्यों दिया?" गोजार ने प्रश्न किया। थोरान उत्तर देते हुए बोला, "आप सही कहते हैं। मेरे पास तो सबकुछ है। वो सारे ऐशो–आराम जो हर एक के सपने में होता है और शायद मुझे उससे चिपककर ही बैठे रहना चाहिए था.........."। "हाँ, वही तो!", शेर्काषि बीच में तपाक से बोल पड़ी जिससे थोरान की बात आधी ही रह गई। गोजार ने उसे चुप रहने का इशारा किया। थोरान ने अपनी बात आगे बढ़ाई "इतनी आराम की जिंदगी होने के बावजूद भी मेरा ह्दय चैन की नींद नहीं सो सका। यह आराम काटने को दौड़ता था, शायद इसे यानि मुझे कुछ और ही चाहिए था। फिर जब आपको उस जीव से लड़ते देखा तो लगा शायद यही है, जिसकी मुझे तलाश थी। इसलिए मैंने आपके साथ आने का फैसला कर लिया"। गोजार ने यह सब ध्यान से सुना, उसे थोरान की कहानी कुछ–कुछ अपने बीते हुए अतीत जैसी लग रह थी। उसने मुस्कारा कर कहा, "अच्छा किया। हमारे साथ तुम्हारा स्वागत है! चलो इसी बहाने हमारी संख्या में बढ़ोत्तरी हो गई।"

उसने अपनी नजरें शेर्काषि की तरफ की और बोला, "शेर्काषि को भी बड़े समय से किसी और के हमारे साथ होने की चाह थी। इसी बहाने वह चाह भी पूरी हो गई"। वह हँसने लगा, तो उसके साथ वे दोनों भी मुस्कारा दिये। बाकी बातें उन्होंने कल पर छोड़ दी और थोड़ा आराम करने की सोची क्योंकि रात काफी हो गई थी। मंजिल के करीब पहुँचते–पहुँचते रास्ते भी खतरनाक और पेचीदा हो रहे थे। कब, कौन सा खतरा कहाँ से टपक पड़े, उन्हें इस बात का कोई अंदाजा नहीं था। ऐसे समय में उनका पूरे होशो हवास में रहना अति आवश्यक था नहीं तो वे अपनी

जान से हाथ धो सकते थे और इसके लिए उन्हें आराम करना बहुत जरूरी था। तीनों ने रात भर चैन की नींद ली और सुबह होने पर बिना क्षण गँवाए मंजिल की तरफ पहल कर दी। तीनों पहाड़ी जंगलो में मजे लेते चल रहे थे। शेर्काषि आगे–आगे चल रही थी और पूरी तरह अपने आप में खोई हुई थी, जैसे बाहरी दूनिया से उसे कोई मतलब ही न हो। थोरान और गोजार एक साथ चल रहे थे और बात करके एकदूसरे को जानने की कोशिश कर रहे थे। गोजार ने उससे प्रश्न किया – "अच्छा! लगभग कब से तुम हमारे पीछे थे?" "कबीले से जब आप दोनों ने कूच किया, तब से!" उसने उत्तर दिया। गोजार ने फिर से प्रश्न किया, "तो तुमने इतने सारे तीर एक साथ चलाना कहाँ से सीखा?" "तीर!", उसने आश्चर्य से गोजार की तरफ देखा तो गोजार ने उसको याद दिलाते हुए कहा – "हाँ! जो तुमने उन सर्पों पर चलाए थे! वो कोई जाल नहीं था, क्यों? वे सारे तीर तुम्हारी कमान से ही छूटे थे।" "अरे हाँ, परन्तु वे इतने सारे होने की बजाय सिर्फ एक तीर था"। "परन्तु.....", गोजार कुछ समझ नहीं पाया। उसने समझाया – "दरअसल, हम दैत्यों के पास धनुषविद्या की कई कलाएँ होती हैं, जो हमें बचपन से सिखाई जाती हैं और हमे धनुर्विद्या में पारंगत बनाती हैं"। जादू का इस्तेमाल करके उसने धनुष को अदृश्य बना दिया। इतना देखते ही गोजार के चेहरे पर खुशी फैल गई। वह बोला, "यह तो काफी मजेदार लगता है"। "हाँ! सो तो है", उसने उत्तर दिया। गोजार ने उसके कान के पास जाकर फुसफुसा कर कहा, "अच्छा, एक बात बताओ। जब तुम इतने समय से हमारी गतिविधियों को देख रहे थे, तो क्या तुमने भी जंगल से पहली वाली रात किसी स्त्री को देखा था जो सफेद लिबास में थी? मेरे साथ ऐसा दो बार हो चुका है और मैं यह समझ नहीं पा रहा हूँ कि वह मेरा वहम है या सत्य"। "हाँ! मैंने उसे देखा था। परन्तु धुन्ध होने की वजह से सही से देख न पाया और न ही पता लगा पाया कि वह कौन है। वह बस यूँ ही गायब हो गई", उसने उत्तर दिया। यह सुनने मात्र से ही गोजार की आँखें चमक उठीं और वह उत्साहित होकर बोला, "मुझे पता

था कि वह सिर्फ मेरा वहम नहीं था"। "हाँ, बिल्कुल!" थोरान उसकी बात का साथ देते हुए बोला। गोजार के इतने जोर बोलने पर शेर्काषि का ध्यान उसकी तरफ खिंच गया। उसने पूछा, "तुम्हें क्या पता था?" उत्तर में गोजार ने हँसते हुए कह दिया, "कुछ नहीं"। "तो?", उसने नजरें तरेर कर गोजार की तरफ देखा, "इतनी जोर से चिल्ला क्यों रहे थे?" "बस, ऐसे ही!"उसने बात पलट दी और थोरान से पूछा, "अच्छा, क्या तुम्हें इस इलाके के बारे में कुछ पता है कि सफर में आगे और क्या–क्या करना पड़ सकता है?" थोरान ने उत्तर दिया, वैसे, मैं अपने कबीले से दूर कभी गया नहीं। इसलिए मुझे ज्यादा तो नहीं मालूम, पर इतना जरूर सुना है कि जिस चक्षु–पर्वत की तरफ तुम जा रहे हो, वह अपने आप में खतरों और मौत के साधनों का भंडार है, कुछ गिने–चुने लोग ही उसके पास तक पहुँच पाये हैं। आज तक कोई इतना काबिल नहीं हुआ कि सारे खतरों को पार करके उसपर चढ़ाई कर सके। कौन से खतरे? गोजार ने उत्सुकतावश उससे प्रश्न किया। कहते हैं कि चक्षु पर्वत के रास्ते में ऐसे कई खतरे पड़ते हैं जिनसे बच पाना लगभग नामुमकिन है, जैसे कि भ्रमवन, अग्नि, नदी के देव, तिरक्षे पहाड़ के प्रेत, काली रानियाँ, दलदल की खाई इत्यादि। और जो इनसे बच गया, उसे सामना करना पड़ता है 'मंगोसो कबीले का', जो खुद में एक रहस्य है। लोगों का मानना है कि 'मंगोसा' सिर्फ एक मनगढ़ंत कहानी है, उसका इस जमीन पर कोई वजूद नहीं है। परंतु सत्य क्या है किसी को नहीं पता। थोरान ने डराते हुए उन दोनों के सामने पूरे रास्ते का विवरण कर डाला।

"सुनने में काफी भयावाह लगता है", शेर्काषि ने एक सामान्य उत्तर दिया, ऐसा लग रहा था जैसे उसे इस सब से कोई फर्क ही न पड़ रहा हो। परन्तु गोजार के तो यह सब सुनकर ही पसीना छूट रहा था। डर के मारे उसकी नसें थर–थर काँप रही थीं। उसने शेर्काषि की तरफ देखकर कहा, "तुम तो ऐसे बोल रही हो, जैसे वे सारे के सारे तुम्हारे रिश्तेदार हैं और तुम उनके पास घूमने जा रही हो। तुम्हें क्या लगता है, वह तुम्हारा स्वागत

करेगें?" उसकी इस बात पर शेर्काषि ने लापरवाही से उत्तर दिया, "पता नहीं"। गोजार ने थोरान की तरफ देखा और पूछा, "तुम्हें और क्या–क्या मालूम है? क्या तुम्हें कोई ऐसा रास्ता मालूम है जिससे तुम्हारे इन खतरनाक मौत, प्रेत और राक्षस जैसी चीजों का सामाना न करना पड़े तथा हम बिना मरे अपना काम कर सकें? मैं सही बता दूँ, मुझे अपनी जान गँवाने का कोई शौक नहीं है"। थोरान ने उत्तर दिया, "नहीं! ऐसा कोई रास्ता नहीं है क्योंकि पर्वत तिलिस्मी तरीकों से इन सारी चीजों से घिरा है और जो भी वहाँ जाना चहता है, उसे इन सारी चीजों का सामना तो करना ही पड़ेगा"। शेर्काषि ने उससे नाराजगी जाताते हुए कहा, "पता है, तुम्हारी कमी क्या है? तुम्हारे पास दुनिया की सबसे ताकतवर शक्तियाँ हैं, परन्तु तुम सबसे बड़े डरपोक हो। इसलिए तुम उनका इस्तेमाल नहीं कर पा रहे हो"। गोजार ने अपना सीना फुलाते हुए कहा, "मुझे किसी से डर नहीं लगता"। फिर अगले ही पल उसकी आवाज बदल गई और वह बोला, "हाँ! सच में मुझ बहुत डर लगता है"। उसकी इस हरकत पर थोरान और शेर्काषि जोर से हँस पड़े। गोजार भी उनके साथ ही हँसने लगा। वह बोला, "अच्छा छोड़ो, जो होगा देखा जाएगा। अब चलो"। तीनो हँसीमजाक छोड़कर अपना रास्ता नापने लगे। उनकी नजरें आने वाले समय और खतरों पर टिकी हुई थी, परन्तु गोजार के मन में इसके साथ ही साथ शक और उलझनों के बीज अंकुरित हो रहे थे। उसे समझ में नहीं आ रहा था कि उस पर्वत पर ऐसा क्या है जो उसके चारों तरफ इतने सारे खतरे मौजूद हैं, ये यूँ ही तो नहीं हो सकते। यह जरूर किसी तरह का जाल है। जब वह पर्वत खुद में एक मौत और जादू का छलावा है, तो इतने सारे जाल किसलिए? परीक्षा के लिए सिर्फ यही चुनौती जरूरी थी क्या? कुछ और भी तो हो सकती थी?

उसे इस बात का एहसास होने लगा था कि यह सिर्फ परीक्षा नहीं है, इसके पीछे जरूर कोई और कारण है। वह कारण क्या है, इसका पता लगाना बाकी है। गोजार के मन में क्या खिचड़ी पक रही थी, इस बात की खबर उसने किसी को नहीं

होने दी और उन दोनों के साथ सफर में कदमसेकदम मिलाने लगा। तीनों पूरी सतर्कता से कदम बढ़ाते जा रहे थे क्योंकि अब उनका सामना भ्रमवन से होने वाला था जो कि प्रकृति और जीवों द्वारा रचा गया मौत का एक जाल था। अंदर प्रवेश करते ही पेड़– पौधों में अजीब सी हलचल होनी शुरु हो गई। इन हलचलों की वजह से तीनों की धड़कन बढ़ने लगी। गोजार ने उनसे कहा कि कुछ भी हो जाये, वे तीनों एकदूसरे के साथ ही रहें और आसपास सतर्कता से नजर बनाए रखें क्योंकि कब क्या हो, इसका अंदाजा किसी को नहीं था। इसलिए उन्हें पूरी सावधानी बरतनी थीं और हर खतरे के लिए तैयार रहना था।

जंगल के रास्ते में ऐसा लग रहा था मानो वहाँ के पेड़ उन्हें देख रहे हों और उनकी बेलें व टहनियाँ उन तीनों की तरफ ही बढ़ रहे हों। परन्तु, जब वे पीछे मुड़कर देखते तो सबकुछ सामान्य दिखता, जैसे कुछ हुआ ही न हो। बीच–बीच में हल्के से किसी की हँसने की आवाजें आ रही थीं। ऐसा लग रहा था, मानो सारे पेड़ उनपर हँस रहे हों। रात भी हो चुकी थी और उस अंधेरे, घने जंगल में गूँजती वह हँसी उनकी रुह तक को कंपा दे रही थी। ठण्डी, सरसराती हवाएँ उनके रोंगटे खड़े कर रही थीं। बढ़ती रात के साथ जंगल में हलचल भी बढ़ गई थी। कहीं किसी जानवर की डरावनी आवाजें आ रही थीं, तो कहीं किसी पेड़ की टहनी टूटने की। कहीं पत्तियाँ हिल रही थीं, तो कहीं कोई मंद–मंद हँस रहा था। ज्यादा अंधेरा होने के कारण उन्हें कुछ सही से दिखाई भी नहीं दे रहा था। खतरा भाँपकर तीनों ने अपने हथियार निकाल लिए। गोजार और शेर्काषि ने अपनी–अपनी चमकदार तलवारें म्यान से बाहर निकालकर हाथो में थाम ली। थोरान अपने धनुष पर तीर चढ़ाकर तैयार हो गया। गोजार के तलवार निकालते ही उसके हाथ पर बने विचित्र निशान अपने आप ही प्रज्वलित हो उठे, शेर्काषि उससे डरकर थोड़ा दूर खिसक गई। गोजार ने उसे शांत किया और कहा कि उसे डरने की कोई जरूरत नहीं है, सब ठीक है। गोजार को यह देखकर आश्चर्य हो रहा था कि अचाकन से ये सारे निशान जल

कैसे उठे। ऐसा पहले तो कभी नहीं हुआ था, फिर आज अचानक कैसे? तभी उसके सिर की आग भी अपने आप ही जल उठी जिससे आस–पास प्रकाश फैल गया और सारी हलचल एक क्षण के लिए समाप्त हो गई। थोरान बड़ी ध्यान से उसके सिर पर सींगों के बीच जल रही नीली आग को देखने लगा। उसने ऐसा पहले कभी नहीं देखा था। उसके मुँह से अनायास ही निकल पड़ा "यह तो परम अग्नि है!" गोजार मुड़कर उसकी तरफ देखने लगा। बोला "क्या है?" उसने उत्तर दिया, "यह निशानी है सर्वशक्तिमान होने की। कहा जाता है कि इसे सिर्फ वे धारण करते हैं, जो इस दुनिया में चतुर्मखीऊर्जा के अंश होते हैं। हमारी पृथ्वी पर इस ऊर्जा के कुछ गिनेचुने अंश ही हैं, परन्तु कितने हैं और कहाँ हैं, यह किसी को नहीं पता। कहानियाँ सुनी थी, आज देख भी लिया"। यह सुनकर गोज़ार आवाक खड़ा उसे देखता रहा, मानो उसके पास कहने के लिए शब्द ही न हों। वह कुछ कहने चला ही था कि शेर्काषि ने उसे बीच में ही टोक दिया और बोली, "छोड़ो! कुछ भी हो, परन्तु अभी के लिए कमसेकम हमें इसकी वजह से राहत तो मिल गई और डर भी थोड़ा कम हो गया"। गोजार ने उसकी तरफ मुस्कराते हुए सिर हिलाया और शेर्काषि से कहा कि अब उन्हें सावधानी से आगे बढ़ना चाहिए। गोजार जैसे ही आगे बढ़ा कि उसकी आग बुझ गयी, जंगल की सारी हरकतें फिर से शुरु हो गईं और धीरे–धीरे तेज होने लगीं। शेर्काषि ने उससे पूछा कि उसने ऐसा क्यों किया, तो गोजार ने उसे समझाया कि उसने ऐसा जानबूझ कर नहीं किया। उस आग पर उसका कोई काबू नहीं है, वह अपनी मर्जी से जलतीबुझती रहती है। उसे तो यह तक नहीं पता कि उसकी शक्तियाँ उससे चाहती क्या हैं क्योकि वे कभी काम आती हैं और कभी नहीं। शेर्काषि ने चिंता जताते हुए पूछा कि अब वे क्या करें, वे उसके शरीर की जलती हुई पट्टियों के सहारे जंगल पार नहीं कर सकते थे। थोरान ने उसकी बात पर सहमति जताते हुए कहा कि इस रोशनी के सहारे जंगल तो क्या, हम एक कदम भी आगे नहीं बढ़ा सकते क्योंकि क्या पता मंद रोशनी में हमारा पैर गलती से

किसी बेल पर पड़ जाये और वह बेल न होकर एक खूंखार जीव निकले। तब तो हमें लेने के देने पड़ जायेंगे।

"नहीं!हम इसके सहारे नहीं बढ़ सकते। इसलिए अभी जंगल पार करने के लिए हमें आग जलानी पड़ेगी", गोजार उन दोनों के बीच में बोल पड़ा। "तुम्हारे सर की आग?", शेर्काषि ने पूछा। गोजार ने उत्तर दिया, "नहीं! असली वाली आग, जो आम लोग इस्तेमाल करते हैं अपने रोजमर्रा के दिनो में"। "परन्तु कैसे?", वह सवाल पर सवाल किये जा रही थी। "लकड़ी या पत्थर दोनों में से किसी एक चीज से", गोजार ने पुरानी तरकीब सुझाते हुए कहा। थोरान, जो इतनी देर से इन दोनों की बातें सुन रहा था, तपाक से बीच में बोल पड़ा, "मेरे हिसाब से गोजार, आपको एक बार फिर से ध्यान लगाकर अपने सिर की आग को जलाने की कोशिश करनी चाहिए"। "बात तो सही है", शेर्काषि ने सहमति जताई, "तुम्हें एक बार फिर से कोशिश करनी ही चाहिए"। "ठीक है! करके देखता हूँ। परन्तु, नहीं जली तो?", गोजार बोला। थोरान ने आश्वासन दिया, "तो कोई बात नहीं। हम कोई दूसरा रास्ता खोज लेंगे"। गोजार ने अपना पूरा ध्यान एकाग्र किया और अपनी शक्तियों से प्रार्थना की, कि उसके मस्तिष्क की अग्नि फिर जल जाये। वह काफी देर तक प्रार्थना करता रहा, परन्तु अग्नि हल्कीसी जलकर फिर से बुझ गई। अंत में गोजार ने हार मान ही ली और बोला कि यह उससे नहीं होगा, उन्हें आग जला लेना चाहिए। थोरान ने उसे सुझाया कि जरूर हो जाता, यदि उसका ध्यान पूरी तरह से एकाग्र होता। परन्तु ध्यान लगाते समय भी उसका मन कई जगह भटक रहा था, इसलिए उसे अपनी ध्यान लगाने की क्षमता को बढ़ाना होगा। गोजार ने उन दोनों को चौकन्ना होकर चारों तरफ नजर गड़ाए रहने बोला और कुछ सूखी लकड़ियों की मदद से आग जलाई और एक कपड़े की मदद से मशाल बनाकर तैयार कर लिया। मशाल की वजह से अब उन्हें आसपास की जगह दिख रही थी, आग की रोशनी का सहारा लेकर वे तीनों धीरे–धीरे आगे बढ़ने लगे। वे जैसे–जैसे आगे बढ़ते जा रहे थे, आवाजों के प्रकार भी बढ़ रहे थे, साथ ही

साथ उनकी धड़कन भी। चलते–चलते वे जंगल के एक ऐसे हिस्से में पहुँचे, जो पत्थरों के बड़े–बड़े खंभों से भरा पड़ा था। वे खंभों को बड़े ध्यान से देखते हुए आगे बढ़ रहे थे। हर खंभा एकदूसरे से अलग और अपने आप में एक कलाकृति का नमूना था। उन्हें देखकर ऐसा लग रहा था कि कभी वे किसी इमारत का हिस्सा थे जो अब नष्ट हो चुकी है। थोड़ा आगे बढ़कर उनके पैर ठिठक गये। उन्होंने देखा कि जिस जगह पर वे खड़े हैं, उसके चारों तरफ ऊँची–ऊँची मूर्तियाँ हैं जो संख्या में सात थीं और हर एक पर एक अलग प्रकार का निशान बना हुआ था। उस निशान से भीनी–भीनी प्रकाश की किरणें निकल रही थीं। तीनों ध्यान से उन्हें घूरे जा रहे थे क्योंकि उन्हें समझ में नहीं आ रहा था कि वे क्या हैं। गोजार ने उनसे पूछा कि ये क्या हैं, परन्तु उन दोनों अपने कंधे उचका दिये। थोरान ने उन्हें चेताया कि उसे कुछ बुरा होने की आशंका हो रही है, इसलिए अब उन्हें यह सब छोड़कर आगे बढ़ना चाहिए और जितनी जल्दी हो सके इस जंगल को पार करना चाहिए। गोजार ने उसकी हाँ में हाँ मिलायी और सब लोगों को आगे बढ़ने को कहा। उन मूर्तियों के घेरे से वे तीनों बाहर निकलने वाले ही थे कि गोजार को कुछ आंशका हुई, उसने पीछे मुड़कर देखा, तो पाया कि वह सफेद लिबास वाली स्त्री पेड़ों के पीछे से उसे देख रही थी। वह आगे बढ़ने की बजाय पीछे उस स्त्री की दिशा में भागा, वहाँ जाकर देखा तो उसे वह कहीं नहीं दिखाई दी। वह उसे आस–पास खोजने लगा। गोजार को दूसरी तरफ भागकर जाते देख वे दोनों भी उसके पीछे गये। गोजार ने देखा कि वह स्त्री थोड़ी दूरी पर पेड़ों के पीछे भाग रही थी। गोजार उसे पकड़ने के लिए बढ़ा ही था, कि तभी एक भयावाह काली छाया अचानक से उसके सामने आ गयी। इससे पहले कि वह कुछ कर पाता, उसने गोजार को एक जोरदार घूसा जमा दिया जिससे वह एक पेड़ से टकरा गया। टकराते ही पेड़ ने उसे अपनी टहनियों में कसकर जकड़ लिया। थोरान और शेर्काषि उसे बचाने के लिए दौड़े, परन्तु उन दोनों के साथ भी वैसा ही हुआ। पेड़ों ने उनके सारे हथियार

छीन लिये और उनके चेहरे को छोड़कर उन्हें पूरी तरह से जकड़ लिया।

वहाँ कुल दो काली परछाईयाँ थीं, जो धीरे–धीरे उनकी तरफ बढ़ रही थीं। उनके साथ कुछ अजीब से दिखने वाले भेड़िए, जिनके सिर्फ दो पैर और लंबे कान थे, भी पेड़ों के बीच से निकलकर उनकी तरफ बढ़ रहे थे। उनके पास पहुँचकर दोनों परछाईयाँ सुन्दर औरतों में बदल गईं। उनको देखकर थोरान चिल्लाया, "ये काली रानियाँ हैं, इनकी आँखो में मत देखना और न ही चेहरे की तरफ!" यह सुनकर दोनों ने अपनी नजरें नीची कर लीं। गोजार, पकड़ से छूटने की कोशिश करने लगा। उन काली रानियों में एक ने इशारा किया, जिससे दो तीन और पेड़ों ने उसे जकड़ लिया। परन्तु सीने से ऊपर का भाग खुला छोड़ दिया। उनमें से एक थोरान और शेर्काषि पर नजर रखे हुए थी और समय–समय पर उन्हें और टहनियों से कसती जा रही थी जिससे उन्हें काफी तकलीफ हो रही थी।

वे दोनों भी अपनी पूरी ताकत लगाकर बाहर निकलने का लगातार प्रयास कर रहे थे, परन्तु सफलता की बजाय उन्हें सिर्फ दर्द ही मिल रहा था। दूसरी रानी धीरे–धीरे गोजार के और नजदीक बढ़ रही थी। पास पहुँचकर उसने प्यार से उसके चहरे पर हाथ फेरा, हाथ फेरते हुए उसके सीने पर टिका दिया और बोली, "इतनी सारी ताकत, जिसके सामने रचायिता भी कमजोर पड़ जायें, फिर भी इतने कमजोर! दया आती है तुमपर और हँसी, इस प्रकृति पर, जिसने एक ना समझ को इतनी ताकत दे दी। वह खुद को उसके चेहरे के और पास ले गई और मदहोश कर देने वाली आवाज में बोली, "जो तुम्हारे अंदर है, क्या तुम्हें सच में लगता है कि तुम उसके लायक हो?" गोजार ने दाँत कसते हुए पूछा, "क्या चाहिए तुम्हें?" वह हँसी और उसके गाल को चाट कर बोली – "तुम!" शेर्काषि ने जब उसे गोजार को चाटते हुए देखा, तो अपने आपे से बाहर हो गई और चिल्लाते हुए बोली – "दूर रहो उससे!" वह अपने हाथपैर चलाने की कोशिश करने लगी,

ताकि बाहर निकल कर दोनों के सीने में खंजर उतार सके। उसके चिल्लाने पर वह औरत गुस्से से बोली, "बीच में कोई बोले, यह मुझे पसंद नहीं। ढंक दो इसे!" दूसरी ने उसे पूरी तरह टहनियों से ढंक दिया। गोजार ने उसे चेतावनी दी, "तुम्हें कुछ नहीं मिलने वाला, अच्छा होगा अगर तुम यहाँ से चली जाओ"। उसकी बात पर वह हँसी और बोली, "तुम बहुत मजाकिया हो! मैं तुमसे माँग थोड़ी न रही हूँ! खैर! मिलना–मिलाना तो बाद की बात है, परन्तु पहले..." वह उसके कान के पास अपना चेहरा ले गयी और धीरे से बोली "अपनी दोस्त को देखा? कैसे तड़प रही है तुम्हारे लिए? क्या होगा, अगर मैं उसे तुम्हारा सच बता दूँ?"

"कैसा सच?"

"यही, कि तुम उसके उन दुश्मनो में से एक हो, जिन्हें वह हमेशा से मारना चाहती है, एक मानव!" "तुम्हें कैसे पता?" उसका गुस्सा और डर दोनों एक साथ बढ़ रहे थे। "क्या बात करते हो! मेरे लिए तुम एक पुस्तक की तरह हो। मैं तुम्हे जिस तरह चाहूं , पढ़ सकती हूँ।" इतना कहकर वह उसके और पास गई और उसके कान में फुसफुसा कर बोलना शुरु किया सोचो क्या होगा, अगर उसे तुम्हारे बारे में सब पता चल जाये? तब तो तुम्हारा परिवार भी सलामत नहीं रहेगा और न ही तुम्हारा कबीला! सब एक–एक करके चूहे की मौत मरेंगे! तो क्या मैं उसे बताऊँ?" वह अजीब सी हँसी हँसने लगी। अब तक गोजार का गुस्सा और डर दोनों ही अपनी चरम सीमा पार कर चुके थे। उसके शरीर की ऊर्जा से अग्नि प्रज्वलित हो उठी, आँखें नीले अंगारों की तरह जलने लगी थीं। उसने पूरे गुस्से में एक जोर की दहाड़ लगाकर कहा, "दूर हो जाओ, नहीं तो कुछ बताने के लिए जिंदा नही बचोगी!" उसकी आवाज की आभा इतनी ज्यादा ताकतवर थी कि आसपास की धरती तक काँप गई, भेड़िए जैसे दिखने वाले वे जीव दूर जंगल में जा गिरे और चिल्लाते हुए भाग गये, दोनों औरतें जाकर पेड़ों से टकराईं। टहनियों की पकड़ ढीली हो गई

जिससे शेर्काषि और थोरान को थोड़ा आराम मिल गया। अब वे अपने हाथपैर हिला सकते थे।

गोजार ने अपने आपको पेड़ की चंगुल से एक ही झटके में आजाद कर लिया और उस औरत की तरफ बढ़ने लगा जिसने उससे वो सब कहा था। वह संभल कर खड़ी हुई, हल्का–सा हवा में लहराई और खुशी से चिल्लाकर बोली – "कमाल कर दिया तुमने! मैंने आज तक ताकत का ऐसा नमूना नहीं देखा।" उसकी बात सुनकर गोजार गुर्राया और बोला, "अब इस नमूने का मजा चखो"। "हाँ, जरूर!", उसने मुस्कारा कर कहा और आगे बढ़कर गोजार को अपनी बाँहो में भर लिया। इससे पहले कि गोजार कुछ समझ पाता उसने मुलायम होंठ उसके होंठो से सटाकर एक जोरदार चुबंन ले डाला। इससे पहले गोजार को कभी ऐसा एहसास नहीं हुआ था, वह अपने आप को रोक न पाया, उसे अपनी नजर उस औरत से मिलानी ही पड़ी। नजर मिलाते ही उसे अजीब सा महसूस होने लगा, जिस कारण वह उस औरत को पागलों की तरह चूमने लगा। अगले ही पल उसका सारा गुस्सा शांत हो गया और उसकी शक्तियाँ भी। उसकी आँखें बंद होने लगीं, बाँहें खुल गईं और वह बेहोश होकर नीचे गिर पड़ा।

अभी तक जो हुआ उससे शेर्काषि का गुस्सा आसमान पर जा पहुँचा था, वह उस औरत का सिर धड़ से अलग करने के लिए तड़प रही थी। पहली ने दूसरी वाली से कहा, "चलो, हमारा काम हो गया। ताकतवर शक्तियों वाला यह दानव अब हमारा है"। दूसरी वाली ने उससे पूछा, "इन दोनों का क्या करें? गोजार को उठाते हुए पहली वाली बोली – "अब हमें इनकी कोई जरूरत नहीं है, भेड़ियों को आहार दे दो"। इतना सुनते ही दूसरी वाली ने सीटी बजाई और दो पैरों वाले भेड़ियों ने उन्हें घेर लिया। थोरान ने ताकत लगाकर अपना हाथ थोड़ा आजाद किया और आँखें बंद करके अपने हाथ को हवा में लहराया। उसके ऐसा करते ही सारे के सारे तीर तरकश से निकलकर हवा में लहराने लगे। देखते ही देखते वे चंद तीर हजारों की संख्या में बदल

गये। पूरी जगह में सिर्फ तीर तैरते नजर आ रहे थे। दोनों औरतें फिर से परछाईयों में बदल गईं और गोजार को लेकर जाने लगीं, परन्तु थोरान ने उन दोनों को तीरों के कवच में बंद कर दिया और फिर कुछ तीरों को पेड़ों पर चलाकर अपने आपको तथा शेर्काषि को आजाद किया।

दोनो ने मिलकर भेड़ियों को ऊपर पहुँचाना शुरु कर दिया। थोरान उन्हें तीरों से छेदता जा रहा था और शेर्काषि उन्हें अपनी तलवार का मजा चखा रही थी। दोनों ने मिलकर इतना आतंक मचाया कि पूरी जमीन भेड़ियों के मृत शरीरों से पट गई और जो जिंदा बचे रह गये, वे दुम दबाकर भाग गये। थोरान ने भेड़ियों के शरीर में घुसे सारे तीर फिर से अपने पास बुला लिए और तीर के कवच में बंद उन दोनों काली रानियों की तरफ बढ़ने लगा। पास पहुँचकर थोरान ने शेर्काषि को तैयार रहने का इशारा किया और धीरे से कवच खोला, लेकिन वहाँ गोजार के सिवा कोई और नहीं था। गोजार भी पूरी तरह बेहोश अवस्था में था। शेर्काषि ने थोरान को अपने तीरों के साथ तैयार रहने को कहा और गोजार को अपनी पीठ पर लाद लिया।

वे किसी सुरक्षित स्थान की तलाश में आगे बढ़े, अभी उन्होंने कुछ कदम ही बढ़ाए थे कि तभी थोरान को आसमान में किसी के होने की आशंका हुई। उसने सिर ऊपर उठाकर देखा तो पाया कि काली रानियाँ परछाई बनकर आसमान में इधर–उधर मंडरा रही थीं और लगातार उन्हें ही देखे जा रही थी। इससे पहले कि थोरान कुछ और समझ पाता, उनमें से एक ने उसपर किसी प्रकार की काली ऊर्जा का हमला कर दिया, वे दोनों इस हमले से बच न पाये और दूर जा गिरे। ध्यान हटने की वजह से सारे तीर जमीन पर इधर–उधर बिखर गये। दोनों के अलग होने पर काली रानियों का काम आसान हो गया और वे दोनों अलग होकर शेर्काषि तथा थोरान का पीछा करने लगीं। थोरान ने तीरों पर वापस अपना काबू पाया और उनसे रानी पर हमला करने लगा, परन्तु उसके हमलों का रानी पर कोई असर नहीं हो रहा

था। वे उसके इस पार से उस पार निकल जा रही थीं। शेर्काषि, गोजार को उठाए भाग रही थी और दूसरी रानी से बचने का प्रयास कर रही थी। बीच–बीच में उसने रानी पर तलवार भी चलाई, परन्तु रानी को कोई फर्क नहीं पड़ा। इधर थोरान पहली रानी पर लगातार हमले किये जा रहा था, परन्तु उसे कुछ खास सफलता नहीं मिल रही थी। सारे तीर व्यर्थ जाते देख उसने एक तीर को मंत्रों से प्रज्वलित किया और फिर उससे निशाना साधा। प्रज्वलित हुए तीर से हमला करने पर उसने देखा की रानी को फर्क पड़ रहा है क्योंकि वह तीर एक रोशनी की तरह था और रानी एक अंधेरी छाया, रेशनी हमेशा अंधकार को खत्म करती है। उसने सारे तीरों को ध्यान लगाकर प्रज्वलित कर दिया।

शेर्काषि, गोजार को उठाए इधर–उधर भाग रही थी और दूसरी रानी के हमलों से बचने की कोशिश कर रही थी, परन्तु अब उसके लिए ऐसा कर पाना मुश्किल होता जा रहा था। उसे जितनी जल्दी हो सके छुपने के लिए स्थान चाहिए था और जब तक स्थान नहीं मिलता, भागना ही अच्छा था। थोरान ने पहली रानी पर सारे तीरों से एक साथ हमला कर दिया जिससे वह तड़पने लगी और उसे अपने असली रूप में आना पड़ा। असली रुप में आने के बाद उसने तीरों को रास्ते में ही रोक दिया। थोरान ने ऐसा भयावाह रूप पहले किसी का नहीं देखा था, वह एक बार को तो डर के मारे थर्रा गया। रानी असल में एक गाढ़े मटिहा रंग की औरत थी। उसकी पोशाक छोटी तथा सफेद रंग की थी, साथ ही उसके आभूषण भी बड़े अजीब लग रहे थे। पीली रंग की उसकी चमकदार आँखें थीं तथा शरीर आम शरीर से थोड़ा बड़ा था। "इसीलिए लोग इन्हें काली रानी कहते हैं" – उसे देखकर थोरान बड़बड़ाया। पहली रानी के असली रूप में आने के बाद दूसरी भी अपने आप परिवर्तित हो गई और शेर्काषि पर एक जोरदार हमला किया। उसने हमले से बचकर भागने की जीतोड़ कोशिश की, परन्तु गोजार के भार के साथ वह ऐसा करने में असफल रही। दोनों हमले की चपेट में आकर दूर जा गिरे। शेर्काषि को पैर में काफी चोट आ गई, अब उसके लिए तो चल

पाना भी मुश्किल था, गोजार को उठाकर भागना तो दूर की बात थी।

रानी धीरे–धीरे उसकी तरफ बढ़ रही थी, उसकी आँखों की चमक लगातार बढ़ती जा रही थी। डर के मारे शेर्काषि का पूरा बदन काँप रहा था, उसने आज से पहले कभी इतनी भयानक चीज नहीं देखी थी। वह लगातार पीछे खिसक रही थी और गोजार को भी अपनी तरफ घसीट रही थी। खिसकते–खिसकते वह एक खम्भे से टकरा गई और उसी से सट कर बैठ गई, रानी ने उसे पकड़ने के लिए हाथ आगे बढ़ाया परंतु उसके पास पहुँचते ही पूरा हाथ बहुत बुरी तरह से जल गया। शेर्काषि को बड़ा आश्चर्य हुआ। उसने अपनी नजरें चारों ओर घुमाई तो देखा कि वह उन्हीं मूर्तियों वाले खंभों के बीच है, जिनपर विचित्र आकृतियां बनी थीं, शायद उन्हीं आकृतियों की वजह से उस रानी का हाथ जला था। उसे यह आंदाजा हो गया कि रानियाँ इस घेरे के अंदर नहीं आ सकतीं। पूरा हाथ जल जाने की वजह से रानी छटपटा उठी और झट से पीछे लौट गई। पीछे हटने पर वह खुद को रोक न पाई और जाकर एक बड़े पेड़ से टकरा गई।

थोरान लगातार तीरों की बरसात किये जा रहा था और रानी उसे रोकने में लगी हूई थी। जब वह पलटवार करती तो थोरान तीरों का एक मोटा कवच बनाकर उससे बचने का प्रयास करता, तभी उसे शेर्काषि की आवाज सुनाई पड़ी जो उसे बार–बार उन मूर्तियों के बीच आने बोल रही थी। थोरान ने अपनी पूरी ताकत लगा दी और रानी पर तीरों से तीनतरफा वार किया जिससे वह थोड़ी उलझ गई। मौका पाकर थोरान भाग निकला और मूर्तियों के बीच जा खड़ा हुआ। रानी को उसकी यह चाल जरा देर से समझ में आयी, परन्तु जब आयी तो वह आग बबूला हो उठी और तेजी के साथ उन तीनों की तरफ बढ़ी। परन्तु दूसरी रानी को कराहते देख बीच में ही रुक गई और जल्दी से उसके पास पहुँची, उसने देखा कि उसका हाथ जला

हुआ है। रानी उन तीनों की तरफ देखकर जोर से चिल्लाई और काली ऊर्जा के एक बड़े से गोले से उनपर हमला कर दिया। हमले से बचने के लिए थोरान ने तीरों की एक बड़ी सी ढाल बना ली, परन्तु वह हमला उन तक पहुँचा ही नहीं, बल्कि किसी अदृश्य दीवार से टकराकर गायब हो गया। हमला करने के बाद रानी दूसरी को ठीक करने में लग गई, थोरान ने शेर्काषि को देखकर कहा, "तुम्हें तो बहुत चोट लगी है"।

शेर्काषि ने थोरान से कहा कि उन्हें किसी भी तरह करके गोजार को होश में लाना होगा क्योंकि वही एक मात्र जरिया है उनके यहाँ से बाहर निकलने का। थोरान ने समझाया कि जिसका असर गोजार पर हुआ है वह माया जाल का काला जादू है और उससे निकालने के लिए उसे चोट पहुँचानी होगी। क्योंकि यह प्रेम रूपी भ्रम है, इसलिए चोट ठीक ह्रदय के किसी पास वाले हिस्से में पहुँचानी होगी।

शेर्काषि बोली कि ठीक है, उससे जो बन पड़ता है वह करे, परन्तु गोजार को होश में लाये। थोरान ने उसे चेतावनी दी कि इसमें खतरा है। शेर्काषि ने खतरे को ध्यान में रखते हुए कहा, "कोई बात नहीं। करो, परन्तु थोड़ा संभल कर करना"। थोरान ने एक तीर निकाला और उसे अपनी शक्ति से प्रज्वलित किया। तीर प्रज्वलित करने के बाद वह उसे गोजार के ह्रदय की दूसरी तरफ से उसके शरीर के अंदर घुसाने चला, तभी शेर्काषि ने उसे रोककर पूछा कि क्या उसे अपने आप पर पूरा भरोसा है कि वह ये कर सकता है, तो उसने आश्वासन देते हुए कहा कि उसने चिकित्सा सीखी है, इसलिए वह ये कर सकता है। शेर्काषि ने उसे आगे बढ़ने को कहा। जब थोरान ने तीर अंदर घुसाया, तो गोजार की नाक और कान से एक काला धुँआ बाहर निकला और नष्ट हो गया। धुआँ बाहर निकलते ही गोजार उठकर बैठ गया। अब तक रानी भी दूसरी को ठीक कर चुकी थी। गोजार खड़ा होकर उनकी तरफ ध्यान से देखने लगा। उसने आज से पहले कभी ऐसे जीव नहीं देखे थे। उसे ठीक देख पहली रानी बोली –

"तो उन दोनों चूहों ने तुझ चुहे को ठीक कर लिया! पर अब कोई फायदा नहीं क्योंकि अब तुम तीनों मरोगे।" गोजार ने ऐसे दिखाया जैसे उसे उसकी बात से कोई फर्क ही न पड़ा हो, बोला – "तो ये है तुम दोनों का असली रूप! सोचा नहीं था कि तुम दोनों इतनी बदसूरत होगी"। जाहिर है यह बात रानी को अच्छी नहीं लगी होगी, वे दोनों उठकर हवा में उड़ने लगीं और पेड़ों की ऊँचाई के बराबर जाकर रुक गयीं।

गोजार ने देखा कि शेर्काषि बुरी तरह से चोटिल थी। उसने पूछा कि क्या वह अब भी चलने के लायक है, तो शेर्काषि ने हाँ में सिर हिला दिया। गोजार ने कहा, "तुम दोनों थोड़ी देर यहीं इंतजार करो, मैं अभी इन दोनों को निपटाकर आया। और थोरान, तुम पीछे से नजर रखना"। "इन दोनों को हल्के में मत लेना", थोरान ने चेताते हुए कहा। "मैं एक गलती बार–बार नहीं दोहराता।" गोजार का मिजाज कुछ बदला हुआ लग रहा था, पहले से काफी अलग। वह मूर्तियों के घेरे से बाहर निकला और पंख फैलाकर आसमान में उन दोनों के बराबर जा पहुँचा। उसे अपने पास आया देख रानी बोली, "कहो कि अपने आपको हमारे हवाले करने आये हो"। गोजार ने उत्तर में एक शब्द भी नहीं कहा, उसके शरीर पर बनी एक–एक आकृति अपने आप जल उठी और साथ ही उसके सर की आग भी। अचानक उसने जोरदार घूसा एक रानी के चेहरे पर जमा दिया, वह पेड़ों को चीरती हुई जमीन पर जा गिरी। दूसरी रानी ने आगबबूला हो पेड़ों से इशारा किया, उसके इशारे पर पेड़ों ने उसे जकड़ लिया। रानी ने पूरी ताकत लगाकर एक जोरदार हाथ गोजार के चेहरे पर दे मारा, वार के प्रभाव से जंगल के सारे पेड़ हिल गये, परन्तु गोजार टस से मस न हुआ। गुस्से से उसकी आँखें जल रही थीं, आपने आप पर काबू रख पाना उसके लिए मुश्किल हो रहा था। एक झटके में उसने सारे बंधन उखाड़ फेंके और जानवरों की तरह रानी पर टूट पड़ा। दूसरी रानी भी तब तक एक वापस आ चुकी थी, तीनों में घमासान शुरु हो गया। दोनों रानियाँ गोजार

पर चौतरफा हमला कर रही थीं और वह उन दोनों से अकेले ही निपट रहा था।

पूरा आसमान युद्ध में इस्तेमाल हो रही ऊर्जा के कारण जगमगा रहा था। शेर्काषि और थोरान दोनों नीचे बैठे इस नजारे को देख रहे थे, थोरान ने ऐसी लड़ाई पहली बार देखी थी। उसने अपने तीर तैयार कर रखे थे, परन्तु उसे नहीं लग रहा था कि उनका भी कहीं इस्तेमाल होगा। गोजार जितने हमले झेल रहा था, उतना ही और ताकतवर होता जा रहा था। लड़ते–लड़ते तीनों ने आसपास की जगह पूरी तरह से नष्ट कर डाली। सारी जगह जंगल से सफाचट होकर मैदान बन गई। काफी गुस्सा होने और हमले झेलने के बाद गोजार ने अपना शरीर विकराल रुप में परिवर्तित कर लिया और आसमान में फैली सारी ऊर्जा एकत्रित करके उन दोनों पर दे मारी। दोनों इतनी सारी ऊर्जा के सामने टिक न सकीं और अंधकार की तरह ऊर्जा में विलीन हो गईं। दोनों को खत्म करने के बाद गोजार वापस जमीन पर उतरा, तल पर पैर रखते ही वह सामान्य रूप में परिवर्तित हो गया। नीचे आकर उसने कहा कि वे दोनों अब बाहर आ सकते हैं। बाहर निकलकर थोरान ने देखा कि उसका तीर वाला घाव अब पूरी तरह भर चुका था। उसने आश्चर्य से कहा, "यह तो कमाल हो गया! तुम्हारा घाव इतनी जल्दी कैसे भर गया?" गोजार मुस्कुरा दिया। उसने देखा कि शेर्काषि चल नहीं पा रही थी, उसने अपना इधर–उधर पड़ा सामान एकत्रित किया और उसमें से औषधि निकालकर उसकी मरहम–पट्टी की, फिर पूछा, "क्या अब तुम चलने में ठीक महसूस कर रही हो?" उसने सिर हिलाते हुए हाँ में उत्तर दिया। उसकी आँखों से आँसू निकल रहे थे, पर वह हँस रही थी। उसे देखकर गोजार भी मुस्कुरा दिया।

इससे पहले कि वह कुछ समझ पाता, शेर्काषि ने उसके होठों को चूम लिया, उसकी इस प्रतिक्रिया से गोजार शब्दहीन हो खड़ा रहा। शेर्काषि कुछ देर ऐसे ही खड़ी उसे चूमती रही। उसे न हटते देख गोजार ने उसे अपनी बाँहों में उठा लिया और बोला

– "अब तुम पैदल नहीं चलोगी"। उसने थोरान को देखते हुए कहा – "ऐसे क्या देख रहे हा?", उसे अपनी तरफ एकटक देखते पाकर गोजार बोला। थोरान खिसिया गया और बोला – "जी, कुछ नहीं!" उसने कहा – "चलने को तैयार हो जाओ, आगे बहुत सारे खतरे आने वाले हैं।" थोरान ने उसकी बात का उत्तर देते हुए कहा – "जी हाँ, बिल्कुल!" तीनों ने अपना सफर फिर से जारी कर दिया। इस बार गोजार के सिर पर आग जल रही थी, आस–पास के पेड़ों से कोई अजीब सी आवाजें भी नहीं आ रही थीं। वन पार करते समय चारों तरफ अजीब सा सन्नाटा छाया हुआ था, ऐसा लग रहा था मानो भ्रम–वन खुद ही भम्र में पड़ गया हो। वृक्ष स्थिर थे और बेलें काबू में। वन पार करते–करते दिन चढ़ आया, चारों ओर सूरज की चमकीली और सुनहरी किरणें बिखर गयीं। गोजार अब भी शेर्काषि को अपनी बाँहों में उठाए हुए था और वह उसकी गोदी में ही सो रही थी। शेर्काषि का सारा सामान थोरान ने अपनी पीठ पर लाद रखा था और वह उन तीनों में सबसे आगे चल रहा था।

वन पार हो चुका था और दिन होने की वजह से गोजार की परम–अग्नि भी बुझ चुकी थी। काफी चलने तथा लड़ाई करने की वजह से उन दोनों को थकान भी काफी महसूस हो रही थी। गोजार ने कहा, "मुझे लगता है कि अब हमें कहीं रुककर थोड़ा आराम करना चाहिए क्योंकि इसे लादकर एक और कदम चलना मेरे लिए मुश्किल है, सपाट जमीन पर भी ऐसा लग रहा है कि किसी पहाड़ पर चढ़ रहा हूँ"। "बहुत सही समय पर तुमने यह बात कही है क्योंकि काफी समय से मुझे भी ऐसा ही लग रहा था। तो चलो, कोई उचित जगह खोजकर थोड़ा विश्राम करते हैं, फिर अपनी आगे की यात्रा करेंगे।" थोरान ने उत्तर देकर एक लम्बी साँस खींच ली। "और हो सकता है तब तक इसकी नींद भी पूरी हो जाए, पूरी रात सोने के बाद भी सो रही है और मेरी गोदी को अपना बिस्तर बनाए हुए है।" इतना कहकर गोजार हल्का–सा हँस दिया, दोनों मुस्कुराने लगे।

अध्याय-५

थोड़ा आगे चलकर गोजार को एक पेड़ के नीचे की जगह आराम करने के लायक लगी, उन्होने वहीं अपना डेरा जमा दिया। शेर्काषि को वहाँ किनारे लिटाने के बाद गोजार ने थोरान से कहा, "आओ, चलकर आस–पास किसी भोजन की तलाश करते हैं।" थोरान ने हाँ में सिर हिलाया और उसके साथ खाने की तलाश में चल दिया। काफी खोजने के बाद भी उन्हें कोई ऐसा पेड़ नहीं दिखा जिसमें खाने लायक फल लगे हों, निराश होकर थोरान बोला, "लगता है आज का दिन भूखे रहकर ही गुजारना पड़ेगा।" "लगता तो यही है", गोजार बोला। दोनों वापस जाने के लिए मुड़े कि तभी थोरान ने एक बूश को घनी चट्टानों के पीछे पौधों की टहनियाँ चबाते हुए देखा, उसके मुँह से निकल पड़ा "पर मुझे नहीं लगता कि हमें और भूखा रहना पड़ेगा"। "क्या मतलब कि भूखा नहीं रहना पड़ेगा? अभी तक तो ये बोल रहे थे कि भूखा रहना पड़ेगा!"

"हाँ! मेरा मतलब है कि मैं अब तक कह रहा था कि हमें पूरा दिन भूखा ही गुजारना पड़ेगा, परन्तु अब मैं कह रहा हूँ कि हमें भूखा नहीं रहना पड़ेगा"।

तुम्हारे पास भोजन है क्या, जो भूखा नहीं रहना पड़ेगा?"

"छोड़ो, जाने दो। मैंने जो भी कहा, भूल जाओ क्योंकि तुम बात पर ज्यादा ही जोर दे रहे हो", थोरान ने कहा। वह एक क्षण के लिए रुका और फिर बोला, "शिकार करने के लिए तैयार हो?" "किसका?" गोजार ने पूछा। "बूश का।" "कहाँ है बूश और यह किस चीज का नाम है?" उसके इस प्रश्न पर थोरान ने चट्टानों के पीछे की तरफ इशारा कर दिया। गोजार ने चट्टानों के पीछे देखा तो पाया कि वहाँ एक खरगोश जैसा जीव था। उसे देख गोजार ने हिचकिचाते हुए कहा – "तो तुम जिसे बूश कह रहे हो,

वो असल में एक खरगोश है जिसके सिर पर सींग है, पीठ पर काँटे भी हैं और हमें उसका शिकार करना है?"

थोरान ने उत्साहित होकर उत्तर दिया – "हाँ, बिल्कुल सही! हमें उसी का शिकार करना है"। "आज तक मैंने एक चींटी का भी शिकार नहीं किया और तुम मुझे एक ऐसे जीव का शिकार करने बोल रहे हो जो मजबूत लकड़ियों को भी चबा जाता है", गोजार उसे तिरछी नजर से घूरते हूए बोला। थोरान थोड़ा परेशान होते हुए बोला, "तुम बड़े–बड़े दानवों को मारकर धूल में मिला देते हो, पर एक टींगू से बूश का शिकार करने में तुम्हें डर लग रहा है? मुझे समझ में नहीं आ रहा है कि तुम कैसे राक्षस हो"।

"बात डर की नहीं है और न ही उस जीव बूश या बश, वो जो भी है, बात है शिकार की, उसके तजुर्बे की जो मेरे पास रत्तीभर भी नही है, तो मैं कैसे...............?"

"अच्छा ठीक है, शिकार मुझ पर छोड़ दो। तुम्हारा काम सिर्फ इतना है कि तुम उसे डराकर उस दिशा में भागने पर मजबूर करोगे, जिस दिशा में घात लगाकर मैं बैठूँगा।"

"ठीक है", गोजार ने यह काम मंजूर कर लिया। थोरान छुपकर, बिना कोई आवाज किये, चट्टानों के दूसरे छोर पर घात लगाकर बैठ गया और गोजार से बूश को उसकी तरफ धकेलने का इशारा किया। गोजार ने वैसा ही किया और बूश को थोरान की तरफ भगाया। बूश के पास आते ही थोरान ने उसे दबोच लिया और तलवार से उसे वहीं चित कर दिया। शिकार को लेकर वे दोनों वापस पहुँचे और शेर्काषि के पास जाकर धीरे से उसे जगाया। गोजार बोला कि उसे अब उठ जाना चाहिए क्योंकि अब उन दोनों को आराम करना है। जिस समय वे दोनों झपकी ले रहे होंगे, उस समय शेर्काषि आसपास नजर रखेगी। उसने शेर्काषि का पैर जाँचा, जड़ी की वजह से चोट लगभग ठीक हो चुकी थी, पर पूरी तरह से ठीक होने में अभी थोड़ा समय और लगता। उसके पैर की दुबारा से मरहम–पट्टी करने के बाद

तीनों ने मिलकर अपना पेट भरा, गोजार और थोरान ने झपकी ली। वे दोनों दोपहर तक बेहोश पड़े रहे और शेर्काषि उन दोनों की पहरेदारी करती रही जिसमें उसे बिल्कुल भी मजा नहीं आ रहा था। दोपहर तक आराम करने के बाद दोनों फिर से चुस्त हो गये। उनके चेहरे पर थकान का नामोनिशान नहीं रह गया।

दोनों ने अपना सामान समेट कर लाद लिया और आगे बढ़ने को तैयार होकर खड़े हो गये, परन्तु जब उन्होंने शेर्काषि की तरफ देखा तो पाया कि वह अपना सामान लादकर सही से खड़ी तक नहीं हो पा रही थी, चलना तो दूर की बात थी। इतना ठीक होने के बाद भी पैर की अंदरूनी चोटें तकलीफ दे रही थी। गोजार ने थोरान से उसका सारा सामान अपनी पीठ पर उठाने को कहा और खुद शेर्काषि को सहारा देकर आगे बढ़ने लगा। शेर्काषि की चोट की वजह से सफर में उनकी गति काफी धीमी हो गई थी। गति में संतुलन बनाए रखने के लिए गोजार बीच–बीच में शेर्काषि को अपनी गोदी में उठा लेता था। उसकी इस दया की वजह से उन्हें अपनी मंजिल पर समय से पहुँचने में अच्छी सहायता मिल रही थी। इस गिरते–पड़ते सफर पर वे कुछ दिनों में अपने अगले पड़ाव पर पहुँच गये जहाँ कोई उनका पूरी तरह से हाथ–पैर खोलकर इंतजार कर रहा था।

अग्नि नदी के पास पहुँचने के बाद तीनों छुप–छुप कर चलने लगे ताकि वे बिना किसी मुसीबत के आराम से इस जगह से निकल जायें क्योंकि इस समय वे किसी प्रकार का खतरा मोल नहीं लेना चाहते थे, किसी दानव का तो खास कर नहीं। नदी के आसपास का इलाका धूल, कोहरे और घनेकाले बादलों से ढका पड़ा था। कोहरे को देखकर उन्हें दूर से ही अंदाजा हो गया कि वे नदी के पास पहुँच गये हैं। नदी के आसपास के बादल इतने घने थे कि सूर्य के प्रकाश का अंदर आ पाना नामुमकिन था जिस कारण पूरा क्षेत्र अंधकार में समाया हुआ था। यदि कोई चीज दिख भी रही थी, तो उसका कारण सिर्फ नदी में बह रही आग थी। वे तीनों चट्टानों के पीछे की अंधेरी जगहों का सहारा लेकर

दबे पाँव आगे बढ़ रहे थे। गोजार की नजरें बार–बार नदी में बह रही आग पर जाकर टिक रही थी। उसने शेर्काषि से कहा – “बहुत अजीब बात है कि नदी में सिर्फ आग बहती दिख रही है, इसके अलावा देव, दूत, दैत्य कुछ भी नहीं दिख रहा है।”

“हाँ! अजीब बात तो है”, शेर्काषि बोली।

“कुछ अजीब नहीं है, वे तब तक बाहर नहीं आते जब तक उन्हें कोई खतरा महसूस न हो”, थोरान उन दोनों को गलत ठहराते हुए बोला, “वे एक प्रकार से आभाएँ हैं जो हर उस जगह तक फैली हैं, जहाँ तक अग्नि की रोशनी है और यही कारण है कि हमलोग यहाँ अंधेरे में आगे बढ़ रहे हैं।”

गोजार ने मुँह ऊपर उठाकर देखा तो पाया कि कुछ जुगनू, जो कि पूरी तरह से लावा के बने थे, आसपास के इलाकों में मंडरा रहे थे। उन्हें देख उसने पूछ लिया, “क्या वे जुगनू हैं? परंतु बहुत ही अजीब है”।

“जुगनू ऐसे ही तो होते हैं, इसमें अजीब वाली क्या बात है?” थोरान ने उत्तर दिया।

“तो यहाँ भी इन्हें जुगनू ही कहते हैं?” "यहाँ भी से तुम्हारा क्या मतलब है? तुम कुछ और कहते हो क्या?"

"नहीं, हम भी जुगनू ही कहते हैं पर वो आग के धधकते, लाल गोले नहीं होते।" "धधकते, लाल गोले!", थोरान ने आश्चर्य से उसकी तरफ देखा तो उसने उत्तर दिया – "छोड़ो, जाने दो। हम इन्हें जुगनू ही कहते हैं"।

"क्या हम एक पकड़ सकते हैं?'' शेर्काषि ने उनसे पूछा तो गोजार ने उसकी बात का उत्तर देते हुए कहा, "हाँ, क्यों नहीं! यदि तुम्हारा हाथ आग से न जले तो।" उसकी बात सुनकर शेर्काषि चुप हो गई और बिना कोई दूसरी बात बोले आगे बढ़ने लगी। थोड़ी दूर चलने के बाद शेर्काषि ने फिर से वही इच्छा

जाहिर की, तो गोजार ने उसे ऐसा करने से मना किया और उनकी तरफ ध्यान न देने को कहा। उन जुगनुओं की चमक इतनी सुदंर थी कि कोई भी उन्हें देखकर मोहित हो जाये। उसने कहा कि ऐसा करना खतरनाक हो सकता है। उसकी बात सुनकर शेर्काषि ने अपनी यह इच्छा पूरी तरह से त्याग दी और जुगनुओं की तरफ बिना ध्यान दिये चलने लगी। उसे समझ में आ गया था कि जुगनुओं को पकड़ने की उसकी तीव्र इच्छा के पीछे कहीं–न–कहीं उनकी रोशनी का हाथ था।

थोड़ा और आगे जाने पर उन्होंने पाया कि चट्टानें एक सीमा के बाद खत्म हो गई थीं। आगे का रास्ता एक सपाट मैदान था जिसमें रोशनी पूरी तरह से फैली हुई थी। आगे एक भी कदम रखना बहुत बड़ी बेवकूफी होती, जो वे कभी नहीं करना चाहेंगे। तीनों की यात्रा वहीं पर ठप पड़ गई क्योंकि चट्टानों के पीछे का अंधेरा ही उनका एकमात्र सहारा था। तीनों आखिरी चट्टान के पास बैठ गये और आगे बढ़ने की कोई दूसरी तरकीब सोचने लगे। काफी देर तक ऐसे ही बैठे रहने के बावजूद उनमें से किसी को कोई उपाय नहीं सूझा। तभी गोजार ने देखा कि मैदान के अंतिम छोर पर आग की रोशनी कम पहुँच रही थी और वहाँ चट्टानें भी थीं, जिनका इस्तेमाल वे वहाँ से निकलने के लिए कर सकते थे। सबको गोजार का यह सुझाव ठीक लगा और उन्होंने वही करने की ठानी। परन्तु वैसा करने के लिए उन्हें पहले वापस जाना पड़ा, जहाँ से वे उन चट्टानों का साथ पकड़ सकें, जो मैदान के दूसरे छोर से गुजरती थीं। मैदान के दूसरे छोर की चट्टानें काफी छोटी थीं, इसलिए उन्हें झुककर चलना पड़ रहा था। रोशनी कम होने के कारण इस क्षेत्र में जुगनू और भी खूबसूरत लग रहे थे। झुककर चलते–चलते उन सबकी कमर में दर्द होने लगा था। ज्यादा देर तक झुका रहना शेर्काषि से सहन न हुआ और उसने ऊपर उठकर एक अंगड़ाई ले ली। उसके ऐसा करने से आग की हल्की सी रोशनी उसके ऊपर पड़ी। रोशनी के ऊपर पड़ने से उसे ऐसा लगा, मानो किसी ने उसे छुआ हो, ऐसा महसूस होते ही वह बिना समय गँवाए नीचे

झुक गई। परंतु तब तक बहुत देर हो चुकी थी। आसपास के क्षेत्र में अजीब सी हलचल शुरु हो गई, जैसे जुगनुओं का जल्दी–जल्दी टिमटिमाना, नदी की आग में उबाल आना, रोशनी का कमज्यादा होना तथा सतह का विचित्र तरीके से कंपन करना। इससे पहले कि किसी को कुछ समझ में आता, उन्होंने देखा कि सारे जुगनू कई झुण्डों में एकत्रित हो रहे थे, सब एक–दूसरे से जुड़ने लगे, जुड़कर उन सबने एक छोटे–छोटे शरीरों का निर्माण कर दिया, जो दिखने में किसी छोटे बच्चे के शरीर जैसे थे पंरतु आकार में और भी छोटे थे। उन जुगनुओं ने एक–दूसरे से मिलकर ऐसे ही हजारों शरीर बना डाले। वे तीनों आवाक होकर यह सब देखते रहे। गोजार को यह सब देखकर अपनी आँखों पर विश्वास नहीं हो रहा था, उसे ऐसा लग रहा था कि मानो वह कोई सपना देख रहा हो। थोड़ी ही देर में वहाँ के सारे जुगनू खत्म हो गये और उनकी जगह उन छोटे–छोटे, बच्चे जैसे दिखने वाले धधकते आग के लाल दानवों ने ले ली। सारे के सारे छोटे दानवों ने एक साथ उन तीनों की तरफ देखा। उनके देखते ही वे तीनों पत्थरों के पीछे छुप गये। गोजार को किसी बड़ी अनहोनी के होने की आशंका होने लगी और इस सबका कारण शेर्काषि थी, उसने तिरछी नजरों से शेर्काषि की तरफ देखा। उसको अपनी तरफ इस तरह देखते पाकर उसने अपनी नजरें नीचे झुका लीं। गोजार ने अपने आपको समझााया और बोला, “चलो छोड़ो, जो हुआ जाने दो। अब आगे क्या करना है, उसपर ध्यान दो। मेरी बात ध्यान से सुनो! हमें तेजी के साथ, बिना दिखे, इन चट्टानों के पीछे–पीछे ही भागना है और जितनी जल्दी हो सके इस जगह से निकलने की कोशिश करनी है, तब तक, जब तक कोई हमला नहीं होता और यदि कोई हमला होता है तो अपनी पूरी ताकत लगाकर हमले का सामना करते हुए भागना है। हमें यहाँ अपनी ताकत नहीं दिखानी है, बल्कि अपना बचाव करते हुए भागना है क्योंकि हममें से कोई नहीं जानता कि ये छोटे से दिखने वाले आग के गोले क्या कर सकते हैं। क्यों? है!” उसने थोरान की तरफ इशारा करते हुए पूछा, तो उसने हाँ

में सिर हिला दिया। उसने एक पहाड़, जिससे एक लावा का झरना नदी में गिर रहा था, की तरफ इशारा करते हुए कहा "हमें किसी भी तरह उस झरने के पीछे वाले पहाड़ पर पहुँचना होगा, वहाँ शायद हमारे ऊपर से खतरा टलने की संभावना बढ़ जाये"। उसकी बात सुनकर उन दोनों ने हाँ में सिर हिलाया और आगे बढ़ने लगे। वे तीनों एकदम चुपचाप, दबे पाँव आगे बढ़ रहे थे ताकि कि उन दानवों को पता ही न चले कि वे कहा हैं। परन्तु ज्यादा देर तक वे अपने आप को छुपा न सके। एक छोटासादानव लुढ़कते हुए उनके सामने आ खड़ा हुआ और उन्हें आगे बढ़ने से रोकने लगा। उसके टींगू से कद को देखकर गोजार ने अनुमान लगाया कि वह दानव उनका कुछ नहीं बिगाड़ पायेगा, उसका अनुमान काफी हद तक सही भी निकला। उसने घुमाकर एक जोरदार लात उस दानव को जमा दी जिससे वह दूर जा गिरा। उसके ऐसा करने से बाकी दानवों को उनके सही ठिकाने का पता चल गया और वे एक–एक करके उन तीनों पर हमला करने लगे। तीनों अपनी जान बचाकर वहाँ से सीधा उस पहाड़ की तरफ भागे। थोड़ी ही दूरी पर उन छोटे–छोटे दानवों ने उन्हें हजारों की तादात में घेर लिया, उनका आगे बढ़ना मुश्किल हो गया। मजबूर होकर उन्हें अपने हथियार निकालने पड़े। वे एकदूसरे से पीठ सटाकर अपने हथियारों के साथ चारों ओर नजर रखते हुए एक–दूसरे की रक्षा करने लगे। उन टीगुंओं की आग से बचते हुए वे तीनों धीरे–धीरे पहाड़ की तरफ बढ़ रहे थे। जब आग का उनपर कोई असर न पड़ा, तो सारे के सारे दानवों ने अपने आप को औजारों में तब्दील कर लिया जिस वजह से वे और भी खतरनाक हो गये। गोजार ने यह खतरा भाँप लिया और अपनी शक्तियों पर ध्यान लगाने लगा। ध्यान लगाते ही उसके सिर की आग जल उठी और उसकी तलवार भी। उसने शेर्काषि और थोरान को अपने पीछे करते हुए कहा, "मैं रास्ता बनाता हूँ और तुम दोनों मेरे पीछे–पीछे उस पहाड़ की तरफ भागना, बीच में इधर–उधर मत हो जाना, नहीं तो जान पर बन आयेगी"। दोनों ने एक साथ उत्तर दिया, "ठीक है!" गोजार

ने हवा में तलवार चमकाई और दानवों के दो टुकड़े करके हवा में उड़ाने लगा। उनका रास्ता साफ होने लगा और वे तीव्र गति से पहाड़ की तरफ बढ़ने लगे। गोजार आगे उन आग के दानवों से लड़कर रास्ता साफ कर रहा था, थोरान और शेर्काषि पीछे से उसकी रक्षा कर रहे थे। मार–काट मचाते हुए वे तीनों किसी तरह उस पहाड़ तक पहुँच गये। वहाँ पर खड़े होकर जब उन्होंने पीछे देखा, तो सारी की सारी जमीन उन अग्नि दानवों के शरीरों से पटी पड़ी थी जो कि कई टुकड़ों में कट चुके थे। अचानक से कुछ हुआ, जिसे देखकर उन्हें आँखों पर विश्वास न हुआ। जमीन पर पड़े सारे के सारे टुकड़े आपस में जुड़कर एक नया आकार ले रहे थे, जो उन तीनों के लिए बिल्कुल भी अच्छा संकेत नहीं था। गोजार ने अपनी पीठ से सारा सामान उतारकर शेर्काषि को थमा दिया और फौरन अपने पंख फैलाकर उन दोनों को पहाड़ की चोटी की तरफ ले उड़ा।

चोटी के ऊपर पहुँकर उन्होंने देखा कि सूरज की हल्की रोशनी की वजह से चोटी का कुछ भाग सुनहरा चमक रहा था। यह दृश्य देखने में अत्यन्त मनोरम था। इतनी देर अंधकार में गुजारने के बाद उन तीनों को मानो एक पल के लिए स्वर्ग मिल गया था। शेर्काषि ने एक लम्बी साँस ली और फिर थोड़ा सा मुस्कारा कर बोली – "खैर, उन आग के बौनों से पीछा छूटा, अब जाकर राहत मिली है"। थोरान ने भी उसकी बात पर सहमति जताई और कहा, "हाँ, तुमने बिल्कुल सही कहा। चलो, अब यहाँ से निकलते हैं, इससे पहले कि बहुत देर हो जाये"। परन्तु गोजार इन सब बातों से खुश नहीं था, वह चिंता में डूबा कुछ और ही सोच रहा था तथा अपने ही ध्यान में मग्न था। शेर्काषि ने उसे दोचार बार आवाज लगाई, परन्तु उसने कोई प्रतिक्रिया नहीं दिखाई। शेर्काषि ने आगे बढ़कर उसे होश में लाने की सोचा, परन्तु जैसे ही वह एक कदम आगे बढ़ी उसके पैर में एक जोर का दर्द उमड़ पड़ा, उसके मुहँ से जोर की चीख निकली। चीख सुनते ही गोजार होश में आ गया और झट से आगे बढ़कर

उसको थाम लिया। उसने उससे पूछा कि क्या वह ठीक है, तो उसने हाँ में सिर हिला दिया। परन्तु उसका चेहरा देखकर साफ पता चल रहा था कि वह बिल्कुल भी ठीक नहीं है। गोजार ने जब उसके पैर से पट्टियाँ हटाई, तो पाया कि उसका पैर बुरी तरह से चोटिल था। वे सारी चोटें, जो लगभग पूरी तरह से ठीक होने को थीं, इस भागदौड़ और अंधाधुंध में फिर से हरी हो गई थीं।

गोजार ने फिर से उनकी मरहमपट्टी की और थोरान से कहा कि वह उसे लेकर यहाँ से दूर किसी सुरक्षित जगह पर जाकर उसके आने का इंतजार करे। शेर्काषि ने इस बात पर आपत्ति जताते हुए कहा, "हम तुम्हें छोड़कर कहीं नहीं जायेंगे, तुम्हें हमारे साथ चलना होगा। तुम यहाँ रहकर करोगे क्या? वैसे भी खतरा पूरी तरह से टल चुका है"। "यह सही ही तो है, तुम्हें अभी हमारे साथ चलना चाहिए", थोरान बोला।

"तुम दोनों समझ नहीं रहे हो। वह देव या दानव, जो भी है, बार–बार अपना रूप बदल रहा था, मरने के बाद भी। तुम दोनों को क्या लगता है कि उसपर हमला करने के बाद वह हमारा पीछा करना छोड़ देगा?", गोजार ने उन दोनों को समझाया। इसपर शेर्काषि बोली – "पता नहीं। परन्तु लग नहीं रहा है कि अब वह हमारे पीछे आयेगा। इसलिए तुम्हें हमारे साथ यहाँ से निकलना चाहिए"। उसकी इस बात पर गोजार झुंझला उठा। उसे ऐसा लग रहा था कि उसकी शक्तियाँ उसे किसी बड़े खतरे के लिए आगाह कर रही हों, वह बोला – "जो चीज कटकर बार–बार जुड़ जाये या अपने आपको रोशनी में घोलकर चारों तरफ फैल जाये, वह एक उजले साये की तरह है जिससे पीछा छुड़ा पाना या मार पाना लगभग नामुमकिन है। इसलिए मैं थोड़ी देर तक यहाँ रहकर नजर रखूँगा। यदि कुछ अनहोनी न दिखी, तो मैं तुरन्त वापस लौट आऊँगा और यदि कुछ दिखा तो भी मैं वापस जरूर आऊँगा, चाहे जैसे आऊँ। यह मेरा वादा रहा"। शेर्काषि ने उसकी बात मानने से साफ इंकार कर दिया और कहा

कि यदि ऐसा है, तो वह भी उसके साथ ही यहाँ रुककर लड़ाई में उसकी मदद करेगी। गोजार के मन में खतरे का आभास लगातार बढ़ता जा रहा था, वह जल्दसेजल्द उन दोनों को वहाँ से दूर भेजना चाहता था। वह नराज होते हुए बोला – "तुम मेरी बात सुन क्यों नहीं रही हो? इस समय तुम चलने तक की हालत में नहीं हो और लड़ने का सोच रही हो"। उसने इतना कहा ही था कि पूरे पहाड़ में कंपन हुआ, ऐसा लग रहा था कि पूरे पहाड़ को कोई पकड़ कर हिला रहा हो। उसने आगे बढ़कर देखा कि छोटे–छोटे अग्निदैत्यों ने मिलकर एक बड़ी–सी राक्षसी का रूप धारण कर लिया था, जो पूरी तरह से आग की बनी थी। उसके सिर पर दो सींगें थीं जो काफी बड़ी और नुकीली थीं, केशों में आग जल रही थी तथा आँखें धधक रही थीं। वह अपने बड़े–बड़े पंजों का इस्तेमाल करके पहाड़ की खड़ी चढ़ाई चढ़कर उन तीनों की तरफ गुर्राते हुए बढ़ रही थी। गोजार ने चिल्लाकर उन दोनों को जितनी जल्दी हो सके, वहाँ से भागने के लिए कहा। इस बार उन दोनों को उसकी बात माननी ही पड़ी और वे जल्दी–जल्दी वहाँ से भागने लगे। जाते–जाते शेर्काषि ने उससे कहा कि वापस जरूर आना, तो उसने हाँ में सिर हिला दिया। उन दोनों को वहाँ से निकलने के लिए ज्यादा समय मिल जाए, इसलिए गोजार ने अपने पंख सिकोड़ लिए और किनारे पर खड़े होकर गुर्राया। उसके गुर्राते ही उसके सिर की आग और तेज हो गई। उसे अपने ऊपर खड़ा देख राक्षसी ने एक तेज दहाड़ लगाई तथा अपने हाथ पैरों को जल्दी–जल्दी चलाकर ऊपर चढ़ने लगी। गोजार ने भी एक जोरदार दहाड़ लगाई और अपनी तलवार लेकर उसके ऊपर कूद पड़ा। राक्षसी ने भी जवाबी हमला किया, परन्तु गोजार उससे बच निकला और अपनी लात उसके सिर पर जमा दी जिससे उसकी पकड़ छूट गई। दोनों एक साथ नीचे गिरने लगे। इसी बीच उसने गोजार पर कई हमले किये, परन्तु वह उन सबसे बचता रहा और फिर एक हमले के दौरान उसके हाथ पर दौड़ते हुए उसके सिर पर छलांग लगा दी। पलक झपकते ही उसने उसकी एक सींग सिर से अलग कर डाली

जिससे वह दर्द के मारे छटपटाने लगी। हवा में तैरते हुए दोनों जमीन पर आ गिरे। उनके गिरने से पूरी जमीन पर कंपन दौड़ गयी तथा नदी में एक बार के लिए तो सुनामी जैसी लहर उठ पड़ी, आसपास की सारी चट्टानें चकनाचूर हो गईं। इतनी ऊँचाई से गिरने की वजह से गोजार को गहरा आघात पहुँचा, फिर भी उसने हिम्मत करके अपने आपको संभालने की कोशिश की। वह अपने आप को संभाल पाता कि एक विशालकाय हाथ आकर सीधा उसे लगा। हाथ के इस तीव्र प्रहार को वह रोक न पाया और एक बड़ी चट्टान से जा टकराया। टकराने के बाद वह जमीन पर औंधे मुंह गिरा और थोड़ी देर वैसे ही पड़ा रहा।

अग्नि की वह राक्षसी गुर्राते हुए उसके पास आ खड़ी हुई और उसे जमीन पर यूँ पड़ा देख एक जोर की दहाड़ लगाई। उसकी दहाड़ सुनकर गोजार ने अपने दाँत कस लिए और जमीन खुरचते हुए उठ खड़ा हुआ। उसके शरीर की हर एक लकीर तेज नीला प्रकाश उत्सर्जित कर रही थी। उसे खड़ा पाकर अग्नि–दैत्य ने अपनी मुठ्ठी भींचकर उसपर एक जोरदार प्रहार किया, परंतु गोजार ने उसे बीच में ही रोक दिया। अपना हमला रुकते देख वह गुस्से से जल उठी और अपने कुछ बालों को तोड़कर एक बड़ी तलवार में बदल दिया। गोजार को पकड़कर उसने उसी तलवार से हमला कर दिया। समय रहते गोजार ने अपने आपको उसकी पकड़ से छुड़ाया और प्रतिघात करके उसकी तलवार की दिशा मोड़ दी। दिशा मुड़ने की वजह से तलवार उसे लगने की बजाय ठीक उसके सिर के किनारे की जमीन में जा घुसी। मौका पाकर गोजार ने अपने आपको राक्षसी के चंगुल से पूरी तरह आजाद कर लिया और तलवार के एक जोरदार प्रहार से उसका हाथ अलग कर दिया। पूरा हाथ कट जाने की वजह से वह दैत्य जोर–जोर से कराहने लगी और गोजार की तरफ देखकर गुस्से से चिल्लाई। पास ही में पड़ी एक बड़ी सी चट्टान का टुकड़ा गोजार ने उसके मुंह में ठूंस दिया जिससे उसकी आवाज बंद हो गई। उसने अपने पंख फैलाए और हवा में उड़कर दैत्य पर एक ताकतवर वार किया। इतना

ताकतवर हमला वह झेल न पाई और मूर्छित हो जमीन पर जा गिरी, गिरते ही उसके शरीर ने अपना आकार बदलना शुरु कर दिया।

गोजार आँखें खुली रखकर यह सब सिर्फ देख रहा था, उसकी समझ में कुछ नहीं आ रहा था। परन्तु उसने यह जरूर भाँप लिया था कि अब जो भी होगा, वह पहले से कहीं ज्यादा जानलेवा होगा। ज्यादा खतरा महसूस होने पर वह उड़कर आसमान में चला गया और वहीं से उस दैत्य का शरीरिक परिवर्तन देखने लगा। देखते–ही–देखते वह युवती एक बहुत ही खूँखार और विशालकाय सर्प में बदल गयी। सर्प में बदलते ही वह गोजार को पकड़ने के लिए इधर–उधर भागने लगी और उसे देखकर जोर–जोर से फुंकार मारने लगी। सर्प की गति हवा से भी तेज थी, वह क्षण भर में अच्छी–खासी दूरियाँ तय कर रहा था। गोजार खुद को उससे सुरक्षित महसूस कर रहा था क्योंकि वह उसकी पहुँच से बहुत दूर था। वह आसमान से ही उसकी सारी गतिविधियाँ देख रहा था। अगले ही क्षण सर्प उसकी नजरों से ओझल हो गया। उसने अपनी नजरें इधर–उधर दौड़ाईं, परन्तु उसका कहीं पता न चला। अचानक उसे लगा कि किसी ने उसका पैर पकड़ लिया है। उसने नीचे देखा तो पता लगा कि वह चीज सर्प की पूँछ थी, जो लगातार उसके पैरों को कसती जा रही थी। उसकी आँखों से ओझल हो वह सर्प उसके ठीक पीछे की एक ऊँची चट्टान पर चढ़ आया था जिससे वह उसके करीब आकर उसे पकड़ सके। वह कामयाब भी हो गया और गोजार को लगातर नीचे खींचने लगा। गोजार पंखों को जोर से फड़फड़ा कर अपने आप को आसमान में बनाए रखने की जीतोड़ कोशिश कर रहा था, परन्तु जब उसे कोई फायदा न दिखा तो उसने उसकी पूँछ काटकर अपने आप को आजाद करने की कोशिश की। वह ऐसा कर पाता, इससे पहले ही सर्प ने उसे जमीन पर दे मारा और उठाकर इधर–उधर पटकने लगा। इतनी चोटें खाने के बाद भी गोजार डटा रहा और जवाबी हमले करने की कोशिश करता रहा। पूँछ में जकड़े हुए सर्प ने गोजार को

पूरी तरह से लपेटने की कोशिश की। गोजार ने उसकी पूँछ को ही छेद डाला जिससे उसकी पकड़ ढीली हो गई। मौका पाकर वह सर्प की पकड़ से छूट निकला और उसे चोट पहुँचाने लगा। जगह–जगह पर घायल होने से सर्प दर्द और गुस्से से तिलमिला उठा और बिजली की तेजी से गोजार पर टूट पड़ा। उसने उसके पंखों को अपने मुँह में भर लिया। पंखों को मुँह में भरने के बाद वह उसे हवा में इधर–उधर हिलाने लगा और गोजार असहाय होकर दर्द में छटपटा उठा। सर्प ने तेजी से झकझोर कर उसके पंखों को उखाड़ कर उसे दूर फेंक दिया। पंख उखड़ जाने की वजह से गोजार को असहनीय दर्द हो रहा था, वह अपने हाथ जोर से जमीन पर पटक रहा था। गुस्से में आकर उसने सर्प का नामोनिशान मिटाने की ठान ली और एक युद्ध की शुरुआत कर दी जिसका अंत सिर्फ तभी हो सकता था, जब दोनों में से एक न रहे। गोजार का शरीर पूरी तरह से चमक रहा था, जैसे कोई सितारा धरती पर उतर आया हो। उसके शरीर से निकल रही नीली आभा की रोशनी किसी को भी एक क्षण के लिए अंधा करने में सक्षम थी। वह पागलों की तरह सर्प पर हमले किये जा रहा था। सर्प भी उसे मारने या दबोचने की पूरी कोशिश कर रहा था। जब वह गोजार की ताकत के आगे कमजोर होने लगा, तो अपने आपको एक परी में तब्दील कर लिया और उसपर आसमान से तीर बरसाने लगा।

गोजार ने अपने पंखों को फिर से उगाया, इस बार उसके पंख ज्यादा नुकीले और मजबूत थे। पंखों के बल पर उसने परी के धनुष को टुकड़ों में बाँट दिया। धनषु टूटने के बाद दोनों की तलवारें आपस में टकराने लगीं, जिनकी गूँज दूर–दूर तक फैल गई। यह गूँज नदी से काफी दूर बैठे थोरान और शेर्काषि ने भी सुनी। उन्हें उस पार से बादलों में सिर्फ कम–ज्यादा होती रोशनियाँ ही दिखीं, असल में क्या हो रहा था उसका उन्हें कोई अंदाजा नहीं था। थोरान ने कहा कि उसे शायद वहाँ जाकर देखना चाहिए कि क्या हो रहा है और जरूरत होने पर गोजार की मदद करनी चाहिए। इस पर शेर्काषि बोली कि नहीं, शायद

उन दोनों को ही वापस जाना चाहिए। परन्तु थोरान ने साफ मना कर दिया और उसे वहीं इंजतार करने को कहा। उसे वहीं बिठाकर थोरान वापस चल दिया। आसमानी लड़ाई में भी गोजार, परी पर भारी पड़ रहा था। लड़ाई को एक नया मोड़ देने के लिए परी आसमान में गोते खा रही थी जिससे कि गोजार का ध्यान भटका सके और फिर उसपर हमले कर सके। परंतु गोजार पर उसके किसी हमले का असर न हुआ, वह परी के हर वार से अछूता ही रहा। काम न बनते देख परी ने अपने आपको थोड़ा पीछे बढ़ाया और फिर अचानक से कई रूपों में बदल कर हमला कर दिया। गोजार उससे भी बच निकला। परी ऐसा बार–बार करने लगी। वह लड़ते–लड़ते अचानक से कई रूपों में बदल जाती और गोजार पर चारों तरफ से हमला कर देती। दोनों अपनी पूरी ताकत से लड़ रहे थे। उनकी भिड़ंत से और तेजी से आसपास प्रलय का महौल बना हुआ था। गोजार ने उसे एक ही वार में जमीन का रास्ता दिखा दिया, उसके तुरंत बाद उसने अपनी तलवार उसपर फेंक कर मारी। परी के जमीन से टकराते ही वह तलवार उसके शरीर के आरपार हो गई जिससे वह स्थिर हो गई, बिल्कुल किसी बेजान शरीर की तरह। इस बार वह न तो कोई प्रतिक्रिया कर रही थी और न ही उसका शरीर अपना रूप बदल रहा था। गोजार धीरे–धीरे नीचे उतर आया और उसके शरीर को हिलाडुला कर देखने लगा। आगसा धधकता वह लाल शरीर अब ठण्डा पड़ रहा था, उसकी आंखें बंद हो रही थीं, जैसे कोई सूरज डूब रहा हो।

उसने परी के शरीर से अपनी तलवार खींच ली और उसके शरीर को उठाकर पूरी इज्जत के साथ नदी में तैरा दिया। देखतेहीदेखते वह शरीर उस बहते हुए लावा में डूब गया। उसका अतिम संस्कार करने के बाद गोजार ने खुद को देखा, उसे अपने आप से घृणा हो रही थी। वह यह सोचकर दुखी हो रहा था कि वह क्या से क्या बन गया। उसने मन में सोचा कि काश उसने उस हथियार खाने से वह कड़ा चुराया ही न होता, तो वह भी आज अपने परिवार के साथ होता, न कि उन दरिंदो से लड़कर

उनकी मृत्यु का कारण बनता। वह दुखी मन से धीरे–धीरे उड़कर पहाड़ की चोटी की तरफ चल दिया। उसने अभी जमीन पर कदम भी नहीं रखा था कि थोरान वहाँ भागते हुए आ पहुँचा। गोजार का यह रूप देखकर एक पल के लिए तो थोरान के रोंगटे खड़े हो गये, उसके मुँह से निकल गया – "बाप रे! तुम तो काफी अलग लग रहे हो"।

"डरावना से तुम्हारा मतलब है?", गोजार बोला। थोरान ने 'न' में सिर हिलाते हुए बोला, "नहीं, मेरा मतलब था 'ताकतवर और भयावाह'। वैसे, छोड़ो! क्या फर्क पड़ता है! दोनों का अर्थ तो लगभग एक ही है"। थोरान को वहाँ देखकर गोजार काफी अचंभित था। उसने पूछा – "वैसे तुम यहाँ क्या कर रहे हो और शेर्काषि कहाँ है? तुम्हें तो उसके पास होना चाहिए था न?"

थोरान ने उत्तर दिया – "शेर्काषि सुरक्षित है, मैंने उसे बैठकर हमारा इंतजार करने को कहा है। मैंने कुछ भयावाह आवाजें सुनी, इसलिए पता लगाने चला आया, सोचा कि शायद तुम्हें किसी सहायता की जरूरत हो।"

"मुझे किसी सहायता की आवश्यकता नहीं है, मैं ठीक हूँ।" "वह अग्निदेव कहां गयी?"

उसके इस प्रश्न पर गोजार ने नीचे बह रही नदी की तरफ देखकर कहा, "वह खत्म हो गई, अब कोई अग्निदेव नहीं है"। "तो तुमने उसे हरा दिया, आखिकार तुम सच में एक महान योद्धा हो।" "पता नहीं। अब शायद हमें भी चलना चाहिए, शेर्काषि इंतजार कर रही होगी।" इतना कहकर उसने अपना कदम हवा से जमीन पर रखा और पंख सिकोड़कर खुद को शांत करने लगा। अभी वह पूरी तरह से सामान्य हुआ भी नहीं था कि उसे नदी के लावा में कुछ हलचल सुनाई दी, अगले ही पल वह हलचल असीमित रूप से बढ़ गई, एक बड़े से हाथ ने उसे दबोचकर नदी में खींच लिया। वह अग्निदेव, परी से अब एक बड़े और खूंखार दरिंदे में बदल चुका था जिसके चेहरे पर सिर्फ गुस्सा नजर आ रहा था। गोजार का शरीर लावा में गलने लगा।

प्रतिघात की चाहत और असहनीय दर्द ने उसे भी एक विशालकाय दरिंदे में तब्दील कर दिया। इस रूप में आने के बाद अब लावा उसका कुछ नहीं बिगाड़ पा रहा था। दोनों एक–दूसरे पर लात घूसों की बारिश करने लगे जिससे आसपास की धरती थर्रा उठी। चारों तरफ गहरे धूल के बादल छा गये। उस आग के शैतान को ठण्डा करने के लिए गोजार ने अपनी शक्तियों का इस्तेमाल किया, उसने उसे गिराकर चारों तरफ से अपने हाथ–पैरों में जकड़ लिया और अपने मुँह से एक नीली किरण की मोटी धार अग्निदेव पर उगलने लगा। उस किरण का आघात खाकर वह दरिंदा तो भस्म हुआ ही, साथ ही साथ उस क्षेत्र का सारा लावा बर्फ की तरह ठण्डा होकर जम गया। अब तो दफनाने के लिए उसका शरीर भी नहीं बचा था, जो गोजार उसे ले जाकर नदी में डाल सके। गोजार उस जगह से उठा और पहाड़ी पर ऊपर की तरफ चल दिया। जब वह ऊपर दोबारा पहुँचा, तो थोरान ने उसे अग्निदेव समझकर उस पर तीर तान दिये, पंरतु जब धूल में से गोजार सामान्य होकर बाहर निकला तो उसने अपने तीर वापस से नीचे कर लिए और दौड़कर उसके पास पहुँचा। उसने पूछा कि क्या वह ठीक है, तो गोजार ने हाँ में सिर हिलाते हुए कहा कि बस उसे थोड़ा आराम चाहिए। वह वहीं जमीन पर हाथ–पैर फैलाकर लेट गया और बादलों के बीच से आ रही थोड़ी–थोड़ी रोशनी को निहारने लगा। सूरज की रोशनी उसके शरीर को सहला रही थी और हवाएँ उसे गीत सुना रही थीं। उसके शरीर की सारी लकीरें फिर से काली पड़ रही थीं और अचानक से जागी हुई प्रलयकारी शक्तियाँ फिर से निद्रा में जा रही थीं। परमअग्नि ने खुद को शांत करके उसे कुछ क्षणों का विराम दे दिया। पूरी तरह से सामान्य होने के बाद भी काफी समय तक वह वहीं पड़ा रहा और थोरान उसके किनारे बैठा उसे ताकता रहा। जब धूल पूरी तरह से हट गई, आसपास की चीजें कुछ हद तक साफ नजर आने लगीं, तब थोरान ने उठकर उससे चलने को कहा। वह उठने की कोशिश कर रहा था पंरतु उसका शरीर अभी भी बहुत कमजोर था, इसलिए थोरान ने सहारा देकर

उसे उठाया, वह धीरे–धीरे चलने की कोशिश करने लगा। चलते समय उसे एहसास हुआ कि कोई पीछे से उनपर नज़र रखे हुए है। जब उसने पीछे मुड़कर देखा तो दूर एक बड़ी चट्टान के पीछे झिलमिलाती–सी सफेद आभा दिखी, जो उसके मुड़ते ही गायब हो गई। कोहरा होने के कारण वह और भी धुंधली दिख रही थी। उसे यूँ पीछे देखते पाकर थोरान ने उससे पूछ ही लिया कि वह पीछे मुड़कर क्या देख रहा है। उसने जवाब में कहा कि कुछ नहीं, बस ऐसे ही उसे कुछ याद आ गया था।

"क्या?", थोरान ने फिर से सवाल किया। उसने उत्तर दिया – "शायद अब हमें चलना चाहिए। शेर्काषि काफी समय से हमारा इंतजार कर रही है, परेशान हो गई होगी।" आगे उसने एक भी शब्द नहीं कहा, सिर्फ हाँ में सिर हिला दिया और उसे सहारा देकर आगे बढ़ने लगा। थोड़ा आगे जाने के बाद गोजार ने खुशी भरे अंदाज में कहा कि कोई जरूरी नहीं है, परंतु यदि वह चाहे तो गोजार को सहारा देना छोड़कर उसे उसके हाल पर छोड़ सकता है क्योंकि गोजार अब अपने बलबूते पर आगे बढ़ना चाहता था। परंतु थोरान ने साफ इंकार कर दिया और सलाह दी कि उसे अभी अपने बलबूते पर नहीं चलना चाहिए, खासकर तब तक, जब तक उसकी पूरी ऊर्जा वापस नहीं आ जाती। गोजार ने उसकी बात मान ली और सहारे के साथ आगे बढ़ने लगा। जब वे शेर्काषि के पास पहुँचे तो वह दोनों को सही–सलातम पाकर बहुत खुश हुई। वह धीरे–धीरे गोजार के पास आयी और उसके गले से लग गई। गोजार ने अश्वासन दिया कि वह पूरी तरह से ठीक है और उन्हें अब आगे का सफर शुरु करना चाहिए क्योंकि उनके पास समय बहुत कम है वापस लौटने के लिए। वह बोला कि बहुभुज ने उन्हें लगभग 30 दिन का समय दिया था चक्षुपर्वत पहुँचने के लिए, परंतु यहाँ तो पहले से ही 50 दिन से भी ज्यादा समय हो चुका है। थोरान ने सारा सामान लाद लिया, शेर्काषि और गोजार एक–दूसरे को सहारा देकर आगे बढ़ने लगे। अब तक गोजार लगभग पूरी तरह से ठीक हो चुका था परंतु

कहींनकहीं थोड़ी कमजोरी उसमें अब भी बाकी थी। घाटी से निकलने के बाद तीनों ने एक सुरक्षित जगह देखकर अपनी रात बिताई और थोरान के द्वारा किये गये शिकार से अपना पेट भरा।

अध्याय-६

अगली सुबह वे फिर चल पड़े अंजान खतरों से भरे उन ऊबड़–खाबड़ रास्तों पर। रात के समय ठीक से नींद लेने की वजह से गोजार को काफी अच्छा महसूस हो रहा था तथा उसकी कमजोरी पूरी तरह से गायब हो गई थी, परंतु शेर्काषि की चोटें अभी तक पूरी तरह से ठीक नहीं हुई थीं, उसे ठीक करने के लिए उसे ज्यादासेज्यादा खाना चाहिए था। थोड़ा और आगे निकल आने पर गोजार ने भोजन की चाह में आसपास नजरें दौड़ाई, पंरतु सामने किसी जंतु की तो छोड़ो, किसी पेड़–पौधे होने के भी आसार नजर नहीं आ रहे थे। यह देख गोजार को बहुत निराशा हुई। एकाएक उसे कहीं से पानी की आवाजें आती सुनाई दी, उसने सोचा कि जहाँ जल है वहाँ भोजन भी अवश्य ही होना चाहिए। इसी आस में वह उन दोनों को लेकर आवाज की दिशा में बढ़ने लगा।

थोड़ी दूर जाने पर उसे सामने से एक नदी बहती दिखी। पानी देखकर गोजार की प्यास बढ़ गई और वह उसे पीने के लिए लपका। थोरान ने उसे यह कहकर रोक दिया कि शायद यह नदी जहरीली है या यह कोई छलावा भी हो सकता है। पता लगाने के लिए उसने कुछ तीर नदी में छोड़े, परन्तु उससे नदी में कोई हलचल नहीं हुई। उसने पास जाकर पानी को ध्यान से देखा और उसे अपने हाथ में उठा लिया। नदी का पानी देखने में काफी साफसुथरा था और उसमें जीव भी थे, उसे यह यकीन हो गया कि यहाँ कोई खतरा नहीं है, वे इस पानी का इस्तेमाल पीने के लिए कर सकते हैं। सबने पानी से अपनी प्यास बुझाई और जलीय जीवों से अपने पेट की आग को शांत किया, खासकर शेर्काषि ने क्योंकि उसे ज्यादा मात्रा में ऊर्जा चाहिए थी अपनी चोटों को ठीक करने के लिए। पेट पूजा करने के बाद तीनों ने बिना विराम लिए अपनी राह पकड़ी।

चलते–चलते वह समय भी आया जब उन्हें सामना करना था एक काल रूपी खाई का। देखने में खाई काफी गहरी थी। उसकी गहराई का अंदाजा लगा पाना लगभग नामुमकिन था क्योंकि नीचे कुछ दिखाई नहीं दे रहा था। उसे पार करने के लिए कुछ दीवारें थीं, जो एक किनारे को दूसरे किनारे से जोड़ती थीं। दिक्कत ये थी कि वे बहुत ही संकरी थीं और उनपर चल पाना बहुत कठिन। जरा सी चूक और वे तीनों सीधे खाई में होते। खाई के इस किनारे पर खड़े होकर गोजार बोला, "क्या लगता है? यह कितनी चौड़ी होगी? खाई पार कर मिलेगी?" थोरान ने आँखों से उसकी दूरी मापते हुए कहा – "पक्का तो नहीं पता, शायद दो गाँवों जितनी चौड़ी होगी और जहाँ तक बात है पार जाने की, तो मेरे खयाल से..................."

"यदि हम चाहें तो जरूर हो सकता है, इसलिए हमें कोशिश तो करनी ही चाहिए।" शेर्काषि, गोजार को बीच में ही टोककर बोल पड़ी "हाँ, हमें कोशिश तो करनी ही चाहिए''। खैर, मैं भी यही बोलने वाला था, पर तुमने बोल दिया", उसने शेर्काषि की तरफ इशारा किया। "हाँ, पर मैंने पहले कहा।" उन दोनों की बातें सुनकर गोजार बोला – "मेरे हिसाब से तुम दोनों सही कह रहे हो क्योंकि इसके आलावा हमारे पास और कोई चारा भी नहीं है"।

"हाँ, सही है", थोरान ने हाँ में हाँ मिलाई। "परन्तु आगे बढ़ने से पहले हमें कुछ तैयारियाँ कर लेनी चाहिए और फिर पूरी सावधानी के साथ आगे बढ़ना चाहिए।" कैसी तैयारियाँ?, शेर्काषि ने पूछा। तैयारियाँ... जैसे कि हमें अपने ऊपर से सामान का भार कम करना है उन चीजों को बाहर निकालकर, जिनका आजतक इस्तेमाल नहीं हुआ या जिनका इस्तेमाल किये बिना भी हमारा काम चल सकता है क्योंकि भार ज्यादा होने से हम अपना संतुलन खो सकते हैं और संतुलन खोने का मतलब तो तुम्हें अच्छे से पता है।

और यदि फिर भी संतुलन बिगड़ गया तो...?, शेर्काषि ने फिर से प्रश्न किया। गोजार उसका उत्तर देते हुए बोला – तो उसके लिए हमें दूसरा उपाय भी अपनाना होगा। हमें अपने हाथ में तलवार रखनी होगी जिनकी क्षमता पत्थरों को मक्खन की तरह चीरने की हो, ताकि अगर हम गिरें भी, तो उनके सहारे बीच में ही रुक जायें, मुझे जरा भी अंदाजा नहीं है कि यदि कोई नीचे चला गया तो मेरे पंख कितने काम आयेंगे। उन दोनों ने उसकी बात गौर से सुनी, फिर कहे अनुसार काम करने में लग गये। पूरी तैयारी होने पर तीनों एक के बाद एक, सावधानी से उस पत्थर की दीवार पर चलने लगे। चलते समय उन्हें कंपन महसूस हो रही थी, मानो कोई उसे नीचे से हिला रहा हो या फिर उसपर कुछ मार रहा हो। कंपन की वजह से उन तीनों की धड़कनें बढ़ रही थीं, उन्हें ऐसा लग रहा था कि अभी वे नीचे गिर पड़ेंगे। कुछ समय पश्चात् वे सभी दीवार के बीचोबीच खड़े थे। समय के साथ खाई में कोहरा बढ़ गया था जिस वजह से किनारों को सही से देख पाना लगभग नामुकिन था। शेर्काषि नीचे झाँकती हुई बोली, शायद मुझे ज्यादा बहादुरी नहीं दिखानी चाहिए थी, अब देखो।

क्या !, थोरान ने पूछा। वह उत्तर देते हुए बोली – ये... कि हम एक अनन्त गहराई वाली खाई के बीचोबीच खड़े हैं, वह भी एक दीवार पर, जो कि सच में एक दीवार भी नहीं है बल्कि पत्थर के कुछ टुकड़े हैं, हम न इधर के रहे और न ही उधर के। परंतु हम पीछे भी तो नहीं लौट सकते थे, इसके अलावा हमारे पास और कोई दूसरा रास्ता नहीं था।

तुमने ध्यान नहीं दिया

क्या?

तुम हमें उड़ाकर भी तो उस पार ले जा सकते थे, तो ये खतरा क्यों? पहली बात, कि उस अग्निदेव से लड़ने के बाद मुझे नहीं पता कि मैं कुछ दिनों तक अपने पंख सही से इस्तेमाल कर पाऊँगा भी या नहीं और तुम बात कर रही हो कि मैं तुम दोनों

का भार उठाकर उस पार ले जाऊँ, वो भी इतनी दूरी उड़कर! ये मेरे लिए नामुमकिन है, खासकर अभी के लिए।

तो क्या..............................

और दूसरी बात ...., गोजार ने उसे बीच में ही रोक दिया और बोला – दूसरी बात यह है, कि हम सब के सब इस जगह से पूरी तरह अंजान हैं, हमें नहीं पता कि उस पार कौन है और क्या वह खतरनाक है क्या पता शायद पहले से ही वहाँ कोई शिकार के इंतजार में बैठा हो। इसलिए मैं तुम दोनों में से किसी एक को उस पार अकेला छोड़कर खतरा मोल नहीं ले सकता था।श

परंतु मेरे कहने का मतलब यह नहीं था....... बात करते–करते शेर्काषि ने अपना ध्यान खो दिया, इससे पहले कि किसी को भनक भी लगती, उसका पैर फिसला और वह नीचे गिरने लगी, उसके मुँह से एक जोर की चीख निकली। यह सब इतना जल्दी हुआ कि थोरान और गोजार आवाक खड़े देखते रह गये। उन्हें समझ में ही नहीं आ रहा था कि क्या करें। गोजार अपने पंखों को बाहर निकालने की कोशिश कर ही रहा था कि एक बढ़ता हुआ हाथ शेर्काषि को पकड़कर ऊपर ले आया और उसे सही सलामत वापस दीवार पर खड़ा कर दिया। यह हाथ एक लड़की का था जो रंग में पूरी तरह से लाल थी। उसके सिर पर भी गोजार की तरह दो सींगें थीं और पीठ पर पंख भी थे। उन्हीं पंखों के सहारे वह उड़कर इधर–ऊधर गोते खा रही थी। उसके कपड़े देखने में थोड़े अजीब थे, उसने गले और हाथों में मोटे–मोटे सुनहरे कड़े पहन रखे थे और कमर में एक विचित्र, लाल तलवार थी। उसे देखकर वे तीनों डर गये। उन्होंने अपनी–अपनी तलवारें निकालकर उसकी तरफ कर दी।

गोजार ने सोचा कि यह जरूर इस खाई की रखवाली या इसी से जुड़ी कोई दैत्य होगी, जो उन्हें मारने आयी होगी। उसने उसकी तरफ तलवार बढ़ाकर कहा – कौन हो तुम और तुम्हें हमसे क्या चाहिए ? वह लड़की उसके इस प्रश्न पर कुछ नहीं

बोली, बस मुस्कुराते हुए उड़ती रही। इससे उनका डर और बढ़ गया। थोरान ने आगे बढ़कर पूछा – क्या तुम हमें मारने आयी हो उस लड़की ने इसका जवाब देते हुए कहा – नहीं! मैं ऐसा क्यों करूँगी भला? परन्तु हम तुम्हारा विश्वास क्यों करें? शेर्काषि ने कहा तो उसने उत्तर दिया – यह तुम्हारी मर्जी है कि विश्वास करो, न करो। परन्तु, यदि मेरा मकसद तुम लोगों को मारना या नुकसान पहुँचाना ही होता, तो तुम्हें बचाया ही न होता, उसके बदले इन दोनों पर हमला कर देती। गोजार को यह बात बिल्कुल सही लगी, उसने पूछा – तो फिर तुम्हारा यहाँ होने का मकसद क्या है इसी बीच शेर्काषि ने दूसरा प्रश्न भी कर दिया–"तुमने मुझे बचाया क्यों?" उस लड़की ने एक नजर उनकी तरफ ध्यान से देखा और तलवार की तरफ हाथ बढ़ाते हुए बोली – "तुमलोग हमेशा इतने ही सवाल सबसे पूछते हो क्या?" उसकी इस प्रतिक्रिया पर गोजार ने तलवार की नोक उसकी तरफ बढ़ाकर कहा–"ऐसा करने की सोचना भी मत"। "कैसा?", उस लड़की ने पूछा। "मेरा मतलब कि अपनी तलवार को निकालकर हमपर हमला करने के बारे में सोचना भी मत।" गोजार के इस कथन पर वह बोली "मैं नहीं सोच रही हूँ "।

"तो फिर तलवार की तरफ हाथ क्यों बढ़ाया?", शेर्काषि ने पूछा। "क्योंकि वह ढीली हो गई थी और मैं उसे सही कर रही थी।" "अच्छा!", शेर्काषि ने आँख ऊँची–नीची करते हुए कहा। "चलो भी! तुमलोग मुझ पर विश्वास कर सकते हो। मैं तुम लोगों का कोई अहित नहीं करूँगी।"

"और हम ऐसा क्यों करें, जरा एक कारण तो बताओ", गोजार ने कहा। उत्तर देते हुए वह लड़की बोली, "क्योंकि मैंने अभी–अभी तुम्हारी दोस्त की जान बचाई है। मेरे हिसाब से यह कारण तुम्हारे लिए काफी होना चाहिए "। गोजार ने हाँ में सिर हिलाते हुए कहा, "ठीक है! अपने यहाँ आने का कारण बताओ"।

"मुझे तुम लोगों के साथ चलना है।"

"क्यों?" गोजार ने पूछा।

"क्योंकि मुझे तुममें कुछ अलग नजर आ रहा है और दूसरी चीज कि मुझे पता लगाना है कि मंगोसो कबीले का सच क्या है?"

"परन्तु हम तो तुम्हें जानते तक नहीं", शेर्काषि ने कहा। "तो जान जाओगी", उसने मुस्कुराते हुए उत्तर दिया।

"ठीक है! फिर तुम चल सकती हो। परन्तु तुम्हें रास्ते में हमारी मदद भी करनी होगी", थोरान बोला। "मंजूर है!" इतना कहने के बाद वह धीरे से गोजार के पास आई और उसके कान के पास जाकर बोली "उसे अपने आप पर हावी मत होने दो"। गोजार ने आश्चर्य से पूछा "किसे?" परन्तु उसने उसके इस प्रश्न का कोई उत्तर नहीं दिया और हवा में बलखाते हुए दूसरे किनारे की तरफ बढ़ने लगी। गोजार ने उन दोनों से भी आगे बढ़ने का इशारा किया। वे तीनों भी धीरे–धीरे दूसरे किनारे की तरफ बढ़ने लगे। रास्ते भर में वह लड़की उनसे प्रश्न पूछ–पूछ कर उन्हें परेशान कर रही थी, जैसे कि गोजार को शक्तियाँ कैसे मिलीं? वे तीनों कहाँ के रहने वाले हैं? तीनों एकदूसरे से कैसे मिले? अब तक का उनका सफर रोमांचक था या नहीं, आदि। गोजार ने उससे नाराज होकर कहा कि वह अपना मुँह बंद रखे जब तक वे सभी खाई पार नहीं कर जाते।

लड़की ने मुँह बिचकाकर सीधे उड़ना शुरु कर दिया बिना एक भी शब्द बोले। कुछ समय पश्चात् वे तीनों खाई के उस पार थे। उस पार का इलाका थोड़ा अजीब था, कोई पेड़–पौधे नहीं थे, यहाँ तक कि जमीन पर घास तक नहीं थी। परन्तु चट्टानें किसी आम पहाड़ से भी ज्यादा बड़ी थीं जिनके सामने वे सभी चीटीं से भी छोटे नजर आ रहे थे। मिट्टी का रंग लाल था और मौसम काफी सूखा तथा गरम। यह देखकर उन्हें ऐसा लग रहा था मानो कि किसी मरुस्थल में आ गये हों, परन्तु वहाँ न तो बालू थी और न ही बालू के टीले, चारों तरफ दिखाई दे रही थी तो सिर्फ बड़ी और लाल चट्टानें। गोजार अपने चारों ओर नजर दौड़ाते हुए बोला – "अब हम कहाँ आ गये? यहाँ तो हरियाली

का नामोनिशान भी नहीं है।" उधर से वह लड़की उड़ती हुई आई और उन सबसे बोली – "स्वागत है तुम सबका धरती की लाल बाग, यानि ऊष्ण घाटी में!" "क्या? ऊष्ण घाटी!", थोरान ने आश्चर्य से पूछा। इसी बीच गोजार बोल पड़ा, "ये उसड़ ऊष्ण या जो भी घाटी है, मुझे ऐसा क्यों लग रहा है कि हम भूख से ही मरने वाले हैं।" "क्या हम सच में मरने वाले हैं?", शेर्काषि ने परेशान होते हुए पूछा। "नहीं, हमें कुछ नहीं होगा। परेशान मत हो", वह लड़की बोली। बीच में ही गोजार बोल पड़ा, "तुम्हें कैसे पता?" लड़की ने उसे बीच में ही चुप करा दिया और बोली, "अभी मेरी मेरी बात पूरी नहीं हुई। एक बात बताओ, क्या तुम्हें सच में ऊष्ण बोलने में तकलीफ हो रही है या तुम सिर्फ दिखावा कर रहे हो?"

"नहीं, मुझे कोई तकलीफ नहीं हो रही है।"

"तो तुम दिखावा कर रहे हो?"

" मैंने ये तो नहीं कहा!"

"तो तुम्हें बोलना ही नहीं आता।"

"आता है!"

"तो बोल कर दिखाओ!"

"क्या?"

"वही!"

"वही क्या?"

"अच्छा, मेरे साथ बोलो – ऊष्ण!"

"उसड़"

"फिर से बोलो और इस बार जरा ध्यान से... ऊष्ण!"

"ऊष्ण! "

"बढ़िया, एक बार फिर से!"

"ऊस.... अरे छोड़ो! ये बेमतलब का है। क्या फर्क पड़ता है।"

"क्यों फर्क नहीं पड़ता?"

"अच्छा छोड़ो, जाने दो। तुम ये बताओ कि तुम्हें कैसे पता कि हम भूखे नहीं मरने वालेहैं? और... क्या कृपा करके तुम आसमान से जमीन पर उतरोगी?"

"मैं जानती हूँ कि हमें खाना मिल जायेगा।"

"क्यों? तुम कोई जादूगर हो, जो अपने जादू से खाना बना दोगी?"

"नहीं! पर मैं यहाँ रहती हूँ, इसलिए!"

"इस बंजर में?", थोरान ने पूछा। "हाँ, यहाँ थोड़ी दूर पर। हम उसे बंजर नहीं कह सकते, वह पूरा का पूरा गाँव है।"

"कितनी दूरी पर?", गोजार ने प्रश्न किया।

"यही, कोई दो दिन की दूरी पर।"

"यह थोड़ी दूरी है?"

"हाँ! क्योंकि यहाँ उससे नजदीक और कुछ नहीं है।" उसकी बात सुन शेर्काषि बोली – "तब तक तो हम सिकुड़ जायेंगे मारे भूख के।" थोरान ने थोड़ा पास आकर पूछा, "तुमने बाकी सारा विवरण तो दे डाला, परन्तु अपना नाम अभी तक नहीं बताया.... तो तुम्हारा नाम क्या है?"

"वो क्या होता है? मैंने आज पहली बार यह चीज सुनी है।" " मेरा मतलब है कि तुम्हें क्या कहकर पूकारते हैं?", थोरान ने पूछा।

"यह अभी–अभी जमीन खोदकर निकली है क्या, जो इसे ये तक नहीं पता कि नाम किसे कहते हैं", थोरान ने गोजार से फुसफुसाते हुए कहा। "अच्छा तो तुम्हारा मतलब है – उपाधि!"

"हाँ, वही! उपाधि!" कहकर वे दोनो हँसने लगे। शेर्काषि खड़ी यह सब पागलपन देख रही थी। वह लड़की बोली–"मेरी उपाधि है – यदिशा! मेरे गाँव में सब लोग मुझे इसी उपाधि से पुकारते हैं।" "अच्छा नाम है! मेरा मतलब अच्छी उपाधि है!", थोरान धीरे–धीरे उसकी तरफ बढ़ते हुए बोला। वह भी उसे देखकर मुस्कुराने लगी। दोनों एकदूसरे को देखते–देखते खो से गये। उन्हें ऐसी स्थिति में देखकर शेर्काषि ने गोजार की तरफ इशारा करके उसे संभालने को कहा। गोजार ने बिना देरी किये यदिशा को पुकार कर कहा कि क्या वह अब नीचे आने की कृपा करेगी। उसके ऐसा पूछने पर यदिशा का ध्यान टूट गया और वह धीरे से नीचे उतर आयी। उसके नीचे आने पर शेर्काषि ने उससे पूछा कि क्या उसका गाँव उनके रास्ते की दिशा में ही है? उसने हाँ में जवाब दिया। चारों एक ही दिशा में भूखे–प्यासे आगे बढ़ने लगे। लगभग दो दिनों तक चलने के बाद वे सभी उस गाँव तक पहुँच गये जिसकी बात यदिशा कर रही थी। देखने से लग रहा था कि उस गाँव में सालों से कोई नहीं आया था। वह पूरी तरह से जर्जर हो चुका था, नजर आ रहे थे तो सिर्फ टूटेफूटे मकान और कुछ पुरानी सड़कों के अवशेष। गाँव की ऐसी हालत देखकर शेर्काषि बोली–"लगता है हम किसी गलत जगह आ गये हैं।"

"नही हम ''सही जगह हैं", यदिशा बोल पड़ी। ''नहीं, हम नही हैं। क्या तुम्हें दिखता नहीं कि ये जगह बंजर हो चुकी है?", गोजार ने उसकी बात को गलत साबित करते हुए कहा। "हाँ, परन्तु बाहर से जैसा दिख रहा है, वैसा नहीं है। तुमलोग एक बार अंदर तो चलो!" उसने समझाने की कोशिश की, तो शेर्काषि फिर से बोल पड़ी– अच्छा, एक बात बताओ! तुम कितने दिनों से यहाँ वापस नहीं आयी हो? सकता है इसी बीच कोई आपदा घटित हुई हो!

नहीं! ऐसा कुछ नहीं है उसने उत्तर दिया। उन सबकी बात सुनकर थोरान ने भी उन्हें समझाने की कोशिश की – हमें एक बार अंदर चलकर देखना चाहिए, शायद अंदर से यह गाँव वैसा

ही हो जैसा ये हमें बता रही है! शेर्काषि उसे पकड़कर एकांत में ले गयी और उसके कानों में फुसफुसाकर बोली – यह लड़की अभी हमें सिर्फ दो दिन पहले मिली है। हगें यह तक तीक से नहीं पता कि यह असलियत में कौन है या इसका स्वभाव कैसा है। क्या पता कि वह गाँव एक जाल हो बाकी खतरों की तरह, जो अभी तक हमारे साथ घटित हुए हैं और यह भी हमें फँसाने की कोशिश कर रही हो!

परंतु उसने तुम्हारी जान बचाई है, थोरान ने दुविधा जताई। शेर्काषि ने उत्तर दिया, हमारे पास आने की यह एक चाल भी हो सकती है।

पता नहीं। शायद! – उसने कहा। शेर्काषि उसे सावधान करते हुए आगे बोली – सोचो ज़रा! क्या होगा, अगर यह भी उन्हीं खतरो की तरह निकली जो अब तक हम पर बीते हैं? यह सब देखकर यदिशा साफ समझ गई कि उसे अभी तक शक के दायरे में रखा गया है। उसे यह जानकर बहुत दुख हो रहा था कि वह उनकी मदद करने की कोशिश कर रही है और वे उसपर ही शक कर रहे हैं। यह जानने के बाद भी वह उनके सामने खड़ी मुस्कुराती रही। शेर्काषि और थोरान के दुबारा वापस आने पर वह मुस्कुराते हुए बोली, कोई बात नहीं! यदि तुमलोग अंदर नहीं जाना चाहते हो, तो यहीं रुको। मैं अंदर जाकर सबके लिए खाना ले आती हूँ और कुछ जरूरी सामान भी ले आऊँगी जो रास्ते में काम आ सकते हैं। उसके बाद हम आगे बढ़ेंगे। इतना कहने के बाद वह अंदर जाने लगी। थोरान को यह देखकर थोड़ा बुरा लग रहा था। उससे रहा न गया, उसने आगे बढ़कर यदिशा से कहा – रुको, मैं भी तुम्हारे साथ चलूँगा

वह रुक गई और थोरान उसके साथ चल दिया। प्रवेश द्वार पार करने के बाद वे दोनों गायब हो गये। यह देखकर गोजार को अचंभा हुआ और उसे अपना पहली बार इस छुपी हुई दुनिया में प्रवेश करना ध्यान हो आया। वह शेर्काषि से कुछ कहने जा ही रहा था कि तभी थोरान प्रवेश द्वारा से भागा–भागा बाहर निकला

और जल्दी में उनसे बोला कि उन्हें भी अंदर चलकर देखना चाहिए। अंदर पहुँचकर वे दोनों दंग रह गये। गाँव बाहरी नज़ारे के मुकाबले एकदम अलग था। चारों तरफ हरियाली, खेत और लोग नजर आ रहे थे। घर दिखने में बाहर जैसे ही थे, बस टूटे–फूटे नहीं थे। अंदर का दृश्य बहुत ही मनोराम था और इसमें चार चाँद लगा रहे थे वहाँ उपस्थित पानी के स्रोत, जो जमीन से फव्वारों की तरह निकलकर एक छोटी सी नदी में बदल जा रहे थे। गाँव के अंदर की मिट्टी बिलकुल भी लाल नहीं थी। शेर्काषि को अब अपने किये पर पछतावा हो रहा था। वह शार्मिदा तो हुई, पंरतु कुछ बोली नहीं। गाँव में रह रहे सारे लोगो का रंग लाल और सिर पर दो सींगें थीं, ऐसा लग रहा था कि वे एक अलग प्रजाति के दैत्य हैं, ऐसे दैत्य जो उन्होंने आज तक सपनो में भी नहीं सोचा था। वे सब यहाँ छुपकर इस गाँव में रह रहे थे।

उस गाँव में प्रवेश करते समय उन तीनों ने एक चीज और देखी कि उनके सामने से गुजरने वाला हर शख्स उन्हें तो अजीब नजरों से देख ही रहा था, साथ ही यदिशा के सामने सिर भी झुका रहा था। गोजार को यह देखकर थोड़ा अजीब लग रहा था। उसने यदिशा से पूछा, क्या तुम इनकी रानी हो? क्योंकि ऐसा सम्मान किसी राजा या रानी का ही किया जाता है। उसने उत्तर दिया, नहीं, मैं रानी तो नहीं हूँ, पर रानी की पोती जरूर हूँ। शेर्काषि, जो अब तक पीछे चल रही थी, दौड़कर उसके पास आयी और बोली, मुझे लगा कि तुम अपनी प्रजाति की अकेली हो, पंरतु यहाँ तो पूरा का पूरा गाँव है।

हाँ, हमारा गाँव हजारों सालों से इसी तरह फलफूल रहा है। कहा जाता है कि हम अग्नि के वंशज हैं और अपनी तरह की एकमात्र प्रजाति, जो उड़ने और जादुई लड़ाइयों में सक्षम हैं, यदिशा ने उत्तर दिया। शेर्काषि ने फिर से प्रश्न किया– तुम लोग छुपी जगह में क्यों रहते हो?

क्योंकि हमें बाहरी दुनिया से कोई मतलब नहीं है। जो भी हमारे पास है, हम उसी से खुश हैं। हमें और ज्यादा नहीं चाहिए।

ये अंदर–बाहर का नजारा एक–दूसरे से इतना अलग क्यों है?श

इसका कारण है गाँव के चारों तरफ फैली जादुई परत, जो हमें बाहर के वातावरण और खतरे दोनों से बचाती है। बाहर से देखने पर लगता है कि यह गाँव एक बंजर है, इसलिए कोई आने की सोचता तक नहीं। वे सब बातें करते हुए आगे बढ़ ही रहे थे कि तभी उन्हें एक बूढ़ी औरत सामने से आती दिखी, उसके साथ कई और सैनिक भी थे जो उसके पीछे–पीछे हथियारों से लैस चले आ रहे थे। उनके पास आ जाने पर यदिशा दौड़कर उस औरत के गले से जा लगी। वे दोनों इस प्रकार से गले लग रही थीं, मानो हजारों साल बाद एक–दूसरे से मिल रही हों। वह औरत कोई और नहीं, उस गाँव की मुखिया थी और यदिशा की दादी माँ। यदिशा ने उन सबका अपनी दादी माँ से परिचय करवाया, उन तीनों ने भी अपना नाम बताकर अपना परिचय दिया। वे चारों दो–तीन दिन लगातार चलकर पूरी तरह थक चुके थे और भूख भी अपने चरम पर थी। वह बूढ़ी औरत उन्हें अपने साथ ले गई, आराम करने के लिए एक उचित स्थान दिया तथा दावत देकर सबकी भूख भी मिटाई। शाम के समय नृत्य का आयोजन किया गया। सब लोग एक घेरे में बैठ गये, बीच में आग जलाई गई और अग्नि को प्रणाम करके नर्तिकाओं ने आग के चारों ओर नाचना शुरु किया।

वे चारों भी रानी के पास बैठे नृत्य का आनंद उठा रहे थे। नृत्य का ऐसा दृश्य गोजार ने पहले कभी नहीं देखा था, वह तो बस जैसे खोया हुआ था। फिर उसने सोचा कि क्यों न रानी से थोड़ी बातचीत करके नजदीकियाँ बढ़ाई जाये। उसने उनसे कहा नृत्य बहुत ही सुंदर है। मैंने आज तक ऐसा दृश्य पहले कभी नहीं देखा''। बूढ़ी औरत ने उसकी तरफ देखा और फिर मुस्कुरा कर अपना सर हिलाया। उसने फिर से कहा यहाँ हमेशा ऐसा ही होता है? उस औरत ने जवाब में हाँ कहा और मुस्कराकर नृत्य देखने का इशारा किया। गोजार चुप हो गया और नृत्य देखने

लगा। उसने सोचा कि शायद नृत्य देखते समय उन्हें बात करना पसंद न हो। थोड़ी देर बाद वह औरत बोली ऐसा बहुत कम होता है, जब कोई बाहरी हमसे मिलने आता है और उसे हमारी चीजें पसंद आती हैं"। उसकी इस बात पर गोजार को समझ में नहीं आ रहा था कि वह क्या कहे, उसके पास कहने के लिए शब्द ही नहीं थे।

वह देखकर मुस्करा दिया और फिर शेर्काषि की तरफ देखने लगा। दोनों ने एक–दूसरे के हाथ पकड़ लिए और नृत्य का आनन्द लेने लगे। इसी बीच यदिशा ने थोरान का हाथ पकड़ा और उसे साथ चलने को कहा, परंतु थोरान इतना अच्छा नृत्य छोड़कर जाना नहीं चाहता था। यदिशा उसे खींचकर अपने साथ ले गई। वहाँ से बाहर निकलने के बाद उसने पूछा कि वह उसे बाहर क्यों खींच लाई है, तो उसने उत्तर दिया कि वह उसे कुछ दिखाना चाहती है, इसलिए। थोरान ने पूछा, अभी, इतनी रात में क्या दिखाना चाहती हो? उसने उत्तर दिया तुम चलो तो सही! वे दोनों चलते गये, काफी दूर चलने के बाद वे एक छोटीसी नदी के पास पहुँचे। नदी पर एक पुल था और पुल के उस पार एक बड़े से पेड़ के नीचे एक छोटी सी झोपड़ी थी, जिससे हल्की–हल्की रोशनी निकलकर बाहर आ रही थी। तो यह है वो, जो तुम मुझे दिखाना चाहती थी?श, थोरान ने भँवे तरेर कर पूछा। यदिशा ने उत्तर दिया, नहीं! इसके अंदर जो है, वह! मैं भी काफी समय से उससे मिलने के इंतजार में थी। वे दोनों पुल पार करके उस झोपड़ी के अंदर पहुँचे, अंदर एक बूढ़ा दैत्य पड़ा था जो अपनी अंतिम साँसे गिन रहा था। उन्हें देखकर वह बुजुर्ग बोला तुमने आने में बहुत ही देर कर दी, सालों बीत गये तुम्हारे इंतजार में। इतना कहकर वह थोड़ा मुस्कराया और खाँसकर फिर से बोला – मैंने तो आशा ही छोड़ दी थी कि तुमसे दुबारा कभी मिल भी पाऊँगा। यदिशा चुपचाप आवाक खड़ी थी, उसकी आँखों से आँसुओं की मोटी धारा बह रही थी, लग रहा था कि कुछ ऐसा घटित हो गया हो जिसकी उसको आशा भी नहीं थी। उसने आगे बढ़कर बुजुर्ग को अपने गले से लगा लिया और रोते हुए

बोली, "मैं भी मिलने को बेचैन थी परन्तु क्या करती, मजबूर थी।" थोरान को यह सब थोड़ा अजीब लग रहा था, लेकिन उसे यह समय कुछ भी कहने के लिए ठीक नहीं लगा, इसलिए वह चुपचाप खड़ा रहा।

यदिशा ने उसका हाथ अपने हाथ में पकड़ लिया और प्यार से सहलाते हुए कहा, "मैंने अगर तुम्हारी बात मानी होती, तो आज हम साथ होते। उस गलती का पछतावा मुझे अभी भी है और हमेशा रहेगा"। यह कहते हुए उसने उसके आँसू पोंछे और उसे अपने सीने से लगा लिया। यदिशा उससे चिपककर किसी बच्चे को तरह सिसकने लगी। थोरान से यह सब देखा न गया, वह दुखी मन से बाहर चला गया, वहाँ खड़े होकर वह उस पेड़ को ऊपर की तरफ देखने लगा।

बूढ़े ने प्यार से उसके सिर पर हाथ फेरा और उसे चुप कराते हुए कहा, "कोई बात नहीं, मुझे खुशी है कि तुमने अपना वादा पूरा किया और मेरे अंत से पहले लौट आयी। बेशक मैं जिदंगी तुम्हारे साथ नहीं जी पाया पर अब कमसेकम तुम्हारी गोद में अंतिम साँस तो ले सकता हूँ"। उसकी बात सुनकर वह और जोर से सिसकने लगी, उसकी अश्रु धारा और मोटी हो गई, वह बोली – "परन्तु मैं अभी तुम्हें खोने के लिए तैयार नहीं हूँ। पता नहीं जादू का असर तुमपर क्यों नहीं हुआ, देखना मैं तुम्हें फिर से पहले जैसा करने का कोईनकोई रास्ता जरूर निकाल लूँगी। बस तुम थोड़ा इंतजार कर लो।" बूढ़े ने उसे प्यार की झपकी दी और कहा, "उसकी कोई जरूरत नहीं है। मैं अपनी जिदंगी जी चुका हूँ, वो भी एक मकसद के साथ। अब मुझे शरीर त्यागने में कोई तकलीफ नहीं है क्योंकि मेरा मकसद पूरा हो चुका है, जो कि तुम हो"। "नहीं, मत जाओ! रुक जाओ मेरे लिए।" उसने बुजुर्ग को अपनी बाँहों में भर लिया। वह बुजुर्ग उसे सहलाते हुए बोला, "मैं छः हजार साल जीने के लिए इस प्रकृति से ऊर्जा खींचता रहा हूँ ताकि तुमसे मिल सँकू , लेकिन अब मुझमें और शक्तियाँ नहीं बचीं कि जीने के लिए ऊर्जा खींच सकूँ। इसलिए अबतक

जो लिया है, उसे वापस करने का समय आ चुका है... तो अलविदा!" यदिशा एक शब्द भी आगे नहीं बोल पाई, बस सिसकती रही। उसकी सिसकियों की आवाज से पूरी झोपड़ी गूंज रही थी। बुजुर्ग ने उसका चेहरा ऊपर उठाया और उसके माथे से अपना माथा सटाकर बोला, "तुम्हें वो दिन याद है, जब हम गाँव के बाहर के टीलों पर बैठे शाम का लुत्फ उठा रहे थे और बातों–बातों में तुमने कहा था कि तुम एक दिन इस गाँव से बाहर निकलकर अपनी मंजिल की तलाश करोगी?" यह सुनकर वह रोते–रोते थोड़ा मुस्कुराई और बोली – "हाँ! याद है।" इसपर वह बुजुर्ग बोला–"तो अब तुम्हारे पास मौका और आजादी दोनों हैं, तुम जो चाहो वो कर सकती हो। बस याद रखना कि रास्ते हमें वहीं ले जाते हैं, जहाँ हम जाना चाहते हैं"।

ये बुजर्ग के आखरी शब्द थे। इन्हें बोलने के साथ ही उसका शरीर आग की छोटी–छोटी चिंगारियों में बदलकर बिखरने लगा। ये चिंगारियाँ हर तरफ प्रकाश बिखेरती हूई हवा में उड़ने लगीं। देखते ही देखते वह बुजुर्ग पूरी तरह गायब हो गया, बची थी तो सिर्फ चिंगारियाँ जो यदिशा के आस–पास मंडरा रही थीं। वह इन चिंगारियो को ही देखकर जोर–जोर से सिसकियाँ लेते हुए रोने लगी। धीरे–धीरे चिंगारियाँ झोपड़ी से बाहर निकलकर खुले आसमान में फैलने लगीं। थोरान ने जब उन्हें उड़ते देखा तो बस खड़ा रह गया। उन्हें आसमान में यूँ उड़ते देख उसकी समझ में आ गया था कि अब वह बुजुर्ग इस दुनिया में नहीं रहा। यह सोचकर उसकी आँखों से भी आँसू अपने आप निकलने लगे, वह भी अपने आप को रोने से न रोक सका। जिसके नीचे वह खड़ा था, वह पेड़ उन चिंगारियों से जगमगा रहा था। ये चिगारियाँ आसमान में ऊपर उठीं, तो गाँव का हर शख्स अपना काम छोड़कर आसमान की तरफ देखने लगा। नृत्य बन्द हो गया, वहाँ उपस्थित सभी लोगों ने आसमान में छायी इन रोशनियों को देखा। गोजार और शेर्काषि एकदूसरे को पकड़े अचरज से इन्हें निहारे जा रहे थे। रानी के चेहरे पर इन्हें देखकर डर की एक

लहर दिखाई पड़ रही थी, ऐसा लग रहा था जैसे उसकी कोई चोरी पकड़ी गई हो।

एकाएक सारी रोशनी विलीन हो गई और हर तरफ एक क्षण के लिए अंधेरा छा गया, फिर सब पहले जैसा हो गया। रानी ने नृत्य रुकवा दिया और सबको अपने–अपने घर जाने का आदेश दिया। गोजार को यदिशा और थोरान कहीं दिखाई नहीं दे रहे थे, वह उन्हें पुकारकर इधर–उधर खोजने लगा। रानी ने उसे रोका और कहा कि वह जानती है कि वे दोनो कहाँ हैं, इसलिए वे दोनों उसके साथ चलें। उसकी बात सुनकर वे दोनों उसके पीछे–पीछे चल पड़े।

जब बहुत देर तक यदिशा बाहर नहीं आयी तो थोरान को चिंता होने लगी, वह अंदर गया। अंदर उसने देखा कि यदिशा जमीन पर बैठी जोर–जोर से सिसकियाँ ले रही थी। वह उसके पास गया और हाथ से सहलाकर उसे उठाया। वह उठी और थोरान के सीने से लगकर रोने लगी।

थोड़ी देर बाद जब वह शांत हूई तो थोरान उसे बाहर ले आया। तब तक रानी और वे दोनों भी उनके साथ वहाँ आ पहुँचे। रानी को देखते ही यदिशा चिल्लाते हुए बोली, "यह सब आपकी वजह से हुआ है। आप अपने प्रयासों में सफल हो ही गईं, तो बताईए अब खुश हैं आप?" यह सुनकर रानी शर्मिन्दा हो गई और अपना मुँह नीचे झुका लिया। यह सब क्या हो रहा था, तीनों में से किसी को कुछ भी समझ में नहीं आ रहा था, थोरान तो पहले से ही अचरज में था। मामला बिगड़ते देखकर उसने यदिशा को रोकने की कोशिश की, परन्तु उसने सबको दूर रहने कहा। वह रोते हुए बोली, "दादी माँ आपने ऐसा क्यों किया मेरे साथ?" रानी ने दौड़कर उसे गले से लगा लिया और करुण स्वर में बाली, "ओह मेरी बच्ची, मैंने कभी ऐसा नहीं चाहा था। मैं तो बस उसे तुमसे दूर रखने की कोशिश कर रही थी। तुम्हारे माँबाबा को खोने के बाद मैं तुम्हें भी खोना नहीं चाहती थी, परन्तु उसका स्नेह तुम्हारे लिए खतरा बनता जा रहा था। यह जो भी हुआ है,

सब अंजाने में हुआ है। मुझे माफ करे दे! "यदिशा दुःख और वियोग भरी यातनाओं के सागर में गोते खाती रही और रानी उसे अपने से चिपकाए उस सागर से निकालने की कोशिश करती रही। वे तीनों भी खड़े उन्हें कबूतरों की तरह ताक रहे थे। कुछ भी उनकी समझ में नहीं आ रहा था, न तो अब तक जो हुआ और न ही जो हो रहा था। उन दोनों के साथ वे तीनों प्रश्नों के सागर में गोते खा रहे थे। अगली सुबह चारों ने जरूरी सामान के साथ वहाँ से विदा ली। यदिशा को रानी ने रोकने की बहुत कोशिश की, परन्तु उसने उनकी एक न सुनी और उन तीनों के साथ रवाना हो गई। रानी ने जाते समय उन चारों को ताबूर नाम का एक–एक जीव दिया, जो उन्हें रेगिस्तान के उस पार ले जा। ताबूर, दिखने में लगभग लकड़बग्घे जैसा था, बस उसके पैरों में पंजों की जगह खुर थे और रंग लाल था। शेर्काषि ने एक शख्स से पूछा कि वह उन्हें रास्ते में खा तो नहीं जायेगा, तो उसने बताया कि ताबूर घास खाते हैं तथा हमला नहीं करते। ताबूर का आकार घोड़ों के आकार से भी कहीं ज्यादा बड़ा था। चारों उन पर सवार होकर आगे बढ़ने लगे। गाँव से थोड़ी दूर निकल जाने पर चट्टानें खत्म हो गईं और रेगिस्तान शुरु हो गया। काफी दूर–दूर तक रेगिस्तान का कोई अंत नजर नहीं आ रहा था, इससे यह साफ पता चल रहा था कि इसे पार करने में सिर्फ एक दिन का समय तो नहीं लगने वाला था। फिर भी चारों ने बिना रुके या आराम किये सफर करने का फैसला किया। चलते–चलते रात हो गई, रात के समय गोजार और शेर्काषि ताबूर पर ही सो गये। उनके सो जाने के बाद थोरान यदिशा के थोड़ा पास आया और बोला, "वह बुजुर्ग व्यक्ति जो उस झोपड़ी में था, वह तुम्हारा कौन था?"

उसने उत्तर दिया, "एक बहुत पुराना दोस्त"। उसके चेहरे को देखकर लग रहा था कि वह अभी पूरी तरह से अपने दुखों से उबरी नहीं थी। थोरान ने उसके चेहरे को देखते हुए कहा,

''जो भी वहां हुआ, वह समझ से जरा परे था, क्या तुम उसके बारे में बात करना चाहोगी?''

यदिशा ने साफ मना करते हुए कहा, ''देखो, मुझे नहीं लगता कि अभी हमें इस बारे में बात करनी चाहि क्योंकि मैं किसी भी प्रकार से खुद को अनुकूल महसूस नहीं कर रही हूँ।''

थोरान समझ गया कि इस समय उससे किसी भी प्रकार की बात करना ठीक नहीं होगा, इसलिये वह सही मौके का इंतजार करेगा और जब सही समय आयेगा तो वह उससे इस बारे में बात जरूर करेगा। यह सोचकर उसने कहा, ''अच्छा, ठीक है! छोड़ो, जाने दो। इस बारे में हम फिर कभी बात करेंगे, जब कभी तुम्हारा मन होगा''। यदिशा उसे ध्यान से देखने लगी तो उसने अपना वाक्य बदलकर फिर से कहा, ''अच्छा ठीक है, कभी नहीं करेंगे''।

वह आसमान की तरफ तारों को निहारने लगा, यदिशा भी आगे के रास्ते की तरफ देखने लगी। आसमान पूरी तरह से साफ था और चंद्रमा चारों तरफ अपनी चांदनी बिखेर रहा था। रोशनी से रेत पूरी तरह चमचमा रही थी, जिस वजह से रेत के टीले चांदी जैसे प्रतीत हो रहे थे। गोजार और शेर्काषि गहरी नींद में थे, इसलिए थोरान ने उन्हें सहारे से टिका दिया, ताकि रात्रि में वे दोनों कहीं गिर न जायें। उनका कारवाँ समान चाल में धीरे–धीरे आगे बढ़ रहा था। तीन दिन के लंबे सफर के बाद उन्होंने आखिरकार रेगिस्तान पार कर ही लिया।

अध्याय -७

रेगिस्तान के बाद घास के मैदान और जंगल थे। मैदान में कदम रखने से पहले ही यदिशा ने कहा कि अब उन्हें ताबूरो को यहीं छोड़ देना होगा और आगे की यात्रा पैदल ही करनी होगी। उसके कहने पर उन्होंने अपने–अपने ताबूर आजाद कर दिये। छूट जाने के बाद सारे एक साथ वापस लौट गये और वे चारों मैदान में आगे बढ़ने लगे। घास जरूरत से कुछ ज्यादा ही लम्बे थे, इसलिए उन्हें सामान लेकर चलने में थोड़ी तकलीफ हो रही थी। यदिशा सबका सामान अपने हाथों में लेकर उड़ चली और रास्ता बताने लगी। वे तीनों उसके पीछे–पीछे घास को हटाते हुए चलने लगे। कुछ ही समय पश्चात् वे सभी मैदान के बाहर थे।

बाहर आते–आते जंगल का घनाव बढ़ गया था और जमीन पथरीली हो गई थी। चारों धीरे–धीरे आगे बढ़ने लगे। पेड़ कंटीले थे, इसलिए वे उनसे बचबचकर आगे बढ़ रहे थे। कुछ समय पश्चात् वे जंगल के उस हिस्से में पहुँचे, जहाँ से गहरी घाटियाँ शुरु होती थीं। उनके आगे का रास्ता खत्म हो गया, सामने थी तो सिर्फ गहरी खाई। नीचे उतरकर आगे बढ़ने के अलावा उनके पास और कोई चारा नहीं था। वे चारों सावधानी के साथ नीचे उतरने लगे। जहां रास्ते नहीं मिल रहे थे, वहां वे पंखों का सहारा ले रहे थे। एक निश्चित दूरी तय करने के बाद ढलान एकदम सीधी हो गई, जिसपर से उतर पाना उनके लिए लगभग नामुमकिन था।

उन्होंने वहां से उड़कर नीचे जाने का फैसला किया। सारा सामान थोरान और शेर्काषि ने लाद लिया। शेर्काषि ने गोजार को तथा थोरान ने यदिशा को कसकर पकड़ लिया और उड़ने के लिये तैयार हो गये। उनके कहने पर गोजार और यदिशा ने उड़ान भरी। घाटी के अंदर का जंगल ऊपर से कहीं ज्यादा घना था तथा पेड़ भी कई गुना लंबेचौड़े थे। उनकी घनी टहनियों के

बीच से होते हुए चारों ने जमीन पर कदम रखा। जंगल इतना घना था कि रोशनी भी ठीक से जमीन तक नहीं पहुँच पा रही थी। अंदर धुंध छाया हुआ था।

शेर्काषि एक पेड़ के तने को अपने हाथों से सहलाते हुए बोली, "ये पेड़ काफी मोटे और अजीब हैं"।

गोजार ने कहा, "पेड़ तो पेड़ होते हैं, उसमें अजीब क्या है?" उसने उत्तर दिया,

" क्योंकि हर पेड़ इस तरह का चिपचिपा पदार्थ नहीं छोड़ता"। उसने तने से एक चिपचिपा तरल अपने हाथ में लेकर दिखाया। इसी बीच यदिशा कुछ सोचते हुए बोली, "अजीब है!" शेर्काषि ने दनकते हुए कहा, "वही तो मैं भी कह रही थी, कि ये पेड़ कुछ अजीब है"।

"नहीं! मेरा मतलब उससे नहीं था।"

"तो किससे था? क्या तुमने इन वृक्षों में कुछ और भी देखा है इसकी तरह? " गोजार ने पूछा तो वह बोली, "अरे नहीं, मैं तो ये सांच रही कि अब हमें किस दिशा में आगे बढ़ना चाहिए दांये या बांये?"

"लो... आसमान से गिरे और खजूर पर अटके! अरे, कमसे–कम इतना तो ध्यान रखना ही चाहिए था!", गोजार ने हंसते हुए कहा। यदिशा और थोरान ने उसकी तरफ बड़ी–बड़ी आँखों से देखा जिससे उसकी हँसी फुर्र हो गई, वह चुप हो गया। उन दोनों को अपनी तरफ यूँ देखते हुए पाकर उसने पूछा – "क्या?" वे दोनों एक साथ बोल पड़े – "खजूर क्या होता है?"

"सच में! तुम दोनों को यह तक नहीं पता कि खजूर क्या होता है? "उन दोनों ने एक साथ उत्तर दिया–"नाम पहली बार सुना है।" शेर्काषि ने आगे बढ़कर गोजार के कंधे पर हाथ से थपथपाया और जोर से हँसने लगी। यदिशा ने अचरज से कहा,

''हम लटके कहाँ हैं? हम तो जमीन पर हैं! इसमें हँसने वाली क्या बात है?''

उसकी बात सुनकर शेर्काषि और जोरजोर से हँसने लगी, गोजार भी मंद–मंद मुस्कुराने लगा। परन्तु वे दोनों खड़े सिर्फ उनके मुँह को ताक रहे थे। गोजार ने अपनी हँसी रोककर कहा, ''छोड़ो, जाने दो। मैं ही इस खजूर के पेड़ में सीढ़ी लगाने का बंदोबस्त करता हूँ?''

थोरान बोला, ''किसमें सीढ़ी लगाओगे?''इस बार गोजार भी बिना हँसे न रह सका, बोला – ''मेरा मतलब था कि मैं ऊपर जाकर दिशा का पता लगाता हूँ''।

तो फिर ये सीढ़ी और खजूर क्यों? तुम अपने पंखों के बल पर भी तो ऊपर जा सकते हो? ''थोरान ने फिर से पूछा। गोजार को अब लगने लगा कि किसी ऐसी चीज या वाक्य का प्रयोग करना जो इस दुनिया में उपस्थित नहीं है, अपने ही पैर पर कुल्हाड़ी मारने जैसा होगा। उसने फिर भी उसे समझाने की कोशिश की – ''हाँ, मैं जाऊँगा तो अपने पंखों के बल पर ही, लेकिन अब तक मैंने जो भी कहा, मेरा मतलब... जो भी खजूर या सीढ़ी... वो सब बस कहने की बातें हैं, ये हम अपने भावों को प्रकट करने के लिए इस्तेमाल करते हैं।''अब तक शेर्काषि की हँसी भी थोड़ी थम गई थी, उसने गोजार को जाने का इशारा किया। उसके इशारा करते ही वह वहाँ से उड़ चला। पेड़ों के ऊपर से उसने दिशा का पता लगाया। उसे वहीं से एक पर्वत दिखा जो थोड़ा झुका हुआ था, उसे देखकर वह समझ गया कि वह पर्वत कुछ और नहीं बल्कि वही टेढ़ा पर्वत है जिसके बारे में थोरान बता रहा था। वह नीचे आया और बोला कि उन्हे दाएँ–बाएँ नहीं, बल्कि सीधा आगे बढ़ना है क्योंकि उनकी अगली मंजिल उनकी सीध में है। सबने पूछा कौन सी मंजिल, तो उसने बताया टेढ़ा पर्वत! यदिशा को छोड़कर बाकी तीनों खुशी–खुशी चलने को राजी हो गये। उसने सीधे जाने से मना कर दिया। तीनों ने वजह जाननी चाही, तो उसने बताया कि वह पर्वत

उनकी सोच से भी कहीं ज्यादा खतरनाक है। वहाँ क्या है, किसी को पता नहीं क्योंकि आज तक कोई वहाँ से वापस नहीं आया। परन्तु जो भी चीज उस पर्वत पर रहती है, वह असाधारण शक्तिवान है और यह उससे बेहतर कोई नहीं जानता।

जब वह यह सब बोल रही थी तब उसके चेहरे को देखकर साफ पता चल रहा था कि उसे उस पर्वत के बारे में बहुत कुछ मालूम है। परन्तु वह सब कुछ उन तीनों से छुपा रही थी। उसने तीनों को सलाह देते हुए कहा, "मुझे एक और रास्ता मालूम है जिससे होकर हमबिना किसी खतरे में पड़े उस पर्वत से निकल सकते हैं, परन्तु उसके लिए हमें उस पर्वत की एक स्तरीय चढ़ाई चढ़नी होगी"। "हमने इससे भी बड़ेबड़े खतरों का सामना किया है, तो इसका भी कर सकते हैं। इसलिए हम पर्वत पार करके ही उस पार जायेंगे", थोरान ने उत्तेजित होकर कहा।

गोजार ने उसे टोकते हुए कहा, "नहीं, यदि बिना खतरे के शांति से काम हो सकता है तो हमें वही करना चाहिए क्योंकि जितनी शक्ति बची रहेगी, आगे के सफर में हमारी उतनी ही मदद होगी। क्यों, मैंने सही कहा न?" उसने शेर्काषि की तरफ इशारा करके पूछा, तो उसने हां में सर हिला दिया। फिर उसने यदिशा से पूछा कि यह रास्ता कहाँ से शुरु होता है।

उसने उत्तर दिया, "यह पर्वत के सबसे निचले छोर पर, दाँयी तरफ, कंटीली चट्टानों के पीछे पड़ता है और वहाँ पर्वत के अंदर से होकर दूसरी तरफ निकलता है।" "और अगर पर्वत के अंदर ही हमें उस चीज ने घेरकर पकड़ लिया, तो...?" शेर्काषि ने चिंता जताई। "नहीं कर पायेगी क्योंकि वह गुफा का रास्ता मंत्रो से सुरक्षित है", उसने शेर्काषि की चिंता शांत करते हुए कहा।

"तो ठीक है। फिर चलो, चलते हैं। अब किस बात की देरी", थोरान प्रसन्नता से बोला। चलने से पहले यदिशा ने कहा कि रास्ते में कई अंजान खतरे हो सकते हैं, इसलिए हर एक कदम संभाल कर रखना होगा। उन तीनों ने हाँ में सिर हिलाया और आगे की तरफ बढ़ने लगे। थोरान ने अपने दिमाग से पर्वत

के ऊपर से जाने वाला ख्याल निकाल फेंका। यदिशा भी उनके पीछे–पीछे चारों ओर सतर्कता से नजर रखते हुए चलने लगी।

उन्होंने जंगल में एक लंबी दूरी तय कर ली, परन्तु कोई खतरा नजर नहीं आया। उन्होंने सर्तकता छोड़ दी और बड़े आराम से एक–दूसरे के साथ मस्ती करते हुए आगे बढ़ने लगे। थोड़ा और आगे जाने पर उन्हें एक नदी मिली जो कि जंगल में मोटे–मोटे पेड़ों के बीच से होकर गुजरती थी, नदी का तट हरी–भरी घास तथा नाना प्रकार के रंग–बिरंगे फूलों से भरा पड़ा था। पानी के भीतर उपस्थित हर एक चीज, पौधों से लेकर मछलियों तक, सब चमक रहे थे। उनके शरीर से रोशनियाँ फूट–फूट कर बाहर निकल रही थीं, जिससे नदी का पानी और भी सुंदर दिख रहा था। चारों ने हाथमुँह धोया और थोड़ी देर आराम करने के बाद नदी के ऊपर पड़े एक मोटे पेड़ के तने से गुजरकर उस नदी को पार किया। जब वे ऊपर से गुजर रहे थे, तब उन्हें पानी में बहुत सारी रंगबिरंगी मछलियां दिखाई दे रही थीं, जो किसी जुगनू की तरह प्रकाश उत्सर्जित कर रही थीं। दूर से देखने पर वह नदी किसी आकाशगंगा की तरह दिखाई दे रही थी और वे छोटी–छोटी सुंदर मछलियाँ उसके तारों की तरह प्रतीत हो रही थीं। दूसरी तरफ पहुँचने पर शेर्काषि पानी में उतर गई और उन मछलियों का पीछा करते हुए गहराई की तरफ बढ़ने लगी। वह मछलियों की तरफ ऐसे बढ़ रही थी जैसे उन्होंने उसपर कोई जादू कर दिया हो। तभी गोजार ने देखा कि एक बड़ा सा प्रकाश का गोला शेर्काषि की तरफ तेजी से पानी के अंदरहीअंदर बढ़ रहा था, उसने चिल्लाकर उसे सावधान किया, परन्तु उसपर कोई असर नही पड़ा। इससे पहले कि वह प्रकाश शेर्काषि तक पहुँच पाता, गोजार ने बिजली की तेजी से उड़कर उसे पानी से बाहर खींच लिया। प्रकाश ने उन्हें पकड़ने के लिए हवा में छलांग मारी, गोजार ने देखा कि वह प्रकाश एक खूँखार मछली थी जो तेज प्रकाश से चमक रही थी। असफल होने के बाद वह मछली कुछ समय के लिए उनके पास ही पानी में इधर–उधर घूमती रही। नदी में पूरी तरह से उथल–पुथल मची

हुई थी, सारी छोटी मछलियाँ जैसे गायबसी हो गई थीं। शेर्काषि का बचाने के बाद गोजार की जान में जान आयी और उसने राहत की सांस ली। धीरे–धीरे पानी भी पूरी तरह से स्थिर हो गया और वह खूँखार मछली गहरे पानी में कहीं लापता हो गयी।

गोजार शेर्काषि के साथ जमीन पर वापस आया। सभी अपना–अपना सामान लादकर आगे बढ़ने के लिए तैयार हो ही रहे थे कि एक सनसनाता हुआ तीर गोजार के पंखों को भेदते हुए उसके सीने के आर–पार हो गया। इसी के साथ जंगल में हलचल बढ़ने लगी। उन्होंने देखा कि कुछ अर्धनग्न आदिवासी जैसी दिखने वाली दैत्य युवतियाँ तीरकमान और तलवारों के साथ पेड़ो के जरिये तेजी से उनकी तरफ बढ़ रही थीं। वे संख्या में उनसे कहीं ज्यादा थीं, पर भागने की बजाय वे अपनी तलवारें निकालकर वहीं खड़े हो गये और उनके पास आने का इंतजार करने लगे। गोजार ने दर्द को नजरअंदाज करते हुए वह तीर अपने सीने से बाहर निकाल फेंका। तीर निकलते ही उसके घाव तेजी से भर गये और उसने भी अपनी तलवार निकाल ली। थोरान ने देखा कि जो तीर गोजार को लगा था वह आकार में उसके तीरों से कहीं ज्यादा बड़ा था। यह देख न जाने उसे क्या सूझा कि उसने अपनी तलवार वापस म्यान में रख ली और जमीन पर पड़े हुए उस बड़े तीर को अपने हाथों में उठाया और अपनी आँखें बंदर कर लीं। उसके ऐसा करते ही वह तीर अपने आप हवा में उठा और कई बड़े तीरों में बंट गया। वे सारे बड़े तीर उनके ऊपर हवा में लहराने लगे। देखते ही देखते उन दैत्य युवतियों और उनके साथ आये कुछ विचित्र जानवरों ने उन्हें चारों ओर से घेर लिया। लड़ने के अलावा इन सबके पास और कोई चारा ही नहीं बचा था। यदिशा ने कहा कि उन्हें यहाँ से जल्दी निकलना होगा क्योंकि लड़ाई के दौरान उठा ये शोर उनके लिए घाटे का सौदा साबित हो सकता है।

''क्यों? शोर से ऐसा क्या हो जायेगा? यदि हमारा कुछ बिगड़ेगा, तो इनका भी बिगड़ना चाहिए! डर तो इन्हें भी होगा?'' गोजार ने पूछा।

''उनका कुछ नहीं बिगड़ेगा या शायद बिगड़ा हो, किसे पता? ये भी हो सकता है कि ये हमें शिकार की तरह देखते हों'' – शेर्काषि ने उसके प्रश्न का उत्तर दिया। ''तो आज शिकारी का शिकार हम करेंगे '', थोरान चहकते हुए बोला। ऐसा लग रहा था, मानो उसे लड़ाई करने में मजा आ रहा हो। इतने में उस दैत्य टोली से एक भीमकाय जानवर यदिशा के ऊपर कूद पड़ा। उसके कुछ भी नुकसान करने से पहले यदिशा ने अपनी तलवार हवा में लहराई, हवा में लहराते ही तलवार ने अपना आकार–प्रकार बदल लिया। वह एक लाल, रोशनीदार, टेढ़ी–मेढ़ी रेखा कि भांति जानवर के ऊपर से गुजरी। जब वह जानवर जमीन पर आया, तो उसका सिर धड़ से अलग हो चुका था। यह सब इतनी जल्दी हुआ कि किसी को भनक तक नहीं लगी। जानवर के मरने के बाद तलवार फिर से सामान्य हो गई। सब उसे आश्चर्य से देख रहे थे। थोरान तालियाँ बजाने लगा। अपने एक साथी को मरते देख बाकी सारे हमलावर क्रोध से धधकने लगे और सबने एक साथ चिल्लाते हुए हमला बोल दिया। ये चारो भी उनसे भिड़ गये। शेर्काषि जमीनी लड़ाई लड़ रही थी, यदिशा और गोजार लड़ने के लिए अपने पंखों का सहारा ले रहे थे और इसके साथ ही शेर्काषि को बचा भी रहे थे। इन सबमें सबसे ऊपर थोरान था, जो अपने तीरों पर खड़ा ऊपर से सबपर नजर रख रहा था तथाबाकी दैत्यों को उन तीनों के पास पहुंचने से पहले ही ढेर कर रहा था। तभी एक दैत्य युवती ने पेड़ों से निकलकर उसपर हमला कर दिया। अपने आपको बचाने के चक्कर में उसने अपना संतुलन खो दिया और नीचे जमीन पर गिर पड़ा। नीचे गिरने की वजह से उसका ध्यान भटक गया और उसके तीर भी अंसतुलित होकर जमीन पर गिरने लगे। गोजार ने देखा कि थोरान पर एक साथ कई जानवर हमला कर रहे हैं, वह इधर सफाई करके झट से थोरान के पास पहुँचा और उसपर

हमला कर रहे जानवरों पर दमदार वार किया, वे सभी दूर जा गिरे। गोजार ने हाथ देकर थोरान को खड़ा किया और उसकी पीठ थपथपाई। थोरान ने फिर से सारे तीर अपने काबू में किये और हवा में ऊपर उठ गया। इस बार हवा में आने के बाद उसने दैत्यों पर धुआंधार तीर चलाये और बहुत ही कम समय में उनका एक बड़ा हिस्सा खत्म कर दिया। बाकी बचे जानवरों और दैत्य युवतियों ने मिलकर एक अजीब सी आवाज निकाली। उसके कुछ ही क्षणों में जंगल की हलचल चारों ओर असामान्य दर पर बढ़ने लगी। उन चारों ने देखा कि हजारों की तादात में दैत्य युवतियाँ और जानवर उनके चारों ओर से उनकी तरफ ही बढ़ रहे थे। उनकी इतनी ज्यादा संख्या होने के कारण जंगल में काफी शोर बढ़ गया। उन सबने उन्हें चारों ओर से घेर लिया परन्तु हमला नहीं कर पाये क्योंकि उनके हमला करने से पहले ही एक जोर की डरावनी आवाज जंगल में गूंजी। उस आवाज को सुनकर सारे दैत्य हमलावर डर के मारे पीछे हट गये। उनके पीछे हटने की वजह से चारों को बच निकलने का एक मौका मिल गया। थोरान ने सबको पास बुलाया और चारों ओर तीरों का एक मोटा कवच तैयार कर दिया जिसे भेद पाना उन दैत्य युवतियों के लिए लगभग नमुमकिन था। कवच के अंदर–ही–अंदर वे सभी तेजी से पर्वत की तरफ बढ़ने लगे, उनके आगे बढ़ते समय उन दैत्यों ने तीर–भालों और कई अन्य हथियारों से उनपर हमला किया। परन्तु उन हमलों का उनपर कोई फर्क नहीं पड़ा। चलते–चलते थोरान ने पूछा – ''वो भयावह आवाज किसकी थी जिससे ये डरावने जानवर तक डर गये?'' ''पता नहीं। परन्तु जिसकी भी थी, वह जरूर इन सबका शिकारी होगा'', गोजार बोला। ''मुझे लग रहा है कि वह आवाज पर्वत से आयी थी'', शेर्काषि ने अनुमान लगाते हुए कहा।

''तुम सही कह रही हो, वह आवाज पर्वत से ही आयी थी और वह आवाज उसी की थी जिसके पास जाने से ये हमें रोक रहे थे'', यदिशा ने उनसे कहा। ''रोक रहे थे?'' – गोजार आश्चर्यचकित होकर बोला, '' तुम्हें कैसे पता कि वे दैत्य हमें रोक

रहे थे?'' ''वो हमारा शिकार करने आये थे। क्या तुमने देखा नहीं कि वे किस तरह से हमें मारने पर तुले हुए थे?'', थोरान भी बीच में बोल पड़ा।

उसने तीनों को समझाने की कोशिश की – ''हाँ, तुम्हें लग रहा था कि वे हमें मारने पर तुले हुए थे, परन्तु यह सत्य नहीं है। असलियत में वे हमें वहाँ जाने से रोक रहे थे।'' ''क्यों? ''शेर्काषि ने प्रश्न पूछा तो यदिशा ने उत्तर दिया, ''क्योंकि यदि कोई उस चीज को परेशान करता है जो उस पर्वत पर रहती है, तो वह आसपास के इलाकों पर कहर बरपाती है और शायद ये आसपास के ही कबीले हैं। इसलिए अब इनकी जानें खतरे में हैं''। ''उस पर्वत पर कोई चीज नहीं है, वे भूत हैं, जो लोगों को मारकर खा जाते हैं और यह बात सबको पता है'', थोरान ने उसकी बात को गलत ठहराते हुए कहा।

''हाँ! तुमने सुना होगा। मैं जानती हूँ क्योंकि सब जगह यही कहानियाँ प्रचलित हैं, परन्तु सत्य का अंदाजा किसी को नहीं है, वह इसलिए क्योंकि असलियत किसी ने देखी ही नहीं है। उस पर्वत पर जिंदा लाशें घूमती हैं, कोई भूत नहीं'', यदिशा ने उसे सत्यता का एहसास कराया। ''तो फिर तुम्हें सत्य कैसे पता है?'', शेर्काषि ने उससे घूरकर पूछा। '' क्योंकि मैंने अपनी आँखों से देखा है पर्वत की उस असलियत को। अब कोई ये नहीं पूछेगा कि कैसे।'' ''तो तुम उस पर्वत पर जा चुकी हो? ''थोरान ने कहा।

''हाँ! मेरा मतलब, नहीं! क्या अब हम इस विषय पर बात करना बंद कर सकते हैं? '' यह कहते हुए उसके हाथ बुरी तरह से काँप रहे थे, शेर्काषि ने यह देख लिया। गोजार फिर कोई प्रश्न पूछने जा ही रहा था कि शेर्काषि ने उसका हाथ पकड़कर नीचे खींच लिया और बोली'', हाँ, जरूर! क्यों नहीं।'' चारों चुपचाप आगे बढ़ने लगे। कुछ समय पश्चात् ही वे चारों गुफा के मुहाने पर खड़े थे।

दरवाजा खोलने में काफी मुश्किल लग रहा था। यदिशा ने उन तीनों से कुछ दूर खड़ा रहने को कहा और खुद जाकर दरवाजा खोलने की कोशिश करन लगी। जब उसकी काफी कोशिशों के बाद भी दरवाजा नहीं खुला, तो उसने गोजार को मदद के लिए अपने पास बुलाया। दोनों ने मिलकर पहले तो दम लगाकर दरवाजे को खोलने की कोशिश की, परन्तु उससे कोई काम नहीं बना तो यदिशा ने सुझाव दिया कि ऐसी जगहों पर दरवाजे को खोलने के लिए कोई गुप्त तरीका हो सकता है, जैसे कि चाभी आदि। गोजार ने उसे याद दिलाया कि उनके पास कोई चाभी आदि नहीं है। यदिशा बोली – ''हाँ, शायद! तो दरवाजे को खोलने का कोईनकोई दूसरा तरीका तो होगा ही''।

''पता नहीं। परन्तु, अगर दूसरा तरीका निकला ही नहीं, तो.. .?'', गोजार ने संदेह जताते हुए कहा। उसने गोजार को तसल्ली देते हुए कहा, ''चिंता मत करो। कुछनकुछ तो ऐसा होगा ही जो इस दरवाजे को खोलेगा''। वे दोनों आसपास की जगह तलाशने लगे कि शायद कुछऐसा मिल जाये जो इस दरवाजे को खोल सके। दूर खड़े शेर्काषि और थोरान ने जब देखा कि वे दोनों गुफा खोलने में सफल नहीं हो पा रहे हैं, तो उन्होंने आवाज लगाकर पूछा कि क्या उन्हें कोई मदद चाहिए। गोजार ने कहा, ''नहीं, ठीक है! रहने दो। हम कोई–नकोई रास्ता निकाल लेंगे।''

शेर्काषि बोली, ''जल्दी करना क्योंकि सूरज तेजी से ढल रहा है''। फिर वह अपने आप ही बड़बड़ाई, ''मदद करने देते तो शायद जल्दी हो जाती''। थोरान बड़बड़ाया, ''हाँ, तुम ठीक ही कहती हो। ये दोनों बेमतलब का उतनी देर से उस दरवाजे से भिड़े पड़े हैं, परन्तु अभी तक उसे खोल नहीं पाये हैं''। शेर्काषि उसकी तरफ देखने लगी, वह भी उसे अपनी देखते पाकर मुस्कुरा दिया। आसपास की जगहों की तलाश करते करते यदिशा को थोड़ी दूर पड़ी एक बड़ी सी चट्टान के नीचे पर्वत की दीवार पर लगे एक पत्थर का आकार थोड़ा अजीब लगा, वह देखने में एक नाक के जैसा लग रहा था। उसने गोजार को पुकार कर उस

नाक की तरफ इशारा किया। वे दोनों उसके पास गये और उसे ध्यान से देखा। उसे देखकर गोजार बोला, ''क्या तुम्हें सच में लगता है कि यह पत्थर हमारी मुश्किलों का हल हो सकता है?'' यदिशा ने जवाब दिया, ''लगता ही नहीं, मुझे पूरा यकीन भी है कि यही उस दरवाजे की चाभी है''।

''परन्तु वहाँ तो किसी नाक को लगाने का कोई निशान नहीं दिख रहा था, क्या हमें इसे यहाँ से उखाड़ना पड़ेगा?'', गोजार बोला। यदिशा ने नीचे झुककर पत्थर को निहारते हुए कहा, ''नहीं, हमें इसे उखाड़ने की कोई जरूरत नहीं है। यहाँ नीचे देखो तो जरा! '' उसके कहने पर गोजार ने भी नीचे झुककर देखा। उस पत्थर में नीचे एक बिल था, जो उसे नाक से थोड़ा अलग बनाता था। यदिशा ने उस बिल की तरफ इशारा करते हुए कहा, ''इसे देख रहे हो? मुझे लगता है कि हमें इस बिल में हाथ डालकर इसे खींचना चाहिए, तो शायद वह दरवाजा खुल जाये''। गोजार ने उसकी तरफ देखते हुए कहा, ''और तुम्हें ऐसा क्यों लगता है कि मैं अपना हाथ इस बिल में डालूँगा?''

''क्योंकि हमें दरवाजा खोलकर गुफा के अंदर से पर्वत पार करना है'', वह मुस्कुराते हुए बोली। ''तुम अपना हाथ क्यों नहीं डालती? पवर्त तुम्हें भी तो पार करना है''।

''मैं नहीं डाल सकती क्योंकि मेरे हाथ इस बिल के मुकाबले बहुत ही छोटे और पतले हैं। हमें तुम्हारे हाथ की जरूरत है, जो मोटे और मजबूत हैं।''

''अगर यह चाभी की बजाय हमे फंसाने वाला कोई जाल निकला, तो?''

''नहीं, यह कोई जाल नहीं है। यह चाभी ही है।''

''अगर इसमें खतरनाक साँप हुआ तो?''

''कोई खतरनाक सांप–वांप नहीं है। अब इसमें अपना हाथ डालो और खींचो।

''यदि मेरा हाथ इसी में फंसा रह गया, तो मैं क्या करूँगा? '' यह सब सुनकर यदिशा को गुस्सा आने लगा और अचंभा भी। वह गोजार को रागझ नहीं पा रही थी। वह सोच में पड़ गई कि इतना साहसी वीर एक चूहा कैसे बन गया। वह चिल्लाकर बोली – ''तुम अपना हाथ डालोगे कि नहीं?'' गोजार ने तुरंत अपना हाथ उस बिल में डाल दिया। बिल में उसका हाथ जाते ही आसपास कोहरा छा गया। वे दोनों इधर–उधर देखने लगे परन्तु कुछ भी साफ देख पाना लगभग नमुकिन था। यदिशा के मुँह से एकाएक ही निकल पड़ा, ''फिर से नहीं!' गोजार ने पूछा, ''क्या फिर से नहीं?''

वह हड़बड़ाते हुई बोली – ''जल्दी से अपना हाथ खींचो''। उसने दम लगाकर नाक को बाहर की तरफ खींचा। उसके ऐसा करते ही दरवाजा खुल गया और कोहरा भी खत्म हो गया, परन्तु थोरान और शेर्काषि अपनी जगह से गायब थे। वे आसपास कहीं नहीं दिख रहे थे। यह देखकर यदिशा की आँखों से आंसू की बूंदें टपकने लगीं और वह अपना सिर पकड़ते हुए बोली, ''मैंने इसके बारे में कैसे नहीं सोचा... मैं इतनी बड़ी बेवकूफ कैसे हो सकती हूँ!''

यहाँ जो कुछ भी हो रहा था वह गोजार के ऊपर से जा रहा था, उसने परेशान होकर पूछा, ''तुम यह क्या बोल रही हो? किसके बारे में नहीं सोचा था? और....... वे दोनों कहाँ गये?'' उसे अब भी लग रहा था कि वे दोनों उससे सिर्फ मजाक कर रहे हैं। उसने दो–चार बार आवाज लगाई, परन्तु कोई जवाब नहीं आया। कोई भी जवाब न आने पर वह बोला, ''देखो, मजाक करने के लिए यह सही समय और सही जगह नहीं है। गुफा का दरवाजा खुल गया है, इससे पहले कि रात हो, हमें यहाँ से निकल जाना चाहिए... तो अब तुम दोनों चुपचाप बाहर आ जाओ''। फिर भी किसी का कोई जवाब नहीं आया। उसका गुस्सा बढ़ गया, वह गुस्से में हँसते हुए बोला, ''मेरा यहाँ मजाक करने का जरा सा भी

मन नहीं, जो था भी वह पूरी तरह से खत्म हो गया है, तो अब चुपचाप बाहर आओ, हमें चलना है''।

इस बार भी पूरा महौल शांत था। उसे लगने लगा था कि जरूर कोईनकोई अनहोनी घटित हुई है, यह सोचसोचकर उसकी परेशानी बढ़ने लगी। यदिशा उसके पास आयी, उसके कंधे को सहलाकर उसे शांत करने की कोशिश की और बोली ''तुम्हारे चिल्लाने या शोर मचाने का कोई फायदा नहीं, अब वे दोनों यहाँ नहीं हैं''।

''तो कहाँ हैं?'' गोजार ने पूछा। उसने उत्तर दिया, ''जो कोहरा अभी यहाँ था, सिर्फ कोहरा नहीं था, बल्कि वह एक जाल था, पहाड़ पर रह रही उस चीज के शिकार का जाल। वे दोनों भी उसका शिकार हो गये हैं''।

गोजार ने उसे अपने दोनों हाथों से पकड़ा और एक चट्टान के सहारे टिका दिया, फिर गुस्से से गरजा ''अब तक मैंने तुमपर बहुत विश्वास कर लिया, पर और नहीं। मुझे सचसच बताओ कि वे दोनों कहाँ गये और तुम इतना कुछ कैसे जानती हो?''

उसके यूँ अचानक से बदलने के कारण वह कुछ समय के लिए काँप सी गई और हिचकिचाते हुए बोली, ''वो मैं तुम्हें नहीं बता सकती।''

''तुम्हें बताना पड़ेगा!'' – गोजार ने उसपर जोर डाला।

''मैं यह सब पहले से जानती हूँ क्योंकि.................... क्योंकि मैं पहले भी एक बार इस पहाड़ पर आ चुकी हूँ'', उसने आँखें नीचे झुकाकर कहा। ''क्या!'', गोजार चौंक पड़ा।

''हाँ! वही जो तुमने सुना।''

''पर......... परन्तु ऐसा नामुमकिन है क्योंकि आज तक कोई भी यहां से जिंदा वापस नहीं जा पाया है''।

''मुझे पता है। इसलिए हम सब लोगो में से सिर्फ मैं ही एक ऐसी थी, जो जिंदा वापस लौट पायी थी। शायद मेरी किस्मत अच्छी थी''।

''तो तुम अकेली नहीं, बल्कि कई लोगों के साथ इस पर्वत पर आयी थी''।

''हाँ! मेरे साथ मेरे कबीले के कई लोग थे।''

''शायद वे तुम्हें बचाने के लिए उस भूतिया चीज से लड़ने की गलती कर बैठे और अपनी जानें गंवा दीं''। अब तक गोजार शांत हो चुका था। उसने अपने हाथ यदिशा के ऊपर से हटा लिए और एक लंबी सांस लेकर उस पहाड़ की ओर देखा। वह दोनों के बारे में सोचकर अफसोस कर रहा था। उसे इस तरह उदास पड़ाह की तरफ देखते पाकर यदिशा बोली – ''नहीं! वे मरे नहीं थे। उन्होंने मुझे यहाँ से बच निकलने का समय दिया, परन्तु खुद शापित हो गये और हमेशा के लिए यहीं कैद हो गये''।

''सच में! इसका मतलब हो सकता है कि थोरान और शेर्काषि अभी भी सुरक्षित हों और उन्हें शायद अब भी हम बचा सकते हैं''।

''हाँ! हो सकता है'', यदिशा ने अनुमान लगाते हुए कहा। वह भी अब कुछ हद तक सामान्य हो चुकी थी।

गोजार ने हड़बड़ाते हुए कहा – ''तो......... तो हम यहाँ समय बर्बाद क्यों कर रहे हैं? हमें चलकर उन दोनों का पता लगाना चाहिए और समय रहते यहाँ से निकल जाना चाहिए''। वह जल्दीजल्दी सामान लादकर चलने लगा। यदिशा ने उसका हाथ पकड़कर उसे रुकने का इशारा किया और बोली, ''नहीं! रुको! यह उतना भी आसान नहीं, जितना तुम सोचते हो। रास्ते में हमें किसी भी चीज से भिड़ना पड़ सकता है जो कि रात के समय में हमारे लिए काफी खतरनाक साबित हो सकता है। इसलिए हम

इंतजार करेंगे और रात में तीसरे पहर के बाद अपनी चढ़ाई शुरु करेंगे''।

गोजार ने अपना हाथ छुड़ाकर कहा ''तब तक बहुत देर हो चुकी होगी, इसलिए हम इंतजार नहीं कर सकते''।

''अगर कुछ होने को है तो वह अब तक हो चुका होगा, उसके लिए हम कुछ नहीं कर सकते।''

''मेरी बात ध्यान से सुनो! हम ऊपर चढ़कर जायेंगे और उन्हें सही–सलामत वापस लेकर भी आयेंगे, वो भी अभी! ''

''नहीं! हम नहीं जायेंगे। अभी तो बिल्कुल नहीं।''

''क्या तुम उन्हें बचाने से मुझे रोक रही हो? ''

''नहीं! मैं बस तुम्हें बचाने की कोशिश कर रही हूँ कि कहीं तुम भावनाओं में बहकर अपनी जान खतरे में न डाल लो।'' ''मैं अपने आपको खतरे में नहीं डाल रहा हूं और तुम्हारी जानकारी के लिए बता दूँ कि मेरी शक्तियां रात में और भी बढ़ती जाती हैं।'' उसकी बात सुनने के बाद यदिशा ने आवाज थोड़ी नीची करके कहा, ''तुम कितने ही ताकतवर क्यों न हो, पर वो सब के सब निशाचर हैं और संख्या में भी कहीं ज्यादा हैं। वे बनाए ही मरने–मारने के लिए जाते हैं, इसलिए तुम अकेले टिक नहीं पाओगे''।

''मुझे अभी जाना है क्योंकि मेरे मित्र खतरे में हैं और मैं यूँ ही हाथ पर हाथ धरे नहीं बैठ सकता, परिणाम चाहे कुछ भी हो।''

यदिशा उसके पास आयी और प्यार से उसे सहलाते हुए बोली, ''मैं समझती हूँ कि कैसा लगता है। मुझे भी चिंता है। परन्तु ऐसे हालातों में हमें कोई भी कदम सोचसमझकर ही रखना चाहिए क्योंकि एक लापरवाही और सब कुछ खत्म। इसलिए हम कोई भी बेवकूफी नहीं कर सकते''।

वे दोनों बातें कर ही रहे थे कि तभी उन्हें दूर से एक रोशनी उनकी तरफ बढ़ती दिखाई दी। ध्यान से देखने पर पता चला कि वह रोशनी आग की थी, जो कोई लेकर उनकी तरफ बढ़ रहा था। देखते ही देखते वह संख्या में एक से कहीं ज्यादा हो गयीं। जंगल में कदमताल और किसी विचित्र आदिवासी गाने का शोर लगातार बढ़ता ही जा रहा था। जब वे रोशनियाँ उनके काफी पास आ पहुँचीं, तब वे एक बड़ी से चट्टान के पीछे छुप गये और झाँकने लगे। उनके पास आने पर उन दोनों ने देखा कि ये वही दैत्य युवतियाँ हैं जिन्होंने उनपर हमला किया था। वे सभी एक पंक्ति में गाते हुए चल रही थीं। इस समय उनके हमलावर जानवर साथ नहीं थे। पंक्ति में हर चौथी स्त्री के बाद दो ने मिलकर एक–एक जानवर को तनों में उल्टा बाँध रखा था, वे सारे जानवर अधमरी हालत में थे। गोजार ने यदिशा से कहा, "हमें शायद इनका पीछा करना चाहिए"। यदिशा ने मना कर दिया, वह बोली – "नहीं, शायद हमें नहीं करना चाहिए क्योंकि इससे हम और भी ज्यादा खतरे में पड़ सकते हैं"।

"परन्तु मुझे पता लगाना है कि ये जा कहाँ रहे हैं और ये जानवर किसलिए हैं? तो इनमें मिलने के बारे में क्या खयाल है?"

"हाँ, क्यों नहीं! फिर तो हम वहाँ कभी नहीं पहुँच पायेंगे क्योंकि उससे पहले ही ये हमें निपटा देंगे।"

"ऐसा कुछ नहीं होगा।"

"कैसे?"

"मैं रूप बदल सकता हूँ। मैंने पहले भी एक बार किया है।"
"सच में!" उसने अचंभे से पूछा और उसकी तरफ देखने लगी। गोजार ने तुरन्त अपना वाक्य बदल दिया और बोला "हुआ है! मेरा मतलब है कि मेरे साथ पहले भी एक बार ऐसा हुआ है।"

''हाँ! वो मैंने नहीं किया था, अपने आप हो गया था। मैं और शेर्काषि दूसरे जीवों में बदल गये थे, परन्तु मैं दुबारा करने की कोशिश कर सकता हूँ।''

''ठीक है! अगर तुम करने में कामयाब हो गये और हमारा रूप बदल गया, तो हम जरूर आगे बढ़ेंगे, अभी!''

गोजार ने उसकी बात मानकर हाँ में सिर हिलाया और ध्यान लगाने की कोशिश की। जब उसने ध्यान लगाया, तो पाया कि उसके अंदर बहुत ही ज्यादा उथल–पुथल मची हुई थी। उसे अपने अंदर हर वो लड़ाई दिख रही थी जो उसने अब तक लड़ी थी। इतनी उथल–पुथल होने पर उसे अपना ध्यान एकाग्र करने दिक्कत हो रही थी। विवश होकर उसने अपनी आँखें खोल लीं और बोला कि शायद वे गलत कोशिश कर रहे हैं। उन्हें सुबह तक इंतजार करना चाहिए। गोजार को यूं हार मानते देखकर यदिशा बोली – ''मेरे पिताजी कहते थे कि जब बुरी यादें हावी होने लगें, तो हमें ऐसी चीजों का खयाल करना चाहिए जो हमें सबसे ज्यादा प्रिय हो"।

''तुम्हें कैसे पता कि मैं ध्यान क्यों नहीं लगा पा रहा हूँ?'' यदिशा ने कहा – ''मेरे हिसाब से तुम्हें दुबारा कोशिश करके देखना चाहिए"। गोजार ने दुबारा कोई सवाल नहीं पूछा, बस अपना पूरा ध्यान फिर से रूप बदलने पर लगा दिया। उसने अपने परिवार को याद किया। यदिशा की कही बात सही निकली, परिवार को याद करते ही उसकी सारी बुरी यादें मिट गईं और उसका ध्यान एकाग्र हो गया।

उसने यदिशा का हाथ पकड़ लिया, दोनों का रूप बदलने लगा, साथ ही साथ असहनीय दर्द भी हुआ। कुछ ही क्षणों में दोनों उन दैत्य युवतियों में बदल गये। पूरी तरह से बदल जाने के बाद यदिशा ने अपने आपको झटकते हुए कहा – "आज के बाद फिर कभी रूप बदलने का नाम भी मत लेना। पहले बताते तो मैं करती ही नहीं"। उसने गोजार को देखा, वह कहीं और ही खोया हुआ था। वह अपने शरीर को अलगअलग तरह से छूकर

देख रहा था तथा अपने केशों को पकड़कर खींच रहा था। उसे देखकर यदिशा ने पूछा – "तुम क्या कर रहे हो?" उसने हँसते हुए उत्तर दिया, "एक औरत होना भी बहुत अजीब होता है, चाहे वह एक विचित्र दैत्य ही क्यों न हो। शरीर की बनावट अलग है तथा छूने पर एक अलग ही एहसास होता है।"

"छूकर देख लिया हो, तो क्या अब हम अपना काम करें?"

"नहीं, मैं छू नहीं रहा था। मेरा मतलब कि मैं छू रहा था बस ये पता लगाने के लिए कि एक औरत होना कैसा होता है। तुम समझ रही हो न कि मैं क्या कह रहा हूँ?"

"गोजार!" उसने थोड़ा अशिष्ठ होकर कहा।

"क्या?"

"क्या अब हम चलें?"

"अभी कुछ कमी दिख रही है..... वो क्या है? रूको! अरे हां! हमारे पास आग की मशालें नहीं हैं और उनके बिना हम आगे नहीं बढ़ सकते।"

"वह तुम मुझपर छोड़ दो। मशालों का इंतजाम मैं अभी किये देती हूँ।" उसने पत्थर के दो बड़े बड़े टुकड़े उठाये और उनको मशाल में बदल दिया। दोनों ने एक–एक मशाल पकड़ ली और जाकर पंक्ति में सबसे पीछे मिल गये। दोनों ने अभी चलना शुरु ही किया था कि पंक्ति को वही रोक दिया गया। शायद पंक्ति के कप्तान को शक हो गया था। वह पंक्ति का मुआयना करने लगी। दोनों किसी तरह उसकी नजरों से बचे रहे। कोई भी गड़बड़ी न नजर आने पर उसने फिर से जाकर अपनी जगह ले ली और पंक्ति को आगे बढ़ने का आदेश दिया। सब फिर से आगे बढ़ने लगीं। थोड़ा और ऊपर जाने पर अंधेरा गहराने लगा। कप्तान ने एक इशारा किया, इशारे को देखते हुए सारी युवतियाँ एकदूसरे के और करीब आ गयीं। जैसे–जैसे वे आगे बढ़ते जा रहे थे, वैसे–वैसे खतरनाक आवाजें भी बढ़ती जा रही थीं। गोजार

को ऐसा लग रहा था कि आसपास से कोई उनपर नजर रख रहा हो। जब उसने नजर घुमाकर देखा, तो पाया कि पूरी पंक्ति विभिन्न भयावाह दंरिदों से घिरी हुई थी। उनकी आँखें चमकदार थीं। हालत देखकर साफ पता चल रहा था कि वे पूरी तरह से जिंदा नहीं थे और न ही पूरी तरह से मुर्दा। जो बात उन्हें सबसे घिनौना बनाती थी, वह थी उनके शरीर का विकृत होना। उनके शरीर के कुछ अंग गायब थे, ऐसा लग रहा था मानो किसी ने उन अंगों को खा लिया हो या बेरहमी से काटकर अलग कर दिया हो। जहाँ तक उसकी नजर जा रही थी, हर तरफ ऐसे ही जीव नजर आ रहे थे। पंक्ति चुपचाप आगे बढ़ रही थी, ऐसा लग रहा था जैसे उन्हें इससे कोई फर्क ही नहीं पड़ता कि उनके आसपास क्या है या फिर वे न डरने का दिखावा कर रहे थे। पूरा पहाड़ उन जीवों से भरा पड़ा था। गोजार ने इतना भयानक नजारा कभी नहीं देखा था, वह डर के मारे कांप रहा था। डर को सूंघकर एक जीव उसकी तरफ लपका। उसने आग की मदद से उसे पीछे भगा दिया। यह होने के बाद सब लोग उसे ऐसे देखने लगे मानो उसने कुछ ऐसा कर दिया हो जो उसे कभी नहीं करना चाहिए था। सबको अपनी तरफ देखते पाकर उसने बत्तीसी दिखाते हुए अपने कंधे उचका दिए। सब कुछ फिर से पहले जैसा हो गया। ऊपर चढ़ते समय नजारा और भी घिनौना होता जा रहा था। उन दोनों को यह जगह घिनौनेपन का दूसरा रूप प्रतीत होने लगी थ। उससे रहा न गया और वह यदिशा से फुसफुसाते हुए बोला, ''मैंने नहीं सोचा था कि यह जगह ऐसी होगी। अब तो मेरा मन वापस जाने को कर रहा है''।

''आगे शायद यह जगह और भी घिनौनी हो सकती है, इसलिए अभी से डरने की कोई जरूरत नहीं है। बस अपने आपको संभाले रहो और आगे बढ़ते रहो'', यदिशा ने कहा।

''और भी घिनौनी से तुम्हारा क्या मतलब है?'' उसने पूछा। यदिशा ने उत्तर दिया ''चलते रहो! अपने आप पता चल जायेगा''। सारी दैत्य युवतियां गाना गाने में व्यस्त थीं, इसलिए

किसी को उनके इस वर्तालाप का पता नहीं चला, सिवाय एक को छोड़कर जो उनके बहुत पास चल रही थी। उसने पीछे मुड़कर उन्हें शांत रहने का इशारा किया और फिर आगे की तरफ चलने लगी। दोनों एकदूसरे को देखकर मुस्कुराए क्योंकि उसने और कोई प्रतिक्रिया नहीं की थी। कुछ समय चलते रहने के बाद वे पर्वत के एक ऐसे हिस्से में पहुँच गये, जो एक तरह से मैदान था परंतु चारों ओर से ऊँची–ऊँची चट्टानों से घिरा हुआ था। मैदान के दूसरे किनारे पर एक विशालकाय गुफा थी, वे सारे गुफा के पास पहुँचे। द्वार पर सारे जानवरों को रख दिया। उन्हें वहां पर रखने के बाद पंक्ति एक झुंड में बदल गयी। वे सभी झुंड में धीरे–घीरे पीछे बढ़ने लगे। वे जितना पीछे बढ़ते जा रहे थे, दंरिदे उन जानवरों के उतना ही पास बढ़ रहे थे। पास आकर वे उन्हें नोच–नोचकर खाने लगे। यह अब तक का सबसे घिनौना दृश्य था, जो उन्होंने अपनी आँखों से देखा था।

गोजार से यह सब देखा न गया उसने अपनी आँखे नीचे झुका ली। अचानक से उसे गुफा के अंदर से एक भयावाह आवाज सुनाई दी, यह आवाज उससे बहुत मेल खा रही थी जो उन्होने जंगल में लड़ते वक्त सुनी थी। गोजार ने अपनी नजरे ऊपर करके गुफा पर टिका दी। गुफा के अंदर से उसे एक काली छायादार आकृति बाहर निकलती दिखी, उसके पैर जमीन पर नही थे, वह उड़ रही थी परंतु जमीन के पास, उसके बाहर निकलते ही सारे दरिंदे अर्धमृत जीवो से दूर हट गये, वह आकृति उन जीवो से पास आयी फिर दैत्य यूवतियो के झुंड की तरफ देखा। उसके देखते ही सब ने एक साथ सर झुकाकर उसे प्रणाम किया। गोजार और यदिशा को भी उसे प्रणाम करना पड़ा। उसे देखकर ऐसा लग रहा था कि मानो वह आग हो परन्तु काले रंग की क्योकि उसका शरीर आग के समान ही जलता नजर आ रहा था, उस आकृति ने वहाँ लाये गये तमाम जीवो मे एक जीव चुना और उसे घसीटते हुए अंदर चली गई, उसके जाने के बाद वे सारे दरिंदे एक साथ उन जानवरो पर टूट पड़े। यदिशा ने उसे कोहनी मारकर इशारा किया कि यह वही चीज है जिसके बारे में

अब तक वे दोनो बाते कर रहे थे। सारी दैत्य यूवतियां तेजी के साथ वापस जाने लगी। क्योकि कुछ समय और वहाँ खड़े रहना उनके लिए खतरनाक साबित हो सकता था। पर्वत पर मौजूद सारे दरिंदे पूरी तेजी के साथ गुफा के मुहाने की तरफ बढ़ रहे थे, उन जानवरो के शरीरो में अपना हिस्सा लेने के लिए वे आपस मे ही भिड़ गये, जो खाली रह गये उन्होने झुण्ड की तरफ देखा परन्तु झुण्ड मे सभी के पास आग होने के कारण कोई उनके पास नही आ रहा था, वे सभी सुरक्षित वहाँ से निकल गये। गुफा से थोड़ी दूर निकल आने पर जब उन दरिंदो में से कोई भी दिखाई देना बंद हो गया तब उन दोनो ने चुपचाप बिना आवाज किये झुण्ड छोड़ दिया। झुण्ड छोड़ने के बाद दोनो गुफा के ऊपर जा पहुँचे, ऊपर का हिस्सा थोड़ा सा जमीन की तरफ झुका हुआ था, ध्यान से देखने पर पता चला कि वे पर्वत के उस हिस्से पर खड़े है जिसकी वजह से इसका नाम टेढ़ा पर्वत पड़ा है। वे दोनो गुफा के उपर बिल्कुल बीचो–बीच खड़े थे।

यदिशा ने सलाह दी कि उन्हे मुहाने की तरफ चलकर देखना चाहिए कि क्या हो रहा है, किनारे की तरफ जाने से पहले उन्होने आग को बुझा दिया ताकि किसी का भी ध्यान उनकी तरफ न जाये। किनारे पर पहुँचने के बाद उन्होने देखा कि उन दरिंदो ने मिलकर सारे जानवरो को लगभग खत्म कर डाला था तथा बचे हुए टुकड़ो के लिए एक दूसरे से लड़ रहे थे, उन्होने हड्डियाँ तक नही छोड़ी थी। सारे दरिंदे अलग अलग प्रजातियों से थे, कुछ जानवर तो कुछ आधे जानवर और कुछ दैत्य प्रजाति के थे। वहाँ से झांकते हुए गोजार ने यदिशा से कहा '' तुम्हे क्या लगता है उन दैत्य यूवतियो ने हम पर हमला किस लिए किया था, हमे यहाँ आने से रोकने के लिए''। ''क्या मतलब'' यदिशा ने पूछा। ''मेरा मतलब यह है कि उन्होने हम पर हमला यहाँ आने से रोकने के लिए नही बल्कि हमे यहाँ लाने के लिये किया था वो भी तनो में बाँधकर जिससे कि हम इनका आहार बन सके''गोजार ने कहा। ''ऐसा हो सकता है'' उसने अनुमान लगाया। ''हो सकता नही ऐसा ही है वैसे ये क्या है मेरा मतलब

ये जीव न तो ये जिंदा दिख रहे है और न ही मुर्दा'' गोजार ने पूछा।

यदिशा ने उत्तर दिया '' हम इन्हें पाशपुंन्ज कहते है, ये वह प्राणी है जो इस चीज के जाल में फंसकर शापित हो गये और हमेशा हमेशा के लिए इसी पर्वत मे कैद होकर रह गये यह शाप अनंत काल तक रहेगा जिसका मतलब यह है कि न तो ये मर सकते है और न ही कभी इस पर्वत से बाहर निकल सकते है, किसी भी जीव के लिए यह एक बुरे सपने में जीने जैसा है''।

''इसका मतलब यदि शेर्कािष और थोरान भी श्रापित हो गये तो हम उन्हे कभी वापस नही ला पायेगें'' उसने चिंतित होते हुए पूछा।

''हाँ ऐसा ही समझ लो''

''तब तो हमे जाकर उन्हे खोजना चाहिए, नही तो बहुत देर हो जायेगी'' यदिशा कुछ नही बोली बस नीचे देखकर कुछ सोचती रही एकाएक सारे पाशपुंज वहाँ से जाने लगे और कुछ ही क्षणो मे सारे के सारे वहाँ से गायब हो गये। यूँ अचानक से उस जगह का पूरी तरह से खाली हो जाना यदिशा को थोड़ा अजीब लगा परन्तु गोजार ने इसपर कोई ध्यान नही दिया और बोला '' हो न हो वह उन दोनो को गुफा के अंदर ही लेकर गया होगा इसलिए हमे भी चलकर उन्हे वहीं खोजना चाहिए और अब तो इलाका भी पूरी तरह से खाली है अब क्या खतरा हो सकता है ?''

यदिशा का उसकी बात पर कोई ध्यान नही था वह अपनी अलग दुनिया में ही खोई हुई थी, उसे यूँ खोया देखकर गोजार ने उसे हिलाया और पूछा, ''क्या तुम कुछ सुन भी रही हो, ध्यान कहाँ है तुम्हारा''

''मै कुछ पुरानी बातो को याद कर रही थी और उन्ही में मुझे याद आया कि एक तरीका है जिससे कि................'' यह कहते हुए उसने अपना सर पीछे घुमाया और उतने पर ही अटक

गयी एक शब्द भी आगे नही निकला। गोजार ने नीचे गुफा के मुहाने को ताकते हुए कहा ''जिससे कि क्या, आगे भी तो बोलो''।

''कूदो'' उसने धीरे से कहा।

''क्या! कूदो यह कैसा मजाक है अच्छा मेरी सुनो तो अब हमे गुफा के अंदर प्रवेश करना चाहिए क्योंकि मुझे नीचे अब कोई......................खतरा नजर नही आ रहा है!'' यदिशा ने अपने हाथ से पकड़कर उसकी मुँडी पीछे घुमा दी, पीछे का नजारा देखकर उसकी बोलती बंद पड़ने लगी।

उसके पीछे वह काली आग वाला साया पाशपूंजो की पूरी सेना के साथ उन्हे घूर रहा था, उसे इतने पास देखकर गोजार के तो पसीने छूटने लगे वह घबराते हुए बोला ''खतरा नीचे नही बल्कि हमारे सर पर खड़ा है तथा ताण्डव करने की पूरी फिराक में है इन्हे हमारे यहाँ होने का पता कैसे चला?'' यदिशा भी घबराते हुए बोली ''मुझे क्या पता?'' वह साया पूरी तेजी के साथ उनकी तरफ बढ़ा, दोनो उससे बचने के लिए नीचे कूद पड़े। साये ने उनका पीछा किया और पाशपुंज दोनो को दूसरी तरफ से घेरने के लिए चल पड़े। बीच में ही गोजार ने रूप परिवर्तन किया और दोनो अपने अपने पंखो के बल पर उड़ने लगे। वह साया उनके बहुत करीब आ चुका था, दोनो को कुछ समझ में नही आ रहा था कि क्या करें उन्होने अलग अलग दिशाओ में उड़ना शुरू किया। गोजार उस साये के बहुत ऊपर से एक चक्कर खाकर गुफा के अंदर चला गया तथा यदिशा उसे अपने पीछे भगाती हुई उल्टी दिशा में उड़ने लगी। जब वह यदिशा को पकड़ने के बहुत करीब आ गया तब उससे बचने के लिए उसने बड़ी चट्टानो का सहारा लेकर चकमा देने की कोशिश की परन्तु उसकी सारी कोशिशे नाकाम रहीं वह साया आराम से चट्टानों के आर पार आ जा रहा था। काम न बनते देख वह सीधा ऊपर आसमान की तरफ उड़ी उसका पीछा करते करते वह साया भी तेजी के साथ उपर की ओर उड़ा। ऊपर की ओर यदिशा की गति जितनी धीमी पड़ रही उसकी गति उतनी ही बढ़ती जा रही

थी। वह साया उसका पैर लगभग पकड़ने वाला ही था कि बीच में किसी अदृश्य शक्ति ने उसे रोक दिया। वह जो भी थी उसने यदिशा को नही रोका, एक सुरक्षित ऊँचाई पर आकर वह रूक गई और नीचे की तरफ देखा। उसने देखा कि पर्वत के चारो ओर ऊर्जा का एक आवरण था जो अंदर की चीजो को बाहर आने से रोकता था, शायद यही कारण था कि आज तक कोई पाशपुंज इस पर्वत से बाहर नही जा पाया था।

उस साये के आवरण से टकराते ही उसमे प्रकाश का कंपन होने लगा, कंपन से वह साया तड़पने लगा उसके तड़पते समय कुछ प्रकाश का संचार उसमें भी हुआ और उसकी काली अग्नि धीमी पड़ने लगी। प्रकाश संचार के समय अंतराल में यदिशा ने साये में हर उस जीव की तस्वीर देखी जो कही न कही पर्वत पर उसे एक पाशपुंज के रूप में नजर आया था। इसी के साथ ही साथ उसने अपने माता–पिता, शेर्काषि और थोरान की तस्वीर भी उस साये मे देखीं, साये में नजर आने वाली हर एक तस्वीर कोई न कोई अच्छाई करते हुए नजर आ रही थी। यदिशा को इसका मतलब तो समझ में नही आया परन्तु वह एक चीज जरूर समझ चुकी थी कि अब तक थोरान और शेर्काषि भी शापित हो चुके हैं।

उस साये की काली अग्नि धीरे–धीरे फिर से तेज होने लगी उसने आवरण की दीवार से खुद को छुड़ाने के लिए अपना पूरा जोर लगा दिया, जब उसने अपनी शक्तियो का प्रयोग दीवार पर किया तो वे उल्टे उसी पर परिवर्तित हो गयी। अपनी ही शक्तियों के वार से वह बच न पाया और जाकर जमीन से टकरा गया, टकराने पर आस पास की जमीन चकनाचूर हो गई, शेर्काषि आवरण के बाहर से यह सब देख रही थी। वह साया काफी समय तक वैसे ही जमीन पर पड़ा रहा, जब उसके अंदर का प्रकाश पूरी तरह से खत्म हो गया तब वह उठा, अपना सिर ऊपर उठाकर यदिशा को घूरा फिर गुफा की तरफ चला गया। अंदर चले जाने के बाद यदिशा ने आस पास की जगहों का मुआयना किया, महौल सुरक्षित दिखने पर वह पूरी सावधानी के

साथ नीचे उतरने लगी। नीचे आने के बाद वह भी गुफा की तरफ धीरे–धीरे बढ़ने लगी कि किसी के गुर्राने की आवाज से उसके पर ठिठक गये। उसने अपने चारो ओर देखा, वह पाशपुंजो से पूरी तरह घिर चुकी थी वे हर जगह मौजूद थे जमीन पर, चट्टानो की ऊँचाईयों पर गुफा के मुहाने से लेकर उसकी चोटी तक।

वह उनसे इस कदर घिर चुकी थी कि न तो आगे बढ़ सकती थी और नही ही उड़कर भाग सकती थी, पाशपुंज एक घेरे मे उसकी तरफ धीरे–धीरे बढ़ने लगे। इस समय उसने डरना ठीक नही समझा, डर कर कांपने की बजाय उसने सामना करने की ठानी। उसने अपनी तलवार निकाली और उसे एक से दो बना लिया, फिर दोनो हाथो में धधकती लाल तलवारे लेकर दुश्मन के पास आने का इंतजार करने लगी। गोजार उस विशालकाय गुफा में इधर उधर उड़कर शेर्काषि और थोरान की तलाश कर रहा था, गुफा के अंदर बहुत ही फीकी फीकी रोशनी बिखरी पड़ी थी जो कि जमीन से निकल रही थी, उसने उन दोनो के बहुत खोजा परन्तु कही भी दिखाई न दिये परेशान होकर वह खुद से बड़बड़ाने लगा ''सोंचा था कि राजा बनूँगा तो अपने कबीले को वो दूँगा जो उनका हक है पर अब नही लगता कि ये लोग मेरा सपना सच होने देंगे हर अगले क्षण कोई नयी मुसीबत पीछे पड़ जाती है''। यही बड़बड़ाते हुए वह गुफा में थोड़ा और अंदर की तरफ बढ़ा। उसने महसूस किया कि कोई उसकी तरफ चला आ रहा है उसने पत्थरो की ओट ले ली, उसने देखा कि काफी दूरी पर वही साया उसकी तरफ तेजी से बढ़ रहा था उसे अपनी तरफ आते देख वह अंदर की ओर भागा और उड़कर छत की चट्टानो में जा छुपा।

वह साया आया और निकल भी गया परन्तु उसे गोजार के वहाँ होने की भनक तक न लगी, उसके चले जाने के बाद गोजार धीरे–धीरे दबे पाँव उसका पीछा करने लगा। इधर पाशपुंज यदिशा के काफी करीब आकर रूक गये, उन्होने हमला

नही किया, उनमे से दो निकलकर यदिशा की तरफ बढ़ने लगे। भले ही वे दिखने में कुरूप और घिनौने थे परन्तु उसने उन्हे देखते ही पहचान लिया उसकी तलवारे अपने आप नीची हो गई। ये दोनो पाशपुंज कोई और नही बल्कि उसके माता–पिता थे। अपने माता पिता को ऐसी हालत में देखकर उसे बहुत दुख हुआ, वह प्रेम वश धीरे धीरे उनकी तरफ बढ़ने लगी, उसके माता–पिता को देखकर लग रहा था कि उसमें कोई भावनाएं बची ही नही थी। जैसे ही वह उनके पास पहुंची, उन्होने उसपर हमला बोल दिया, चाहकर भी वह जवाबी हमले नही कर पा रही थी इसलिए वह उनके हमलो से बचकर खुद को सुरक्षित रखने की कोशिश करने लगी। देखते ही देखते सारे पाश पुंज उस पर हमला करने के लिए उसकी तरफ दौड़े, उसे ध्यान आया कि पाशपुंज आग से डरते है इसी बात का उसने फायदा उठाया और अपने जादू का इस्तेमाल करने के लिए हवा में पंख फैलाकर दो चार गुलाटियाँ खाई। गुलाटियों की गति इतनी ज्यादा थी कि वायुमंडलीय घर्षण से उसके पूरे बदन से आग की लपटे उठने लगीं।

शरीर आग की लपटो में पूरी तरह से लिप्त था। अग्निदेह, यह उसकी वंशगत शक्ति थी जिसका प्रयोग उसने पहली बार किया था। अपने चारो ओर आग लगने की वजह से उसे थोड़ा अजीब तो लग रहा था परन्तु काफी अच्छा भी लग रहा था। उसने अपने जलते हुए शरीर को निहारा और फिर उन पाश पुंजो की तरफ देखा, वे उससे डर कर पीछे बढ़ रहे थे, उसके माता–पिता ने उसपर अपनी तलवारें फेंककर मारी परन्तु उसने उन्हें मक्खन की तरह काट दिया। वार खाली जाते देख उसके माता पिता भागने लगे, उसने उन्हे आगे से रोक लिया और उनके चारो ओर एक आग का घेरा बनाकर उन्हे कैद कर लिया। उसके माता पिता अब वहां से कही भी भाग नही सकते थे उन्हें कैद करने के बाद जब वह शेर्काषि और थोरान के बारे में गोजार को अगाह करने के लिए गुफा की तरफ बढ़ी तब बाकी पाशपुंजो ने उसपर बड़े बड़े पत्थर, पेड़ों के तने इत्यादि फेंककर उसका रास्ता रोकने की कोशिश की। उसे इन हमलो से कोई खास फर्क

नही पड़ा वह बड़ी ही आसानी से इन सब से बच निकली लेकिन इस हमले की वजह से उन पाशपुंजो की शामत आ गयी, गुस्से में आकर वह उन पर कहर बनकर टूट पड़ी। आग से बचने के लिए जिसको जिधर रास्ता मिल रहा था वह उसी तरफ सर पर पैर रखकर भाग रहा था, जो आग की चपेट में आ गये वे झुलस कर वही मुर्छित हो गये। यदिशा को यह देखकर बड़ा आश्चर्य हो रहा था कि वे आग के सम्पर्क में आकर मुर्छित हो जा रहे है परन्तु जलकर खत्म नही हो रहे है सबसे ज्यादा आश्चर्य तो उसे तब हुआ जब उसने एक पाशपुंज को अपनी तलवार से कई टुकड़ो में बांट दिया परन्तु क्षणभर बाद ही उसका शरीर फिर से जुड़ने लगा। इन घटनाओ से उसे एक और महत्वपूर्ण बात पता चली वह ये थी कि आग के इस्तेमाल से इन्हे डराया या मुर्छित तो किया जा सकता है परन्तु पूरी तरह से मारा नही जा सकता, उसने कुछ समय तक उन्हे घूर कर देखा फिर गुफा के आसपास आग की एक मोटी धारा बना दी जिससे की कोई पाशपुंज अंदर आकर पीठ पीछे हमला न कर पाये। चारो ओर अग्निरेखा खींचने के बाद वह गुफा के अंदर जाकर गोजार को खोजने लगी। इधर गोजार अंदर गुफा की छत पर चुपचाप रेंगते हुए उस साये का पीछा कर रहा था। चलते–चलते अचानक उसका हाथ फिसला और वह नीचे आ गिरा। गिरते समय उसने अपने पंखो का बखूबी इस्तेमाल किया जिससे कि कोई आवाज न हो, ऐसा हुआ भी आवाज न होने के लिए उसने अपने पंखो को फडफड़ाया तक नही।

नीचे गिरने के बाद उसने जितनी जल्दी हो सका अपने आप को संभाला और एक बड़ी चट्टान के पीछे जा छुपा। उसका दिल जोरो से धड़क रहा था, बस यूं समझलो कि अनहोनी उसकी तरफ आयी तो लेकिन पास से छूकर निकल गयी। उसने एक लंबी सांस ली और खुद को शांत किया। उसके थोड़ी दूर निकल जाने पर गोजार ने दुबारा उसका पीछा करने की सोची, उसने जैसे ही अपना कदम बाहर की तरफ बढ़ाया एक छोटा सा पत्थर छत से टूटकर नीचे आ गिरा, उसकी आवाज सुनकर वह

साया पीछे मुड़कर देखने लगा। उसके पीछे मुड़ने की वजह से गोजार को फिर से चट्टान के पीछे छुपना पड़ा, उसने ऊपर उस तरफ देखा जहां से वह पत्थर गिरा था। वह पत्थर उन्ही चट्टानो मे से था जहाँ उसका पैर फिसला था, वही देखते समय उसकी नजर एक नुकीली चट्टान पर पड़ी जिसमें धीरे धीरे दरार पड़ रही थी। गोजार ने दूसरी तरफ झाँक देखा वह साया धीरे–धीरे उसकी तरफ बढ़ रहा था। जैसे–जैसे वह पास आ रहा था गोजार की धड़कन भी बढ़ रही थी, वह उस पत्थर के पास आकर रूक गया और उपर की तरफ देखने लगा। उस चट्टान की दरार काफी बढ़ गयी वह बस गिरने ही वाली थी, साया फिर से आगे बढ़ने लगा परन्तु उस बड़ी सी चट्टान ने बीच में गिरकर उसका रास्ता रोक दिया। चट्टानो के बीच में आने से वह मुड़कर वापस चला गया, उसके चले जाने के बाद गोजार की साँस में साँस आयी, उसने इस बार चट्टानो के बीच में छुपकर उसका पीछा किया। कुछ समय पश्चात वे गुफा के सबसे आंतरिक भाग में थे, वह साया किसी अदृश्य दरवाजे की सहायता से एक दीवार के अंदर चला गया, गोजार को समझ में नही आया कि वह गया कहां। वह उसके पदचिन्हों पर आगे बढ़ा कि शायद उसे भी गुप्त दरवाजे का पता चल जाये जो उसे उसके मित्रों से मिला दे। चलते–चलते वह दीवार तक पहुँच तो गया परन्तु रास्ते में उसे कोई अदृश्य दरवाजा नही मिला। चिढ़कर उसने जमीन पर पड़े पत्थर को लात मारने की कोशिश की पर खुद ही फिसलकर गिर पड़ा। वह गिरा तो दीवार की तरफ था परन्तु उससे टकराया नही उलटा उसे वह दरवाजा मिल गया, गुफा के अंदर देखकर वह चौंधिया गया। आंतरिक भाग किसी स्वर्ग से कम नही था, प्रकाश उगलती हुई जमीन, हर जगह चमचमाते पीले पत्थर तथा रोशनदार बेलों से लदे पेड़, इनकी सुंदरता देखकर वह मंत्र मुग्ध हो गया और उस काले साये के बारे में लगभग भूल सा गया। वह जंगल में खोये किसी शिकारी की तरह इधर–उधर घूमने लगा, शायद उसे यह तक याद नही रह गया कि वह यहां किस उद्देश्य से आया था, वह तो बस हर

एक चीज को निहार –निहार कर देख रहा था उसी क्षण उसे किसी की आवाज सुनाई पड़ी जो कुछ दूर पर एक चट्टान के पीछे से आ रही थी वह उस तरफ बढने लगा, उसने आवाज लगाई "वहां पर कोई है क्या?" परन्तु कोई जवाब नही आया उसने दुबारा पूछा परन्तु फिर भी कोई जवाब नही आया, उत्सुकता वश वह अपने कदम जल्दी–जल्दी बढ़ाने लगा वहाँ पहुँचकर उसने देखा कि दो जीव चट्टान में घुसे जा रहे थे, उन्हें ऐसी हालत में देखकर वह बुरी तरह डर गया और चिल्लाते हुए बोला "तुम क्या चीज हो?" तभी उसके पीछे से आवाज आयी "उनसे दूर हो जाओ एक कदम भी आगे मत बढ़ाना।" उसने पीछे मुड़कर देखा वहाँ आग में जलती हुई एक स्त्री खड़ी थी, उसे देख गोजार ने पूछा ''अब तुम कौन हो'' उसने उत्तर दिया ''मै हूं यदिशा ''तुम यदिशा हो, ये क्या हाल बना रखा है तुमने ?''

''ये मेरा वंशगत रूप है''

''अच्छा ये दोनो मुझे कुछ जाने पहचाने लगते है परन्तु इनका रूप अन्य पाशपुंजो के मुकाबले कुछ ज्यादा ही घिनौना है''।

''हाँ इसीलिए तो पहचान में नही आ रहे हैं, वैसे ये वही हैं जिनकी तुम तलाश कर रहे थे''। उसकी बात सुनकर वह थोड़ा सा चितिंत हो गया और उन दोनो की तरफ देखकर बोला ''तो ये दोनो भी नही बच पाये, क्या हाल हो गया है इनका देखो तो जरा''।

वह उन दोनो की तरफ बढ़ा, पर उल्टा उन दोनो ने ही उस पर हमला बोल दिया। उनके हमले से बचते हुए वह बोला "अरे तुम दोनो मुझपर हमला क्यो कर रहे हो? मै दुश्मन नही हूँ, ये मै हूँ मै..........पहचाना नही क्या तुम दोनो ने ''। उसकी बातो का उन दोनो पर कोई असर नही पड़ रहा था वे दोनो बस उसपर हमले किये जा रहे थे, जब गोजार ने देखा है कि यदिशा खड़ी होकर चुपचाप यह सब देख रही है तो उसने थोड़ी नाराजगी जताते हुए कहा ''तुम वहाँ खड़ी होकर ऐसे क्या देख

रही हो, आकर मेरी कुछ मदद करो।''   यदिशा ने कहा "मेरे पास एक तरीका है इनको रोकने का कहो तो इस्तेमाल करूं"। "तो वहाँ खड़ी होकर मेरा मुंह क्यों ताक रही हो इस्तेमाल करो।"

"ठीक है फिर ये लो।" इतना कहकर यदिशा ने उन दोनो के चारो ओर भी आग का एक घेरा बना दिया जिसकी वजह से उनका हिलना–डुलना पूरी तरह से रूक गया। गोजार ने उससे पूछा ''तुम्हे कैसे पता चला कि आग इन्हे रोक सकती है ?''

यदिशा ने उत्तर दिया ''मुझे तब पता चला जब ये उन दैत्य यूवतियों के पास की आग से डरकर भाग रहे थे, इस बात का मैने परिक्षण भी किया है।''

''परिक्षण.................कब, कहाँ?'' उसने आश्चर्य से पूछा।

''बाहर कुछ पाशपुंजो ने मुझपर हमला किया था, मैने उनपर आग का इस्तेमाल किया, घात खाकर वे मुर्छित तक हो गये परन्तु मरे नही, मुर्छित भी इसलिए हुए क्योकि उनका शरीर पूरी तरह बुराई और आक्रामकता के अंधकार से भरा हुआ था, आग उनके शरीर में रोशनी का काम करती है जो अंधकार को मिटाती है इसीलिए ये आग से डरते हैं, जैसा की अभी इन दोनो के साथ हो रहा है" यदिशा ने समझाया। ''इस श्राप को तोड़ने का कोई तरीका है क्या तुम्हारे पास'' उसने पूछा।

''वही तो मै तुम्हे बताना चाहती थी, हम पहली बार यहाँ आये थे किसी शक्ति की तलाश में, हमे बताया गया था कि वह एक ऊर्जा थी जो अंधकार का नाश करती है और इसी पर्वत मे कही दबी पड़ी है''।

''क्या उसका कोई अता पता नही है?'' गोजार ने पूछा, उसके इस प्रश्न पर यदिशा ने एक लंबी सांस ली और फिर कहा ''नही इससे पहले कि हमे कोई सुराग मिल पाता सब कुछ तबाह हो गया, मुझे बचाने के लिए सब बली चढ़ गये''।

''ओह! क्या तुम्हे पहले से इस खतरे के बारे में नही मालूम था'' उसने अफसोस जताते हुए पूछा।

''असल में हमे फंसाया गया था हमे बतानो वालो ने ऊर्जा के बारे में तो सब कुछ बता दिया परन्तु ऊर्जा के पीछे पड़ी इस काली परछायी के बारे में कुछ नही बताया जो हर जीव को श्रापित बना देती है''।

बाते करते करते यदिशा ने ध्यान दिया कि थोरान और शेर्काषि घेरे से बाहर निकलने की लगातार कोशिशे कर रहे हैं, उसे यह थोड़ा अजीब लगा क्योकि स्वाभाविक तौर पर उन्हे आग से डर कर चुपचाप अंदर की बंद रहना चाहिए था।

यदिशा ने गोजार का ध्यान भी इस तरफ खींच लिया। उसे भी यह थोडा अजीब लगा, अचानक से उसका ध्यान दूसरी ओर खींचा चला गया उसने देखा कि वह काला साया दीवार के अदृश्य दरवाजे से बाहर निकल कर उनकी तरफ बढ़ा चला आ रहा है। उसे अपनी ओर आते देख यदिशा ने कहा ''तैयार हो जाओ, अब तुम्हे भी आग की जरूरत पड़ने वाली है''। गोजार ने उसके चेहरे की तरफ देखते हुए कहा ''आग। मेरे पास कोई आग नही है''। उसने उत्तर दिया ''थी तो तुम्हारे सर पर।''

''वही नीली है''

नीली हो या पीली आग आग होती है, उसका काम जलाना ही होता है, इसलिए जितनी जल्दी हो सके जला लो''

''ठीक है'' इतना कहकर उसने परम अग्नि जाग्रत कर ली। उस साये ने दोनो पर बिजली की तेजी से हमला किया परन्तु वे पहले से ही तैयार थे, उन्होने उसके हमले का करारा जवाब दिया। उनके हमले साये का कुछ खास बिगाड़ नही पा रहे थे यदिशा ने उससे पूछा कि क्या वह अपनी आग थोड़ी और बढ़ा सकता है क्योंकि उसकी आग सिर्फ उसके सर तक ही सीमित थी जो लड़ाई मे कुछ खास मदद नही कर रही है। उसने कहा कि वह कोशिश करेगा। यदिशा के कहने पर उसने अपनी आग

को और बढ़ाने की कोशिश की, उसकी तलवार भी यदिशा की तलवार की तरह ही आग से लैस हो गयी तथा उसके सर पर उठ रही आग की लपटें और तेज हो गईं। अब दोनो मिलकर उस पर भारी पड़ रहे थे, वह उनकी आग की तेज रोशनी झेल नही पा रहा था और अपने कदम पीछे बढ़ा रहा था। युद्ध करते करते ही गोजार की नजर उस घेरे पर पड़ी, उसमे से वे दोनो गायब थे पर आग वैसी की वैसी ही जल रही थी। गोजार ने साये पर एक जोर दार वार किया जिससे वह पीछे हट गया, उसने यदिशा को इशारे में वह आग का घेरा दिखाया जो अब बिल्कुल खाली पड़ा था। उस खाली पड़े घेरे को देखकर गोजार ने उससे पूछा "वे दोनो कहाँ गये, तुमने तो कहा था कि वे आग से डरते है"।

यदिशा ने कुछ कहा तो नही परन्तु उसका हाथ पकड़कर अपनी तरफ खींच लिया। वह जैसे ही उस जगह से हटा तीरो की एक लंबी कतार ने उस जगह को छेद डाला। यदिशा के इशारे पर उसने ऊपर देखा तो पाया कि ऊपर थोरान तथा शेर्काषि विचित्र अंदाज में तीरो पर खड़े हुए थे। शेर्काषि ने अपने हाथो मे तलवार थाम रखी थी और थोरान तीर बरसाने के लिए बिल्कुल तैयार खड़ा था। यदिशा ने उससे कहा कि उन्हे अब अलग–अलग होकर लड़ना होगा इस पर गोजार ने दुविधा जताई और कहा कि वह अपने ही मित्रो से नही लड़ सकता है। यदिशा ने उससे कहा कि तो फिर वह साये को संभाले, वह शेर्काषि तथा थोराना से दो–दो हाथ करेगी। गोजार ने उसकी यह बात मान ली दोनो अपने अपने प्रतिद्वंदियो के साथ घमासान करने में व्यस्त हो गये। थोरान अपनी इस हालत मे तीरो को बहुत अच्छी तरह से संभाल नही पा रहा था फिर भी उसके हमले यदिशा के खिलाफ काफी ताकतवर साबित हो रहे थे।

इतने ताकतवर हमले होने के बावजूद वह उनसे बड़ी आसानी से बचती जा रही थी और चालकी से दोनों का एक साथ सामना कर रही थी, इधर गोजार उस साये के साथ जूझा

हुआ था, वह अपनी जलती हुई तलवार से उसे घात पर घार दिये जा रहा था, वह जितनी बार भी हमले करता उसके घाव उसी तेजी के साथ भरते भी जा रहे थे। वह हमले कर कर के परेशान हो गया था, उसे समझ में नही आ रहा था कि वह ऐसा क्या करे जिससे यह जीव कमजोर पड़ जाये और अपने आपको ठीक न कर पाये, उसे कोई रास्ता नही सूझ रहा था।

लड़ते–लड़ते उसने अपना ध्यान लड़ाई से थोड़ा सा खो दिया नतीजा यह निकला कि एक जोर दार घूसा आकर उसके मुँह पर जम गया। यह घूसा खाकर वह दूर एक दीवार से जा टकराया, पहले वार से अभी पूरी तरह संभला भी नही था कि एक दूसरा जोरदार वार भी हो गया दूसरा वार खाकर वह उस अदृश्य दरवाजे में जा घुसा जिसमें उसने पहले उस साये को घुसते देखा था। इधर थोरान यदिशा पर चारो ओर से तीर के हमले किये जा रहा था और वह उन्हे अपनी तेज तलवार से गाजर मूली की तरह काट रही थी। वह थोरान के तीरो से निपटने में इतना व्यस्त हो गई कि शेर्काषि पर अपना ध्यान रखना ही भूल गई, इसी बात का फायदा उठाकर शेर्काषि ने उसे पीछे से एक मजबूत धोबी पछाड़ दे डाली। यदिशा जमीन पर मुँह के बल गिरी, उन दोनो ने उठने तक का मौका नही दिया गिरते ही थोरान ने उसके शरीर को चारो ओर तीरो से कस दिया और शेर्काषि उसके ऊपर चढ़कर पंख उखाड़ने की कोशिश करने लगी। पंख उखाड़े जाने की कोशिश पर यदिशा को तीव्र पीड़ा होने लगी जिस वजह से उसका गुस्सा सातवें आसमान पर जा पहुँचा, गुस्से की वजह से शरीर की आग इतनी बढ गई कि तीर तो गले ही साथ ही साथ थोरान और शेर्काषि को उससे दूर भागना पड़ा।

उन दोनों का आग और रोशनी से न डरकर उसका सामना करना उसे आश्चर्य चकित कर रहा था, वह बार–बार उन्हे घूरकर उसका कारण पता लगाने की कोशिश कर रही थी परन्तु अभी तक उसके हाथ कुछ न लगा, उसे अपनी तरफ यूँ घूरता

देख शेर्काषि तेजी के साथ दौड़ी और एक ऊँची छलाँग के साथ उस पर तलवार चला दी। उसने वह वार बड़ी ही आसानी से रोक दिया, और एक जोरादार लात शेर्काषि पर जमा दी, उसी के साथ ही अपनी एक तलवार फेंककर मार दी। हवा में आते ही तलवार किसी अग्निसर्प की तरह लहराने लगी, लहराता हुआ यह अग्निसर्प शेर्काषि के शरीर पर चारो ओर से जा लिपटा और कस लिया। जमीन पर गिरने के बाद शेर्काषि सही से हिल भी नही पा रही था। इसके तुरन्त बाद ही यदिशा ने अपनी दूसरी तलवार थोरान पर चला दी पर वह तीरो की एक ढाल बनाकर बच निकला वार खाली जाने पर तलवार फिर से अपने मालिक के पास वापस आ गयी। ढाल का सहारा लेते हुए थोरान ने उसपर तीरो की बरसात शुरू कर दी।

अदृश्य दरवाजे के अंदर पहुँचकर गोजार ने देखा कि अंदर पूरी तरह घुप अंधेरा था सिवाय उन खंभो को छोड़कर जिनमे पीले रंग का तेज प्रकाश दौड़ रहा था नीचे की सतह काले रंग के पानी जैसी थी एक दम समतल और चमकीली उसमे गोजार को अपना प्रतिबिंब साफ नजर आ रहा था, इन सब के बावजूद उसे यह समझ में नही आ रहा था कि हर जगह यह पीला प्रकाश किसलिए है और यदि वह साया प्रकाश से डरता है तो अंदर क्या करने आया होगा। इसी उत्सुकता मे।वह और अंदर की ओर बढ़ने लगा। काफी दूरी तय करने के बाद उसे वह मिला जिसका उसे अंदाजा भी नही था, दो बड़े और ऊँचे खंभो के बीच एक वृत्ताकार प्रकाश का काला स्रोत था जो जमीन के जरिये पीला प्रकाश अपने अंदर खींच रहा था।

यह कुछ–कुछ उस साये के ऊपर जल रही आग के जैसा प्रतीत हो रहा था क्योंकि वह भी काले रंग की ही थी, उस साये को अपनी शक्तियाँ इसी स्रोत से मिलती थी शायद। गोजार ने आगे बढ़कर उसे छुआ, छूते ही उसे ऐसा लगा कि वह किसी नयी जगह मे पहुँच गया हो, यह जगह चारो तरफ अंधकार से भरी हुई थी दूर–दूर तक कुछ छोटे तारो के अलावा और कुछ भी

नजर नही आ रहा था, अचानक उस जगह में एक बड़ा सा धमाका हुआ और वे छोटे तारे टूटकर नये तारो की संरचना करने लगे, धीरे–धीरे नये तारे अपना रूप रंग बदलने लगे उन्ही में से एक तारा रंग–बिरंगा हो गया, गोजार ने पास जाकर देखा तो उस तारे पर पहाड़ व चट्टाने नजर आ रहे थे वह उनके और पास गया नजदीक से नजर रखने के लिए। धीरे–धीरे उस तारे का वातावरण बहुत तेजी से बदलने लगा और उसपर जीव पनापना शुरू हो गये, उनका आकार बढ़ने लगा और वे जिंदा रहने के लिए एक दूसरे को मारकर खाने लगे। कुछ समय पश्चात ऊर्जा का एक बड़ा बादल उस तारे पर खींचा चला आया, उसने उसके एक बड़े से भाग को ढक लिया और फिर वीलीन हो गया जितने मे वह बादल छाया था वह जगह बाकी से थोड़ी अलग थी। यह सब जो भी हो रहा था गोजार उसे समझने की कोशिश कर ही रहा था कि उसने देखा आग का एक बड़ा गोला उस तारे पर आ गिरा जिससे उस पर पनप रहा पूरा जीवन नष्ट हो गया और वह जगह भी पहाड़ो के नीचे दफन हो गयी।

कुछ समय पश्चात उस तारे पर जीवन फिर से पनपने लगा तथा धीर–धीरे बीतते समय के साथ नयी सभ्यताएं फलने–फूलने लगी। यह देखकर उसे थोड़ी सी खुशी हुई। कुछ जीव और चीजो को देखकर उसे अहसास हुआ कि यह तारा तो वही है जिस पर वह रहता है, अपनी दुनिया का भविष्य देखने के लिए वह और पास चला गया, परन्तु अचानक ही उसकी खुशी समाप्त होने लगी, उसने देखा कि लोग एक दूसरे को ही मार रहे है और गायब होते जा रहे है धीरे धीरे उनकी संख्या लगभग न के बराबर हो गई। उसने और पास जाकर देखा तो पता चला कि वे सारे के सारे पाशपुंजो मे बदल रहे थे। वह इससे ज्यादा और कुछ नही देख पाया, एक काले प्रकाश का बड़ा सा धमाका हुआ जिसने चंद क्षणो में ही पूरे ग्रह को अपनी चपेट मे ले लिया। उस धमाके से गोजार वापस उस काली जगह में जा पहुँचा। उसने देखा कि एक एक करके सारे तारे काले पड गये, ऐसा लगा कि हर एक चीज का अंत हो गया था और उसके हिसाब से यह

सबसे भयानक अंत था। उसने उस जगह में साये की लहरती हुई आंखे देखी उन्हे देखकर वह हड़बड़ा गया। अंदर हड़बड़ाने की वजह से बाहर उसकी आँखे खुल गई। उसने देखा कि वह अभी भी अपनी जगह पर ही खड़ा हुआ था न कि किसी काली दुनिया के अंदर, बस सिर्फ उसका हाथ उस वृत्ताकार स्रोत के अंदर था, डरकर उसने अपना हाथ बाहर खींच लिया। उसे अहसास हुआ कि अभी तक उसने जो देखा वह उसकी अपनी दुनिया का जन्म तथा अंत था, अपनी दुनिया के ऐसे अंत के बारे में सोंचकर उसे बहुत दुख हो रहा था।

उसने स्रोत को घूरा उसे ख्याल आया कि यदि इस ऊर्जा का इसमे जाना बंद हो जाये तो इस दुनिया का अंत भी टल जायेगा और उसके लिए उसे सिर्फ उन खंभो को तोड़ना होगा जिसमे वह ऊर्जा बह रही है, यह सोंचकर वह पीछे मुडा, मुड़ते ही उसके पाँव ठिठक गये वह साया उससे बस कुद कदम की दूरी पर ही खड़ा था। उसे वहाँ पर खड़ा पाकर गोजार को अपनी योजनाओं पर पानी फिरता दिखा, वह इधर उधर ताककर उससे बच निकलने का कोई रास्ता खोजने लगा। इतने में ही वह साया बोल पड़ा "जब ये होगा तो चारो तरफ का नजारा कितना सुदर होगा"। उसे बोलते देखकर गोजार आश्चर्य चकित हो गया और अपनी आँखे बड़ी करते हुए बोला "तो तुम बोलते भी हो।" साये ने उत्तर दिया "बोलने की काबिलियत तो लगभग सारे जीवों मे पायी जाती है।" गोजार ने अपनी आवाज को थोड़ा और ऊँचा करके कहा "पहली चीज कि तुम कोई जीव नही हो और दूसरी कि तुम क्या कह रहे थे.................क्या सुंदर होगा?" "वही जो तुमने अभी महसूस किया और हाँ तुमने सही कहा कि मै कोई जीव नही हूँ मुझे होना भी नही चाहिए" उसने कहा। गोजार ने उससे पूछा "तो तुम क्या हो किसी तरह की अंधेरी रूह।" "वैसे तुम चाहो तो मुझे ये बुला सकते हो" इतना कहकर वह गोजार की तरफ धीरे–धीरे बढ़ने लगा। काफी पास आने के बाद उसने स्रोत की तरफ इशारा करते हुए कहा "इसे देख रहे हो इसकी सुंदरता अद्वितीय है अंधकार दुनिया की सबसे

महत्वपूर्ण चीज है यह हमे आराम देती है, जीवन से, दुख सुख से , वेदना, मोह और अच्छाई बुराई से" इतना कहकर वह उसके पास आ गया और धीरे से बोला "पता है इसमे सबसे ज्यादा शांति है क्योंकि इसमे कुछ नही दिखता सिवाय अपने आपके"।

उसके इतना पास आने से गोजार को थोड़ा अजीब लगा, उसने अपने पंख फैला दिये और उड़कर उससे दूर जा पहुँचा। दूर खडे होकर पूछा "तो तुम यह सब मुझे क्यो बता रहे हो ? और उस शान्ति का मै क्या करूंगा जिसमे पूरा जीवन अकेले ही गुजारना पड़े"।

साया हँसते हुए बोला " अकेले पन का आनन्द कोई चंचल नही समझ सकता, तुम अनमोल हो और तुम्हारी वह दोस्त भी क्योकि तुमपर अभी तक अंधकार का कोई असर नही दिखाई पड़ा है"।

गोजार ने उस पर टिप्पणी कसी "देखना कही ये अनमोल तुम्हे मंहगे न पड़ जायें"। गोजार ने अपने शरीर की आग बढ़ा ली। उसे ऐसा करते देख वह साया बोला "तो क्या तुम यही चाहते हो?"

गोजार ने उत्तर दिया "हाँ बिलकुल"। उसका उत्तर सुनकर साया थोड़ा निराश हो गया और बोला "मुझे लगा था कि शायद तुम थोड़े समझदार हो पर चलो कोई बात नही तुम्हारी ऊर्जा बहुत मदद कर देगी।" दोनो एक दूसरे पर हमला करने के लिए तेजी से बढ़े लेकिन गोजार ने उसे चकमा दे दिया और स्रोत पर लगे उन खंभो को काट गिराया। नतीजा उसकी सोच के बिलकुल विपरीत निकला खंभो के गिरने के बावजूद स्रोत पर कोई असर नही पड़ा उल्टा साये ने उसे धर दबोचा। उसे अपने चंगुल में फँसाने के बाद वह बोला "तुम समझदार तो नही हो, पर सोंचा नही था कि इतने बड़े बेवकूफ निकलोगे" उसने गोजार का गला अपनी भुजाओं से कस लिया जिससे गोजार का दम घुटने लगा। गला कसने के बाद उसने उसके शरीर को टूटे हुए खंभे के सहारे टिकाकर पीठ पर अपने दोनो पाँव रख दिये और

फिर गरज कर बोला "क्या तुम्हे सच मे लगता है कि अंधेरे को टिकने के लिए किसी सहारे की जरूरत है।"

गर्दन कसी होने के कारण गोजार के लिए एक शब्द निकालना भी मुश्किल हो रहा था, बड़ी ताकत लगाकर उसने तीन शब्द कहे "प.............पह..............पर तुम्हे...............ह है........" और मुस्कुराने लगा। उसे मुस्कुराते देखकर उस साये को बहुत ही गुस्सा आया वह शांत परन्तु डरावनी आवाज मे बोला "तो तुम्हे मजा आ रहा है कोई बात नही कुछ ही समय पश्चात् तुम्हारी सारी हेकड़ी गायब हो जायेगी, यह भी नही पहचान पाओगे कि तुम कौन थे।" इतना कहते ही उसने उसकी सर पर परम अग्नि से ऊर्जा खींचनी शुरू कर दी, कुछ ज्यादा फर्क पड़ता इससे पहले ही गोजार ने अपनी पूरी ताकत लगाकर अपने हाथो को आजाद किया और थोड़े ही दूर स्थित एक पीले प्रकाश के खंभे पर अपनी तलवार फेककर मारी। धधकती हुई तलवार खंभे को भेदते हुए उसके आर–पार हो गई। खंभे के टूटते ही उसमे से पीला प्रकाश निकल कर पूरी जगह को घेरने लगा।

वह साया प्रकाश की वजह से कमजोर पड़ने लगा, मौका पाकर गोजार ने आस पास से सभी खंभो को भेद डाला, पूरी जगह मे प्रकाश की धाराएं बहने लगी, उनके संपर्क में आकर अंधकार का स्रोत अस्थिर होना शुरू हो गया। वह साया छटपटा कर इधर–उधर भागने लगा। गोजार वहाँ से बाहर निकला यदिशा और थोरान अभी भी लड़ रहे थे परन्तु शेर्काषि कही नजर नही आ रही थी। बाहर की सारी चीजो से प्रकाश धीरे धीरे खत्म हो रहा था और वे सामान्य होती जा रही थी। गोजार यदिशा की मदद थोरान से लड़ने मे करने लगा, उन दोनो के एक साथ हो जाने पर थोरान के तीर कुछ खास नही कर पा रहे थे, वह उन दोनो से सामने कमजोर पड़ने लगा।

धीरे–धीरे गुफा से सारा पीला प्रकाश गायब हो गया और थोरान बेहोश होकर नीचे गिर पड़ा। उसके गिर जाने पर गोजार ने उसे संभाला और एक चट्टान से सटाकर बिठा दिया। गोजार

उसे बिठा ही रहा था कि उसने देखा साया पूरे क्रोध मे अदृश्य दरवाजे से निकल कर पैर पटकता हुआ उनकी तरफ चला आ रहा है। दोनो अपनी अपनी तलवारे लेकर हमले का जवाब देने के लिए तैनात हेा गये, उन्हे यह देखकर बहुत ही आश्चर्य हो रहा था कि साया क्रोधित नही बल्कि डरा हुआ था, किसी से जान बचाकर भागा चला आ रहा था। अगले ही पल उस दरवाजे से एक विचित्र जीव निकला जो पूरी तरह से पीली ऊर्जा का बना हुआ था, उसका शरीर देखने में किसी मछली के जैसा था परन्तु चार बड़ी–बड़ी टाँगे भी थी जो उसे देखने में और भी अजीब बना रही थी। साया शायद उसी से डरकर भाग रहा था। उसने भागने की कोशिश तो की पर सफल न हो पाया।

गोजार के पास आते–आते प्रकाश पुंज ने उसे अपनी चपेट में ले लिया। साये का शरीर हवा मे वीलीन होकर एक अंधकार बिंदु में परिवर्तित होने लगा, पूरी तरह से परिवर्तित होने से पहले उसने गोजार से एक बात कही "जिनके लिए आज तुम खड़े हो वही एक दिन तुम्हारे खिलाफ खडे होंगे, पहचानो कि तुम कौन हो?" वह अंधकार का एक बिंदु मात्र रहा गया, वह बिंदु प्रकाश पुंज के साथ जीव के अंदर समा गया। साये ने अभी जो कुछ भी कहा था वह गोजार के ऊपर से गुजर गया। वह खड़ा होकर इस बारे में सोचने लगा यदिशा ने उसका ध्यान भंग किया और उस जीव की तरफ इशारा किया।

वह जीव खड़ा उन दोनो के घूरे जा रहा था, यदिशा ने गोजार से पूछा कि उसे कोई अंदाजा है क्या इस चीज के बारे में, गोजार ने न में सिर हिला दिया, वे दोनो भी उसे घूरने लगे। काफी समय तक ऐसे ही उन दोनो को घूरने के बाद उस जीव ने अपनी एक टांग से गोजार को छुआ। उसके छूने पर गोजार घबरा गया परन्तु हिला–डुला बिल्कुल भी नही। गोजार के शरीर को स्पर्श करने के बाद उसने अपनी आँखे बंद की। आंखे बंद करते ही पूरी गुफा में एक कंपन सा उठा, वह कंपन एक अजीब

सी ध्वनि उत्पादित कर रहा था। ध्वनि को सुनकर जीव प्रकाश के छोटे–छोटे कणो के रूप मे हर जगह फैल गया।

प्रकाश के फैलने की वजह से थोरान का शरीर फिर से सामान्य हो गया, उसका श्राप टूट गया श्राप टूटते ही वह होश में आ गया और गोजार को पुकारा, उसे फिर से वापस पाकर गोजार को बहुत खुशी मिली, उसने उसे गले से लगा लिया।

दोनो पूरी गुफा में फैले उन चमकदार कणो को निहारने लगे, यदिशा ने गुफा की छत की ओर नजरे उठाई, छत के पास कणों के एक अनुक्रम को देखकर वह बोली "कुछ हो रहा है।" इस पर गोजार बोला "परन्तु मुझे तो कुछ नही हो रहा है।" थोरान ने उसकी हाँ में हाँ मिलाते हुए कहा "मुझे भी कुछ नही हो रहा है"।

यदिशा ने उनके सर के ऊपर इशारा करते हुए कहा "मै हमारी बात नही कर रही हूँ, उसकी कर रही हूँ जो तुम्हारे ऊपर हो रहा है।"

दोनो ने भी अपनी–अपनी मुंडी ऊपर की तरफ उठाई, अनुक्रम मे कणो की संख्या धीरे–धीरे बढ़ती जा रही थी। प्रकाश को यूँ तीव्रता से एक जगह बढ़ते देख वे तीनो डर से गये गोजार उसे एकटक देखते हुए बोला "अब ये क्या है इतना सब होने के बावजूद अभी भी कुछ बाकी रह गया है क्या ?"

यदिशा धीरे से बोली "क्या पता, शायद हो भी सकता है"।

अचानक से गुफा में फैले सारे कण तीव्रता से उस अनुक्रम की ओर बढ़ने लगे और वहाँ प्रकाश का एक बवंडर बन गया। बवंडर इतना ताकतवर था कि उन तीनो को दूर जाकर खड़ा होना पड़ा। एक धमाके के साथ बवंडर खत्म हो गया और उसमे से एक मानव जैसा जीव निकल कर बाहर आया, यह मानव जीव भी पीले रंग का ही था तथा प्रकाश से पूरी तरह भरा हुआ था। वह धीरे–धीरे उन तीनो की ओर बढ़ा, पास आकर उसने तीनो को बहुत करीब से निहारा।

थोरान ने उससे पूछा ''तुम क्या हो'' उसने कोई उत्तर नही दिया बस पास आकर घूरने लगा। थोरान ने दुबारा कहा ''कोई बात नही अगर तुम्हारे पास उत्तर नही है तो परन्तु तुम जो भी हो, लाजवाब हो।''

इस पर यदिशा ने पीछे से टिप्पणी की ''और नंगे भी ''।

टिप्पणी पर वह मानव जीव उसकी तरफ मुड़ा और धीरे से बोलने की कोशिश की ''व...............व...........वो क्या...........हो...... होअ......होता है?"

यदिशा ने धड़ल्ले से कहा ''लाजवाब ?''

उसने उत्तर दिया ''नही.........ब........बाद का''।

''नंगा ?''

''हा...........हाँ''

''नंगा मतलब बिना कपडों के''

''क............कपड़ा क्या...........है?''

''यही जो हमने पहन रखा है''

''ये...............रंगा............रंगा?' यह कहकर उसन उसके कपड़ो को पकड़ा, यदिशा ने देखा कि उसके शरीर की रोशनी से उसे कोई असर नही पड़ रहा था। वह हँसते हुए बोली ''हाँ यही रंग बिरंगा''।

''तो इ........इसे पहनने..........प..........पर मै नंगा नही''

उसने हाँ मे।सर हिलाया। उस मानव जीव ने अपने आपको देखा फिर जमीन की तरफ देखा, जमीन से कण उठकर उसके शरीर पर जमने लगे। उसके शरीर पर जमकर कणों ने कवच का रूप ले लिया। शरीर ढकने पर वह थोडा सा मुस्कुरा कर बोला '' अब मै नंगा नही।'' इस बार बोलने में वह जरा सा भी हकलाया नही ऐसा लग रहा था जैसे समय से साथ उसकी आवाज

सुधरती जा रही थी। गोजार ने आगे बढ़कर उससे पूछा ''तुम्हारा नाम क्या है?'' उसके प्रश्न पर मानव ने भी प्रश्न ही किया ''नाम क्या होता ?'' गोज़ार उसे समझाते हुए बोला ''नाम जिसके द्वारा किसी को बुलाया जाता है, या उपाधि जैसे यदिशा की है।''

इस पर भी उसने कोई उत्तर नही दिया बस खड़ा घूरता रहा। काम न बनते देख गोजार ने दूबारा पूछा ''तुम कौन हो'' उसने उत्तर दिया ''मै मै हूँ।''

''तो हम तुम्हे क्या कहें ?''

''तुम चाहो''

थोरान ने आगे बढ़कर कहा ''चलो अच्छा है किसी का तो नामकरण करने मिलेगा, तो मै तुम्हे बुलाऊँगा पीत शक्ति, नही शक्ति पीत, या उजाला, नही ठीक नही है अच्छा तो सिर्फ शक्ति कैसा रहेगा या पीत? ''

थोरान को इस तरह अपने आप से बड़बड़ाते देख गोजार बोला ''नही हम इसे इसमें से कुछ नही बुलाएंगे इसलिए तुम अपनी चोच बंद रखो, तुम क्या कहती हो यदिशा''

यदिशा कुछ नही बोली बस चुपचाप ताकती रही, उसे इस तरह ताकते हुए देखकर गोजार ने कहा ''जाने दो मै ही कुछ सोचता हूँ, तो एक चीज जिसे अपना नाम नही पता न वजूद और न ही अपने आपका उसे तो अनाम ही बुलाया जा सकता है क्यों है न।''

अनाम सुनकर वे दोनो उसकी तरफ ताकने लगे, उसने उस मानवीय जीव से पूछा ''अगर हम तुम्हे अनाम बुलाएँ तो कैसा रहेगा ?''

''अनाम अच्छा'' वह खुश होते हुए बोला।

''तो ठीक है फिर, मेरे हिसाब से अब हमे बाहर चलना चाहिए क्योकि यहाँ और रूकने का कोई मतलब नही है'' कहकर

उसने उन दोनो से बाहर चलने का इशारा किया फिर अनाम की तरफ देखकर बोला "हमारे साथ चलना चाहेगे"

अनाम ने खुश होकर हाँ मे सिर हिलाया और उनके साथ चल दिया। बाहर पहुँचकर उन्होने देखा कि बाहर का नजारा पूरी तरह से बदला हुआ था, बाहर अब कोई पाशपुंज नही बचा था, जितने जानवर थे वे सारे जंगल में भाग चुके थे, गुफा के बाहर सिर्फ दानव और अन्य प्रजातियाँ ही बची थी। वो भी एक दूसरे की मदद करने में लगी हुई थी। कुछ जीव तो ऐसे भी थे जो बहुत ही अजीब और प्राचीन लग रहे थे उनको देखकर यह अंदाजा लगाया जा सकता था कि वे कई हजार सालो से इस श्रापित अवस्था मे कैद थे और अब वापस आने के बाद यह तक भूल चुके थे कि वे कौन है बिल्कुल अनाम की तरह।

उन तीनो को श्राप खत्म होने की खुशी तो थी परन्तु उससे मुक्त हुए जीवो की दयनीय अवस्था को देखकर दुख भी हो रहा था। उनको बाहर आता देख सारे जीव अपना सब कुछ भूलकर एकटक उन्ही की ओर देखने लगे। सबको अपनी तरफ ऐसे घूरता पाकर अनाम ने पूछा "लोग हमें क्यो घूरते ?"

यदिशा ने उसके प्रश्न का उत्तर दिया "शायद श्राप से मुक्ति पाने के बाद सभी थोड़ा सा सदमें में है, बाहर आने मे।थोड़ा वक्त तो लगेगा ही" उसने कहा। "लेकिन ये तो पहले ही बाहर..........." इस बार यदिशा ने उसकी बात का कोई उत्तर नही दिया, वह स्तब्ध होकर दूसरी ओर खड़े अपने माता–पिता को देख रही थी, उनकी नजर अभी तक उस पर नही पड़ी थी। उन्हे सही सलामत देखने मात्र से ही उसकी आँखे नम हो गई और वह अपने सामान्य रूप मे।परिवर्तित हो गई। उसे देखकर गोजार ने उसकी अवस्था का अंदाजा लगा लिया, उसने उसके कंधे पर हाथ रखा और सुझाव दिया कि उसे उनके पास जाना चाहिए। उसकी बात मानकर यदिशा अपने माता–पिता के पास गयी। उसे वापस पाकर वे फूले नही समा रहे थे वे भी अपनी आँखो को नम होने से रोक न पाये और उसे अपने गले से लगा

कर रो पड़े। उसे परिवार से मिलाने के बाद गोजार को भी बहुत अच्छा महसूस हो रहा था।

थोरान ने उससे कहा "चलो अच्छा हुआ उसे उसका परिवार वापस मिल गया। " गोजार ने मुस्कुराते हुए हाँ मे।सिर हिला दिया।

अनाम ने उससे पूछा "परिवार क्या होता?" थोरान ने उत्तर दिया" परिवार कहा जाये तो अपने यानि माता–पिता, भाई–बहन, ताई–ताऊ और कुछ बिन बुलाये मेहमान, तुम्हारा कोई परिवार नही है क्या ? " उसने उत्तर दिया " मेरा कोई परिवार नही, मै अपने जैसा अकेला।" "गोजार ने उसे दिलासा देते हुए कहा "कोई बात नही आज से हम तुम्हारा परिवार है"। "तुम बहुत अच्छा " उसने मुस्कुरा कर कहा "अच्छा एक बात बताओ तुम्हारी भाषा इतनी अजीब क्यो है "

उसने उत्तर देकर स्पष्ट किया "मेरा आकार व भाषा नही, मै ये सब तुमसे लिया। " "परन्तु मेरी भाषा भी ऐसी नही है? "

"कम ऊर्जा मे आधा ज्ञान मिला" उसने समझाया।

थोरान अपने चारो तरफ देखते हुए बोला "तुम लोगो को ऐसा नही लग रहा है कि हम कुछ भूल रहे है?"

"मै नही भूला" अनाम ने अपने आपको देखते हुए कहा "हाँ तुम नही भूले पर मै तुम्हारी बात नही कर रहा हूँ बल्कि शेर्काषि के बारे में पूछ रहा था, वह अभी तक हमे कहीं दिखाई नही दी" गोजार थोड़ा परेशान हो गया। थोरान ने अंदाजा लगाकर कहा "वह भागी तो बाहर की ओर ही थी इसलिए उसे यहीं होना चाहिए"।

"तो चलो चलकर उसे खोजते हैं अब तक श्राप का असर उसपर से भी उतर चुका होगा" थोरान ने कहा।

गोजार अपने पंख फैलाकर ऊपर की तरफ उड़ चला और जाते–जाते बोला "तुम दोनो आस पास की जगहो मे खोजो और

मै आसमान से खोजता हूँ अंधेरा है इसलिए शायद थोड़ी तकलीफ हो सकती है पर वह ज्यादा दूर नही गयी होगी'' थोरान और अनाम उसे आसपास की चट्टानो के पीछे खोजने के लिए चले गये और गोजार आसमान से उसकी तलाश करने लगा। आसमान से नजर रखते समय उसे एक आवाज सुनाई पड़ी ''क्या तुम्हारा खोया, साथी स्त्री''?

गोजार सुनते ही आवाज को पहचान गया पीछे मुड़कर उसने देखा कि अनाम भी उसके साथ ही हवा मे तैर रहा था, उसे वहाँ अपने साथ पाकर गोजार थोड़ा नाराज हो गया और बोला ''तुम यहाँ मेरे साथ क्या कर रहे हो, मैने तो तुम्हे नीचे खोजने का काम सौपा था।''

''मैं मदद करना चाहता'' अनाम ने उत्तर दिया।

''इसलिए तो मैने तुम्हे वह काम सौंपा था, ताकि तुम मेरे साथी को खोजने मे मदद करो'' ''मैं साथ रह के मदद करना चाहता'' उसकी बात सुनकर गोजार मुस्कुराने लगा वह सोच रहा था कि कैसी–कैसी चीजो से उसका पाला पड़ रहा है, ये दिखने में तो खतरनाक हैं पर असलियत कुछ और ही है। वह बोला ''ठीक है फिर करो जैसे कर सकते हो '' अनाम ने फिर से वही प्रश्न दुहराया कि क्या उसका साथी एक स्त्री है, उसने जवाब मे हाँ कहा। अनाम ने उसे बताया कि उसे गुफा की ऊपरी सतह पर चट्टानो के बीच मे किसी स्त्री की ऊर्जा का आभाष हो रहा है इसलिए उन्हे वहाँ जाकर एक बार देखना चाहिए।

गोजार ने उसकी बात मान ली और दोनो गुफा के ऊपर जा पहुँचे। वहाँ उन्होने शेर्काषि को मुर्छित अवस्था मे पाया। गोजार ने अनाम से पूछा कि उसने ये कैसे किया, अनाम ने उसकी बात का उत्तर देते हुए समझाया कि वह यहाँ मौजूद हर किसी की ऊर्जा महसूस कर सकता है और इसी के जरिये वह यह भी पता लगा सकता है कि निश्चित ऊर्जा वाला जीव क्या और कैसा है।

नीचे जब वह उसके साथी को खोज रहा था तब सभी की ऊर्जा सामान्य तथा तीव्र दिख रही थी परन्तु यहाँ से ऊर्जा का जो आभास उसे हो रहा था वह असामान्य तथा काफी धीमा था जिससे उसे अंदाजा लग गया कि यहाँ कोई है और यह उसका मित्र भी हो सकता है इसीलिए वह वहाँ खोजना छोड़कर यहाँ उसके पास चला आया।

गोजार ने उसे धन्यवाद दिया, शेर्काषि को वहां से उठाकर गुफा के नीचे ले आया। उसे शेर्काषि को हाथो मे उठाकर इस तरह नीचे लाते देख थोरान और यदिशा भी उसके पास जा पहुँचे।

जमीन पर लिटाकर गोजार उसे होश में लाने की कोशिश करने लगा परन्तु वह सफल नही हो पा रहा था, यदिशा के पिता ने कहा कि वे कुछ मदद कर सकते है। उन्होने शेर्काषि के माथे पर अपने दोनो हाथ रखकर जोर से दबाया। दबाते ही उन्हे जोर का झटका लगा और वे दूर जा गिरे। यदिशा ने उन्हे संभाला, वापस खड़े होकर उन्होने कहा कि किसी तरह से अंधकार ने अभी भी उसके हृदय को कैद कर रखा है इसलिए वह श्राप से पूरी तरह आजाद नही हो पायी है। उन्होने सुझाव दिया कि शायद इसे और ऊर्जा की जरूरत है अनाम ने कहा कि वह ये कर सकता है क्योकि वह ऊर्जा का ही बना हुआ है। यदिशा के पिता ने भी उसकी बात का साथ दिया। गोजार उन दोनो से सहमत हो गया और अनाम से बोला कि वह जो कर सकता है करे बस शेर्काषि को कुछ नही होना चाहिए।

अनाम ने हाँ मे सिर हिलाया और शेर्काषि को अपनी बाहो मे उठा लिया। उसे अपनी बाँहों मे उठाकर वह हवा मे उड़ चला, एक उचित ऊँचाई तक पहुँचने पर वह रूक गया और अपने शरीर को एक सीमा तक प्रज्वलित कर दिया। आसमान में वह किसी सूरज की तरह लग रहा था, धीरे–धीरे रोशनी उसके शरीर से शेर्काषि के शरीर मे जाने लगी, रोशनी अंदर जाते ही शेर्काषि होश मे आकर चीख पड़ी और अपने आप को छुड़ाने की कोशिश

करने लगी, इसी हाथा–फाई मे वह अनाम के हाथो से छूटकर नीचे गिर पड़ी। गोजार ने उसे नीचे गिरने से पहले ही पकड़ लिया और आराम से नीचे ले आया।

अनाम भी अपनी रोशनी सामान्य करके नीचे नीचे उतर आया। अब सब कुछ ठीक हो चुका था न कोई गायब था और न ही कोई श्रापित या घायल था। शेर्काषि ने गोजार से अनाम के बारे मे पूछा तो गोजार ने उसे सब बता डाला।

शेर्काषि ने कहा कि उसे कुछ भी याद नही है सिर्फ ये छोड़कर कि वे दोनो सुरंग का दरवाजा खुलने का इंतजार कर रहे थे कि अचानक से चारो ओ धुंध छा गयी, उस धुंध में उन्हे एक काला साया दिखा जिसने उसे सुला दिया। जब आँख खुली तो वह इस पीले से जीव के हाथो मे थी। यब सब बताते हुए वह बहुत ही चिंतित लग रही थी। गोजार ने उसे गले से लगा लिया और बोलो कि अब सब ठीक है उन्हे कुछ नही हुआ है, अब तक बाकी बचे सारे जीव भी वहाँ से जा चुके थे।

गोजार ने यदिशा से कहा कि उसे अपने माता–पिता के साथ वापस लौट जाना चाहिए क्योंकि उसका भविष्य उनके साथ है न कि उसके साथ। यदिशा को समझ मे नही आ रहा था कि वह क्या करे फिर उसने कुछ सोच कर हामी भर दी, वे सब आगे बढ़ने के लिए मुड़े ही थे कि उनके सामने वे औरते आ खड़ी हुई जिन्होने जंगल में उनपर हमला किया था। उन्हे देखकर गोजार, यदिशा और शेर्काषि ने अपनी तलवारे बाहर निकाल ली, थोरान ने अपने तीर तैयार कर लिए। यदिशा के पिता ने उन्हे रोककर कहा कि वे उन युवतियों को जानते हैं ये हमला करने नही आयीं हैं यह सुनकर सबने अपने हथियार नीचे कर लिए, उस झुंड मे से एक यूवती निकल कर बाहर आयी और बोली ''आप लोगो पर हमला करने के लिए हम क्षमा चाहते हैं, परन्तु हम हमला करने के लिए बाध्य थे नही तो वह हमारी पूरी प्रजाति मिटा देता''

गोजार ने कहा "कोई बात नही परन्तु अब वह नही रहा इसलिए तुम लोग अपने हिसाब से जिंदगी जीने के लिए आजाद हो "।

उस यूवती ने गोजार को एक तलवार भेट की और कहा " यह एक प्राचीन तलवार है, युद्ध के मामले में कोई इसका सानी नही है हमारी तरफ से आप इसे धन्यवाद समझिये "।

गोजार ने तलवार के लिए सबका धन्यवाद किया और चलने की अनुमति माँगी। जाते–जाते थोरान ने कहा कि क्या वह उनका एक बड़ा वाला तीर रख सकता है उस यूवती ने उसे तीरो से भरा एक तरकश दे दिया। चारो ने विदा लेकर अपनी यात्रा आरम्भ की यदिशा उन्हे जाते हुए देखती रही।

अध्याय-८

रात का एक पहर अभी भी बाकी था गोजार ने सबसे पूछा कि क्या कोई आराम करना चाहेगा लेकिन किसी ने भी आराम करने की तो छोड़ो एक क्षण और रूकने को भी मना कर दिया। चारो लगातार चलते जा रहे थे, चलते–चलते शेर्काषि को अपने अंदर से एक आवाज आती हुई सुनाई पड़ी जो कह रही थी ''मुझे बचाकर अपने अंदर स्थान देने के लिए शुक्रिया''

इस आवाज को सुन वह काँप सी गई। उसे ऐसी हरकत करते देख गोजार ने उससे पूछा ''क्या तुम ठीक हो?'' उसने जवाब मे कुछ नही कहा बस मुस्कुरा दिया। थोरान को जब से वे तीर मिले थे तब से उसने उन्हे बच्चो की तरह गोदी मे उठा रखा था और लगातार सहलाये जा रहा था।

गोजार ने उसे ऐसा करने से मना किया, उसके टोकने पर थोरान ने तीरो को पीठ पर लाद तो लिया परन्तु फिर से एक तीर निकाल कर सहलाने लगा। गोजार समझ गया कि इस समय उसकी बात का असर उन तीरो के आगे फीका है इसलिए उसने अपना मुँह बंद कर लिया और चुपचाप आगे चलने लगा। पीछे चल रहे अनाम ने थोरान से कहा ''एक तीर मै देख सकता?'' थोरान ने उत्तर दिया ''हाँ क्यो नही'' यह कहकर उसने एक तीर अनाम को पकड़ा दिया। घाटी लगभग खत्म होने वाली थी अब आगे चढ़ाई थी चारो धीरे–धीरे चढ़ाई चढ़ने लगे। चढ़ते समय गोजार ने देखा कि वही सफेद वस्त्रो वाली यूवती फिर से उस पर नजर रख रही है। उसने अनाम को धीरे से अपने पास बुलाया और पूछा ''क्या तुम्हे हम चारों के अलावा आस–पास कोई और ऊर्जा महसूस हो रही है'' अनाम ने जवाब मे नही कहा। गोजार ने पेड़ो के पीछे उस स्त्री की ओर इशारा करके कहा ''तो फिर वह क्या है'' उसने उत्तर दिया '' कुछ नही''।

गोजार ने शेर्काषि से पूछा तो उसने कहा कि वहाँ कुछ नही है परन्तु थोरान को वह दिखाई दे रही थी। शेर्काषि ने गलती से उस तरफ इशारा कर दिया जिससे वह अंदर की ओर भागने लगी।

थोरान ने कहा "चलो इन बड़े तीरो का इस्तेमाल करके देख लेते हैं, उसने अनाम को दिया हुआ तीर वापस लिया और उसे हवा मे उछाल दिया, तीर हवा मै तैरने लगा और उसके इशारे पर उस यूवती के आर–पार हो गया लेकिन तीर का उस पर कोई असर नही पड़ा और वह भागते हुए जंगल के अंदर ही विलीन हो गई। यह सब देखकर शेर्काषि स्तब्ध थी उसे समझ में नही आ रहा था कि ये हो क्या रहा है।

उसने पूछा "क्या मुझे कोई बतायेगा कि अभी अभी जो हो रहा था वह क्या था ? " अनाम चुपचाप खडा था वे दोनो भी उसकी बात का उत्तर दिये बिना जंगल में उस तीर की तरफ बढ़ गये। शेर्काषि को अनदेखा किया जाना जरा भी पसंद नही आया उसने चिल्लाकर कहा "मेरे प्रश्न का उत्तर दो " फिर भी किसी ने उसके सवाल का कोई जवाब नही दिया। उस स्थान पर पहुँच कर दोनो ने देखा कि तीर एक बड़े से पेड़ के तने में घुसा हुआ था। तीर चलाने की वजह से गोजार थोड़ा नाराज था, उसका मानना यह था कि यदि थोरान ने तीर न चलाया होता तो वह यूवती भागी न होती, उसने थोरान से कहा कि उसे तीर नही चलाना चाहिए था क्योंकि वह स्त्री के बारे में जानना चाहता था जिसका छिप–छिपकर घूरना उसके लिए अब सिर दर्द बन चुका था।

थोरान ने तने से तीर निकाल कर वापस तरकश में रख लिया और अपनी गलती के लिए उससे क्षमा माँगी। वे दोनो वहाँ से वापस आ गये। प्रश्न का उत्तर न मिलने पर शेर्काषि अभी भी मुँह फुलाए खड़ी थी, गोजार ने उसे समझाने की कोशिश की और कहा "यह वही यूवती है जिसके बारे मे मैंने युद्ध प्रशिक्षण के समय बात की थी, वह पहली बार मुझे वहीं पर्वत पर दिखी थी

और उसके बाद से वह कई बार दिख चुकी है, न जाने किस वजह से वह हमपर हर समय नजर रखे हुए है।"

शेर्काषि ने प्रश्न किया " तो फिर वह तुम दोनो को ही क्यों दिखी हमे क्यों नही ? "

गोजार ने उत्तर दिया "फिलहाल तो मुझे इसका कारण नही मालूम परन्तु जब पता चलेगा तब जरूर बता दूँगा।"

"ठीक है, ऐसा भी हो सकता कि शायद तुम दोनो मे कुछ ऐसा हो जो हमे न हो इसी कारण से वह सिर्फ तुम दोनो को ही दिखती है न की हमे" शेर्काषि ने कहा। गोजार ने हँसकर बात टालते हुए कहा "ऐसा कुछ भी नही है, हम दोनो मे कोई ऐसी शक्ति नही है, यह शायद उस यूवती की ही मर्जी है"।

गोजार ने यह कह तो दिया परन्तु शेर्काषि की बात ने उसके अंदर थोरान के प्रति शक के द्वार खोल दिये, वह सोचने लगा कि कहीं ऐसा तो नहीं थोरान उनसे कुछ छुपा रहा हो, अभी वह उसके बारे मे जानता ही कितना है। इसी शक के चलते उसने थोरान की तरफ देखा, उसे अपनी तरफ देखते पाकर थोरान ने अपनी बत्तीसी दिखा दी, मजबूरन उसे भी मुस्कुराना ही पड़ा। चारो काफी ऊँचाई तक चढ़ चुके थे, पौ फट रही थी और सूरज जमीन पर अपने पैर पसार रहा था, सूरज की उन आगंतुक किरणों मे उसे फिर से उसी यूवती की एक झलक दिखाई दी और फिर अगले ही क्षण गायब हो गई, उसके अलावा और कोई उसे नही देख पाया।

अचानक अनाम ने कहा कि उसे यहाँ किसी पाँचवे जीव की ऊर्जा महसूस हो रही है यानी उन चारो को छोड़कर कोई और भी यहां है।

गोजार ने खुशी से कहा "सच में! क्या वह आगे आसमान की तरफ से आती महसूस हो रही है?"

अनाम बोला "नही ऊर्जा पीछे की तरफ जमीन से आती।"

चारो ने पीछे मुड़कर देखा वह ऊर्जा यदिशा की थी जो पूरे वेग में उड़ती हुई उनकी तरफ चली आ रही थी, उसे वापस अपनी तरफ आता देख चारो आवाक् खड़े देखते रह गये। वह पास आकर हाँफते हुए बोली "माफ करना सही फैसला लेने मे थोड़ा समय लग गया।" थोरान और शेर्काषि ने हँसकर उसका स्वागत किया परन्तु गोजार खुश नही हुआ वह बोला "परन्तु तुम तो अपने माता–पिता के साथ जाने को राजी हो गई थी फिर वापस क्यो आ गई।"

उसने हँसते हुए उत्तर दिया " हाँ पता है मैने ऐसा कुछ कहा तो था और मै वापस जा भी रही थी फिर मैने सोंचा कि मै फिर से वही करने जा रही हूँ जो छः हजार साल पहले किया, वह मेरी सबसे बड़ी भूल थी, यदि उस समय मैने सही फैसला लिया होता तो आज बहुत कुछ मेरे पास होता जो मैने खो दिया, मै वही गलती दुबारा नही कर सकती, मेरा भविष्य यहाँ है तुम लोगो के साथ न कि वहाँ इसलिए मैने अपने दिल की आवाज सुनी और वापस चली आयी। "

गोजार ने उसे समझाने की कोशिश की "जिस सफर पर हम जा रहे हैं वह आगे और भी खतरनाक होने वाला है यहाँ जिंदगी का कोई ठिकाना नही है। "

"कोई बात नही मै हर खतरे के लिए तैयार हूँ इस बार अगर जान जायेगी भी तो किसी कि रक्षा करते हुए, वह किसी को खोने से तो अच्छा ही होगा।"

"और तुम्हारे परिवार का क्या "

"वे अपनी जगह खुश है।"

इससे पहले कि गोजार कुछ और बोल पाता यदिशा ने कहा "अब शायद हमे चलना चाहिए नही तो देर हो जायेगी, आगे बहुत कुछ रामांचक होने वाला है।"

वह हवा मे गोते खाते हुए आगे उड़ने लगी, बाकी चारो भी उसके पीछे पीछे चल दिये, उन चारो को आगे जाते देख गोजार बिना मुस्कुराए न रह सका और वह भी यदिशा के साथ हवा मे गोते लगाने लगा। थोड़ी देर तक यूँ ही उड़ते रहने के बाद दोनो वापस जमीन पर लौट आये, चढ़ाई खत्म हो चुकी थी और साथ ही जंगल भी। आगे का रास्ता मैदानी था तथा वृक्ष भी एक दूसरे से बहुत दूरी पर थे लेकिन बढ़ते रास्ते के साथ उनका आकार भी बढ़ता जा रहा था। एक समय ऐसा आया जब उन विशाल वृक्षो के सामने इन पाँचों का आकार एक चीटी के समान रह गया, पाँचो में से किसी ने आम तौर पर इतने बड़े वृक्ष नही देखे थे। एक और अजीब बात यह थी कि उन पर पत्तियाँ लगभग न के बराबर थी, नजरे जहाँ तक जा रही थी बड़े–बड़े पेड़ ही दिखाई दे रहे थे। उनकी जड़े भी इतनी बड़ी थी कि उनमे एक घर बनाया जा सकता है।

थोरान ने उन पेड़ो को देखते हुए कहा ''इनमे से एक मे ही पूरा कबीला बसाया जा सकता है।''

'या शायद दो'' शेर्काषि ने कहा। ''मुझे यह समझ नही आ रहा है कि ये वृक्ष इतने बड़े कैसे हैं'' यदिशा ने ऊपर की तरफ देखते हुए कहा। ''मुझे नही लगता है कि तुम्हारे प्रश्न का उत्तर हममे किसी के पास है। ''शेर्काषि ने हँसते हुए कहा। गोाजार जो उन सब से काफी आगे चल रहा था उसे एक बड़ा सा गडढ़ा दिखाई दिया जो किसी निशान की तरह दिख रहा था उसने उन चारो को आवाज लगाकर कहा कि उन्हे भी वह देखना चाहिए। उसके बुलाने पर वे चारो वहाँ पहुँचे थोरान ने उस गड्ढे को देखकर कहा '' इसमे खास क्या है यह सिर्फ एक गड्ढा ही तो है''।

''हाँ एक गड्ढा ही है वो भी एक सुनिश्चित आकार मे तथा बहुत सारे छोटे पौधो के साथ।'' उसने उत्तर दिया। ''तो?'' थोरान ने पूछा

"तो...........! तो बात यह है कि शायद तुमने ध्यान नही दिया हमने कई हजार गजो की दूरी तय की परन्तु इन बड़े पेड़ो के अलावा हमे घास का एक और तिनका भी जमीन पर नही दिखा परन्तु यहाँ एक साथ इतने सारे पौधे, यह कुछ अजीब नही है।" उसने बात पर जोर डालने की कोशिश की। "यह किसी के पैर का निशान लग रहा है बस दिक्कत यह है कि उस पैर की सिर्फ दो अंगुलियाँ ही हैं " यदिशा ने हवा मे लहराते हुए कहा।

"यदि यह पैर का निशान है तो जीव हमसे न जाने कितना बड़ा होगा इसलिए अब तो हमे और भी सावधानी बरतने की जरूरत है" शेर्काषि बोल पड़ी, उसकी बात पर थोरान बोला "यदि ऐसा है भी तो उस जीव का, जोकि पता नही है भी या नही इन पौधो से क्या लेना देना"।

गोजार ने अनाम की तरफ देखकर पूछा "तुम्हारा इस बारे मे क्या कहना है, क्या सच मे कोई जीव है जिसका पैर इतना बड़ा हो सकता है।"

अनाम कुछ क्षणो के लिए तो चुप ही रहा फिर धीरे से बोला "पता नही, आसपास जीवन ऊर्जा नही महसूस होती" उसकी बात सुन गोजार बोला "चलो कोई बात नही फिलहाल तो इस बात का पता आगे ही चलेगा कि कोई जीव है भी या नही"

"अगर हुआ तो क्या करेंगे" शेर्काषि ने पूछा।

"यह तो उसे देखने के बाद ही निश्चित करेगे कि क्या करना है, अभी तो बस चलना है।" इतना कहकर गोजार फिर से उनकी अगुवाई करने लगा। चलते चलते एक अच्छा खासा समय बीत गया लेकिन न अब तक कोई जीव दिखा और न ही उन बड़े–बड़े पेड़ो से छुटकारा मिला, गोजार को तो यह तक लगने लगा था कि वे शायद रास्ता भटक चुके हैं और किसी गलत दिशा मे ही आगे बढ़ते जा रहे हैं। इस बात का पता लगाने के लिए उसने बाकियो से पूछा "क्या लगता है हम सही रास्ते पर जा रहे हैं?"

उसके इस प्रश्न का उत्तर उन चारो मे से किसी के पास नही था, सब अपनी मुंडी इधर– उधर घुमाकर देखने लगे, हर तरफ का नजारा देखने में लगभग एक जैसा ही था किसी की समझ मे।नही आ रहा था कि क्या कहे और क्या नही। बड़ी हिम्मत करके शेर्काषि ने कहा "शायद हम सही रास्ते पर ही हैं या शायद अपना रास्ता भूल गये है...........थोड़ा सा.....या पूरी तरह से पता नही पर मुझे नही लगता है कि हम सही रास्ते पर हैं।"

गोजार को अब लगने लगा था कि उसकी नैया डूबने वाली है, उसने यदिशा से कहा कि वह उड़कर उन वृक्षो के ऊपर जाये तथा तिरछे पहाड़ की वितरीत दिशा खोजे। यदिशा उसकी बात मानकर ऊपर की ओर उड़ी, उसे वृक्षो की ऊँचाई का कोई अंदाजा नही था वह बस उड़ती ही जा रही थी। कुछ समय पश्चात उसने देखा कि आसमान मे धुंध की एक चादर छायी हुई थी तथा वृक्ष उनके भी पार हो रहे थे, उसने यह सोंचकर उसमे प्रवेश किया कि वह कुछ दूरी तक ही होगी और शायद उसके पार तो उसे वृक्षो का अंत भी दिख जाये। जिनके ऊपर से वह सही दिशा का पता लगा सके। धुंध के अंदर थोड़ी देर उड़ने के बाद उसे पता चल गया कि उसका अंदाजा पूरी तरह से गलत था क्योंकि न तो धुंध का कोई अंत दिख रहा था और न ही उन वृक्षो का, थक–हार कर वह वृक्ष की एक शाखा पर बैठ गयी और नजरे उपर की तरफ करके निहारने लगी उसकी हिम्मत अब एक और पंख फड़फड़ाने से भी जवाब दे रही थी। थोड़ी देर तक आराम करने के बाद उसने अपना मन बदला और वापस नीचे की ओर चल पड़ी, वापस पहुंचकर उसने यह दुख खबरी सबको सुनाई और सुझाव दिया कि उन्हे यहां से बाहर निकलने का कोई रास्ता जल्द से जल्द खोजना होगा तभी वे सही दिशा का पता लगा पायेगे क्योकि न तो उनेक पास कोई नक्शा है और न ही कोई दूसरा तरीका।

गोजार ने थोड़ा सोंचकर कहा "ठीक है, फिर यदि हमे इस जंगल से निकलना है तो मेरे पास एक सुझाव है।"

"क्या ? " यदिशा और शेर्काषि ने एक साथ पूछा।

"यदि हम किसी एक दिशा मे सीधा चलते जाये तो इस विशाल जंगल के किसी न किसी एक छोर पर जरूर पहुँच जायेंगे" उसने उत्तर दिया।

"और फिर से रास्ता भटक गये तो " थोरान के इस प्रश्न ने सबको सोंचने पर मजबूर कर दिया। इतनी देर से चुप खड़ा सबकी बाते सुन रहा अनाम बीच मे बोल पड़ा " कोशिश करके देखते तो पता चलता, हमारे पास कोई दूसरा चारा नही"।

" पर हम ऐसे ही अपनी जान जोखिम मे तो नही डाल सकते हैं न, क्या पता हम किसी किनारे तक पहुँचे की न पहुँचे।" थोरान ने आपत्ति जताते हुए कहा, गोजार उसकी तरफ देखकर मुस्कुराने जैसी शक्ल बनाते हुए बोला "क्या तुम्हारे पास कोई दूसारा चारा है ? यदि है तो बताओ नही तो हम ऐसे ही चलेंगे।"

जाहिर सी बात थी कि थोरान के पास कोई और दूसरा तरीका था ही नही इसलिए वह चुप हो गया। गोजार ने सबसे पूछा कि क्या वे चलने के लिए तैयार है तो सबने हाँ मे सिर हिला दिया सिवाय थोरान को छोड़कर वह थोड़ा सा चिंतित लग रहा था। सबने चलना शुरू कर दिया, थोरान उनमे सबसे पीछे मुरझाया हुआ चल रहा था गोजार ने उसे अपने साथ बुलाया और कंधे पर हाथ रखकर बोला" तुम्हे किस बात की चिंता सता रही है, सब साथ मिलकर उसका सामना करेंगे क्योकि जब तक हम एक हैं तब तक हम बलवान है इसलिए तुम्हे डरने की कोई जरूरत नही। "

थोरान तब भी कुछ नही बोला बस चुपचाप चलता रहा। गोजार ने उसकी पीठ थपथपायी जिससे वह मुस्कुरा दिया। पांचो साथ–साथ आगे बढ़ने लगे, एक लंबे सफर के बाद वे जंगल से उस हिस्से मे पहुंचे जहां धुंध के कारण एक दूसरे को भी ठीक से देख पाना मुश्किल था। धुंध को देखकर यदिशा ने एक बार तो

सबको उसमे प्रवेश करने से रोकना चाहा लेकिन अपने आपको यह सोंचकर रोक लिया कि इस बार वह हार नही मानेगी। उसने सबको यह बताया कि ऐसी ही धुंध का सामना उसे आसमान मे भी करना पड़ा था। एक दूसरे को ठीक से देख सके तथा धुंध मे ही कहीं खो न जाये इसलिए सब एक दूसरे के काफी पास पास होकर चलने लगे।

चलते–चलते गोजार का पैर किसी चीज से टकरा गया जिस कारण वह अपना संतुलन खोकर गिर पड़ा, उसके साथ ही अनाम को छोड़कर बाकी सब भी अपना संतुलन खोकर लुढक गये। जहां वे गिरे वह जगह सपाट ढलान वाली थी। ढलान की वजह से कोई खुद को रोक न पाया इसलिए वे लुढकते चले गये। आखिर मे चारो एक बड़े पत्थर से टकराकर रूक गये। अपने आपको संभालते–संभालते गोजार का ध्यान उपर की तरफ गया वहां का नजारा देखकर उसका मुंह खुला का खुला रह गया, वह धीरे से आँखे बड़ी करके बोला "ये कैसा जादू है।" बाकी तीनो भी आवाक् देख रहे थे, तब तक अनाम भी वहाँ पहुँच चुका था। जहां वे खडे थे उस स्थान पर प्रकृति के नियमो मे कुछ लोचा लग रहा था। आसमान देखने से लग रहा था कि पानी से भरा हो जिसमे विचित्र प्रकार की मछलियां साफ तैरती दिखाई दे रही थी जो अत्यंत प्रकाशवान थी। वे पांचो आँखे फाड़कर इन सब चीजो को ताकते हुए आगे बढ़ने लगे, थोड़ा आगे जाने पर हर चीज साफ साफ दिखाई देने लगी। चीजें स्पष्ट होने पर और भी अजीब लग रही थी। रात है या दिन किसी को कोई अंदाजा नही था क्योकि पानी वाले आसमान में तो उजाला था परन्तु वह वही तक सीमित था बाकी नीचे की जमीन पेड़ो की रोशनी पर रोशन हो रही थी।

हर बढ़ते कदम के साथ अचरजो का सिलसिला भी बढ़ता जा रहा था कहीं पर चमगादड़ उल्टा लटकने की बजाय सीधा बैठे हुए थे तो कहीं ऐसे पक्षी देखने को मिल रहे थे जो पृथ्वी के तमाम तत्वो मे से किसी एक के बने थे जैसे पानी, आग, लकड़ी,

हवा, मिटटी तथा ऊर्जा इत्यादि। रास्ते में ऐसे कई नमूने उन्होने देखे जिनकी उन्होने कभी कल्पना भी नही की थी। वह जगह किसी सदाबहार वन कि तरह लग रही थी जिसमें हर एक चीज मौजूद थी सिर्फ हरियाली को छोड़कर। थोड़ा आगे जाने पर दो और भी हैरान कर देने वाली चीजे सामने आयीं, पहली थी कि यहां हजारो की तादात में बिल्कुल वैसे ही पैरों के निशान मौजूद थे जैसा उन्होने पहले देखा था, फर्क सिर्फ इतना था कि वह आकार मे कही ज्यादा बड़ा था और यहां के निशान अलग अलग आकार के थे, बहुत छोटे से लेकर बहुत बड़े तक। दूसरी हैरान करने वाली चीज थी कि आसमान में यहां पानी की बजाय जमीन ही थी जिसमें उसी तरह के बड़े और ऊँचे पेड़ लगे हुए थे जैसे कि नीचे की जमीन पर। देखने पर ऐसा लग रहा था कि आसमान जमीन का एक प्रतिबिंब हो क्योकि नीचे की हर एक चीज हूबहू ऊपर की जमीन पर थी। पेड़ो की लंबाई ज्यादा होने के कारण नीचे के पेड़ ऊपर की जमीन मे तथा ऊपर के पेड़ नीचे की जमीन मे घुसे हुए थे। पाँचो काफी हैरत में थे इन सब चीजो को देखकर शेर्काषि ने कहा ''यह सब जो हम देख रहे है यह सच नही है क्यो है न'' ?

''पता नही परन्तु यह सब देखने में तो बहुत असली लग रहा है इसलिए असली भी हो सकता है'' गोजार बोला

''मुझे लगता है कि यह कोई छलावा है'' थोरान ने अपनी राय भी दी। ''ऐसा भी तो हो सकता है कि ऊपर की जमीन किसी बड़े पहाड़ का निचला हिस्सा हो जो पेड़ो के सहारे हवा मे टिका हो और धीरे–धीरे उसमें भी वृक्ष अंकुरित हो गये'' यदिशा बोली।

''कोई पहाड़ भला पेड़ के चंद तनो पर कैसे रूक सकता है यह तो असंभव है'' शेर्काषि ने कहा। यदिशा ने अपना तर्क प्रस्तुत किया ''पहले इनके तनो को भी तो देखो इनकी मोटाई लगभग एक गांव जैसी है इसलिए हो सकता है।''

"नही हो सकता क्योकि पर्वत भी कोई छोटा सा पत्थर का टुकड़ा नही जो इन पर टिका रह सके भले ही ये कितने ही मोटे क्यो न हो" शेर्काषि ने भी अपना तर्क दिया। उन दोनो को इस तरह से तर्क–विर्तक करते देख गोजार बीच मे बोल पड़ा "रूको... ..... रूको, दोनो रूको और मेरी बात सुनो ऐसा भी तो हो सकता है कि यह किसी तरह का जादू हो जिससे हमे लग रहा है कि यह सारी चीजे असली है परन्तु क्या पता कि यह एक छलावा ही हो, जैसा कि थोरान ने कहा" वह थोरान की तरफ देखकर मुस्कुराया और अपनी बात आगे बढ़ाई "मतलब ये सब जो भी हमे दिखाई दे रहा है यह सब जमीन, उल्टे पेड़, अजीब जीव, पानी, मछली आदि यह सब बस दिख ही रहा हो और असलियत में वहां हो ही नही"।

"हां ऐसा हो भी सकता है" तीनो बोल पड़े।

"यह कोई जाल तो नही है, क्या लगता है इस बारे में ? " थोरान ने पूछा।

"ऐसा लगता तो नही क्योंकि यदि होता तो अब तक हम इसमें फँसे पड़े होते" यदिशा बोली।

"यह असली" दूसरी तरफ से आवाज आयी, चारो ने अपनी नजरे उस ओर घूमाई उन्होने देखा की अनाम ऊपर से नीचे की तरफ आये पेड़ो को बड़ी ही आसानी से छु पा रहा था। उसे ऐसा करते देख गोजार बोला "मतलब हम अब तक बे मतलब की बकवास कर रहे थे यह कोई छलावा नही बल्कि असलियत है"। वे चारो भी उस पेड़ के नजदीक गये और उसे छू–छूकर देखने लगे, आस–पास के सारे जीव जन्तु उनसे दूर हो गये। "इसका मतलब वह जमीन पहाड़ का निचला हिस्सा भी हो सकती है" शेर्काषि बोल पड़ी। "परन्तु यह सब संभव कैसे है" यदिशा बोली।

गोजार को यह सुनकर थोड़ा अजीब लगा क्योकि दोनो वे बातें बोल रहीं थीं जिनके विपरीत कुछ क्षणो पहले एक दूसरे से

तर्क–वितर्क कर रहीं थीं गोजार से रहा न गया वह बोल पड़ा "तुम दोनो एक दूसरे की बाते क्यो बोल रही हो ? "

उन दोनो ने जवाब दिया "नही, हम नही बोल रहे हैं।"

"हां तुम दोनो के विचार अचानक से बदल गये हैं।"

"नही तो, क्या ऐसा सच मे हुआ है ?"

गोजार बोला, "छोड़ो जाने दो, भूल जाओ मैने जो कहा।"

वे सभी अभी तक पेड़ और उससे जुड़ी आसमानी जमीन को ही निहार रहे थे कि पीछे से थोरान बोला "क्या कोई मुझे बतायेगा कि ये छोटे निशान किसके हो सकते हैं।"

चारो उसके पास पहुँचे, पास पहुँचकर यदिशा ने कहा "पहले तो कोई मुझे ये बताये कि पैंरो के निशान जमीन पर आये कैसे हमारे तो नही बन रहे हैं।"

गोजार ने उसकी बात का उत्तर देते हुए कहा "हो सकता है कि जिस भी जीव के ये निशान है वह वजन मे हमसे कई गुना भारी हो इसलिए उसके पैंरो के निशान हैं पर हमारे नही।"

उसकी बात पर यदिशा हँसने लगी और बोली "यह कैसा बेतुका उत्तर है पहले इन निशानो का आकार तो देखो जरा, क्या तुम्हे सच मे लगता है कि कोई इतना छोटा होने के बाद भी इतना भारी हो सकता है, बड़े वाले निशानो कि बात करे तो मान भी सकते हैं।"

"क्यो नही हो सकता, जरा अपने आस पास देखो जब आसमान की जगह जमीन और वृक्ष उल्टे अंकुरित हो सकते हैं तो यह भी सकता है।" गोजार के इस सटीक उत्तर से वह पूरी तरह चुप हो गई। फिर बोली "अच्छा ठीक है चलो मान लिया पर ये बताओ कि इतने सारे और अलग अलग आकार–प्रकार के निशान क्यों हैं"

''मुझे नही पता। '' गोजार ने कहा, शेर्कािष ने सोचकर कहा ''तो क्या ऐसा हो सकता है कि ऐसे जीवो की पूरी बस्ती इन्ही जंगलो के बीच बसी हुई हो''?

''हो सकता है या नही भी पर सच्चाई का पता तो तभी चलेगा जब हम इन पैर के निशानो का पीछा करेगे।'' थोरान ने कहा। गोजार ने साफ इंनकार करते हुए कहा ''यदि ऐसा कुछ है तो इन निशानो का पीछा करने की सोचना भी मत, हमे नही पता कि ये जीव क्या है और कैसे है, इसलिए हम सीधे ही जायेंगे।''

गोजार ने अनाम से पूछा कि उसे इस बारे मे क्या लगता है उसे आसपास कैसी ऊर्जा महसूस हो रही है। अनाम ने बताया कि उसे आसपास उन पांचो के अलावा और कोई जीवन उर्जा महसूस ही नही हो रही है मतलब ये निशान सदियों पुराने हो सकते हैं। गोजार बोला'' यह दूसरा बड़ा कारण है कि हमे इनका पीछा नही करना चाहिए क्योकि इससे कुछ भी हासिल नही होगा और तीसरी बात मत भूलो कि यदि हमने इनका पीछा किया तो सही दिशा खो सकते हैं।''

''फिर भी'' यदिशा बोली, गोजार ने उसे बीच मे ही टोककर कहा ''हो सकता है हम यहीं फँसे रह जाये''।

''लेकिन हमे एक बार तो..............'' गोजार ने उसे फिर से टोक दिया और बोला ''हमेशा हमेशा के लिए।''

शेर्कािष ने आह भरते हुए कहा ''तो अभी भी हम कौन सा सही रास्ते पर है, भटके हुए ही घूम रहे हैं और न जाने कब तक ऐसे ही रहेंगे।''

''अरे मेरी बात तो सुनो'' यदिशा बोली, दोनो ने एक साथ कहा ''हां बोलो ''

''मै तो ये कह रही थी कि भले ही वह जीव या जो भी था न बचा हो परन्तु यदि वह यहां रहता था तो उसके पास कुछ ऐसा हो सकता है जो यहां से निकलने में हमारी मदद कर सके

और शायद उसके ठिकाने पर ऐसी चीजे मिल जाये जो सफर के दौरान हमारे काम आ सकें'' वह बोली।

''लेकिन '' गोजार के इतना कहने पर शेर्काषि ने कहा ''अब क्या ?''

''कुछ नही, चलो चलते है '' गोजार कुछ नही बोला वे निशानों का पीछा करते हुए आगे बढ़ने लगे, चलते चलते वे एक ऐसी जगह पहुँचे जहाँ पेड़ो के ऊपर ही पूरी की पूरी बस्ती बसी थी। पेड़ो में ही घर, एक पेड़ से दूसरे पेड़ पर आने जाने के लिए पुल इत्यादि थे। पांचो को यह नजारा किसी सपने से कम नही लग रहा था। यह आज तक की देखी गई सभी अजीब चीजो मे से सबसे बड़ा अजूबा था। इस अजूबे मे भी एक विचित्रता थी और वह थी कि इतनी बड़ी जगह मे एक भी जीवित प्राणी नही दिख रहा था, बस कुछ जीवो को छोड़कर पूरा का पूरा इलाका सूनसान पड़ा हुआ था। पाँचो धीरे–धीरे चारो तरफ देखते हुए अंदर चल दिये। बस्ती में हर एक चीज बहुत ही सलीके से बनायी गयी थी जो देखने मे अति सुन्दर और मनोरम लग रही थी। पाँचो ने पास के एक घर मे प्रवेश किया, पेड़ पर एक के बाद एक सैकड़ो घर उसे एक बहु मंजिला इमारत का रूप दे रहे थे। जिसमें हर मंजिल पर जाने के लिए एक अलग सीढ़ी बनी हुई थी, जो पेड़ के बाहरी हिस्से के सहारे टिकी हुई थी। प्रवेश करते ही घर की चका चौंध से पाँचो की आँखे चौंधिया गई।

अंदर घर पूरी तरह से साफ सुथरा तथा रोशनी से भरा हुआ था, लग नही रहा था कि यह जगह सदियों से खाली पड़ी है। घर मे हर एक चीज सजा कर रखी गई थी, लग रहा था कि मानो किसी ने आज ही ये सारी चीजे सही की हो। यह सब देखकर थोरान बोला ''क्या तुम्हे अब भी लगता है कि सदियो से यहाँ कोई नही आया है''। ''अनाम के हिसाब से तो यही लगता है कि यह जगह खाली है और बाहर से भी ऐसा ही लग रहा था''। गोजार ने कहा, उसने अनाम से पूछा ''क्या कहते हो अनाम क्या अब तुम्हे कोई अन्य जीवन ऊर्जा महसूस हो रही है?''

''नही'' अनाम ने उत्तर दिया।''यदि यहाँ कोई है ही नही तो फिर चीजे इतनी साफ और सुसज्जित कैसे हैं'' शेर्काषि ने प्रश्न किया।

''क्या पता, फिलहाल कारण छोड़ो और देखो कोई काम की चील मिलती है क्या, क्योंकि जो भी मिले उसे समेट कर हमें यहाँ से निकलना है।'' गोजार ने कहा, सबने उसकी बात मानकर सर हिलाया और घर की तलाशी लेने में जुट गये, उन सबको काम सौंपकर वह बाहर की तरफ चल दिया।

उसे बाहर जाते देख यदिशा ने पूछा ''तुम कहाँ जा रहे हो''।

उसने उत्तर दिया '' तुम लोग यहाँ खोजो मै इसके ऊपर वाले घर मे जाकर खोजता हूँ शायद वहाँ और भी कुछ मिल जाये जो काम का हो।''

इतना कहकर वह मुस्कुरा दिया और बाहर आ गया। बाहर आकर उसने चारो तरफ ध्यान से देखा फिर एक लंबी सांस लेकर ऊपर की तरफ घरो का देखने लगा। कुछ समय तक घरो को एकटक निहारता रहा फिर सीढ़ियो के द्वारा दूसरी मंजिल पर चला गया। ऊपर का घर अंदर और बाहर से लगभग नीचे वाले घर के जैसा ही था वही बनावट तथा वही सजावट।

गोजार ने घर की तलाशी लेना शुरू किया, अंदर उसे ऐसी कई सारी चीजे दिखी जिन्हे देखकर उसे शक हो गया कि यह जगह सदियों से खाली नही पड़ी है बल्कि यहाँ अभी भी कोई रह रहा है। घर के भीतरी कमरो मे उसे एक जर्जर नक्शा मिला जो आस–पास की सारी जगहों को दर्शाता था, साथ ही साथ बाहर निकलने तथा चक्षु पर्वत तक पहुँचने का रास्ता भी उसमे दर्शाया हुआ था। अभी वह नक्शा देख ही रहा था कि उसकी नजर थोड़ी दूरी पर रखे हुए कुछ फलो पर पड़ी जो अभी तक ताजे थे। उन्हे देखकर उसका शक और बढ़ गया उसने नक्शे को अपनी कमर में लगाया और फल उठाकर नीचे चल दिया। उसने सोंचा कि

नीचे जाकर ये फल उन्हे दिखायेगा जिससे वे भी आगाह हो जाये कि यहाँ पर कुछ तो गड़बड़ जरूर है, यह जगह असलियत मे वैसी नही है जैसी उन लोगो को दिख रही है। लेकिन नीचे पहुँचने पर उसे कोई दिखाई नही दिया, किसी को वहाँ न पाकर वह परेशान हो गया और पूरा घर खोज डाला परन्तु उसे वहाँ पर कोई न मिला। वह उन्हे बाहर खोजने निकला। घर से बाहर निकलते ही उसके पैर ठिठक गये। बाहर उसके मित्रो मे से तो कोई न दिखा परन्तु कुछ जीव जरूर दिखे जो शायद वहाँ खड़े उसी का इंतजार कर रहे थे। सारे के सारे दिखने में तो कुछ–कुछ दैत्य और इंसानो की तरह ही थे बस उनका शरीर अलग था। वह लकड़ी तथा पत्थरो से बना हुआ था उनके सर की बनावट किसी मुकुट की तरह थी जिसपर एक हरा चमकदार रत्न जड़ा हुआ था रत्न से धारियाँ निकल कर उनके हाथो तक फैली थी। गोजार को बाहर निकलते देख सारे उस पर टूट पड़े, गोजार ने अपनी तलवार निकाल कर उनका सामना किया परन्तु टिक न पाया। वह उनमे से कुछ पर हमले कर ही रहा था कि पीछे से एक ने उस पर एक गोल फल जैसी चीज मारी जो उससे टकराते ही फूट गई और उसमे से ढेर सारा धुंआ बाहर निकला। उस धुंए को सूंघकर गोजार कमजोर पड़ने लगा, उसके वार कमजोर होने लगे और आँखे बंद होने लगी। अगले ही क्षण वह बेहोश होकर जमीन पर गिर पड़ा। उसके बेहोश होने पर उन जीवो ने उसे लाद लिया और अपने साथ लेकर चले गये।

होश आने पर उसने अपने आप को बँधा पाया। आस–पास देखा उसके सारे मित्र भी वहीं थे वे सारे के सारे बाँधकर उसी की तरह जमीन पर बिठाए गये थे। उनके चारो ओर उन जीवो की एक बड़ी तादात खड़ी जिनमे से कुछ बुरी तरह घायल थे, सामने कुछ दूरी पर एक विशालकाय जीव बैठा था जिसके सर पर एक की बजाय तीन रत्न थे वह उनका राजा था शायद। उस जीव के पैरों के पास उन पाँचो के सारे हथियार और वह नक्शा पड़ा हुआ था जो उसने दूसरी मंजिल के घर से चुराया था। पाँचो के पाँचो एक दूसरे शक्ले देखने में व्यस्त थे कि तभी उस

विशालकाय जीव की आवाज गूँजी "तुम लोगो का धरासार आने का क्या कारण है ?" थोरान ने मुस्कुराते हुए कहा "जी हम तो मुसाफिर है पास से गुजर रहे थे और गलती से यहाँ आ गये।"

"ठीक है मान लिया, लेकिन घरो में घुसकर चोरी करने और हमारे लोगो पर हमला करने के बारे मे क्या कहना चाहोगे।"

गोजार ने उन चारो कि तरफ देखा और पूछा "इनकी ऐसी हालत तुम लोगो ने कि है?" यदिशा ने कहा "हमने नही अनाम ने की है।"

"अनाम ये तुमने किया है ? " उसने अनाम से पूछा।

"ये डरावने मुझपर हमला करते तौ मै इन्हे मारा। " उसने उत्तर दिया।

उनको यूँ खुसफुसाते देखकर राजा गुस्से से गरजा " हमारे प्रश्न का उत्तर दो " उसकी आवाज इतनी भारी और डरावनी थी कि पाँचो के रोंगटे खड़े हो गये, गोजार विनम्र आवाज मे बोला "मुझे लगता है कि यहाँ कोई भ्रम हो गया है, हम घरो में इसलिए घुसे क्योकि हमे लगा यह सारी जगह सूनसान पड़ी है और इसका मालिक नही है अगर पता होता कि आप जैसे हरे भरे कठोर व्यक्ति इसके मालिक है तो एक कदम भी न रखते।"

"हाँ नही रखते, भूलकर भी, आपके सैनिक हम पर हमला कर रहे थे तो हमारे साथी ने इनका जवाब दे दिया बस।" थोरान ने कहा।

उसकी बात पर घायल हुए जीवो ने उन्हे घूरा और गुर्राने लगे, ऐसा लग रहा था मानो अभी पाँचो को खा जायेंगे। राजा चिल्लाया "पीछे हटो" उसकी बात सुनकर सारे के सारे शांत होकर खड़े हो गये। उसने पाँचो से कहा "अक्सर यहाँ मुसाफिर नही आते, यह शायद दूसरी बार है जब हमने किसी मुसाफिर को देखा है "

''मतलब इससे पहले भी यहां कोई आ चुका है'' गोजार ने पूछा

''हाँ''

''वैसे आप है कौन और यह कौन सी जगह है'' इतना कहकर उसने चारो को इशारा किया कि वे भागने को तैयार रहें, सब उसका इशारा समझ गये और धीरे धीरे अपने बंधन खोलने लग, गोजार ने शेर्काषि के कान मे कुछ कहा शेर्काषि ने बात आगे बढ़ाई। आखिर मे वह संदेश अनाम तक जा पहुँचा उस विशालकाय जीव ने अपना परिचय देते हुए कहा ''मै हूँ डायाबा तत्वो का राजा और जगह का नाम तो तुम्हे पहले ही बता चुका हूँ।''

''जी हाँ मुझे याद है''

डायाबा ने पूछा ''वैसे तुम जा कहाँ रहे हो''

गोजार ने झूठ बोला ''जी हम अपने घर लौट रहे थे''

उसने झूठ भाँप लिया और बोला ''इतनी प्रजाति के लोग एक साथ वो भी ऐसे खतरनाक हथियारो के साथ एक तिल्समी क्षेत्र मे आकर ये बोलते है कि हम घर जा रहे हैं, कैसे मान लिया जाये'' यह कहते हुए उसने उनके हथियारों की तरफ इशारा किया।

गोजार मीठी आवाज मे बोला ''हम सच कह रहे हैं, हमारा लक्ष्य घर ही है'' उसकी बात सुन वह एक क्षण के लिए चुप हो गया फिर शेर्काषि की तरफ इशारा करते हुए अपने सिपाहियो को आदेश दिया ''इस लड़की को उठाकर भँवर मे फेंक दो।''

सिपाही शेर्काषि को उसकी तरफ घसीट कर ले जाने लगे, उसने अपना हाथ हवा मे लहराया जिससे जमीन का कुछ हिस्सा गायब हो गया और उसकी जगह पर एक बड़ा सा अंतहीन गड्ढा खुद गया जिसमे बिजली की भँवर घूम रही थी। सिपाही

शेर्काषि को उसमे फेकने वाले ही थे कि यदिशा ने कहा "मंगोसो हम मंगोसो कबीले की खोज मे जा रहे हैं। "

उसकी बात सुनकर सब तरफ ठहाके गूंजने लगे भीड़ में से आवाज आयी "जीवन का मोह खत्म हो गया है क्या ? "

वे सभी भीड़ को अपने उपर हँसते हुए देख रहे थे, यदिशा के चेहरे पर साफ झलक रहा था कि उनका इस तरह से हँसना उसे बिल्कुल पसंद नही आ रहा था। गुस्से मे आकर उसने उठने की कोशिश लेकिन थोरान ने उसका हाथ पकड़कर रोक लिया, डायाबा हँसते हुए बोला "तुम दिखने मे तो नमूने हो ही और तुम्हारा लक्ष्य और भी नमूना है, वैसे मौत के मुँह में सर देने का ख्याल कैसे आया ? "

उन चारो मे से किसी ने भी उसके प्रश्न का उत्तर नही दिया और वैसे ही बैठे रहे, उत्तर न मिलने पर डायाबा हँसा और बोला "सफर पर निकले और मकसद ही नही पता ये अच्छा है दूसरी लड़की को भी उठा लो" यदिशा की तरफ इशारा करते हुए आदेश दिया। फिर बोला "और हाँ इस चमचमाते जुगनू को भी।" सिपाही उन दोनो को भी उठाकर भँवर के पास ले गये। इन तीनो को भँवर के किनारे खड़ा कराकर डायाबा बोला "तुम लोग बिना पूछे हमारे इलाके मे घुस आये, हमारे लोगो को घायल किया इसकी सजा तो तुम्हे मिलेगी। लेकिन मै तुम दोनो को नही मारूंगा क्योकि जहाँ तुम जा रहे हो वहाँ वैसे भी तुम दोनो की जाने जायेंगी, अगर सही सलामत पहुँच सके तो इसलिए तुम दोनो जा सकते हो"।

उसके इशारे पर दोनो के बंधन खोल दिये गये और बाहर का रास्ता दिखा दिया गया। यहाँ से निकलने की जो योजना उन्होने बनाई थी उसमे यह शामिल नही था परन्तु ऐसा होने से उनका काम और आसान हो गया, थोरान को डायाबा के पास रखे उसके तीर महसूस हो रहे थे। उसने ध्यान लगाया जिससे वे हिलने लगे, उन्हे हिलता देख डायाबा बोला "अब तुम्हारे हथियारो को क्या हो रहा है। "दोनो चलते रहे और उसकी आवाज पर

कोई ध्यान नही दिया, गुस्से में आकर उसने आदेश दिया कि तीनो को भँवर में फेक दो। सिपाही तीनो को घसीट कर भँवर कि तरफ ले जाने लगे इसी बीच गोजार ने अपने पंख फैलाये और हवा में छलाँग लगा दी, पंखो की आवाज से सबका ध्यान उसकी तरफ खींचा चला गया, मौके का फायदा उठाकर थोरान ने डायाबा और भीड़ के सामने तीरो की एक मोटी दीवार बना दी। दीवार की वजह से सबका संपर्क एक दूसरे से टूट गया। गोजार चिल्लाया "अनाम अब तुम्हारी बारी।"

अनाम ने खुद को प्रज्वलित करना शुरू कर दिया, उसकी रोशनी इतनी बढ़ गई कि उसके पास के सिपाहियों की आँखे चौधिंया गई और वे अपना संतुलन खो बैठे। पकड़ ढीली होने पर तीनो ने खुद को सिपाहियों की चंगुल से आजाद कर लिया और बाहर की तरफ भागने लगे, गोजार ने नक्शा और हथियार समेट लिये। सबको सुरक्षित देखकर थोरान ने दीवार हटा ली, दीवार हट तो गई परन्तु तीव्र प्रकाश होने की वजह से बाकी जीवो की आंखे भी चौधिंया गई हालांकि रोशनी उतनी भी ज्यादा नही थी परन्तु अंधेरे में रहने वाले इन जीवो को भटकाने के लिए काफी थी। अनाम ने देखा कि चारो उनकी पहुंच से बहुत दूर निकल गये थे। वह अपनी रोशनी कम करने लगा, अब डायाबा को सब साफ–साफ दिखाई देने लगा, उसने अनाम को अपने पंजो में दबोच लिया, दबोचे जाते ही अनाम वहां से गायब हो गया डायाबा की समझ में कुछ नही आया। वह इधर–उधर देखने लगा कि अनाम कहाँ गया।

वहां से गायब होकर वह उन चारो के पास प्रकट हुआ। अपने पंजो तले से उन्हे भागता देख डायाबा गरज उठा और सिपाहियो से उनका पीछा करने को कहा। सारे सिपाही उनके पीछे पड़ गये। डायाबा के इशारे से दो विशालकाय जीव पेड़ो से निकलकर उनपर हमला करने लगे। पांचो ने किसी हमले का जवाब नही दिया बस उनसे बचकर भागते रहे। उनकी गति धीमी पड़ने लगी तो अनाम ने उन लकड़ राक्षसो का ध्यान भटका कर

बाकियो के लिए थोड़ा सा समय निकाल दिया। डायाबा ने जमीन पर एक लात मारी जिससे पूरी जमीन समुद्र की लहरो के जैसे डोल गई, लहर की चपेट मे आकर चारो हवा में गुलाटी खाकर सिपाहियो की तरफ बढ़ने लगे। इससे पहले की सिपाही उन्हे दबोच पाते गोजर और यदिशा ने अपने पंखो का सहारा लेकर खुद को संभाल लिया। हवा की तेजी के साथ उड़कर गोजार ने थोरान को पकड़ लिया और यदिशा ने शेर्काषि को, उन्हे पकड़ने के बाद दोनो पूरी दम लगाकर उड़ने लगे। उड़ते हुए गोजार ने थोरान से कहा कि वह उस की कमर से नक्शा निकालकर बाहर निकलने का रास्ता खोजे। थोरान ने वैसा ही किया, उसने नक्शा निकाला और सबका मार्ग दर्शन करने लगा। यदिशा ने आवाज देकर अनाम को भी बुला लिया। पांचो सारे हमलो से बचते–बचाते थोरान के बताये रास्ते पर पूरी तेजी के साथ बढ़ने लगे, रास्ते का अंतिम छोर एक बड़ा सा पेड़ था। सामने उस पेड़ को देखकर यदिशा ने कहा "तुम्हे पूरा यकीन है कि यही रास्ता सही है क्योकि मुझे यहां से निकलने के कम टकराने के आसार ज्यादा नजर आ रहे है। "

थोरान ने कहा "इसमें तो यही दिखा रहा है"

"हमे रूक कर सही से देखना चाहिए" शेर्काषि बोली

"नही रूक सकते " गाोजार पीछे की तरफ इशारा करते हुए बोला "ये जीव हमारे बहुत करीब है, यदि हमने गति धीमी की तो इनके द्वारा दबोचे जायेगें इसलिये हमे नक्शे के बताये रास्ते पर ही चलना चाहिए"

"परन्तु आगे एक विशालकाय वृक्ष है कोई रास्ता नही" यदिशा ने कहा। उनके इस वार्तालाप के चलते विशाल लकड़ राक्षसो ने करीब आकर उनपर हमला कर दिया। अपनी अपनी जगह से हटकर उन्होने अपने आपको बचाया और गोते लगाते हुए उन्हे चकमा देने की कोशिश करने लगे। "कुछ भी हो परन्तु अब यही हमारी उम्मीद है और नक्शे पर दिया है तो कोई न कोई वजह जरूर होगी, इसलिए हम पेड़ से टकरायेगे, तो तैयार

हो जाओ।'' गोजार चिल्लाते हुए बोला सबने न चाहते हुए भी हाँ में सर हिला दिया। सबने अपने आपको टकराने के लिए तैयार कर लिया, गोजार ने अपनी गति और बढ़ा दी तथा टकराते समय अपनी आंखे बंद कर ली। वे पेड़ से टकराने की बजाय उसके अंदर चले गये, जीवों ने उन्हे पकड़ने की पूरी कोशिश की लेकिन सफल न हो पाये। पाँचो को अपने हाथो से निकलता देखकर डायाबा का गुस्सा साँतवे आसमान पर जा पहुँचा। वह अपनी मुटिठयाँ भींचकर पूरी जोर से चिल्लाया। उन जीवों के चंगुल से बचकर पाँचो ने राहत की सांस ली। यदिशा ने हँसते हुए कहा ''यह तो पूरा पागलपन था ऐसा दूबारा करने के लिए कभी मत कहना''। शेर्काषि बोली ''मै ऐसा दुबारा भूलकर भी नही करूंगी।''

''क्या फर्क पड़ता कम से कम हम सही सलामत तो है'' गोजार बोला, थोरान ने उनका ध्यान अपनी तरफ खींचते हुए कहा ''किसी को अंदाजा है कि हम कहाँ हैं।''

सबने अपने चारो ओर देखा, हर तरफ घुप अंधेरा था जमीन का कोई नामो निशान नही था थोड़ी–थोड़ी रोशनी भी उस तरफ से ही आ रही थी जिस तरफ से उन्होने प्रवेश किया था। पांचो हवा में तैर रहे थे ऐसा लग रहा था कि वे पांचो किसी ऐसी दुनिया में पहुँच गये हो जो पूरी तरह से खाली हो। गोजार ने उससे कहा ''नक्शा तुम्हारे पास है तो तुम बताओ कि हम कहाँ है और हमे किस दिशा मे जाना चाहिए''।

''नक्शे के हिसाब से तो हम किसी शून्यक में हैं और बाहर निकलने के लिए हमे उत्तर दिशा की तरफ बढ़ना चाहिए।''

''तो दिक्कत क्या है चलो बढ़ते है।

दिक्कत यह है कि हमे पता ही नही उत्तर दिशा है कौन–सी'' थोरान के इस कथन के आगे गोजार मूक पड़ गया और अपने चारो ओर देखने लगा। किसी और के मुंह से भी कोई शब्द नही निकल रहा था क्योकि किसी को समझ में ही नही आ

रहा था कि क्या करें। सबको चुपचाप और गहरी सोंच में डूबा देखकर अनाम बोला ''मुझे महसूस होता।''

''क्या?'' चारों ने एक साथ पूछा, "बाहर जाने का रास्ता" उसने एक दिशा में इशारा किया ''इस तरफ'' चारो उसकी बताई दिशा की तरफ उड़ने लगे। काफी समय तक शून्यक मे।उड़ने के बाद उन्हे एक हल्की सी रोशनी दिखाई दी जो बार बार बुझ जा रही थी। रोशनी इतनी कम थी कि उसे सही से देख पाना भी मुश्किल था, सिर्फ उसकी आभा ही महसूस की जा सकती थी। रोशनी जैसे–जैसे पास आती जा रही थी उनका उत्साह भी बढ़ रहा था पास पहुँच कर उन्होने देखा कि उस काली सी दुनिया में वह एक छोटा सा काला घेरा था जो किसी दरवाजे कि तरह लग रहा था। अनाम बोला ''दरवाजे के बाहर मुझे धरती महसूस होती''।

''तो फिर चलो इसे पार करते हैं, नक्शे में भी कुछ ऐसा ही दिख रहा है'' थोरान बोला ''बाहर पहुँचने कि बजाय अगर हम किसी दूसरी जगह फँस गये तो'' शेर्काषि बुदबुदायी। ''नक्शे के हिसाब तो यह सही ही है और अनाम को भी महसूस हो रहा है तो बाहर कहीं फँसने का तो सवाल ही नही पैदा होता।

''मै पहले जाता'' अनाम ने कहा और दरवाजे के अंदर प्रवेश करने लगा ''संभलकर'' गोजार ने कहा। उसने संतुष्टि के साथ सर हिलाया और प्रवेश कर गया। प्रवेश करने के कुछ देर बाद तक उसने कोई संकेत नही किया। संकेत न मिलने की वजह से चारो परेशान हो गये यदिशा और शेर्काषि उसे आवाजे लगाने लगी। कुछ देर बाद अचानक से उसने सर अंदर किया और बोला ''इधर सब ठीक, रास्ता बाहर का है बस एक दिक्कत''

''क्या ? '' गोजार ने पूछा

'इधर आने के बाद पंख खोले रखना'' उसने उत्तर दिया। यह सुनकर गोजार और थोरान ने अपना सर उस दरवाजे से बाहर निकाला। दरवाजे के दूसरी तरफ कोई जमीन नही थी

जिसपर वे आराम से चल सकते थे बल्कि दरवाजा आसामान मे ही खुल रहा था और जमीन उससे कोसो नीचे थी। बाहर का नजारा देखने के बाद दोनो ने अपना सर अंदर किया और बोले "अनाम सही कह रहा था बाहर निकलने पर अपने पंख खुले ही रखना" "क्योकि दरवाजा आसमान में खुल रहा है और जमीन बहुत नीचे है यदि उड़ान नही भरी तो जमीन पर ही मिलोगे किसी फूटे हुए फल की तरह।" थोरान ने टिप्पणी की।

चारो दरवाजे से बाहर निकले और उड़ते हुए धीरे–धीरे नीचे जमीन पर कदम रखा। जमीन पर उतरने के बाद गोजार ने राहत की सांस ली और बोला "खैर सही सलामत बाहर निकल आये, अब आगे की सोंच सकते हैं"।

'नही पहले हम रूककर थोड़ा आराम कर सकते है।" यदिशा ने कहा।

"तो ठीक है पहले थोड़ा आराम कर लेते है फिर आगे बढ़ेंगे" कहकर गोजार धम्म से जमीन पर बैठ गया। वे चारो भी विश्राम करने लगे। सभी आराम फरमा रहे थे कि तभी यदिशा की नजर अपनी दाहिनी बाँह पर गई, उसने देखा कि उसकी बाँह की चमड़ी फट रही थी और उसमे से आग निकल कर बाहर आ रही थी। किसी की नजर उस पर न पड़े इसलिए उसने अपने कवच के नीचले भाग का एक टुकड़ा तोड़कर उस पर रख कर दबा दिया जिससे वह उसकी बाँह में ही चिपक गया फिर उसने अपनी बाँह को एक कपड़े से ढक दिया।

शेर्काषि ने उसे ऐसा करते हुए देख लिया परन्तु विपरीत दिशा में बैठी होने के कारण यह न देख पायी कि वह क्या छुपा रही है।

उसने यदिशा से पूछा कि क्या वह ठीक है? और क्या उसे कहीं चोट आयी है यदिशा ने उत्तर दिया "नही मुझे कोई चोट नही आयी है, मै पूरी तरह से ठीक हूँ।"

"तो फिर इतना परेशान क्यों हो ? "

''मैं परेशान नही हूँ बस थकी हुई हूँ'' इस कथन के दौरान वह थोड़ा सा हड़बड़ा गई।

शेर्काषि ने सर हिलाते हुए कहा ''कोई बात नही आराम कर लो''

अनाम को छोड़कर बाकी सब जमीन पर उतान पड़े हुए थे, वह आराम करने की बजाय इधर उधर टहल कर कुछ तलाश कर रहा था, उसे यूँ घूमते पाकर गोजार ने पूछा ''कोई बात है क्या जो तुम बताना चाहते हो?''

अनाम ने न मे सिर हिला दिया और वैसे ही टहलता रहा। गोजार ने यह सोंचकर उससे कुछ और नही पूछा कि शायद इस समय कुछ भी बताने का उसका मन न हो। थोड़ी देर तक यूँ ही पड़े रहने के बाद सबने फिर से अपनी अपनी जगह ले ली, गोजार ने पूछा कि अब उन्हे किस दिशा में आगे बढ़ना है तो थोरान ने उसे नक्शा पकड़ा दिया और बोला ''लो देखो।'' नक्शा हाथ में आते ही उसने हाथ खड़े कर दिये और बोला ''मुझे नक्शा पढ़ना नही आता'' थोरान ने उससे नक्शा वापस लेते हुए कहा ''कोई बात नही मुझे आता है तो अब आगे का रास्ता मै ही बताऊँगा।''

थोरान सबको रास्ता बताने लगा और बाकी सब उसके बताये रास्ते पर चलने लगे। चलते चलते वे सब एक और जंगल में पहुँचे बस फर्क सिर्फ इतना था कि इस जंगल में पेड़ पौधे नही थे बल्कि उनका स्थान पतली और नुकीली चट्टानो ने ले रखा था जो देखने में किसी पेड़ा की तरह ही दिख रही थीं, ये चट्टानी पेड़ एक दूसरे के काफी करीब थे जिस कारण रास्ते बहुत संकरे हो गये थे इसलिए इस इलाके को जंगल कहना कुछ गलता नही होगा। थोरान ने नक्शे में मुँह घुसाते हुए कहा ''सावधान हो जाओ दोस्तो यह इलाका मंगोसो कबीले की जमीन है।''

''क्या!'' यदिशा बोली ''हम मंगोसो कबीले पहुँच भी गये, परन्तु यहाँ न तो कोई कबीला है और न ही कोई जीव, है तो सिर्फ बेजान पथरीली तकलीफें।''

''मै क्या जानू नक्शे में तो यही दिखा रहा है इसलिए मैने बोल दिया।'' थोरान बोला। मंगोसो तो एक रहस्य है, तुम लोगो ने ही तो कहा था और रहस्य इतनी आसानी से सामने नही आया करते'' गोजार ने उन दोनो से कहा, ''मुझे इन पत्थरो के अलावा और कुछ नजर नही आ रहा, खैर'', इतना कहने के साथ ही वह उड़कर पत्थरो के ऊपर चली गयी। ऊपर पहुँचकर उसने देखा कि ये नुकीले पत्थर एक बड़े क्षेत्र मे फैले हुए थे और उनके पीछे उचित दूरी पर एक पर्वत धुधला सा दिख रहा था। वह नीचे आ गयी और जो देखा वह सबको बताया। यह सुनकर गोजार ने राहत की एक सांस ली और बोला ''इतने ऊट–पटांग सफर के बाद आखिरकार मंजिल मिल ही गयी।'' वे सभी खुशी से अपना रास्ता तय कर रहे थे परन्तु उनकी यह खुशी ज्यादा समय तक न टिक सकी। गोजार को किसी अंजान चीज के अपने ओर आते कदमो की आहट सुनाई पड़ी, इससे वह खुद तो सतर्क हुआ ही साथ ही साथ बाकियो को भी सतर्क कर दिया। सभी अपने हथियारों के साथ पूरी तैयार होकर आगे चलने लगे।

आहटे धीरे–धीरे तेज होती जा रही थी और उनकी संख्या भी बढ़ रही थी, पाँचो की नजरे लगातार इधर–उधर घूमकर चारो ओर निहार रही थीं। शेर्काषि बोली ''कमाल है पहले तो सिर्फ रातो में पर अब दिन मे भी मुसीबते सूंघ–सूंघ कर हमारे पीछे पड़ी हुई है।'' गोजार ने उसकी बात पर टिप्पणी की ''जिदंगी तो अपने आप में ही एक मुसीबत है, जीना है तो लड़ना पड़ेगा'' इससे पहले कि शेर्काषि कुछ और बोल पाती सामने किसी के कूदने की आवाज आयी। सबका ध्यान उस आवाज की तरफ गया, उनके सामने एक बलशाली तथा खूँखार जीव खड़ा गुर्रा रहा था, उसे सामने खड़ा देख सब अपनी अपनी जगह पर रूक गये। वह जीव देखने में लाल रंग का था सर पर दो सींगे, पीली

आँखे तथा शरीर पथरीला था जिसमें से आग निकल रही थी, एक तरह से देखा जाये तो वह जीव लगभग यदिशा के जैसा ही था बस उसका शरीर पथरीला और शकल किसी सांप और खरगोश का मिश्रण लग रही थी, बड़े नुकीले पंजे तथा हाथ आवश्यकता से ज्यादा ही बड़े थे। चारो यदिशा को देखने लगे, यदिशा एकटक उस जीव को देखे जा रही थी। इस खूंखार जीव को देखकर सब सकते में थे और वह गुस्से से जमीन खुरच रहा था गोजार ने यदिशा से पूछा ''क्या यह तुम्हारे पूर्वज हैं ? ''

''नही'' उसने जवाब दिया

''तो क्या तुम इसे जानती हो ?''

''पता नही शायद''

''शायद से तुम्हारा क्या मतलब है ? ''

उसने कोई जवाब नही दिया और चुपचाप उस जीव को देखती रही।

''क्या हुआ............''। वह इतने पर ही अटक गया और अपने चारो ओर देखने लगा, उसके चारो ओर उन जीवो की संख्या बढ़ती ही जा रही थी, देखते ही देखते वे एक से बढ़कर हजारो की संख्या में हो गये और उन्हे चारो ओर से घेर कर जोर–जोर से दहाड़ने लगे। उनकी संख्या इतनी ज्यादा थी कि पांचो के लिए लड़ना तो दूर बच पाना भी मुश्किल था। गोजार ने आसमान की तरफ देखकर सोंचा कि क्यो न उड़कर यहां से निकल जाये परन्तु आसमान भी उन जीवो की उस प्रजाति से भरा पड़ा था जिनके पास पंख थे, पूरी तरह फंस चुकने के बाद गोजार ने कहा ''आज जीवन का असली मूल्य पता चलेगा, तो तैयार हो क्योकि हम हार तो नही मान सकते है न '' बाकी तीनो ने हाँ कहा सिवाय यदिशा के।

उसने जवाब दिया ''नही, उसकी जरूरत ही नही पड़ेगी''।

थोरान अचरज भरे स्वर में बोला "क्या बेतुकी बात कर रही हो, बिना लड़े हम बाहर नही जा सकते "

"मेरी बात बेतुकी नही है उनकी संख्या और ताकत हमसे कई हजार गुना ज्यादा है लड़ना तो दूर हम टिक भी नही सकते है " उसने थोरान की बात का जवाब दिया। "तो फिर हम बाहर कैसे निकलेंगे वो भी सही सलामत ? " शेर्काषि ने चितिंत होकर पूछा। "मै इन्हे रोक सकती हूं परन्तु तुम लोगो को भागकर यहां से दूर जाना होगा।" वह बोली। "जो हम पांचो नही कर सकते वह तुम अकेले कैसे कर सकती हो " शेर्काषि ने पूछा, इतने में ही उस जीव ने हमला बोल दिया। गोजार ने जंगल की उन विशाल युवतीयो द्वारा दी गई चमचमाती तलवार निकाली और उसके दो टुकडे कर दिये बोला, "क्या मतलब हमे भागना होगा फिर तुम्हारा क्या ? "टुकड़े होकर वह जीव मरने की बजाय दो नये जीवो में बदल गया उसे देख शेर्काषि के मुंह से निकल गया" यह कैसा लोचा है जब यह मरा ही नही तो इसको मारेंगे कैसे?

हमला शुरू होते देख बाकी सारे जीव भी पूरा शोर मचाते हुए उनकी तरफ बढ़ने लगे, अनाम ने अपनी ऊर्जा से उन्हे खत्म करने की कोशिश की लेकिन ऊर्जा ने उल्टा उन्हे और ताकतवर बना दिया। काम ने बनते देख थोरान ने अपने चारो ओर तीरो का एक सुरक्षा कवच बना दिया और उन पर तीर बरसाने लगा जिससे उनकी गति धीमी पड़ जाये। गोजार यदिशा को लगातार देखे जा रहा था और वह अपनी ओर बढ़ रहे जीवो को। यदिशा बोली "इन्हे देखो तो जरा ये उतावले हो रहे है एक साथ जुड़ने के लिए और ऐसे में इन्हे रोकना नामुमकिन है इसलिए हम पांचो के खत्म होने से अच्छा है कि कोई एक यह जिम्मेदारी संभाले और वह एक मै हूं इसलिए तुम लोगो को जाना होगा।"

वे जीव दीवार को तोड़ने की कोशिश में लगे हुए थे थोरान अपनी पूरी ताकत लगाते हुए बोला "पागल तो नही हो गई हो, जो ऐसी बहकी–बहकी बाते कर रही हो""।

''हां हम तुम्हे छोड़कर नही जाने वाले, अकेले तो बिल्कुल नही'' शेर्काषि बोली।

''हम सब साथ मिलकर लड़ेंगे अंतिम सांस तक'' गोजार बोला।

यदिशा ने अपनी बांह पर चिपका हुआ कवच का टुकड़ा उखाड़ फेका। उसका घाव पूरे हाथ में फैलने लगा और आग उससे टपककर जमीन पर गिरने लगी। यदिशा कराहने लगी और दर्द में बोली ''चाहो तो भी नही लड़ सकते क्योकि यह मेरा काम है न कि तुम्हारा, तुम लोगो को याद है तुमने पूछा था कि मै कौन हूँ और मैने उत्तर दिया था कि जल्दी जान जाओगे, तो लो वह समय आ गया है अब तुम मेरे बारे में जानोगे, मुझे मंगोसो कबीले का सच नही जानना था बल्कि उसका अंत करना था क्योकि यही मेरा भाग्य है।'' उसका शरीर जगह जगह से चिटक रहा था, उसने एक ठण्डी सांस ली और अपनी बात आगे बढ़ाई '' मुझे मेरा लक्ष्य मिल गया पर तुम्हारा अभी बाकी है जिसके लिए तुम्हे जिंदा रहना होगा, तुम्हारी जिंदगी मे और भी कठनाईयाँ आयेंगी, नये लोग भी मिलेंगे परन्तु अपने लक्ष्य पर डटे रहना पड़ेगा क्योकि इस पर पूरी एक प्रजाति निर्भर करती है।'' गोजार समझ गया कि वह संपूर्ण मानव जाति की बात कर रही है लेकिन उसे यह समझ में नही आया कि उसे कैसे पता। यदिशा धीरे धीरे आसमान की तरफ बढ़ने लगी, गोजार ने उसे रोकने की कोशिश की लेकिन अनाम ने उसका हाथ पकड़ लिया और बोला कि वह जैसा कर रही है उसे करने दे गोजार रूक गया। जब तक वह पत्थरो के बराबर की उँचाई तक पहुंची तब तक उसका शरीर पूरी तरह से चिटक चुका था और आग के एक गोले का रूप ले रहा था, चारों उसे दुखी होकर देख रहे थे तीरों की दीवार लगभग टूट चुकी थी और अब उनके पास बचने का कोई दूसरा रास्ता नही बचा था सिवाय वहां से निकल भागने के।

यदिशा ने आग में जलते हुए जोर से चिल्लाकर कहा "जाओ............अभी..." चारो ने भागना शुरू कर दिया। उन्हे भागते हुए देख सारे जीव उनके पीछे पड़ गये और उन पर हमले करने लगे, बचने के लिए वे जितना मारकाट कर रहे थे जीव उतना ही नया रूप लेकर फिर से उनके पीछे पड़ जा रहे थे। यदिशा की आग धीरे–धीरे बढ़ने लगी और देखते ही देखते वह एक राक्षसी मे तब्दील हो गई। भागते हुए गोजार ने जब यह देखा तो उसे बहुत ही आश्चर्य हुआ क्योंकि यदिशा कोई और नही बल्कि वही राक्षसी थी जिसने कुछ समय पहले उसपर अग्नि नदी के देव के रूप में हमला किया था, थोरान और शेर्काषि भी यह देखकर हैरत में थे। लेकिन उन सबके पास इस बारे में सोचने का समय नही था क्योकि सारे खूंखार दरिंदे चारो ओर से हजारो की तादात मे बढ रहे थे, यदिशा उनकी तरफ देखकर मुस्कुराई फिर अपनी आंखे बंद करके अपना चेहरा ऊपर आसमान की तरफ उठा दिया और अपने हाथ हवा में फैला दिये। उसके ऐसा करते ही आसमान नीले से काला पड़ने लगा और बादल एक बवडंर बनाकर उसके चारो ओर घूमने लगे, इस प्रक्रिया मे ढेर सारी विद्युत और ऊर्जा उत्पन्न हुई, जो जीव अब तक उन चारो के पीछे भाग रहे थे वह अब यदिशा की तरफ खींचने लगे। वे अपने आपको रोकने की पूरी कोशिश कर रहे थे लेकिन उन्हे सफलता नही मिली।

उनके शरीर टूट टूटकर बिखरने लगे और उनकी आत्मा ऊर्जा का रूप लेकर यदिशा के भीतर समाने लगी। उनकी आत्माओ की वजह से यदिशा का शरीर लगातार बढ़ रहा था, जीवो की चीखो और दहाड़ो से आसपास एक अजीब सा शोर मचा हुआ था। बवंडर का प्रकोप इतना बढ़ गया कि बड़ी–बड़ी चट्टाने तिनको की तरह बिखरने लगी। बचने के लिए जीवों ने आपस में मिलकर एक नये शरीर का निर्माण करना शुरू कर दिया जो पहले से ज्यादा बड़े और ताकतवर थे लेकिन यदिशा के सामने वे भी न टिक सके और टूटकर बिखर गये उनकी आत्माएं भी यदिशा मे समा गयी।

चारो अब तक तो सही सलामत भाग रहे थे लेकिन अब मुश्किल लग रहा था क्योकि आसपास से बड़ी बड़ी चट्टाने सीधा उनके ऊपर ही गिर रही थीं, गोजार ने सुझाव दिया कि अब उनके पास एक ही चारा है, उन्हे चट्टानो के ऊपर से उड़ना होगा नही तो उनका जिंदा रहना नामुमकिन है। उसने थोरान की तरफ देखा तो थोरान ने कहा कि वह उसकी चिंता न करे और बस शेर्काषि को बचाये। थोरान अपने तीरो से एक तख्ती बनाकर उसपर सवार हो गया। गोजार ने शेर्काषि को अपनी बांहो में भर लिया, अनाम भी उनके साथ उड़ने लगा। चट्टानो से ऊपर आते ही चारो हवा से बाते करने लगे। चंद क्षणो मे वे यदिशा से बहुत दूर निकल चुके थे। सारे जीवो की आत्माओ को सोखने के बाद यदिशा का विशालकाय शरीर अस्थिर हो गया था, उसके चेहरे पर दुख साफ झलक रहा था, उसकी आँख से आँसू आग के रूप में छलक रहे थे। इसी दुख और तड़पन में उसके अंदर से एक दर्द भरी चीख निकलकर पूरे इलाके में गूंज गई जो उसके जीवन के सारे दुख और पीड़ायें बयां कर रही थी, उसकी यह आवाज इतनी दुखमय थी कि पूरा वातावरण शोककुल हो गया, उन तीनो के आंखो से भी आंसू छलक छलक कर नीचे गिरने लगे।

इसी चीख से साथ यदिशा के मुंह और आंखो से प्रकाश किरणे निकलकर उन काले बादलो को भेदने लगी। कुछ ही समय मे एक जोर का धमाका हुआ जिसकी लहर की चपेट में आकर वे चारो भी अपना संतुलन खो बैठे और लहर के साथ ही उड़कर कुछ मोटे पेड़ो से जा टकराये। टकराव से बचने के लिए सबने थोरान के तीरो की आड़ ली जब तक चारो फिर से संभल कर खड़े हुए तब तक सारा इलाका साफ हो चुका था न कोई काले बादल थे न मंगोसो कबीले का कोई जीव और न ही कोई तूफान, चट्टानें पूरी तरह से ढह चुकी थी यदिशा का भी कोई अता पता नही था, उन जीवो के साथ वह भी खत्म हो चुकी थी। चारो को उसके मरने पर बहुत दुख हो रहा था, हांलाकि उन्हे अब यह पता चल चुका था कि वह असलियत मे कौन थी फिर

भी वे उसे खोना नही चाहते थे खासकर थोरान क्योकि उसे उससे लगाव सा हो गया था इसलिए वह सबसे ज्यादा दुखी था। गोजार दुखी तो था साथ ही यह सोचकर परेशान भी था कि यदि यह यदिशा की असलियत थी तो जो अब तक उसने देखा था, उसका परिवार कबीला आदि वह सब क्या था। अचानक उसकी नजर पथरीले खण्डहर मे। जल रही आग की एक लौ पर पड़ी जो अगले ही पल गायब हो गई। गोजार को लगा कि शायद यह उसका वहम है क्योकि इतने बड़े धमाके के बाद कोई जिंदा नही बच सकता खासकर तब जब वह उसके अपने शरीर में हुआ हो।

अध्याय ९

चारो पीछे की ओर पल्टे, उनके सामने था भरा–पूरा चक्षु पर्वत और वे सब उसकी चौखट पर खड़े हुए थे। यदिशा के जाने का दुख सबको था परन्तु वे इसबारे मे कुछ भी करने के लिए असक्षम थे इसलिए सबने शोक न मनाकर आगे चलते रहने की ठानी, उन्हे पर्वत की गोद में स्थित दिव्य बेलो तक पहुंचना था, रास्ते मे।न जाने कितनी प्रकार की कठिनाईयाँ पड़ने वाली थी और ऐसे में उनका ज्यादा देर एक जगह रूकना हानिकारक हो सकता था। सबने आसमान की तरफ देखकर यदिशा की आत्मा की शांति के लिए प्रार्थना की फिर अपने रास्ते चल पड़े। वे पर्वत के उटपटांग, उबड़–खाबड़ रास्तों और ढलानो को एक के बाद एक पार करते जा रहे थे लेकिन अभी तक उनपर कोई खतरा नही आया था और न ही पर्वत ने अपना कोई बुरा उदाहरण उनके सामने पेश किया था। यह थोड़ा अजीब तो था कि मौत का जाल कहा जाने वाला पर्वत पूरी तरह से शांत और स्थिर था, यह कहीं न कहीं उन चारो के लिए अच्छा ही था। चलते चलते रात होने को आयी थी और उन्हे थकान भी बहुत महसूस हो रही थी चारो ने एक जगह रूक कर थोड़ा आराम करने की सोंची। एक सुरक्षित और चारो ओर से बंद सी जगह देखकर उन्होने अपना डेरा डाल दिया, अनाम ने चारो ओर नजर रखने का जिम्मा अपने सर ले लिया क्योंकि वह कभी थकता नही था और न ही कभी सोता था। चौखट से लेकर यहां तक के सफर के दौरान गोजार ने थेारान को बहुत ही उदास देखा था इसलिए वह धीरे से उसके पास गया और बैठ गया। तारो की तरफ इशारा करते हुए उसने थोरान से कहा " इन्हे देख रहे हो, टिमटिमाते हुए कितने सुंदर लग रहे हैं, मै इन्हे जब भी देखता हूं मुझे एक नयी उम्मीद मिलती है जानते हो क्यो ? बचपन में मेरी मां मुझसे कहा करती थी, ये आत्माएं है हमारे उन पूर्वजों की जो हमारे अस्तित्व को बनाए रखने के लिए अपनी जान कुर्बान कर

गये लेकिन मरने के बाद भी वे अपनी नजर और कृपा हम पर बनाए रखते हैं अपने इस रूप में।''

गोजार की बात सुनकर उसकी आँखे नम हो गईं वह बोला ''फिर भी हमने जो किया वो गलत किया, हमे उसे वहां अकेले नही छोड़ना चाहिए था, यदि हम पांचो ने मिलकर उनका सामना किया होता तो वह अब तक जिंदा होती''।

गोजार ने उसके कंधो को थपथपाया और बोला, ''समझ सकता हूं, लेकिन तब भी होनी को नही टाल पाते उल्टा सबकी जान खतरे मे।डाल देते, क्योकि वह उसका भाग्य था तुम्हारा नही, किसी जीव का लक्ष्य उसके लिए सबसे कीमती होता है, उसके बिना जीवन का कोई मतलब नही।''

इस बार थोरान कुछ नही बोला, चुपचाप बैठा रहा, गोजार ने एक ठण्डी सांस ली और कहा ''अब तक जो हो गया उसपर हमारा कोई जोर नही है परन्तु जो होने वाला है उसे हम अपने हिसाब से ढाल सकते हैं, चल रहे इस समय को अच्छे से जीकर। तुम्हे भले ही लगता हो कि वह तुम्हारी या मेरी या हम सब की गलती हो पर वह नही है, वह यदिशा की चाह थी न कि किसी की गलती।''

दोनो बैठकर तारो को निहराने लगे और काफी देर तक वैसे ही बैठे रहे, बड़ी देर के बाद थोरान ने पूछा ''क्या यदिशा भी अब इनके बीच होगी''

गोजार ने उत्तर दिया ''हो सकता है, शायद एक हिसाब से तो होनी चाहिए, फिलहाल अभी तुम्हे थोड़ा आराम कर लेना चाहिए क्योकि जिस जगह पर हम है क्या पता ऐसा मौका दुबारा कब मिले या शायद मिले ही न।'' इतना कहकर गोजार वहां से चला गया और एक मोटे पेड़ के तने से सटकर बैठ गया।

थोरान भी वही एक पत्थर पर लेट गया और आसमान में उस तारे को पहचानने की कोशिश करने लगा जिसमें यदिशा की आत्मा बसी हो। शेर्काषि अब तक गहरी नींद में जा चुकी थी

प्रकृति को उसका इस तरह चैन से सोना पसंद नही आया, उसने आस–पास अजीब सी आवाजे पैदा कर दी। इन आवाजो को सुनकर शेर्काषि ने गोजार को आवाज लगाकर पूछा "ये आवाजे कैसी हैं ?

उसे अपने प्रश्न का कोई उत्तर न मिला बस चारो तरफ रोंगटे खडे करने वाला सन्नाटा छाया हुआ था। उसने अपनी आंखे मली और फिर से चारो तरफ नजरे घुमाई उस जगह पर उसके सिवा कोई नही था बाकी सब के सब रहस्यमयी तरीके से गायब हो चुके थे।

अचानक से यह सब होना उसे थोड़ा सा अजीब लगा उसने तीनो को आवाज लगाई और परेशान होकर उन्हे इधर उधर खोजने लगी, उन्हे खोजते–खोजते वह एक ढलान वाली जगह पर जा पहुंची, वहां पर उसने पर्वत का जो रूप देखा उससे उसकी आत्मा भी सिहर गई। उसने देखा कि पूरा चक्षु पर्वत उस टेढे पर्वत वाले साये के कब्जे में आकर जिंदा सा हो गया था तथा उसकी हर एक चीज उसके चपेट में आकर काली पड़ रही थी। सबसे ज्यादा आश्चर्य तो उसे तब हुआ जब उसने देखा कि यदिशा अभी भी जिंदा थी और अपने विशालकाय रूप में पर्वत पर इधर–उधर घूम रही थी। वह भी पूरी तरह से उस साये के कब्जे में थी जिस कारण उसका रंग काला पड़ चुका था और आग बैंगनी।

उसे देखकर वह आवाज लगाने चली ही थी कि सामने तीन पाशपुंज आ खड़े हुए, ये तीनो कोई और नही बल्कि उसी के साथी थे। इस बार अनाम भी नही बच सका। शेर्काषि ने तीनो को होश में लाने की कोशिश की परन्तु उन्होने उसपर ही हमले करना शुरू कर दिये, जान बचाने के लिए वह भागने लगी, तीनो उसका पीछा करने लगे। इस भागा–भागी में यदिशा की नजर उस पर पड़ गई वह भी उसका पीछा करने लगी। चारो ने उसे भगा–भगा कर थका डाला, थक जाने के बावजूद वह अपना पूरा जोर लगा रही थी कि अचानक तीनो पाशपुंज उसके आगे आ

खड़े हुए अब उसके पास कोई चारा नही बचा, वह भागने के लिए पीछे की तरफ मुड़ी लेकिन पीछे यदिशा अपना विशालकाय शरीर लिए हुए खड़ी थी। उसकी समझ में नही आ रहा था कि वह करे तो क्या करे, कोई उपाय न सूझते देख उसने अपनी तलवार निकाल ली। यदिशा ने अपना पहाड़ जैसा मुक्का उसपर जमा दिया, इस वार के सामने शेर्काषि की तलवार किसी काम नही आयी और वह उसी के नीचे दबकर कुचली गई। विशालकाय मुक्का पड़ने पर उसके मुंह से जोर की चीख निकल पड़ी। उसके चीखने पर किसी ने उसे हिलाया–डुलाया जिससे वह एक झटके मे।उठ बैठी, उठने पर उसकी सांसे जोर जोर से चल रही थीं उसके आस–पास सब कुछ सामान्य था उसके साथी भी सही सलामत उसके पास बैठे हुए थे। उसे वैसा कुछ भी नजर नही आया जो उसने अभी अभी देखा था, उसे समझ में आ गया था कि यह उसका कोई बुरा सपना था जो बहुत ही ज्यादा बुरा था। उसने आज तक इतना बुरा सपना कभी नही देखा था डर के मारे उसके पसीने छूट रहे थे। ऐसी हालत में देखकर गोजार ने उसे अपने सीने से चिपका लिया और बोला ''क्या हुआ, इतना घबराई हुई क्यों हो''।

शेर्काषि ने उत्तर देने के लिए बोलना चाहा लेकिन उसके मुंह से एक भी शब्द बाहर न निकल पाया, वह हकलाती रह गयी। उसे हकलाते देखकर गोजार बोला ''कोई बात नही भूल जाओ जो भी देखा, अब सब ठीक है, हम सब तुम्हारे पास हैं।''

अनाम उसके पास आकर बोला ''मै देखना चाहता, तुम सपने में क्या देखती''

उसने अपना हाथ शेर्काषि की तरफ बढ़ाया शेर्काषि ने उसका हाथ अपने से दूर झिटक दिया और न मे सिर हिला दिया। अनाम समझ गया कि वह क्या कहना चाहती है इसलिए वह पीछे हट गया। थोरान ने उससे पूछा कि क्या अब वह ठीक है तो उसने बड़ी कोशिश करके कहा ''हां''।

वह काफी देर तक वह वैसे ही उसके सीने से चिपकी रही, जब सामान्य हुई तब गोजार ने कहा ''पौ फटने मे कुछ ही समय बाकी है इसलिए अब हमे चढ़ाई शुरू कर देनी चाहिए।''

चारो ने अपनी–अपनी चीजे संभाली और पहाड़ पर चढ़ने लगे, चढ़ते समय सभी शांत, चौकन्ने और सभी प्रकार के खतरों के लिए तैयार थे, काफी समय बीत गया परन्तु अभी तक उन्होने ऐसा कुछ नही देखा जिसके कारण चक्षु पर्वत को जान लेवा पर्वत कहा जा सके। थोरान तो अब उस पर्वत पर कही सुनी डरावनी बातो की खिल्ली भी उड़ाने लग गया था। वह हंसते हुए बोला ''हम बेमतलब का डरे–सहमे हुए चल रहे हैं, मुझे नही लगता कि इसमे खतरनाक जैसा कुछ भी है, इस पूरे सफर का यह सबसे आसान पड़ाव है लोगो ने तो बेमतलब का ही बवाल बना कर इसे बदनाम कर रखा है देखो तो जरा कितनी शांति है यहां। ''

''हां क्यो नही लेकिन ज्यादा शांति कभी–कभी किसी बड़े खतरे का संकेत भी हो सकती है, जहां तक पहुंचने के लिए इतने द्वारो से गुजरना पड़ा हो वह यूँ ही बिना किसी सुरक्षा के तो नही हो सकता'' गोजार बोला।

''अबतक कुछ दिखा क्यो नही'' थोरान ने कहा। गोजार ने अनाम से इसी बारे में प्रश्न किया तो उसने उत्तर दिया ''अब चढ़ाई शुरू होती।''

उसका यह उत्तर उन दोनो के सर के उपर से निकल गया, गोजार ने उत्तर का मतलब पूछा तो उसने सामने की ओर इशारा कर दिया, कुछ पेड़ो के पार उन्हे एक बड़ी सी दीवार दिखाई पड़ी। पास पहुंचकर उन्होने देखा कि अब तक जो चढ़ाई वो चढ़ रहे थे वह तो बस एक नमूना था असली चढ़ाई तो अब शुरू हुई थी जिसकी उँचाई बादलो को भी भेद रही थी ऐसी खडी उँचाई देखकर थोरान का सर चकरा गया वह बोला '' अपने पैरो पर तो ये नही चढ़ा जा सकता इसलिए दूसरे तरीके ही अपनाने पड़ेगे।''

गोजार ने उत्तर दिया " तो चलो देर किस बात की"

गोजार ने शेर्काषि को पकड़कर उड़ान भर दी, वे दोनो भी उसके पीछे पीछे चल पड़े उँचाई के बीच रास्ते में गोजार को दीवार पर कुछ हलचल दिखाई पड़ी, उसने शेर्काषि से पूछा कि क्या उसे दीवार पर कुछ अजीब दिख रहा है तो उसने उत्तर दिया "नही"।

उसने सबको आगाह किया, उन्होने उड़ते उड़ते देखा कि दिवार मे से छोटे–छोटे कीड़े बाहर निकलकर ऊपर की तरफ चढ़ाई कर रहे थे, उनकी देह भी पत्थर की ही थी, उन्हे देखकर यह पता लगा पाना मुश्किल था कि वे कछुए हैं या चूहे या फिर दोनो क्योकि उनकी बनावट दोनो का मिश्रण लग रही थी। वे संख्या में इतने ज्यादा थे कि दिवार ऊपर की ओर चलती दिखाई दे रही थी, थोरान ने सुझाया कि कैसे भी करके उन्हे इनसे पहले उँचाई पर पहुंचना होगा नही तो पैर रखने तक की जगह नही बचेगी और वैसे भी ये कीड़े उनका स्वागत करने तो ऊपर की ओर नही जा रहे होंगे।

सबने उसकी बात को गंभीरता पूर्वक लिया और अपनी पूरी ताकत के साथ उड़ने लगे। शेर्काषि ने नीचे की ओर इशारा करते हुए कहा "कुछ और भी है जो हमारी तरफ बढ़ रहा है"।

उन्होने देखा कि दिवार के दूसरे किनारे से कुछ मानव आकार या उससे बड़े जीव भी ऊपर की तरफ ही बढ़ रहे थे।

अपनी तेज चाल के चलते वे कुछ ही समय में पर्वत चोटी के ऊपर थे लेकिन फिर भी उन्होने आने में थोड़ी सी देर कर दी थी, कीड़ों ने पूरे किनारे पर कब्जा जमा लिया था और अब तेजी से बीच की तरफ बढ़ रहे थे। जैसे ही वे जमीन के थोड़ा नजदीक पहुँचे कई सारे कीड़ो ने उछल कर उन पर हमला करने की कोशिश की परन्तु वे बड़ी ही चालाकी से हवा में ऊपर नीचे होकर उनके हमलो से बच निकले और सही सलामत अपनी जगह पर बने रहे। एक ऊँची और सुरक्षित जगह देखकर चारो ने

जमीन पर कदम रखे, ऊपर से न तो कोई पेड़ दिख रहा था और न ही कोई दिव्य बेल, दिख रही थी तो सिर्फ बड़ी बड़ी और ऊबड़–खाबड़ चट्टाने।

गोजार ने थोरान की चुटकी लेते हुए कहा " अब कहो कैसा लग रहा है, अब तो उम्मीद के अनुसार खतरे मिल गये ना"

"यह तो उम्मीद से ज्यादा है" उसने मुस्कुराते हुए कहा।

"यह शुरूआत है शायद" गोजार ने अनुमान लगाया " यहां से तो कोई बेल नही दिख रही इसलिए हमे उन्हे खोजना होगा"।

गोजार ने शेर्काषि का ख्याल उसके जिम्मे सौंप दिया क्योंकि वह इस समय उसे अपने साथ लेकर नही उड़ सकता था। थोरान ने अपने तीरो से एक नाव बना दी, दोनो उसमें बैठ कर चलन लगे। चारो दिव्य बेलो की खोज मे लग गये क्योंकि वही उनका मूल उददेश्य था दिव्य बेल को पाकर वे वापस लौट सकते थे। वातावरण अचानक से ठण्डा पड़ने लगा, गोजार के पंख ठण्ड के मारे अकड़ने लगे, उसका उड़ना मुश्किल होने लगा। ठण्ड से ठिठुरते हुए वह बोला "यहाँ अचानक से इतनी ठण्ड कैसे बढ़ गई।" बाकी सब हैरान हो गये क्योकि उन्हे ठण्ड का कोई अहसास नही हो रहा था थोरान ने पूछा " ठण्ड कहाँ है यहाँ तो सब सामान्य ही है"।

"तो फिर मुझे ठण्ड क्यो लग रही है" अनाम उसकी दशा समझ गया, उसने गोजार के चारो तरफ ऊर्जा का एक घेरा बना दिया, घेरे में वह फिर से सामान्य हो गया। उसके शांत होते ही थोरान और शेर्काषि को अत्यधिक जला देने वाली गर्मी का अहसास होने लगा, उनके हिसाब से पूरा वातावरण गर्मी के कारण लाल हो गया था। जल्दी ही दोनो पसीने से पूरी तरह भीग गये। अनाम ने उन्हे भी ऊर्जा के घेरे में लेकर सामान्य किया। इसके तुरन्त बाद ही मौसम में अनियमित रूप से बदलाव

होने शुरू हो गये, कभी भयंकर गर्मी तो कभी सर्दी और कोहरा तो कभी बारिश और तेज तुफानी हवा।

इन अनियमित परिर्वतनो से उनकी गति न के बराबर रह गई,वे एक जगह ही फँसने लगे, ऊर्जा के घेरे भी कमजोर पड़ गये, अनाम को छोड़कर इन बदलाओं का उसर उन तीनो पर होने लगा। अनाम ने अपनी बची–कुची ताकत लगाकर ऊर्जा का एक बड़ा सा घेरा तैयार किया जिसमें वे चारो समा सके। अंदर आने के बाद सब शांत हो गया और उन तीनों को भी राहत मिली, अब मौसम तो बदल रहे थे परन्तु उनपर उसका कोई असर नही पड़ रहा था, मौसमो की मार से तो वे बच गये परन्तु गति धीमी पड़ जाने के कारण कीड़े और मानवीय आकार के पथरीले जीव उनके बहुत ही करीब आ चुके थे। उनसे बचने के लिए चारो ने फिर से अपनी गति पकड़ी, कुछ समय पश्चात उन्हे चोटी की जमीन पर एक बड़ा सा होल दिखा जो कुछ बड़ी चटटानो के बीचो बीच स्थित था। गोजार ने अंदाजा लगाया कि यदि दिव्य बेले पर्वत के ऊपर नही है तो शायद हो सकता है पर्वत के अंदर हो, और यदि यह सच है तो हो न हो अंदर जाने का रास्ता यही है।

गोजार ने अपनी सोंच उन तीनो के साथ साझा की, उन्हे भी यह सही ही लगा। अंत में उन्होने यह निष्कर्ष निकाला कि अंदर जाना चाहिए। वे होल कि तरफ बढ़ ही रहे थे कि उस जगह पर एक ही बजाय चार–पाँच होल दिखाई देने लगे, यह देखकर वे असमंजस मे पड़ गये क्योंकि सब एक दूसरे का ही प्रारूप थे। गोजार ने कहा कि उन्हे हर एक में बारी–बारी से जाकर देखना चाहिए। अनाम ने साफ मना कर दिया और पास ही एक चट्टान से पत्थर उठाकर उनमें से एक पर फेका, पत्थर अंदर तो नही गया परन्तु उसके संपर्क में आते ही ध्वस्त हो गया। गोजार समझ गया कि उन्हे जल्द बाजी नही करनी चाहिए। जैसे ही वे होल के और नजदीक पहुँचे वे पाँच से बढ़कर सैकड़ों में हो गये। अब उनके पास इतना समय नही बचा

था कि वे सबपर पत्थर फेंक फेंककर पता लगा सके क्योंकि पीछे की भीड़ उनके पास आती जा रही थी। गोजार ने कहा उन्हे जल्दी करनी चाहिए जिससे वे बेमतलब की लड़ाई से बच सके। अनाम ने उनमे से एक की तरफ इशारा करते हुए उसमें चलने को कहा। तीनो ने आपत्ति जताई और बोले कि बिना पता किये कि सही कौन सा है वे प्रवेश नही कर सकते नही तो उनका हाल भी पत्थरो जैसा ही होगा। उनकी दुविधा दूर करने के लिए उसने उन्हे एक दूसरे का हाथ पकड़ने के लिए कहा, उन्होने वैसा ही किया। उसने गोजार का हाथ पकड़ लिया, उसका हाथ गोजार के हाथ से लगते ही तीनो को वो दिखने लगा जो अनाम को दिख रहा था वहाँ पर सिर्फ एक ही होल था जो अंदर जाने का सही रास्ता था, वहाँ कोई मौसम परिर्वतन भी नही हो रहा था वह सब बस एक छलावा था जो पर्वत के द्वारा किया गया था गोजार ने उससे पूछा " यदि यह सब छलावा था और तुम सच्चाई देख सकते थे तो उसका असर तुमपर क्यों नहीं हुआ।"

"यह जगह ऊर्जा खींचती" उसने उत्तर दिया" चलना चाहिए"। गोजार भी अपने पंख समेट कर नाव पर सवार हो गया चारो ने पर्वत के अंदर प्रवेश किया, अंदर की जगह काफी बड़ी और गहरी थी और रोशनी आने का एक मात्र रास्ता वह होल ही था। कुछ ही मसय पश्चात् वे जमीन पर थे, पर्वत अंदर से देखने पर किसी खण्डहर कि तरह लग रहा था जैसे वर्षो पहले वहाँ कोई रहता था। आसपास टूटे हुए इमारती खंभे कुछ जर्जर भाग तथा भव्य और विशालकाय पत्थर की मूर्तियाँ दिखाई पड़ रही थी लेकिन यहां भी बेलों का पेड़ नहीं था और न ही कोई बेले पूरी जगह बस खण्डहर से भरी पड़ी थी।

गोजार बोला "खोदा पहाड़ और निकला खण्डहर, आखिर ये पेड़ और बेले है कहाँ, कहीं हम गलत जगह तो नही चले आये"।

थोरान ने अपने तरकश में रखा हुआ नक्शा निकाला और उसमें देखकर कहा ''नही हम सही जगह पर ही है बस उसे खोजना पड़ेगा''

''परन्तु रेजाला ने तो यही कहा था कि बेल वृक्ष पर ही होंगे'' शेर्काषि बोली।

ऊपर से आने वाली तेज खड़भड़ाने की आवाज ने उनका ध्यान अपनी ओर खींच लिया, उन्होने देखा कि कीड़े और पथरीले जीव तेजी से उनकी तरफ बढ़ रहे थे। उन्हे देख गोजार बोला'' लो हो गया कबाड़ा, अब बिना लड़े काम नही चलने वाला, पहले इनसे निपटते हैं फिर बेले खोजेंगे।''

चारो तैयार होकर खड़े हो गये और उनके पास आते ही धावा बोल दिया, ये जीव आम पत्थरो से कही ज्यादा मजबूत थे इसलिए एकसाथ भारी पड़ रहे थे। चारो ने बँटकर लड़ना शुरू किया। थोरान और शेर्काषि कीड़ों को संभाल रहे थे तथा अनाम और गोजार उन पथरीले जीवों को।

लड़ते–लड़ते शेर्काषि की तलवार टूट गई तो गोजार ने वन स्त्रियों द्वारा दी गई तलवार उसे थमा दी। वह तलवार हाथ में आते ही शेर्काषि कीड़ो को मक्खन की तरह काटने लगी। उसे उसकी तेजी पर बहुत आश्चर्य हो रहा था, उसने आजतक इतनी हल्की और कारगर तलवार अपने हाथो में नही उठाई थी। हाथ में आते ही जैसे उस पर पागलपन सवार हो गया और वह दुगनी तेजी से कीड़ों को चीरने–फाड़ने लगी। शेर्काषि का यह कदम उनके लिए फायदेमंद साबित हो रहा था। मुठभेड़ के दौरान ही अनाम का शरीर अचानक जोर से चमका और उसके बाद वह कमजोर होकर जमीन पर गिर पड़ा, उसकी शारीरिक रोशनी धीमी पड़ने लगी, ऐसा लगा रहा था मानो कोई उसके शरीर से ऊर्जा खींच रहा हो। उसे ऐसी हालत में देख गोजार ने पथरीले मानवो पर एक जोरदार वार किया जिससे वे सबके सब पीछे हट गये। उनके पीछे हट जाने से गोजार को कुछ क्षण मिल गये। उसने उनका सही इस्तेमाल करते हुए अनाम को संभाला और

उसे फिर से उसके पैरो पर खड़ा कर दिया। उसने थोरान और शेर्काषि को पूरी भीड़ संभालने का जिम्मा सौंप दिया, वे दोनो तो न जाने कब से ऐसा ही काम करने का इंतजार कर कर रहे थे, उसके कहते ही दोनो टूट पड़े और आतंक मचाने लगे। थोड़ा सा समय पाकर गोजार अनाम को फिर से शक्तिपूर्ण बनाने में लग गया, कुछ समय में अनाम पूरी तरह से ठीक हो गया। उसके ठीक होते ही गोजार ने पूछा ''क्या हुआ था तुम्हे?''

''शक्तियाँ खींची'' उसने उत्तर दिया''पर्वत कुछ कहता''

''क्या! पर्वत भला कैसे कुछ कह सकता है''

''कह सकता , पर्वत में जान होती, एक नही दो''

''जान! क्या उलूल–जुलूल बक रहे हो पर्वत मे कोई जान नही होती है''

''होती''

''अच्छा चलो मान लिया, तो पर्वत की ये जानें क्या कहना चाहती हैं''

''नही पता'' उसने उत्तर दिया, गोजार ने मुस्कुराते कहा ''जानें दो हम बाद में पता करेगे जान है या नही फिलहाल तो हमें उन दोनो की मदद करके इस भीड़ से मुक्ती पानी है।'' दोनो शेर्काषि और थोरान की तरफ जाने को हुए कि पीछे से आवाज आयी ''क्तो ती''? दोनो पीछे की तरफ मुड़े उनके पीछे दो मूर्तियाँ जिंदा खड़ी थी दो निर्जीव मूर्तियों को इस प्रकार अपने सामने जिंदा और बोलता पाकर गोजार सकते में आ गया। उसने अनाम की तरफ देखा, अनाम बोला ''दोनो आत्मा सामने''।

उन दोनो मूतियों ने फिर से दोहराया ''क्तो ती''। उनके ये शब्द गोजार के समझ मे नही आये और वह खड़ा ताकता रहा। दोनो ने गुस्सा होकर जोर से पूछा ''क्तो ती ? '' गोजार ने अनाम से पूछा ''ये नमूने क्या बोल रहे है ?'' उसने उत्तर दिया ''हमारे बारे में पूछते''

"तुम्हे कैसे पता?"

"यदि कोई मेरा अंश लेता, मै किसी का अंश लेता तो हम दोनो जुड़ते"

गोजार को यह तो पता चल गया कि वे क्या कह रहे है लेकिन दुविधा ये थी कि अब वह क्या कहे। इतने में ही अनाम ने उनको उत्तर दिया "इया अनाम"

उनमें से एक ने पूछा" पोचेमु ती प्रिशेल स्युदा? (तुम यहाँ क्यो आये हो)

"द्ल्या पोल्नोमोची (शक्तियों के लिए)" अनाम ने उत्तर देते हुए कहा।

गोजार ने कहा" न जाने ये क्या बड़बड़ा रहे है, इनकी ही कमी थी वो भी पूरी हो गई" उसे इस तरह बुदबुदाते देख मूर्ति ने पूछा "च्तो ओन स्काज़ल?" (ये क्या बोल रहा है)

अनमा ने उत्तर दिया "निचेगो" (कुछ नही)

उन्हे देखकर लग रहा था कि वे बस हमला करने की फिराक में ही खड़ी थीं, न जाने कब और किधर से हमलाकर दें वे दोनो भी इस बात को लेकर पूरी तरह से सचेत थे और हर प्रकार के हमले `झेलने के लिए तैयारे। दोनो मूर्तियों ने उन्हे आखिरी चेतावनी देते हुए कहा "ती निचेगो ने पोलुचिश" (तुम्हे कुछ नही मिलेगा)।

इस पर अनाम ने कोई जवाब नही दिया और गोजार की तो कुछ समझ में ही नही आया वह इधर–उधर देख रहा था।

दूसरी तरफ शेर्काषि तथा थोरान एक साथ मिलकर पूरी पलटन से दो–दो हाथ करने में व्यस्त थे, शेर्काषि को तो देखकर लग रहा था कि वह अपने आप मे।ही नही थी अपने रास्ते मे।आयी हर चीज को काटती जा रही थी। गोजार को इधर–उधर ताकते देखकर एक मूर्ति ने उसपर जोर दार प्रहार किया जिसकी चपेट में आकर वह दूर जा गिरा। उसपर हुए

हमले की वजह से अनाम सचेत हो गया, जब उसकी बारी आयी तो वह बड़ी ही आसानी से बच निकला और घूम कर उल्टा मूर्तियों पर ही हमला कर दिया। इधर भी मुठभेड़ शुरू हो गई अनाम अकेले ही उन दोनो का सामना कर रहा था गोजार हमले के असर से बाहर आकर उठ खड़ा हुआ और वापस अनाम की तरफ अपनी तलवार थामे चल दिया।

अब दोनो एक साथ उन दोनो का सामना करने लगे। मूर्तियाँ उनकी ताकत के आगे कमजोर पड़ने लगी।

दोनों मूर्तियों ने मिलकर एक नया शरीर बना डाला। उनका नया शरीर जितना बड़ा था देखने में उतना ही अजीब था उसके दो सर तथा चार हाथ थे।

शरीर परिवर्तत होते ही मूर्तियों ने जोर से चिल्लाकर कहा "उबीराइस्या (निकल जाओ)" उनकी आवाज इतनी तेज थी कि जमीन थर्रा उठी लेकिन दोनो अपनी जगह पर अडिग रहे और उसके हमलो का जवाब देते रहे। पर्वत के अंदर हर तरफ घमासान मचा हुआ था चीजें टूट–टूट कर बिखर रहीं थीं, वार करते समय गोजार का ध्यान अपनी जगह से भटक कर एक एक ऊँचे स्तंभ की ओर गया जो दिखने में कुछ कुछ एक वृक्ष जैसा लग रहा था तथा उसपर बनी सर्प आकृतियाँ किसी पेड़ पर लटकी बेल के समान प्रतीत हो रहीं थीं, ध्यान अपनी जगह से हटाने की वजह से उसका वार तो खाली गया ही उल्टा उसपर एक जोर दार हमला हो गया। चोट खाकर वह जमीन पर गिरा, उसका ध्यान अब भी उस स्तंभ पर ही था, गिरते ही उसने अपने आप को संभाला और उड़कर उस स्तंभ के नजदीक जा पहुँचा। उसके चले जाने पर अनाम अकेला पड़ गया फिर भी उसने हार नही मानी। मूर्ति के वारो से बचते हुए उसने गोजार को आवाज लगाई "तुम वहाँ क्यो? वापस आओ, मुझे जरूरत"। गोजार ने उसका उत्तर दिया "कुछ देर उसे उलझाये रखो, मुझे शायद कुछ मिला है, पुष्टि करके जल्दी ही आ जाऊँगा।"

अनाम मूर्ति उलझाये रखने की कोशिश करने लगा, वह उसपर घूम–घूम कर वार कर रहा था जिससे उसे ज्यादा समय और सुरक्षा दोनो मिल रही थी, गोजार उस स्तंभ को गौर से देख रहा था वह किसी वृक्ष के तने जैसा था, ऊपर की तरफ कई सहारे उससे जुड़े हुए थे जो पेड़ की टहनियों के जैसे थे। स्तंभ पर बनी सर्पो की गहन आकृतियाँ पेड़ की बेलो की दर्शा रहीं थीं।

गोजार सोचने लगा ''यह पेड़ के जैसा लगता तो है परन्तु यह वृक्ष नही हो सकता, और अगर यदि है तो इसमे से बेले कैसे निकालूंगा।''

उसने अनाम से कहा'' मुझे शायद वृक्ष मिल गया है परन्तु समझ मे नही आ रहा कि यह वृक्ष ही है या खंभा''

''छूकर देखो'' अनाम ने उत्तर दिया, मूर्तियाँ लगातार उसपर हमले पर हमले किये जा रहीं थीं और वह बच रहा था।

गोजार अनाम के कहे अनुसार वृक्ष को छूने के लिए आगे बढ़ा, उसने जैसे ही उसकी सतह को स्पर्श किया उसपर बनी सर्प आकृतियाँ हरकत में आ गई और उसपर एक साथ टूट पड़ीं।

गोजार उनसे अपना बचाव करने लगा, इन सर्पों का मुँह किसी भेड़िये के जैसा जो डसने के साथ साथ शायद काटने के भी काम आता होगा। सांपो का आकार धीरे–धीरे बढ़ता गया, उनके हमलो से बचने के लिए गोजार को अपनी पूरी ताकत और ध्यान एकाग्र करना पड़ा। वह सर्पो के साथ इतना उलझ गया कि अनाम के बारे मे तो भूल ही गया।

शेर्काषि और थोरान ने मिलकर भीड़ लगभग खत्म कर ही दी थी कि प्रवेश द्वार से थोक के भाव में और जीव अंदर प्रवेश करते दिखाई दिये, दोगुनी संख्या में जीवो और कीड़ों को अंदर घुसते देख दोनो ने खड़े होकर एक ठण्डी सांस ली और पूरी जोर के साथ उनपर टूट पड़े। उन दोनो ने भीड़ को एक किनारे

पर ही रोक दिया। लड़ते बचते गोजार ने उनमें से एक सर्प का सर धड़ से अलग कर दिया। जमीन पर गिरते ही वह सर सिकुड़ने लगा। कोई सहायता न मिलने के कारण अनाम कमजोर पड़ने लगा तथा उसके वार बेअसर साबित होने लगे। खुद को बचाने के लिए उसने वही तरीका अपनाया, ऊर्जा को खींचने का, मूर्ति के वारो से बचते हुए वह उसके सर से जा चिपका और कुछ ही क्षणो में पूरे पर्वत की ऊर्जा खींच डाली, ऊर्जा खींचने के बाद वह पहले से कई गुना ताकतवर हो गया परन्तु मूर्ति बेजान होकर ढह गई। गोजार पर हमले कर रहे सर्प अपनी जगह पर स्थिर हो गये, थोरान और शेर्काषि पर भारी पड़ रही भीड़ बेजान होकर बिखरने लगी। देखते ही देखते मैदान की सारी मुसीबते साफ हो गई और पर्वत के अंदर एक खुशनुमा प्रकाश छाने लगा।

गोजार के सामने खड़ा वह स्तंभ एक बड़े से चमकते फूलदार वृक्ष मे बदल गया। और सांप रौशन लताओ में, नीचे पड़ा हुआ सर भी एक लता में परिवर्तित हो गया।

पर्वत के अंदर चारो तरफ चमकदार फूल खिलकर रोशनी को और बढ़ा रहे थे, चारों खड़े–खड़े बस हर तरफ निहारे जा रहे थे। शेर्काषि ने उसे याद दिलाया कि काम अभी बाकी है, उसके कहने पर गोजार ने आगे बढ़कर पेड़ से दो–तीन दिव्य बेलें काटकर अपने पास रख ली। वह बोला "आखिर कार जो भी हुआ सब अच्छा ही हुआ, हमारा काम भी हो गया और किसी को छति भी नही पहुँची"।

"अब शायद हमे चलना चाहिए"थोरान बोला "जिससे की समय रहते यहाँ से निकल सकें" "इस पेड़ का क्या?" गोजार ने पूछा

"हम इसे अपने साथ नही ले जा सकते" उसने हँसते हुए उत्तर दिया

"यह वैसे ही यहाँ रहेगा जैसे पहले था" शेर्काषि बोली। चारो वहाँ से बाहर निकलने को तैयार हो गये, थोरान ने फिर से

नाव तैयार की जिस पर वह और शेर्काषि बैठकर रवाना हो गये, अनाम भी उनके पीछे चल पड़ा। गोाजार वहीं खड़ा रहा और अपने चारो ओर घूम–घूम कर देखता रहा।

उसे वहाँ पर खड़ा देखकर शेर्काषि ने आवाज लगाई "चलो भी, अब वहाँ क्या कर रहे हो।" गोजार उसकी तरफ देखकर मुस्कुरा दिया और अपने पंख फड़फड़ाते हुए ऊपर की ओर उड़ने लगा, चारो फिर से चोटी पर पहुँच गये। वहाँ खड़े होकर उन्होने जीत वाले भावो का अनुभव करते हुए चारो तरफ का नजारा देखा, हाँलाकि वहाँ से देखने पर उन्हे सिर्फ बादल ही दिख रहे थे परन्तु फिर भी उनमे एक अलग सा रोमांच और सुंदरता थी, चारों को लग रहा था कि सारी मुसीबते टल चुकी हैं, वे जीत का जश्न मन ही मन मे मना रहे थे परन्तु कहते हैं न कि समय और हालात का कोई भरोसा नही कि कब ये पलट कर अपना सबसे बुरा चेहरा सामने ले आये। चारो के साथ भी वैसा ही हुआ।

सभी खुशी के साथ चोटी से नीचे उतर रहे थे कि बीच रास्ते में आते ही अनाम की शक्तियाँ बेकाबू होने लगी, उसने उन्हे काबू मे करने की बहुत कोशिश की परन्तु असर उल्टा ही हुआ, अनाम का शरीर विकृत होने लगा और शक्ति वापस पर्वत के अंदर समाने की होड़ में लग गई, विवश होकर अनाम को पर्वत से खीची गई शक्तियाँ वापस करनी ही पड़ी। शक्तियाँ जाने पर अनाम कमजोर होकर तेजी से जमीन की ओर बढ़ने लगा गोजार ने आगे बढ़कर उसे थाम लिया।

शक्तियाँ वापस पर्वत में समाते ही सतह पर कंपन पैदा हो गया, सबको कुछ बहुत बुरा होने की आशंका होने लगी। शेर्काषि बोली "हमे जितनी जल्दी हो सके यहाँ से बाहर निकलना चाहिए"।

सबको उसकी बात बिल्कुल सही लगी, वे तीगुनी तेजी के साथ जमीन के समीप पहुँचे और बिना पेड़ो के नीचे गये ही बाहर की तरफ रूख कर दिया। अभी वे किनारे तक भी नही पहुंचे थे कि बड़ी बड़ी चट्टानें पर्वत से उखड़कर हवा में उड़ने लगी इन्ही

चट्टानों ने मिलकर पर्वत के चारो ओर एक घेरा बना दिया और एक अनुक्रम में चारो ओर गति करने लगी, चट्टानों की गति ने पर्वत के चारो ओर एक कवच बना दिया जिसे भेदकर न तो कोई उसके अंदर आ सकता था और न ही बाहर जा सकता था। उन्होने बाहर जाने की कोशिश की परन्तु असफल होकर जमीन पर आ गिरे। पीछे से उन्हे शोर आता सुनाई दिया, सबने मुड़कर पीछे देखा हजारो की तादात मे कीड़े और पथरीले मानव उनकी तरफ तेजी से बढ़ रहे थे। उन्हे अपनी तरफ इतनी तेजी से आता देख वे घबरा गये पर जल्दी ही संभलकर फिर से लड़ने को तैयार हो गये, गोजार ने अनाम को नाव में डाला और थोरान को ऊपर से नजर रखने कहा। थोरान अपनी नाव के साथ ऊपर आसमान में चला गया और अपने तीर निशाने पर लगा दिये। शेर्काषि और गोजार मैदान में अपने पैर जमाकर खड़े हो गये। सबसे पहले थोरान ने अपने तीर बरसाये फिर शेर्काषि और गोजार ने अपनी तलवारे। इस बार उनकी संख्या इतनी ज्यादा थी कि वे दोनो उनके टिक न पायें और दबोचे गये। उन दोनो के ऊपर सैकड़ो जीवो और कीड़ो ने दबाव बना लिया। उन्हे दबोचने के बाद वे एक दूसरे के ऊपर चढ़कर थोरान की नाव तक पहुँचने की कोशिश करने लगे थोरान लगातार अपनी नाव को और उपर उठाता जा रहा था तथा उन पर तीरो की बारिश करता जा रहा था। जीवो ने उसे चारो ओर से घेर लिया था इसलिए न तो वह अब कही भाग सकता था और न ही उसके तीर कुछ खास काम आ रहे थे। इधर कइयों के नीचे दबे होने के कारण गोजार का दम निकला जा रहा था और शेर्काषि भी मरने की हालत में थी। सबको चारो तरफ फँसा हुआ मरता देख गोजार की परेशानी और बढ़ गई, उसने भीड़ को अपने ऊपर से हटाने के लिए पूरा जोर लगा दिया, सफलता तो नही मिली परन्तु उनकी पकड़ और मजबूत हो गई। गोजार ने हार नही मानी और कोशिशे करता रहा उसकी कोशिशों और गुस्से के चलते उसकी शक्तियाँ जाग्रत होने लगीं, उसका शरीर धीरे–धीरे विकराल रूप धारण करने लगा। कुछ ही क्षणो में वह एक

चीटी से हाथी में बदल गया, परम अग्नि अपने चरम पर थी और आँखे धधक रही थी।दहाड़ते हुए उसने भीड़ को रौंदना शुरू कर दिया, शेर्काषि और थोरान को उनकी चंगुल से आजाद कर तीनो को नाव पर सवार कर दिया और उनसे ऊँचाई पर ही रहने को कहा। भीड़ उसे फिर से दबोचने की कोशिश करने लगी परन्तु इस बार सफल न हो पाई, गोजार उन्हे बालू के ढीलों की तरह मसल मसल कर फेकने लगा।

देखते ही देखते आधे से ज्यादा भीड़ खत्म हो गई। थोरान भी उसकी मदद करने लगा वह पीछे से वार करने वाले जीवो की खबर लेने लगा। बढ़ते गुस्से के साथ गोजार का आकार और शक्तियाँ भी बढ़ती जा रही थी। भीड़ से लड़ते–लड़ते उसे पर्वत चोटी की तली पर कोई दिखाई पड़ा, पास पहुँच कर देखा तो वहाँ कोई नही था। अचानक से उसे आत्माओं और अनाम की याद हो आयी। पर्वत के द्वारा अनाम की ऊर्जा खीचे जाना उसके गुस्से का दूसरा बड़ा कारण था, इसी से अनाम की हालत खराब हुई थी। उसने चोटी की दिवार पर ही वार करने शुरू कर दिये, पर्वत ने अपने वातावरण में बदलाव करके आंधी और तुफानो के द्वारा उसे रोकने की कोशिश की परन्तु उसका उसपर कोई असर नही पड़ा तो कीड़ो और पथरीले जीवो ने उसे पीछे से पकड़ कर खींचा और पर्वत को छति पहुँचाने से रोका उसमे भी वे सफल न हुए। गोजार ने दिवार का एक बड़ा भाग तोड़ डाला जिससे वो हिस्सा साफ दिखाई देने लगा जहाँ से उन्होने दिव्य बेल ली थी। गोजार उस पेड़ को उखाड़ने के लिए आगे बढ़ा परन्तु पूरी चोंटी मे दरार पड़ गई और वह टूट–टूट कर बिखरने लगी।
चोंटी की गिरने की वजह से आसपास खतरा बढ़ गया और गोजार को बिना पेड़ उखाड़े ही वापस लौटना पड़ा।

पेड़ चोटी से गिरते पत्थरो के नीचे दबकर नष्ट हो गया। उसके नष्ट होने से पर्वत का जादू खत्म होने लगा। जिस कारण कवच में घूम रही चट्टाने नीचे गिरने लगी।

उन तीनो की जानें खतरे में आ गई, थोरान इधर–उधर भागकर सबको बचाने की कोशिश करने लगा, भीड़ बेजान होकर बिखर गई। उन तीनो को बचाने के लिए गोजार ने अपने विशालकाय पंख फैला दिये। उन तीनो को नाव सहित अपनी गोदी में ले चट्टानों से बचाव करते हुए बाहर की तरफ उड़ने लगा। बहुत बचने के बाद भी एक चट्टान उससे टकरा ही गई, उससे टकराकर वह जमीन पर आ गिरा लेकिन उन तीनो को अपने सीने से चिपकाये रहा, वे सभी अब पर्वत के बाहर उसकी तली पर थे गोजार ने उन तीनो को उतार कर एक किनारे रख दिया और खुद वैसे ही पड़ा रहा थोरान ने उससे पूछा कि क्या वह ठीक है तो उसने उत्तर दिया ''हाँ, बस थोड़ा आराम चाहिए''

''अब शायद और कोई मुसीबत नही आयेगी''

''लगता तो यही है, क्या तुमने हमारे अलावा वहाँ किसी और को महसूस किया था?'' ''नही तो क्या तुमने ?''

''पता नही पर शायद''

''अब आगे क्या करने का सोचा है?''

'करना क्या है वापस लौटकर अपनी शक्तियों को जानूंगा और तुम?''

''जहाँ तुम वहाँ मै,याद हैं न''

''ओह हाँ''।

''अच्छा तुम आराम करो मै इन दोनो को देखता हूँ''

''हाँ तुम्हे यह करना चाहिए''

इतना कहकर गोजार ने अपना विशालकाय सर आसमान की तरफ कर लिया। उसे आसमान में दो आकृतियाँ दिखाई दी जो हँसत–खेलते कलरव कर रहीं थी, उसे अपने कानों में आवाज सुनाई दी ''शुक्रिया'' उसे सुनकर वह मुस्कुराया और धीर–धीरे अपने सामान्य आकार में आ गया।

कुछ समय पश्चात् सब ठीक हो गया, अनाम और शेर्काषि पूरी तरह से होश में आ चुके थे और सही सलामत थे किसी को किसी भी तरह की चोट नही आयी थी। गोजार उठ खडा हुआ और सबसे वापस चलने को कहा।

शेर्काषि ने उससे पूछा कि क्या बेलें सलामत है तो उसने हाँ मे सर हिला दिया। चारों वहाँ से रवाना होने गये।

पर्वत की उंचाई पर लगे एक पेड़ के तने की ओट में हो कर वही सफेद वस्त्रो वाली स्त्री उन्हे देख रही थी परन्तु इसबात से अंजान वे चारों अपनी ही धुन में खोये चले जा रहे थे। चट्टानी इलाका पार करके आगे बढ़ते समय उन्हे पीछे पंखो के फड़फड़ाने की आवाज सुनाई दी, चारो पीछे मुड़े तो उनकी आँखे खुली की खुली रह गईं।

* 9 7 8 9 3 5 4 7 2 0 2 0 8 *

FCW - #0016 - 061026 - C0 - 203/127/14 - PB - 9789354720208 - Gloss Lamination